掌家娘子 下

ZHANGJIA NIANGZI

云霓 著 / YUNNI WORKS

重庆出版集团 重庆出版社

目 录
CONTENTS

第 十 三 章	后悔	/001
第 十 四 章	对手	/046
第 十 五 章	回家	/097
第 十 六 章	变化	/122
第 十 七 章	新茶	/140
第 十 八 章	婚事	/178
第 十 九 章	动心	/225
第 二 十 章	进宫	/252

第十三章　后悔

看着帘子外的影子，张瑜贞翘起了眼角，故意扬起声音："真是巧了，我刚说到姚七小姐，姚七小姐就来了。"

这个连家都不回的小姐，到底有什么脸面走出门来到勋贵府上做客，她在京中这么多年，就从来没听说过这样的事。

张瑜贞向外看着，按理说这时候姚七小姐就算是硬着头皮也该进门，屋子里可是有安怡郡主在呢，就这样走了岂不是在安怡郡主面前丢了脸面。

张瑜贞等了一会儿外面的姚七小姐却动也不动，这是什么道理。

张瑜贞皱起眉头看向旁边的下人："刚过了晌午，太阳正毒，快将两位小姐请进屋，别晒着了。"

下人应了一声，忙去撩帘子。

屋子里的人能听到下人清晰的声音："太太们请两位小姐进去呢。"

张瑜贞装作不在意去拿旁边的茶喝，半晌却只有下人进门。

姚婉宁也太不识好歹，她让下人去请还请不进来。

赵老太太脸上有几分的怒容："一点规矩都不懂。"

站在屋子里的下人脸上一片讪然。

"怎么了这是？"张瑜贞扬声问过去。

下人吞吞吐吐："姚七小姐说……"说着就要向张瑜贞走过去。

姚婉宁在外面说的话都已经让茹茵知晓，赵茹茵都知道的事，赵家人早晚都要知晓，现在这样遮遮掩掩有什么意思？还不如将话敞开了说。

"都是家里人，有什么好避讳的。"张瑜贞说着看向安怡郡主。

安怡郡主脸上没有特别的神情。

"姚七小姐说，屋子里有人在说姚家的家事，她不好意思进来叨扰。"

不好意思进来叨扰。

张瑜贞顿时觉得所有人的目光落在她身上，热辣辣的视线顿时让她浑身的汗毛竖起。

将姚家的事拿到赵家来说，本来就是嚼舌说闲话，如今却被姚七小姐直接揭开。

安怡郡主喝在嘴里的水差点喷出来，姚七小姐还真是直率，一句话就将张瑜贞说得面红耳赤。

"姚七小姐还说，她的面子是小，恐怕牵连到了忠义侯府，传到外面去还当世子爷生了什么重病，非要找她这样还未及笄的女子医治。"

张瑜贞怔愣在那里。

姚……姚婉宁怎么会知道她心里在想什么。

琉璃帘子犹自在风中摇摆，门外的女子抬着头脸上带着笑容，仿佛将所有事都看透了一般。

屋子里一下子静谧无声，张瑜贞脸色难看，还是赵老太太咳嗽一声，张瑜贞才回过神来。

张瑜贞片刻的失态已经让所有人看了清楚。

刚刚才施展的计谋，却在眨眼的工夫被人揭穿。

张瑜贞脸上一片火辣："她说这话是什么意思？"方才的确是她在说姚家闲话，屋子里的人都听了个清清楚楚，现在她如此反驳，如同掩耳盗铃，她的脸面顿时不知道该往哪里摆。

张瑜贞说着向屋子里看过去。

赵夫人神情复杂，安怡郡主目光明亮地在看着她。

张瑜贞顿时有了些慌张，她不由得扬起声音掩饰："她怎么敢这样没有礼数，说出这种话。"

因为是个十二岁的孩子如今又没有长辈庇护张瑜贞才敢这样无所顾忌。看到一脸焦急的赵夫人，安怡郡主淡淡地开口："赵四太太别这样说，是我们赵家将姚七小姐请上门，不是姚七小姐自己要来，一个十二岁的小姐能顶着这些闲言碎语到赵家来给琦哥儿治病，依我看赵家该感谢姚七小姐。"

张氏从进门到现在就一直在搬弄是非，说什么关切琦哥儿，实际上每句话都在说琦哥儿的病，生怕琦哥儿病得不够厉害似的。

就像姚七小姐说的，张氏和西府老太太赶过来恐怕是另有目的。

安怡郡主这是在帮姚七小姐说话。

张瑜贞一脸的诧异。

安怡郡主淡淡地道："别说传出去，就算是赵家有人去说，也要说姚七小姐在泰兴县就救了琦哥儿，现在觉得诧异……那也太晚了些。"

张瑜贞顿时脸上一红，安怡郡主是出了名的直脾气，平日里她不敢去招惹，今天是说姚婉宁，却没想到安怡郡主却张了嘴。

"姚七小姐。"

院子里传来惊讶的声音。

所有人向屋外看去，一个太太带着下人进了庄子。

赵夫人这才想起，她请了李御史的太太，就是李大太太将姚七小姐会治病的事说了个仔细，她才下定决心将姚七小姐请过来。

"大太太，"婉宁没想到会在赵家遇到李大太太，"您也进京了。"

李大太太点点头："总不能一直在泰兴，让老爷自己回京我也不放心，比你们走得晚了几日，前日才到京里，还没来得及去看你。"到了京中就是打理家里的事，知道姚七小姐会来赵家，她就赶过来相见。

赵夫人笑着迎出来："大太太来得正好，能陪着姚七小姐说说话。"

几个人边说话边进了门。

看到姚婉宁，张瑜贞心中又怒又气，顿时如坐针毡。

"这才几天没见，七小姐出落得更漂亮了。从泰兴到京里一路可好？我来的时候姚老太太嘱咐我多多照应七小姐，哪里轮得着我照应七小姐，都是七小姐在照应我，没有七小姐，哪有我的今日。"

听着李大太太的话，张瑜贞觉得说不出的刺耳。

李大太太竟然这样捧着姚婉宁。

真是气死她了。

这次来赵家，本是该她来劝说二嫂，顺便看看忠义侯府的笑话，却没想到她要坐在这里听人夸赞姚婉宁。

"二祖母的身子可好？"

李大太太点头："好着呢，就是想你，你才走的那几天听说老太太都睡不着觉，还是桂妈妈劝说着，让老太太保重身子，将来才能到京中来看你。"

提起二祖母，婉宁顿时觉得心里说不出的想念。

不知什么时候才能见到二祖母，什么时候才能再和母亲团聚。

婉宁道："祖母说要来京城？"

李大太太道："老太太提了好几次，我看不像是随便说说，明年开春说不得老太太真的会动身来京城，到时候可就好了。"

长途跋涉，二祖母的身子只怕是受不得，但愿那时候她能回去泰兴看二祖母。

张瑜贞第三次将茶杯放在桌上。

安怡郡主和赵夫人听李大太太说泰兴的事，姚七小姐在一旁抿嘴笑，二嫂还不时地照应着老太太，唯有她……被冷冰冰地扔在一旁。

张瑜贞看向赵老太太。

赵老太太咳嗽两声让张瑜贞扶着站起身来："既然琦哥儿没事我也就安心了，改日我再来看琦哥儿。"

张瑜贞也勉强露出笑容："我陪着娘回去。"

赵夫人也不多留赵老太太，吩咐下人去备车，不一会儿工夫下人来禀告车马已经准备好，赵夫人亲自将赵老太太送出了门。

才走出屋子，身后传来安怡郡主爽朗的笑声，张瑜贞顿时抿起了嘴唇。

趁着安怡郡主去更衣，李大太太看向婉宁："七小姐知不知道，皇上下了旨意让崔大人主审南直隶贪墨漕粮的案子。"

婉宁摇摇头，虽然没听说，但她心里早已经知晓，以崔奕廷的脾气一定会想方设法将这桩案子握在手里。

"方才老爷跟我说：七小姐的父亲上下疏通关系见到了姚六老爷，按理说，这样的案子没有刑部主审的点头谁也不能见人犯。

"更何况这段日子寿家人上下活动花了不少的银子在里面，刑部主事已经下令谁也不能收受财物……你父亲赶在这时候……有藐视朝廷的嫌疑，御史言官弹劾了寿家和刑部侍郎等人，连你父亲也在其中。"

父亲因为六叔被弹劾了？

李大太太道："老爷让我跟小姐说一声，小姐心里也好有个数。"

婉宁眼前忽然浮现起母亲被休时的情形。

不论是祖父还是父亲都是一身正气，无时不在数落母亲的不是，说沈家的过错，如今终于轮到了他们，让他们也看看镜子里的自己是副什么模样。

李家，李子年看着在一旁听消息的姚宜闻。

想想来李家帮忙的姚七小姐，这父女两个长相倒是有几分的相似，性子却大不相同。

"姚大人，"李子年声音微微上扬，"御史言官的折子就在那里，我也没法子，要听圣上如何裁断。"

"按理说，姚六老爷虽然贩卖漕粮，姚家却在泰兴帮了巡漕御史找到了被贪墨的漕粮，若是上奏折功过相抵也并非难事。"

听得李御史的话，姚宜闻不禁有些意外。

李子年道："只不过，听说因为漕粮之事，姚家两房水火不容……姚家二房为泰兴县的漕粮作证，姚大人却买通刑部官员去大牢里见姚六老爷，"李子年看着姚宜闻，"姚大人到底要做什么？是帮姚家还是害姚家，下官怎么弄不明白了。"

姚宜闻不由得吞咽一口："泰兴县的事我不太知晓，去刑部不是为了给六弟洗脱罪名，而是想要问清楚这漕粮到底是怎么一回事。"

"就算是姚大人和族中多有不合，为何不去问姚七小姐？"

姚宜闻惊讶地抬起眼，什么时候他们和族中多有不合，这话是从何说起。

同为六部侍郎，相互说句话那是常有的事，他为官这么多年了，在六部里做什么事都要互相给些颜面。

别说去看六弟，就算是想方设法查问刑部的卷宗也不难，这次去刑部他托的是和他有同年之谊的周宗儒。对刑部侍郎周宗儒来说，这是件很容易的事，谁承想在这件小事上就栽了跟头，就会有言官弹劾。

自从夏大学士进了内阁之后颇受皇上信任，夏大学士为官清廉，为人又谦和，官员私下里都称他为贤相，夏大学士曾兼过都察院金都御使，这在内阁首辅中还是头一份，夏大学士领着内阁又让言官敬服，谏官和监官的台谏已经算少了很多，就算是有弹劾，那也是对勋贵和武将。

几年下来，他们这些人都快忘记了动不动就被御史弹劾的滋味。

突然之间，奏折就像雪片一样落在皇上面前，好像要将几年积压的台谏一下子都补齐，听到自己被言官弹劾他怔愣了半晌，再去找周宗儒打听，才知道周宗儒也被责罚。

谁也没料到，局势一下子变成这个模样。

这到底是怎么回事？

户部被弹劾十几人之多，南直隶的官员更是上了大大小小的奏折。若是朝廷认真办此案，他说不得就会被拖进去。

想到这个，他才来找李御史。

查南直隶的漕粮之前，皇上先赦免了李子年，并且让李子年跟着崔奕廷去了南直隶。崔奕廷那里他已经碰了钉子，李子年和他有些交情，两家的女眷在泰兴也有往来，李子年总不能半点颜面也不给，没想到来到李家，李子年劈头盖脸就是这样一番话。

姚宜闻觉得最近的事都出乎他的意料。

不光是朝局的变动，就连家里的事也是一团糟，父亲病倒在床，六弟下了大狱，族兄见了他满脸的怒容，婉宁……更是不服管教，连家门都不进，这到底是怎么了？

姚宜闻道："子年兄，我们同是泰州府人，有些事也就不遮遮掩掩，子年兄怎么会提起我家七丫头？"

李子年抬起眼睛，"姚大人有没有见到姚七小姐？"

自从上次在城外遇到，他还没有和婉宁说话。

姚宜闻不便将家事仔细和李子年说。

看到姚宜闻一脸的为难，李子年嘴边露出一丝轻笑，摇了摇手："姚家的家事和我们这些外人无关，我只能告诉姚大人，姚七小姐治好了拙荆的病，姚家二房帮着朝廷查案，倒是姚大人家的六老爷，在这时候私卖漕粮被巡漕御史抓个正着，六老爷岳家将泰州府贪墨的漕粮运出南直隶，也是人赃并获，巡漕御史顺藤摸瓜这才抓到了泰州知府，这只是一年的漕粮……再往后仔细查……姚大人以为要如何？"

姚宜闻额头上顿时冒出了冷汗。

真的要查？

他在衙门里打听出的消息只是"小定案"。

小定案的意思就是只要皇上面前能交代过去就行了，南直隶的案子真的要查下去不知道要涉及多少官员，总不能将那么多官员牵扯过去。

虱子多了不痒，债多了不愁，这在官话里的意思就是，所有人贪墨就相当于没有人贪墨，你不追究我也不追究，大家心领神会。

漕粮的事也不是一日两日了，之前谁都不来查，怎么冒出个崔奕廷就要查到底？

就凭崔奕廷头顶这个"崔"字就不能让人信服。

谁知道"小定案"突然就变成了"大定案"，不留情面的崔奕廷竟然摇身一变去了刑部当成了主审。

这是什么道理？

这样下去真的要人人自危了。

他不过是找人帮忙去了一趟大狱看了六弟，如今刑部上下从周宗儒开始都被停职查办，甚至连这几日来往的公文都一并被封存。

去南直隶的所有公文半路都被拦了回来，其中户部、刑部的公文更是直接拿到了崔奕廷手里。

崔奕廷要做什么？要怎么做？姚宜闻想想都觉得胆寒，说不定谁是崔奕廷拿来立威的人。

六弟已经招认还咬住了寿家，这案子如果崔奕廷一定要握住，他是不可能疏通的了。

李御史看向姚宜闻："按理说，我李家该感谢姚家的帮忙，只不过，听说治好拙荆病的恩人，如今要被逐出姚家……"

李御史刻意在这里停顿了片刻。

这是李御史再一次提起了婉宁，姚宜闻抬起头来。

"多事之秋，姚大人好自为之吧！"李御史说完站起身来送客。

姚宜闻的表情僵在脸上，只好顺势起身和李御史客套。

走出了李家，小厮忙上前伺候："老爷，我们是不是该回家了？"

姚宜闻点点头，转身上了轿子，刚坐下来他却又改了主意："你先去大老爷暂住的院子知会一声，我随后就到。"

老爷要去见大老爷？

小厮有些怔愣，这几天老太爷就是因为这个生气，这是家里人都知晓的事，大老爷带着七小姐进京却住在外面，明摆着就是在和老太爷打擂台。

老太爷说了，谁也不准去见大老爷，他们下人还在一起议论，七小姐从族里过来却不回家，都是因为二房撑腰，大老爷大约觉得以族长的颜面能让老太爷低头，如今却落得留在外面无人问津的下场。

没想到才说过的事却突然有了这样的变化，老爷要去见大老爷。

他没听错吧？小厮怔愣了半晌又上前询问："老爷说……要去族中大老爷院子里？"

姚宜闻低着头不知在想什么，等了一会儿不见轿子动，才抬起头看小厮："你怎么还不去？"

"老爷，您说要去大老爷暂住的院子，小的还不知道……那地方在哪里，还要让人回去问问才清楚，咱们家里人也不是个都知道。"

大哥和婉宁进京已经好几日了，家里下人竟然还不知道大哥暂住的地方在哪里。

姚宜闻眼前忽然浮起李子年轻笑时的神情，他顿时觉得脸上一片火热。

"快去问。"

姚宜闻声音落下，小厮立即飞快地跑起来。

轿子终于停到一处三进院子门前。

小厮已经等在门口接应姚宜闻。

"老爷，大老爷那边已经禀告过了，只是说……家里有客……请老爷在这边等一等。"

家里有客不让他进门？什么时候竟然生分到如此地步。

姚宜闻刚刚走出轿子，一眼看到不远处停的马车。

"有没有问问是哪个客人？"

大哥是从泰兴来的，京城里认识的人应该不多，就算有几个能来往的，说出来他也会熟悉。

"问了，"小厮道，"就是老爷刚刚去的李家的马车。"

李家？

李子年？

李子年会比他来得还快？

可是看马车的样子和跟车的婆子，应该是女眷乘坐的车。

难道是李大太太。

"客人是来找谁的？"

小厮道："小的问了，那不是大老爷这边的客人，大老爷将旁边的院子买了下来，如今是七小姐……住着……那边还有族里的女眷……李家的马车停在那边……是找七小姐的。"

李大太太是来找婉宁的。

说话间又有一辆马车过来。

是一架装饰精巧的华盖车，跟车的婆子穿着褐色的半臂褙子，下人规规矩矩没有发出任何声音，等到车停下来几个人围过去接应，就算他离得这样近连从车上下了几个人都看不清楚。

一般人家不会规矩这样大。

这些人都是来找婉宁的？

姚宜闻正想着，突然听到一个稚嫩的声音："父亲的书都买齐了？杨先生说明日开始就要学《增广贤文》。"

姚宜闻转过头去看到了走到门口的一大一小。

虽然有几年没见，姚宜闻还是一眼就认出了沈敬元。沈氏被休的时候，沈敬元红了眼睛，他也不认输，两个人就当着许多人的面打了一架。

本来他觉得日后两家还能走动，就因为那次再见面就形同仇人。

什么时候沈敬元有了子嗣？

姚宜闻将目光落在那个小小的身影上，不知怎么的他的心仿佛被人狠狠地一扯，有种难描难述的滋味从心里发出来，这孩子长得有几分难得的伶俐，小小的年纪身上就有了几分书卷的气息。

那孩子正在和沈敬元说《增广贤文》，发现沈敬元停住脚步，就抬起头来正好和他对视了个正着。

姚宜闻顿时有一种强烈的似曾相识的感觉。

不知怎么的，那孩子的五官和神态瞬间就让他想起他小时候来，姚宜闻不由自主地将目光都落在那孩子身上，连从前面过来的沈家马车都没看到。

这孩子的长相……

姚宜闻想要看得更清楚，沈敬元却伸手将孩子抱起来一下子送进车厢里。

不知怎么的，姚宜闻有种失落的感觉。

那孩子眉清目秀，有几分像沈敬元，但……眉眼很像沈氏……

沈氏……真是奇怪了，难不成他还惦记着沈氏，所以才要多看那孩子几眼。

沈敬元低声道："坐稳了。"

昆哥点了点头。

姚宜闻走过来，还没有开口，沈敬元却冷笑一声，抬脚上了马车。

很快车厢里又传来那稚嫩的声音："那是谁？"

"姚家三老爷。"沈敬元冷冰冰地说着姚宜闻。

"哦，是那个坏人。"

站在车外的姚宜闻听了个仔细。

那个坏人。

在一个小孩子心里，他都已经变成了坏人。

沈家的马车走远了，门房才来传话，姚宜闻的小厮急忙走上前去。

不多一会儿小厮回来道："老爷，大老爷让我们进去呢。"

原来家里的客人就是沈家人。

什么时候他也要等着沈家人走才能进姚家的门，之前他休沈氏的时候二老太太是找人来劝说，可是整个二房却和沈家没有什么来往，怎么才一年不见大哥，大哥就和沈敬元走得这样近。

姚宜闻想着带着下人进了堂屋。

姚宜州正和管事说话，看到姚宜闻就挥了挥手，管事急忙退了下去。

"大哥，"姚宜闻先开口，"这几日在京中可还习惯？"

二伯父在的时候，他们两家走得很近，逢年过节都在一起，在一起说笑、打闹，大哥是二伯父的独子，就真的将他们当作亲弟弟般看待，一转眼的工夫大家都长大了，各自成家立业，可他也没想过彼此会这样生分。

姚宜州道："都还好。"

不冷不热的一句话，让姚宜闻后面的话不知道从何说起。哥俩坐了一会儿，姚宜闻才提起姚宜春："六弟生了病，瘦得不成样子，我让人带了些药进去，也不知道这案子要审到什么时候。"

下人上来端上茶点然后又陆续地退下去。

姚宜州抬起眼睛："老六出事之前，我就跟他说过，不能做出有违法度的事，他却不听非要去倒卖漕粮。我们姚家做了多少年的粮长你们不是不知道，如今名声却功亏一篑，泰兴县的粮长本是何家，三叔父和朱应年一起将粮长之位换成了六弟。"

姚宜州说着将身边的文书拿起来拍在桌子上："这是六弟做粮长时立下的文书，无论将来出了什么差错都和姚氏一族无关。"

姚宜闻沉默了半晌："李御史家是怎么回事，李御史的病怎么是婉宁治好的？"

姚宜州冷笑一声："那你要问问三叔父，当时笼络李御史是不是因为六弟贪墨了漕粮？想要李御史抬抬手不要为难姚家，婉宁治好了李大太太，三叔父和六弟就想通过婉宁打听出李家的消息，你说这应不应该？"

"因为这样的事要将婉宁逐出姚家，别说我这个做族长的不答应，族里的长辈都不会点头，"姚宜州皱起眉头，"至于六弟的事，你别想在我面前说什么大道理，我无官位在身也知道，这些事要等着朝廷论断，孰对孰错不是你我能说了算。"

姚宜闻没想到大哥会这样封死了他的嘴。

姚宜州说完看看姚宜闻："难不成六弟倒卖漕粮，朱应年贪墨漕粮的事都与你有关？"

姚宜闻脸色顿时变得难看，一下子从椅子上站起来："我为官这么多年还从来没做过贪墨的事，更别说去贪墨漕粮。"

"那就好，"姚宜州淡淡地道，"我可不想看着整个姚家都被拉下水，我们姚家毕竟是泰兴县的大户，又做过粮长，漕粮的事我是管定了，你不用来劝说……"

这话摆出来，好像他是因为要庇护六弟才和族里闹翻。

姚宜州继续道："我们姚家在泰兴这么多年，好不容易出了一个六部堂官，你还记得你高中进士的时候泰兴县是怎么个热闹，人人都说你给泰兴县挣了脸面，这些年但凡有泰兴应考的考生有几个不来你家中拜会？"

"我们家没在泰兴做什么善事，却倒卖漕粮，漕粮是什么？百姓送上来的税粮，我们姚家何德何能，竟然和贪官相互勾结盘剥百姓。"

"我问你，你进京任职的时候跟我说了什么？"姚宜州板起了脸，"说将来定然要做一个清官，就算不会名垂青史也不能让人唾骂。"

"我父亲在世的时候为何就算让族人饿肚子也要拿出盘缠让三叔和你去赶考？"

"那是因为父亲说，你虽然从小就话不多，但是为人本分，将来做了官定然也是个好官，"姚宜州道，"你说说，我爹有没有说错。"

当时伯父说这样的话，他听了只觉得面上有光，姚宜闻想到这里，脸上一红，却没想到多年过去了，再听到这样的话，却让他觉得难堪。

被御史弹劾，被李御史看不起，被大哥句句责骂……

"我还以为进了京，你能分辨孰对孰错，立即作出个决断，姚家对是对，错是错，绝不偏袒任何人，这样一来才对得起姚家在泰兴的名声，谁知道你就是个糊涂虫。"

姚宜州瞪圆了眼睛："亏你当年在我面前说下那样的大话。"

姚宜州越说声音越大："当年你休沈氏说是为了姚家的脸面，说沈氏和沈敬元勾结丢了你的官声，现在我就问你，沈氏让你丢了什么脸面？可让你受了御史的弹劾？"

说到这个，姚宜闻顿时怔愣起来。

没想到大哥会在这时候提起沈氏，是不是方才沈敬元说了什么。

姚宜闻皱起眉头负气道："大哥，沈氏那件事不说也罢，沈氏做出那样的事，不能怪我容不下她……"开始他也在父亲面前替沈氏求过情，如果单单是因为沉香母子他不可能会点头，实在是沈家太胆大妄为，要不是父亲发现得早，整个姚家早就受了牵连。

他也因此欠下了如今左春坊的何明道的人情，还好何明道和张家素有渊源，他这才没有因为那件事提心吊胆。

姚宜闻正想着。

"如果这次倒卖漕粮的事是沈家做的呢？"

清澈的声音从门外传来。

"六叔的事如果放在沈家身上，我生母现在若是还没被休，父亲会觉得沈家也情有可原，即便受了御史的弹劾也要替沈家说话吗？"

"父亲是觉得倒卖漕粮的罪名微不足道，"说到这里婉宁刻意顿了顿，"还是朝廷律法根本无所谓，父亲心中自有一杆秤。"

下人撩开帘子，婉宁一步踏进来。

姚宜闻脸色顿时变得铁青。

好久不见的长女站在那里，一双清澈的眼睛和他对视，目光中已经没有从前对他的依赖，而是深深的质疑。

这些年，他也时常会想起婉宁小时候的模样，却从来没想过婉宁有一天这样站在他跟前，四年里婉宁长大了，容貌有了些许的变化，这在他意料之内，他没想到的是，改变最多的却是婉宁的神情。

小时候经常腻在他身边，小小的手拉着他喊"爹爹"，而今却满眼的疏离。

"父亲没有见到我，就让人将我送去家庵，就像四年前，父亲将母亲早产的罪过就推在我身上。父亲亲眼看到了我推母亲？父亲有没有仔细盘问过下人，那天亲眼见到我推母亲的那些人，如今在哪里？是不是早已经被打发出了姚家？"

婉宁看着父亲："父亲以为我不想回家？不能将这件事弄清楚，我不能回去，回去也是落下偌大的罪名，早晚会被送去家庵了事，真的到了那时候，谁能庇护我？"

"是父亲，还是母亲？谁会替我说一句好话？"

父亲脸上是复杂的神情。

她就是要将从前的事弄个清清楚楚，让父亲看个明白。

一个被蒙在鼓里的人永远不知道真相的痛。

父亲不是一直在学祖父道貌岸然、不食人间烟火的神态吗，如今怎么也会神情复杂地看着她。

而今祖父和父亲还有什么立场说自己一身清白。

自从她去了泰兴之后，张氏一定过得十分舒坦，听说她来京里父亲还想着将她送去家庵一了百了。

现在他们应该知道，不能诸事顺遂的日子到了。

"要不是有大伯和二祖母庇护，我现在又在哪里？父亲多久才会想起我这个女儿，就连庶女父亲都带在身边，父亲在京里的宅子那么大，连我也容不下吗？"

姚宜闻想起婉宁小时候第一次给他沏茶时的情形，沈氏笑着站在一旁，婉宁的小手端着小小的茶杯，他生怕溅出来的热水烫了婉宁的手。

等到婉宁将茶杯举起来他急忙接过去。

婉宁小时候，他很羡慕同僚养出了一位女公子，他兴致勃勃地让人去做小桌子小椅子准备带着婉宁读书，谁知道却看到婉宁在拨弄算盘。

那天晚上他就和沈氏大吵一架，这样的女儿应该怎么教养？

这些事仿佛都发生在昨天。

那时他还怀疑婉宁将来会落得一个贪图富贵、满身铜臭的名声，转眼之间婉宁站在他面前用清亮的眼睛在质疑他。

身为族长的大哥也是一样。

他上门来问六弟的事，大哥却一句重要的话都不说，将所有的消息死死地按住，像防贼一样防着他，好像是他指使六弟去买卖漕粮。

连家里人都这样想，外面人会怎么议论？

言官又一再地上奏折，这把火已经烧到了他身上。

婉宁看着父亲张开嘴做出了倒吸冷气的样子。

自己的利益没有受到威胁，他就永远不会知道什么叫害怕，所以母亲那样苦口婆心地劝说父亲不要一味地听祖父的话，父亲只是觉得母亲在生事。

婉宁道："父亲要想想这么多年得来的官声，做李御史那样的言官不容易，也不能因此获罪，在族里的时候祖父问我在李家都听到了什么，女儿不说也都是为了父亲。"

无论说什么话，都要戳中人的心思，父亲会找上门来，是因为毕竟还不想做一个贪官，父亲一辈子爱名声，喜欢面子，现在眼看要被撕破脸皮，到底会怎么做？是不是还要继续听祖父的话，提起祖父还能不能露出与有荣焉的神情？

话说到这里，管事进来道："老爷、三老爷，五老爷过来了。"

婉宁有些意外。

今天倒将所有人都聚齐了，到底是姚家出了事，还是朝廷上有什么动静？婉宁立即想到崔奕廷审案的消息。

母亲被休的时候，仿佛十分信任五叔，告诉她若是父亲对她不好就去找五叔，去扬州的时候她忘记了问母亲到底是因为什么。

她记忆中五叔就是容貌俊秀、为人谦和的长辈，每次见到她总是要给她一些小玩意儿。因为是祖父的庶子，在人前很少说话，但是不论是祖父还是父亲都很维护他，这次醒过来之后，让她重新看清了身边的人，现在也来看看五叔。

婉宁抬起眼睛，看到一个身影走进来。

和四年前相比，五叔几乎没有什么变化，随随便便地一件青色的长袍穿在他身上，看起来也十分光彩照人，脸上那谦和的神情让人觉得十分容易亲近。父亲的长相不差，五官端正，眉眼中有几分儒雅的气质，和五叔站在一起，却豁然平凡下来。

婉宁向姚宜之行礼。

"婉宁长大了。"见到婉宁，姚宜之眼睛里有明显的喜悦。

姚宜之说着别开眼睛向姚宜州和姚宜闻行礼。

姚宜闻看着姚宜之："你怎么会过来？"

姚宜之道："大哥已经来到京里几天，我今天就跟教授请了假，来看看大哥。"

姚宜之的话说得很轻松，让屋子里的气氛有了些缓和，姚宜闻也松了口气，五弟向来会说话，站在这里就已经成了他的帮手。

姚宜之道："我们兄弟好久没见面了，我就让人从天香楼里买了大哥爱吃的肘子和烧鸡，又准备了两坛酒。"

小厮将食盒递进来。

姚宜之笑着说："天香楼里的东西好吃，还是大哥告诉我的，那时候我第一次来京里什么都不懂，大哥就买了肘子和烧鸡，我们兄弟三个就着这两个菜喝了个酩酊大醉，大哥还说京城好啊，将来要将姚氏一族都迁到京里来，三哥就说要买处大宅子，以后都不分家，大家高高兴兴地住在一起。"

天香楼的饭菜发着淡淡的香气。

好像将三个人带到了那个时候。

姚宜州板着的脸也松开了一些，那时候说的虽然是醉话，却是从心底里高兴。

老三做了官之后整个三房越来越红火，很多事也跟着变了，好像就老五还是从前的模样，若是没有看清楚三叔父的真面目，他说不定会和弟弟们坐下来说说实情。

姚宜州抬起眼睛："我今晚还有事就不留你们了，改日我们再说话。"

婉宁看向父亲，父亲垂着脸不说话，屋子里短暂地安静了之后，五叔道："那就改日，改日我和三哥再过来，大哥……京里有些事……做不得准的，从泰兴到京城要走那么远的路，很多话传也传不真，都是自家的兄弟，我们都想姚家好，六弟进了大牢，父亲和三哥着急也是情有可原，三哥这几天在家里急得团团转。如今一看大哥脸色也不好，等有机会，我们还是坐下来好好说说，没有什么话是说不清楚的。"

姚宜之说着看向姚宜闻："三哥也将婉宁接回去，才十二岁的小姐，总在外面不免被人说道，虽说有族里女眷照应，毕竟有不周到的地方，在泰兴县也就罢了，在京城和三哥家里不过隔了两条街，不清楚实情的人还不知怎么议论。"

婉宁感觉到父亲的视线落在她脸上，看了她一会儿然后不自觉地点头："婉宁还是跟着我回去，在家里有你母亲照应，我也能安心。"

所有人的目光都落在她身上。

五叔是温和的笑容，父亲目光复杂有几分的真心，大伯皱着眉头很是担忧。

婉宁听了父亲的话脸上浮起掩饰不住的笑容："我想回家，我住的院子还空着吗？"

姚宜闻点点头，"还在呢，我让人收拾出来。"

"父亲教我读书写字的桌椅还在吗？那个三层的青色幔帐，窗边还种着蔷薇花，我自己撒的花种，父亲还在我院子里种了梧桐，那些都在吗？"

这话问得姚宜闻一愣，很快又点头："你母亲都让人打理着，还跟从前一样。"

"父亲去看过吗？"

婉宁像是个执拗的孩子一定要问个仔细。

姚宜闻不知怎么的，感觉在女儿期盼的目光下他不能随便地点头，自从有了欢哥，他下衙之后就陪着欢哥，婉宁又不在家里，他就没去过那个院子。

姚宜闻摇摇头："我没去过，不过……"

"父亲没去过却还说好好的……"婉宁说着顿了顿，"父亲知不知道在泰兴的时候，六婶已经帮我置办入殓穿的衣裳。"

听到入殓穿的衣裳几个字，姚宜闻的脸色顿时变得苍白，可婉宁又不像是在说笑："这样的话怎么能乱说。"

婉宁转脸看向姚宜州："不是我乱说，大伯也是知道的。"

"多亏了崔二爷去姚家做客带的两个丫头都会水，将我从池塘里捞起来，童妈妈又尽心尽力地服侍，我骗了六婶才骗到了好郎中来诊治，吃到了调理身子的药，要是没有这些，我早就死了。

"我差点冤死在泰兴，就是因为那天去给母亲请安，进了屋就看到母亲坐在地上，"婉宁摇摇头，"我明明什么都没做，所有人都说我推了母亲，欢哥好端端地生下来，不比足月的孩子小，即便是这样父亲也没少了怨恨我，将我送去族里，我在六婶的看护下被关在绣楼里，一下子就是四年，四年里，我最喜欢夏天，因为到了夏天我就能去数窗外的那棵桃树会长多少叶子。"

"父亲，"婉宁抬起头来，"若是换做你遇到了这样的事，你还敢不敢回去那个地方？"

"那个地方，还是我的家吗？"

"我是想回家，但是我的家在哪儿？在父亲心里，还是在父亲四年都没去过的那个院子里？"

姚宜闻一下子愣在那里。

姚宜州站起身来："老三，你身下已经有了子嗣，身边又有庶女，若是你愿意就将婉宁过继到二房来。我二弟走得早没有留下一儿半女，婉宁虽然是女子却也能做嗣女，我二弟应分的那份家产都在我母亲手里，我来京城的时候我母亲说了，你若是点头，就立下字据，婉宁承继了我二弟的家产，从此之后就是我们二房的女儿。"这些话他本不想在这里说，母亲跟他提过这件事，他一直在心里思量，毕竟姚宜闻有官位在身，婉宁可以借此找一个好婆家，相反二弟毕竟已经不在世，将婉宁接来二房他总觉得有些委屈婉宁，今天听到婉宁这番话，他才动容，不能再有那样的事发生，索性今天当着姚宜闻他就一口气说出来。

"那怎么行，"姚宜闻吸了一口冷气，"婉宁是我的长女。"

"是吗？"姚宜州淡淡地道，"我怎么听说，你只有庶长女没有长女，你这个父亲做得好，在城外见到女儿，却连自己的女儿都不识得，既然几年里你都不闻不问，不如成全了我们二房，这样一来也算是皆大欢喜，我替你二哥也好好谢谢你，从此之后，你也干干净净再和沈家没有半点关系。"

他从来没想过将女儿过继给二房。

那是不可能的事。

那是他的长女。

怪不得大哥会让族里的女眷照应婉宁，不让婉宁回家。

姚宜闻瞪大了眼睛："大哥，这件事我不能答应。"

姚宜州冷着声音："你回去好好想想再说，这件事我们也不着急，只是从今往后你不用动不动就说将婉宁送去家庵或是逐出家门，有人等着要护得她周全。"

大哥这话的意思是，他不能护着女儿，姚宜闻顿时觉得面皮上一阵发紧，他转脸看向婉宁，婉宁正看着大哥一脸的感激。

送走婉宁的时候他想，送到族里难，想接回来却很容易，也是心里气急，没有将婉宁放在心里。

这些年，张氏将一双儿女都教得很好，他也就慢慢地淡忘了长女，想要等到长女要及笄时再接回京。

没想到婉宁突然从泰兴来到京城，不但成了李大太太的救命恩人，还成了忠义侯府的座上客，他不禁惊诧，他心里觉得那个没有出息像沈氏一样的女儿竟然做了这么多事，他还没将一切弄得太清楚。

二房要将婉宁作为嗣女。

嗣子常见，嗣女是很少才会有的，二房老太太和大哥竟然为了婉宁，想要做这样的事。

从姚宜州院子里出来，姚宜之要去国子监，走之前劝说姚宜闻："三哥别急，有什么事我们回去再说。"

姚宜闻心事重重地坐上了轿子。

轿子停在姚家门口半天，姚宜闻一动不动地坐着。

"老爷，"下人第二次低声道，"到家了，您下轿吧！"

姚宜闻"嗯"了一声却没有动。

下人道："今天永安侯爷不是要来吗？家里都准备好了？"

姚宜闻这才想起来，永安侯裴明诏早就送了帖子，之前是因为侯爷有事耽搁了，今天定然会来。

姚宜闻弯腰走出轿子，大步走进家门，没有去张氏的院子而是径直去了书房。

张氏听到消息很诧异，往常只要回到家里，老爷都会先来她这里，问问今天家里有什么事，怎么今天就直接去了书房，还打发人来拿衣服去换。

"老爷今天怎么样？"张氏问过去。

紫鹃摇了摇头："外面的陈管事让人传话过来，"说着看向四周，压低了声音，"老爷去见了大老爷。"

张氏将手里的针线放下："去了大老爷那里？"

老爷怎么都没跟她说一声，老太爷不准老爷去大老爷那里，更不准老爷去接婉宁，所以这件事才会落在她头上，她今日去了一趟那边的院子，谁知道门房却将她挡在外面，说婉宁不在家中。

她正准备晚上将这件事跟老爷说，谁知道老爷却见到了大老爷。

也不知道大老爷说了些什么。

"要不然奴婢让婆子去打听打听？"紫鹃试着道。

"也许是因为衙门里的事，"张氏进内室换了衣服，"先不要着急。"

家里有老太爷在，老爷很听老太爷的话。

张氏正想着，下人来禀告："太太，永安侯来了。"

张氏点点头看向紫鹃："让人送茶点去书房，不要怠慢了。"

紫鹃明白太太的意思："您放心，那边都交代好了。"

不论小书房说了什么话，她们都会原原本本地禀告太太。

姚宜闻在门口迎裴明诏。

永安侯是先太子做太子时在潜邸带起来的武将，先皇继位之后，在西北又立下战功，先皇随即封了爵位，先皇去世之后，裴家一度不太受宠，后来因为瓦剌侵扰永安侯挺身而出，与之周旋四五年，大大小小的战打了几十场之多，裴家也就成了皇上依仗的武将，老侯爷对战瓦剌时受伤，而后不治身亡，裴明诏承继永安侯爵，承爵的公文还是由他交予礼部的。

裴明诏年纪轻轻就做了侯爷，以皇上对裴家的信任，将来定然会前程无量。

看到门房上的下人匆匆进院子来，姚宜闻上前走几步，走出门就看到裴明诏下马来。

裴明诏二十岁才出头，眉毛浓黑而长，一双丹凤眼十分明亮，下颌有明晰的棱角多了几分英武之气，抿着嘴唇，透出几分的沉稳和内敛。

姚宜闻上前见礼，两个人一路去了书房。

在屋子里坐下，下人立即端水上来，裴明诏一言不发端起茶来喝水，姚宜闻在一旁等着裴明诏说话。

裴明诏眉毛微扬："姚大人可收到了忠义侯府的谢礼？"

姚宜闻立即想起来忠义侯府在城外接婉宁的事，永安侯是为这件事而来？他心里那份担忧终于发生了。

"京中最近传出不少闲话，我来跟姚大人澄清，在泰兴县我为了救忠义侯世子到了姚家庄子上，幸好有姚家人相助，后来才知道帮忙的是姚七小姐。"

提起女儿在泰兴做的事，他应该有一种骄傲和自豪，毕竟是自己的长女不声不响地救下了忠义侯世子。

可是对于这件事，他只有初听时的惊讶和质疑，如今的迷惑和羞愧。

这是怎么了？

看着姚宜闻的表情，裴明诏想起这几天听到的传闻，姚三老爷不认养在泰兴的长女。听说姚七小姐来到了京里他心里有几分高兴，这么快就要见到那个聪慧的姚家小姐，没想到却听到了这样的话，姚七小姐没有被接进家门。

他脑海里顿时浮起姚七小姐从容不迫的神情，仿佛无论发生什么事她都不会害怕。那时候他还想，一个十二岁的小姐怎么能这样，现在真相昭然若揭，没有长辈的关怀照顾，就那样被扔在族里，所以才会和姚家二房的长辈互相照应。

如果不伶俐不坚强，不自己照顾自己恐怕都不能好端端地活到今日。

那样的从容不迫中到底有多少的坎坷，受了多少的责难才能练就。

想到这里，裴明诏不由自主地皱起眉头。

十二岁的女孩子应该被父母护在身边，姚宜闻却这样养自己的长女。

若不是亲眼所见，他是不敢相信。

姚宜闻的官声还算不错，虽然本朝的吏部侍郎和其他几部不同，只是个摆设，可姚宜闻也是进士出身，学问做得好，又有过目不忘的本事，将吏部的典册如数家珍，怎么也不能到连亲生骨肉都不闻不问的地步。

这样也就罢了，却还将帮忠义侯府的功劳揽在自己身上。

听母亲回去说姚三太太的作为，好像并不将姚七小姐当作自家的女儿，提起姚家的长女甚至还颇有微词。

他还不知道这些事的时候让人送名帖到姚家，后来知晓了他本不想登门，转念一想不如来说得清楚些。

裴明诏瞥了一眼姚宜闻，站起身来："我从泰兴走得匆促，没有见过姚老太爷。"

姚宜闻顿时觉得像是被淋了一盆冷水。

这是个误会，他早就知道了。

是因为开始忠义侯府没有说得很清楚，只是提了泰兴，他们就自然而然就想到了父亲身上。

那阵子只要提起忠义侯世子，他们都觉得十分荣光。

很快外面都传是父亲帮了忙，在衙门里他遇到了不少的同僚都对他拱手道贺。

再后来，他虽然知道了真正帮忙的是婉宁，他也没好意思解释清楚，帮忙的不是父亲而是女儿。

怎么能随随便便在人前提起未出阁的女儿。

现在裴明诏却说起来，不禁让他脸红，仿佛他刻意占了女儿的功劳。

永安侯到姚家来就是为了这件事？

就是为了将话说个清清楚楚？

明明是自己生养的女儿，现在有了出息，他却没有跟着脸上有光。

婉宁小小年纪，做事周到又稳妥，这样的话他最近屡屡听到。

可是提起这个，他却不知道要怎么接话。

难道说，四年里，那个在他心里不争气的女儿，突然之间就变了个人？他怎么也想不到，自己并不看好的女儿却人人夸赞。

裴明诏没有留下来和姚宜闻寒暄，而是径直告辞出了姚家，姚家下人甚至连点心都没来得及送上来。

姚宜闻看着裴明诏的背影，恍恍惚惚地回到内宅里。

下人来禀告："老爷，老太爷请您过去呢。"

姚宜闻点点头，看向下人："不用你们跟着了，我去屋里换了衣服就过去。"

小厮和丫鬟都退下去。

姚宜闻在园子里走着，不知不觉走到婉宁曾住过的院子。

这是沈氏选的地方，离他们原来住的主屋不远，沈氏特意将院子的外墙刷成了粉色。粉色的小院子，里面种了许多花树，沈氏说小姐住的院子要多几分婉约，还提起沈家在扬州的绣楼，感叹："如果有绣楼住就好了。"

结果院子里种了葡萄，有一次婉宁爬上了葡萄架子，将乳母和下人都吓坏了，一个小姐竟然胆子这样的大。

姚宜闻想起婉宁说的话："四年里，父亲有没有进那院子里去看一看？"

姚宜闻不由自主地停下脚步。

院子仿佛很安静，石阶被打扫得很干净，一切都像从前一样，只是少了热闹。

从前婉宁在院子里的时候，身边跟着四个丫鬟，六个婆子，无论什么时候下人都是来来往往的穿梭。

正好院子的门敞开着，姚宜闻跨了进去。

小院子里再也不是他记忆中的模样，几棵花树都不死不活地立在那里，四周都长满了草，只有旁边的翠竹还在风中摇摆，这样却更增添了几分萧索。

这几年家里经过了几次修葺，沈氏住过的院子已经被翻新改成了他在后院的书房，婉宁这里却没有动，从外面看屋子很多地方都已经破旧不堪。

那个葡萄架早就不见了。

他当着大哥的面跟婉宁说，她住的地方还一如从前，都有下人仔细地打扫，其实这里根本不能再住人……

姚宜闻想要进屋看看，却忽然听到一个声音从主屋传出来。

"自从七小姐走了之后，跟着七小姐的人都被发去了庄子上，只有我能留下来多亏了您照应。"

然后是一个熟悉的声音道："你知道就好。"

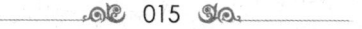

姚宜闻皱起眉头一听，那声音是张氏院子里管杂事的许大媳妇。

"所以这些饭菜，是我孝敬您的。"

许大媳妇很得意："七小姐走了，你们一个个都丢了差事，院子里的大丫鬟嫁的嫁，送走的送走……那些人我是不知道，就和你走得近些，这才托了管事将你留下，家里的活计总要有人做，你们当时吃点亏去杂役房里，现在还不是去了门上，活儿不累，每个月比那些中等的丫鬟拿的也不少，也该知足了。"

那人连忙道："是，是，是，只不过还给我派了别的差事，让我打扫这个院子……我这一看，委实不知怎么下手，家里又不停地派活儿下来，您说，我只有一双手，万一两边都没做好，岂不是要有责难下来，这才找您商量。"

许大媳妇笑一声："平日里看你也是伶俐的人，现在怎么犯起傻来，太太房里的翠夏月底就要出嫁了，才给你差事让你去口子胡同那边帮忙布置院子，这差事你做不好，得罪了翠夏，将来你就别想再有什么好差事落到头上。"

"我自然知晓这个，绝不敢怠慢，"那人说着顿了顿，"可是七小姐回来之后看到这里的模样，我也是一样被责罚，请您过来就是想让您跟太太说一声，我或是收拾七小姐的院子，或是去口子胡同那边，只做一样行不行？"

"还有你这样将差事往外推的，"许大媳妇冷笑，"现在是什么时候？你怎么就不长眼睛？"

"翠夏的亲事是老爷指的，配给了家里的管事儿子。"

"你说孰轻孰重？"

"再说那个七小姐是能回来的吗？"

"不说清楚你就不明白，这个家里就你一个浑人。"

"如果能回来早就回来了，还能等到今天。"

"别看是个嫡女连庶女都不如，老爷记恨沈氏，将七小姐也当沈家人一样，丢开她都来不及怎么能接回来，六太太带着小姐来京里，我们还上下忙碌了一阵，如果七小姐真的能回家，还能将这件事交给你一个人来做？"

"不过就是走走样子，等到老爷下衙的时候，你让人拿着东西从老爷跟前走过去，是那个意思就完了，老爷要的不过是个脸面罢了，不光是做给外面人看，在咱们下人面前也不能说亏待了女儿，否则传到外面去成了什么？我们做下人的要知道，什么时候帮主子撑脸面，什么时候尽心尽力的办事，什么时候应付敷衍，谁也没将外面那位当作正经的主子，你那么认真做什么？"

"整个内宅就你一个人不知道，这个破院子，就是猫儿、狗儿没事屙屎的地界儿，前些日子青鸢的老子死了，她没空回家，就在这里烧的纸，我都瞧见了，你收拾做什么？不是白费力气？"

许大媳妇话刚说到这里，门忽然被人推开了。

许大媳妇和童婆子顿时怔愣在那里。

"老爷。"许大媳妇半晌才反应过来，忙带着童婆子上前行礼。

"来人，"姚宜闻忽然怒吼一声，"来人……"

声音在小小的院子里回响，却没有一个人走过来。

整个院子仿佛是被人遗忘的地方。

外面一阵风吹过，竹子发出沙沙的声音，仿佛是在嘲笑他。

家里人人都知道，他不会将婉宁接回来。

人人都知道，他没有将长女放在眼里，他对待自己的亲骨肉连对一个丫鬟都不如。

人人都知道他提起婉宁不过是为了撑个脸面罢了，他心里根本早就没有了这个长女，早就觉得婉宁和沈氏没什么两样。

李御史、忠义侯府、永安侯、大哥、婉宁和家里的下人。

谁都知道。

他却还板着脸教妻训子。

都在骗他，将他当个傻子一样耍得团团转。

等了好久，也不见一个人出来。

姚宜闻转身走出院子，走了好一段路才遇到下人，他瞪圆了眼睛："让人将许大媳妇绑起来。"

看着老爷满眼的红血丝，表情狰狞得可怕，下人顿时打了个哆嗦。

这是怎么了，平日里温文尔雅的老爷怎么会变成这个模样。

"老爷，您说……是太太院子里的那个许大媳妇？太太……"

"太太院子里的人我就不能管？"姚宜闻觉得一阵热血冲上了头。

下人已经吓得嘴唇颤抖，哆哆嗦嗦地道："不是，不是，奴婢这就去办，奴婢这就去……"

看着慌慌张张跑动的下人，姚宜闻只觉得有一口气在他身体里乱窜着，急于找到一个出口。

不等整个家闹腾起来，姚宜闻已经大步走进张氏的院子里。

张氏正在教欢哥唱歌。

看到慌慌张张进门的下人，张氏脸上的笑容顿时收起来，下意识地将地上的欢哥抱在怀里："怎么了？"

话音刚落，张氏就看到姚宜闻沉了脸进门，书房里的事她已经知道了，老爷恐怕是在永安侯面前丢了脸面才会这样，没想到永安侯说话不加遮掩，这样也好让老爷彻底对婉宁死了心。

"老爷这是怎么了？"张氏装作一无所知。

欢哥见到姚宜闻想要上前，却被张氏一把拉住，生怕姚宜闻不小心将怒气撒到欢哥身上。

乳母上前接过了欢哥。

张氏倒了茶端给姚宜闻，软声软气地道："老爷小心气坏了身子，有什么事慢慢办，总会有法子解决。"

张氏话音刚落，手腕顿时被姚宜闻攥住："你说今天去见婉宁，去没去？"

怎么问她这件事。

张氏道："妾身一早就吩咐人去那边知会，婉宁却不在家中。"

也就是说没有去，怪不得院子里所有人都知道婉宁是不会被接回来。

姚宜闻看了张氏一眼，张氏不由得身上发凉。

自从嫁进姚家，老爷还从来没有这样看过她，那双眼睛里带着浓浓的怒气和疑惑，眉毛紧紧地皱起来。

"老爷，"在这时候她尤其不能退缩，而是要进一步弄清楚发生了什么事，张氏想透这点立即道:"您这是怎么了?可是听说了什么?您也不要怨婉宁,说不定真的是遇到了什么事,明日妾身再过去也就是了。"

姚宜闻板着脸:"你还要去?"

听得姚宜闻的话,张氏心里一颤,老爷今天和往常大不一样。

张氏稳下心神,轻轻颔首,一双大大的杏眼和姚宜闻对视:"父亲气着,老爷心里又为难,妾身出面是最好。"

在没有出嫁之前父亲已经将老爷的脾气摸透了,老爷尤其喜欢知书达理、温和柔顺的女子,沈氏就是太过要强才闹得不能夫妻和顺,出嫁前父亲就跟她说,女子最厉害的两样东西,一样是会说,一样就是要会哭。

说要吴侬软语,哭的时候更要惹人怜爱,只要会这两样,就能将夫君哄得团团转。

姚宜闻脸上神情复杂:"你真的想要婉宁回来?"

往常老爷不会这样问她,今天真的很不寻常,张氏道:"婉宁没进京之前妾身不就跟老爷商量要将婉宁接回来。"

接婉宁的话,四年里被提起了几次,若是往常姚宜闻觉得张氏没做错什么,可是今天却不一样。

温婉的话没有让姚宜闻脸上的怒气散开,张氏不由得有些紧张。

这到底是怎么回事?

就算老爷在永安侯那里吃了亏,也不该对她发什么脾气。

姚宜闻沉着脸:"婉宁的院子可收拾了出来?"

张氏一愣,今天老爷怎么就围着接婉宁的事说个不停。

老太爷的态度老爷也不是不知道,就算要将婉宁接回来也不是一时半刻的事,难不成老爷觉得她早就该将一切都准备好。

张氏还没有说话,旁边的孙妈妈忙道:"老爷,太太吩咐奴婢下去安排了,要将七小姐的房子收拾得和从前一样。"

收拾得和从前一样。

到底是真心要收拾,还是在愚弄他。

看着孙妈妈的笑容,姚宜闻没有压下去的火气就像是被浇了油般"噌"地一下又烧起来:"谁给你的胆子,让你在这里插嘴,这个家到底还有没有规矩。"

姚宜闻狠戾的表情顿时将孙妈妈吓得一抖。

孙妈妈是张氏的陪房,在姚宜闻面前也有几分脸面,从来没有被这样训斥,不由得慌了神,立即跪下来:"老爷,都是奴婢的不是,奴婢不该这样。"说着伸出手来掌嘴。

清脆的巴掌声顿时在屋子里响起来。

院子里所有的下人都慌慌张张地跑出来。

紫鹃向屋子里看了一眼顿时吓得脸色苍白。

孙妈妈竟然痛哭流涕地跪在地上。

旁边是一脸怒气的老爷。

"哎呀……"

院子里的小丫鬟叫了一声,紫鹃转过头去,看到了被押在院子里的人。

紫鹃壮着胆子向前走了几步才算看清楚。

被绑了手,押跪在一旁的人是许大媳妇。

这是怎么了？

孙妈妈跪在屋子里，许大媳妇跪在外面，这可都是太太身边得力的人，却在这时候都受了责罚。

出了什么事？

老爷到底是怎么了？

紫鹃想要上前问个清楚，地上的许大媳妇看到紫鹃顿时挣扎起来。

一下、两下、三下，张氏眼看着孙妈妈的脸颊被掴得红肿，老爷到底是怎么了？进屋之后质问她不说，还动了这样大的脾气。

如今孙妈妈跪在地上掴脸，老爷脸上的怒气也不曾消散，好像无论如何也不肯罢休。

老爷到底是从哪里来的怒气，她嫁到姚家之后，还没有遇到过这样的情形。

到底是哪里出了错？她站在这里一时之间竟然想不出个道理。

"老爷，"张氏攥紧了帕子，"孙妈妈是妾身的陪房，看在她平日里做事也算是尽心尽力，妾身就替孙妈妈求个情，让她下次谨守本分，绝不能再少了礼数。"

"翠夏也是你的陪房，伺候你真是天大的福气，"姚宜闻冷冷地道，"连许大媳妇都知道，婉宁还不如你一个陪房。"

张氏的心顿时一沉，这话老爷是从哪里听来的？

许大媳妇？

许大媳妇在哪里？她还跟老爷说了些什么？

张氏半响才张开嘴："老爷，您这是从哪里听说的？婉宁怎么会不如妾身的陪房？婉宁是您的长女，是姚家正经的小姐，这是谁在嚼舌根？"

"不用谁嚼舌根，"姚宜闻冷笑道，"是我亲耳听到的，就在婉宁的院子里，许大媳妇亲口说的。"

四年来他没去过那个院子，没想到再去是那样的情形。

姚宜闻看着跪在地上的孙妈妈："连你院子里的下人都知道婉宁再也不会回到姚家，这个家里被蒙在鼓里的只有我一个。"

这个家里，上上下下都在敷衍他。

张氏睁大了眼睛，她心里确实期望婉宁不会被接回来。眼下的情形老太爷不肯松口，老爷也不敢忤逆老太爷的意思，她去看婉宁不过就是走走样子，若是婉宁真的想回来，还有老太爷这关要过，而且，她从心底里觉得，婉宁惹了这么大的祸，不敢再踏进三房的门，进了这个门，不论是老太爷还是老爷都能责罚婉宁。

她不是傻子，心里这样想，却没有向下人透露一言半语，就算是下人知道也是揣摩出她的意思，她用许大媳妇也是因为许大媳妇在这方面很伶俐。

她从来没想过，许大媳妇的这份伶俐还会惹出祸事。

张氏向门外看去，看到了一脸焦急的紫鹃。

真的是出事了。

她将一切都安排妥当，没想到会在这样的地方出事。

老爷怎么会到婉宁的院子里，那么巧就遇到许大媳妇，听到许大媳妇说那样的话。

"老爷，"张氏皱起眉头一脸的惊讶，"您这是觉得妾身言不由衷不想要婉宁回家？"

姚宜闻看向张氏，张氏脸色难看，眼睛里又是惊讶又是委屈。

"妾身到底做了什么事让老爷这样猜忌？"

"妾身若是不愿意让婉宁回来，就不会劝说老爷去大哥那里，和大哥好好说说话，免得弄出什么误会。"

"妾身若是不愿意让婉宁回来，又怎么会去接婉宁，老爷觉得妾身一直在说谎吗？妾身嫁进姚家之后，有什么事瞒着老爷？"

张氏流着眼泪，姚宜闻不禁有些心软，张氏一直尽心尽力地操持这个家，如今说起来他真不能将这些罪名都戴在张氏身上。

只是有些事就是让他气愤难平。

"将许大媳妇带进来，让太太亲口问问。"

姚宜闻扬声吩咐下去。

短暂的安静过后，外面一阵骚乱，许大媳妇被粗使的婆子提着进了屋。

看到张氏，许大媳妇顿时呼喊起来："老爷、太太，奴婢错了，奴婢不该随便嚼舌，奴婢都是乱说的，奴婢下次再也不敢了。"

"问，"姚宜闻看向张氏，"好好问问是谁给她的胆子，让她这样说话。"

张氏看向姚宜闻。

姚宜闻竖起眉毛："问啊？当着我的面，让她将刚才的话说个清清楚楚，"说到这里顿了顿，"你院子里的人，我问不出话来，你总能问个仔细。"

张氏从来都觉得让老爷消气是很简单的事，无论什么时候老爷都没有真的和她置过气，就算是夫妻之间有些小小的摩擦也是她说几句软话，老爷就云开雾散，最终还是会依着她的意思。

内宅里也没有过这样的动荡，她亲自给老爷纳妾，那些妾室都要听她的安排，都是她信得过的人，身边办事的人也都是她从张家带来的，姚家所有人的一举一动都在她眼皮底下，她也没想过有一天会被人攥住把柄。

无论她怎么说，老爷的怒气也不消散，不依不饶地让她盘问许大媳妇。

张氏顿时有一种被人压制住的感觉，她想要轻轻巧巧地将眼前的事化解，却有人死死地攥住她不放。

张氏咬紧牙关，半晌才看许大媳妇："你怎么说的？就当着老爷和我面前再将那些话说一遍。"

许大媳妇听了这话顿时浑身冰凉："老爷、太太，奴婢再也不敢说了，奴婢再也不敢说了啊……"

许大媳妇哀求的声音顿时在整个院子里传开。

张氏看向旁边的紫鹃，紫鹃悄悄地走出门，叫来小丫鬟："你去将这里的事传到老太爷那里，让老太爷知道。"

"怎么回事？"姚老太爷听到下人禀告。

"不知道，"下人摇头，"好像是有人在背地里说了七小姐，正好被三老爷听到了，三老爷就让婆子将人绑了去了三太太房里。"

就因为说了婉宁？

反了他了。

"老爷。"

许大媳妇将额头磕得血肉模糊，地上的孙妈妈也有一种兔死狐悲的恐慌，老爷何时在太太面前发过这样的脾气。

她唯一一次见到老爷震怒还是在太太生八爷的时候，老爷气得脸色铁青，站在那里训斥七小姐。

从前只在外面听过老爷很有学问，这次是亲耳听到老爷用文绉绉的话教女。

什么不闻妇礼，惧失容他门，取辱宗族，大篇大篇的《女诫》、《闺范》、《女论语》老爷张口就说出来。

她是张家人，张家是勋贵之家，出的都是武将，家中的男子都是以习武见长，姚家虽然不算是正经的书香门第，老爷却能出口成章，每日更是早早起床就去书房里读书，那时候她觉得姚家这池水不是那么好混的，于是她提醒着太太，沈氏虽然被休，姚家定然还有沈氏的眼线，他们才进姚家，一步都不能走错，别看七小姐年纪还小，毕竟是嫡长女，太太身下没有子嗣傍身，很容易被人钻了空子。

好在老爷真心对太太好，喜欢太太的性子，家中凡事都依着太太，七小姐也被远远地送走，这些年无波无澜地过来，如今在姚家上下都听太太的，她也就没有开始那样小心翼翼，这才为了太太在老爷面前抢话。

谁知道却撞在了钉子上。

"老爷，"来传话的人已经吓得脸色铁青，"老太爷请您过去一趟。"

下人鼓足了劲儿说了出来。

姚宜闻看过去："老太爷？"

父亲叫他去做什么？难不成父亲已经知道这里的事？

姚宜闻抬起头看了张氏一眼，张氏仿佛一无所知。

许大媳妇还在哭着，屋子里其他下人吓得头也不敢抬起来。

姚宜闻坐了一会儿，终于站起身大步走出了屋。

脚步声过后，张氏抬起头看着眼前晃动的琉璃帘子，半响紫鹃过来道："太太，老爷已经走了。"

张氏这才看向地上的许大媳妇。

许大媳妇已经瘫在那里。

张氏冷静的声音传来："知不知道应该怎么说？"

许大媳妇急忙点头："奴婢知道，都是奴婢的错，是奴婢不小心。"

紫鹃将门关上，张氏坐在椅子上舒口气："你怎么会在那里？"

许大媳妇痛哭流涕："奴婢给童婆子找了份差事，童婆子为了答谢奴婢就请奴婢去吃酒，童婆子带着人收拾七小姐从前的院子，干脆就在那边摆了桌，我们两个就说起七小姐回家的事，奴婢就多了嘴……谁知道老爷会在外面听着……奴婢是怎么也没想到啊。"

张氏看向紫鹃，紫鹃立即道："奴婢也去问了，是老爷，老爷不准人跟着想要在院子里走走，还说立即就要回院子里，正好到了摆饭的时候，太太这边要摆箸，大家也就没在意。"

就在这个时候，老爷不经意走到婉宁那里，听到许大媳妇说话。

孙妈妈已经站起身来："太太，也许正好是巧了。"说着看了一眼许大媳妇。

许大媳妇向来贪嘴不管是谁请去吃饭她都会去，这次也该受了教训。

张氏道："童婆子是谁？平日里怎么样？"

孙妈妈思量片刻："是从前七小姐院子里的粗使婆子，平日里不怎么说话，也没什么心思。"

到底是怎么回事。

张氏总觉得这里有蹊跷，是谁在捣鬼？一下子让家里起了这么大的波澜。

姚宜闻进了姚老太爷房里。

屋子里还有淡淡的酒香。

姚宜闻立即想起来，父亲今天才和岳父喝了酒回来。

姚宜闻上前行礼，姚老太爷面色不虞地坐在椅子上没有说话，蒋氏正吩咐丫鬟伺候父子俩茶水，然后将人带了下去。

屋子里只剩下了姚老太爷和姚宜闻。

姚老太爷皱起眉头："到底有什么事让你将家里闹个翻天覆地？"

看父亲生了气，姚宜闻道："是儿子的错，扰了父亲歇息。"

姚老太爷挥挥手："和这个无关，我只问你，在外面听说了什么就回来生气？"

"是婉宁，婉宁从前住的院子乱成一团，还有下人在里面嚼舌说我不会将婉宁接回来。"

原来是为了这个，姚老太爷脸上露出一丝的轻笑："我当是为了什么。"

这样的事在父亲嘴里忽然云淡风轻起来。

"我早就说了，她就和沈家人一样，既然不愿意回来你就当没有这个女儿，明日里写个文书，将来无论她做出什么事都和姚家无关。"

不知怎么的听着这些，他的耳边就响起婉宁的那些话。

"父亲以为我不想回家？不能将这件事弄清楚，我不能回去，回去也是落下偌大的罪名，早晚会被送去家庵了事，真的到了那时候，谁能庇护我？"

"是父亲，还是母亲？谁会替我说一句好话？"

谁能替她说话。

姚宜闻顿时觉得嗓子里火辣辣的，他吞咽了一口忽然抬起头来："父亲，婉宁也没做什么天理不容的事，我不能随随便便就将她逐出姚家，毕竟婉宁是我的长女。"

姚老太爷不禁微微惊讶，老三很少反驳他，今天竟然为了婉宁说出这样的话来。

婉宁到底给老三灌了什么迷魂汤。

姚老太爷竖起眉毛："你是什么意思？忤逆长辈还不算过错？"

"儿子不是这个意思。"姚宜闻道。

"我说的话你都不听了，"姚老太爷瞪圆了眼睛，"让你出去活动活动也好救你六弟，你做了没有？怎么反而去了姚宜州那里还见了婉宁。"

"你在那边都听说了什么？"

"我告诉你，沈家就不是什么好东西，跟沈家牵连上的人你也能相信？当年要不是我早些发现沈氏帮沈敬元买通学政要得个秀才的功名，现在你我父子早就身陷囹圄，明明是沈氏做的事，何明道以为是我遣送小厮去找他，要送给他五百两银子为你六弟买功名，这都是沈氏吩咐小厮将罪过诬在我头上，差点害得我进了大狱，我带着你冒着风雨去赶考，岂是作弊买功名的人。

"你还说这里面说不定有什么蹊跷，要不是你如今的岳家帮忙，我们就要家破人亡了，你还能将官做到京里来？你这是读书都读傻了，竟然好坏不分，还替沈家说起话来了，你是不是还觉得当年我不该休了沈氏，帮你求娶张氏？"

姚宜闻看向盛怒的父亲："这里面只怕有误会，李御史是有名的言官，他说的话不能不信，婉宁不但没有做错事，还帮了大忙，南直隶的案子里面说不定有蹊跷。"

"是刑部结了案？"

姚宜闻摇头："哪有这么快结案。"

姚老太爷道："是户部那边传出了消息？"

姚宜闻道："六弟已经认罪了。"

"你六弟是认罪了，"姚老太爷突然扬声，"你还想着要落井下石不成？若不然就用你弟弟的性命去换功名。"

姚宜闻睁大了眼睛："父亲……您这是……"

"我是知道你弟弟做错了事，这件事和他岳家脱不开干系，可他终究是我的儿子，你的弟弟，你要眼看着他获罪，你弟媳妇还有两个侄儿日后要如何生活？"

"你岳丈还为了我们家的事上下活动，你却这时候替沈家说起话来，"姚老太爷板着脸训斥姚宜闻，"我怎么养出你这样不知轻重的儿子。"

姚宜闻道："儿子是想着帮大哥一起弄清楚漕粮的事，将来也能上个折子为六弟求情，说不定能将功补过。"

姚老太爷鼻翼扇动："弄清楚漕粮的事？就你能弄清楚，整个京城这么多的达官显贵，南直隶那么多的官员，谁也没你清楚，没有无官无职的姚宜州清楚。"

"若是这件案子不定下来要如何？定你一个诬告罪？你知道漕粮是怎么回事就要跟着起哄？多少人要摔在这个坑里你都不知道，还要跟着前仆后继。"

"李御史是什么人？被撤职流放的罪官，李御史会办这件案子是因为他没有了退路，要么死在流放地，要么竭力博出一个功名，在朝为官谁不是为了自己头上的帽子着想？你还以为他是一心为了朝廷。一个还没有及冠的崔奕廷，一个被流放的御史，还想要扳动南直隶，真是做梦。

"别看崔奕廷、李御史口口声声为了查案，他们不是为了利，就是想要借此出名，崔奕廷没有功名在身凭什么要仕途？皇上现在还被蒙在鼓里，将来必定是要明白。

"连崔尚书都躲着崔奕廷这个侄子，多少人等着看笑话，你却要扑上去，我早说过婉宁不听话早晚惹出事来，你不听我的就会被那孽障连累，"姚老太爷胡须一动，"我的话放在这里，你就等着，等着看他们会有什么好结果。"

姚宜闻没想到父亲将这件事想得如此清楚，却在今天之前不曾向他透露半句。

知子莫若父，姚老太爷看着姚宜闻："我之前不说是怕你乱了方寸，没想到你被蒙骗住了，如果不是我在这里，将来姚家就要栽在你手里。"

听着父亲的话，想想大哥在他面前说起的那些，姚宜闻的心忽然乱起来。他也知道崔奕廷这次不会弄出什么结果，皇上要查案，不能什么都查不出，崔奕廷闹出这样大的动静，内阁和六部还静悄悄的是因为大家多少要给皇上一些颜面，等到崔奕廷闹出了格，自然就会有人收拾残局，一切会在一夜之间翻转。

这样的案子他不是没见过。

就说忠义侯通敌的事，开始是阵亡后来变成了通敌，再往后跟随忠义侯打仗的将领都成了叛党，京城里四处抓人，弄得人心惶惶。

姚宜闻想想这件事还心有余悸。

李御史领着言官参奏漕粮弊端，一开始不少的官员被牵连入狱，谁知道最后审案的时候，诬告的人成了李御史。

没有在官场走过的人不会知道这里面的凶险，只要一步走错就是万丈深渊。

"我年纪大了不说，欢哥还小，你总要为欢哥想想，一个做父亲的人，怎么能跟着别人胡闹。

"夏大学士、陈阁老都没动静，你还要插手？君子当有所为有所不为，你也该想想你的老师夏大学士的意思。"

听到夏大学士几个字，姚宜闻如遭雷击般怔愣在那里。

父亲才进京没多久怎么会知道这么多。

广恩公张戚程大步走进书房。

幕僚立即上前来说话。

"那边怎么样？"张戚程低声问道。

"都准备好了……"

张戚程沉下脸："别像上次一样，闹出忠义侯世子爷的事。"

"不会，不会，"幕僚道，"这次是在京里，属下仔细安排，绝不会出什么差错。"

张戚程点了点头，撩开袍子坐下来，自从在战场上死里逃生之后，他就养成了一个习惯，凡事更加小心翼翼，每件事做之前要给自己留一条后路。

"姚家要怎么办？"幕僚仔细地看着张戚程的脸色。

姚六老爷就是个蠢货，但是好歹有寿家垫底，幕僚说的是姚氏一族的族长。

"有人来传消息，姚三老爷今天去了姚大老爷的院子……"

姚宜闻真是看不清形势，在这时候左右摇摆起来。

张戚程从鼻孔里嗤笑一声，若不是为了大局着想，他怎么会找这样一个姑爷，满腹的学问却优柔寡断，看起来很精明，其实很容易被人拿捏。

他看中的就是姚宜闻能随便摆弄，好让瑜珺顺利生下孩子——他手里的这颗棋子顺利地养起来。

将来就算他失算满盘皆输，还有姚宜闻挡在前面，整个张家也不会乱。

若他能顺利立下不世之功，轻易地就能将姚宜闻踢开。

"所以我今天才会请姚广胜来宴席。"他早就看清了这一点。

幕僚道："还是公爵爷想得周到。"

"可惜了忠义侯的爵位，不免还要周旋。"

说到这个，张戚程想起姚宜闻的长女，出了一个崔奕廷也就罢了，京里女眷们还将姚七小姐挂在嘴边。

一个没有冠，一个没有及笄。

分明是两个孩子在胡闹，就算是这样朝中竟然还有御史言官动了心思，纷纷上奏折弹劾南直隶的官员。

张戚程冷笑一声："有没有查清楚，姚七小姐可拜过什么师父？"

"没有，泰兴县虽然离京城很远，姚老太爷毕竟带了下人进京，只要稍稍打听，那个姚七小姐在族里四年都做了些什么就再清楚不过……"

张戚程拿起手里的公文一边看一边不在意地问道："都做了些什么？"

"就是被关在绣楼里,做一些针线,听说也不曾看过什么书,很多字都不识得,不可能会跟人学医理,更别提不用把脉开方子就能医治顽疾,不过是随便乱说罢了。"

幕僚觉得那些传言都很可笑,一个小孩子的话,也有人相信,李御史的太太将姚七小姐挂在嘴边,说不定是另有所图。

现在都是浑水摸鱼的时候,谁也不能相信谁。

张戚程点点头:"从前我见过那个七小姐,没什么特别。"

有的时候有些事,传着传着就变了模样,只有亲眼所见才是真的。

婉宁也在听童妈妈说话。

几个孩子在胡闹。

婉宁觉得外面的传言很有意思。

崔奕廷年纪是小了些,身上也没有功名,至少旁边还有李御史和谢严纪,怎么会被传成几个孩子在胡闹。

崔奕廷是崔大学士的长子,小时候在京中只留下了些调皮捣蛋的传言,之后跟着崔大学士回乡居住顶多有些异于常人的举动被人传来传去,但是很快随着崔大学士退出官场被人遗忘,崔奕廷也就没有被太多人关注,突然之间崔奕廷就从人群中冒出来,接了内差,运送大量的漕粮进京,抓了泰州府的府尊,成了一个青年才俊,皇上的心腹之臣。

任谁都不会信服,顿时各种闲言碎语四起,崔奕廷却好像一点都不着急,没有及冠的男子,心智却这样的沉稳。

想想崔奕廷的成长之路,不太像是一个顺顺利利成长起来的官宦子弟,倒像是曾受过挫折已经磨砺出了霜刃的剑。

"舅太太来了。"落雨进屋禀告。

婉宁立即站起身去迎沈四太太。

沈四太太带着昆哥一起进门,见到婉宁昆哥立即露出关切的神情:"姐姐怎么样?"

婉宁道:"挺好的。"

昆哥将信将疑。

婉宁忙看向舅母。

沈四太太压低了声音,"昆哥从大老爷那里出来的时候,见到了你父亲……"

原来是这样。

她还想着昆哥什么时候会遇到父亲。

"我没事,"婉宁笑着看昆哥,"你呢,你在杨先生那里学得如何?"

昆哥扬起脸很认真地道:"明日开始课业更紧了,恐怕就没时间到姐姐这里来。"

听着昆哥说话,婉宁将舅母迎进内室里,婉宁还没来得及话家常,沈四太太已经收起了笑容:"婉宁你有没有听说一件事。"

不知道舅母说的事是和什么有关。

婉宁静静地听着。

"有传言说大牢里的人翻供了,你舅舅这才匆匆忙忙赶过来。"

翻供了?

是怎么回事?就算翻供也不会将消息传出来,这么重要的案子在审结之前都应该捂得严严实实的。

"崔大人来了。"童妈妈端了茶进来道。

婉宁看向沈四太太，如果崔奕廷来了，一定是案子有了什么消息，大伯父和泰兴从前的粮长何明安手里握着泰兴这些年漕粮的证据。

沈四太太顿时紧张起来。

"舅母别急，等着听消息，不一定是坏事。"

沈四太太拍着胸口："我只要听到一些风声就害怕，你怎么倒不着急。"

两个人正说着话，落雨道："舅老爷。"

婉宁站起来和昆哥先迎了出去，沈四太太也忙跟在身后。

几个人到屋子里坐下，不等沈四太太和婉宁开口，沈敬元道："崔大人说大牢里出事了，"沈敬元说着顿了顿，"让我们心里有个准备。"

这话是什么意思？

沈四太太是半点也听不懂，旁边的昆哥眯大了眼睛仿佛听得入迷，目光不时地从父亲脸上又落到姐姐脸上。

婉宁点点头，脸上露出明了的神情。

沈敬元有些诧异："你懂得是什么意思？"

婉宁道："舅舅不要太担心，我们只要听崔奕廷怎么说，等到晚一些就会有消息。"

沈敬元在屋子里来回走动。

不一会儿工夫，前面的管事来请沈敬元过去说话。

"何老爷几个人走了，让舅老爷过去呢。"

沈敬元看了一眼婉宁，婉宁点了点头。

"出事了。"

姚老太爷听得这话放下手里的茶碗，抬起头来看管事："慢慢说，说仔细些。"

管事慌忙不迭地点头："老爷说刑部大牢那边传出来消息，泰州知府王征如死在大牢里了。"

王征如死了。

姚老太爷听得心惊肉跳："怎么死的？什么时候死的？"

"说是昨天晚上，熬不过审问，买通了狱卒送了毒药，昨天晚上刑部大牢去了不少的郎中连御医都惊动了，却还是没有将人救活。"

一夜之间，最重要的一个人犯死了。

是有人动手了。

不管这个人是谁，崔奕廷这个案子注定要审不下去。

没有王征如就不可能再牵连到京城里的官员，更何况王征如一死，是黑是白就再也说不清楚。

姚老太爷揪紧了心一下子松开，他就知道会是这个结果。

崔奕廷年纪小，果然是办不成大事。

"老爷还说，有御史参奏崔奕廷和沈家相勾结，逼死了泰州府的府尊。"

姚老太爷的笑容从脸上溢出来，哈哈，他要的就是这样的结果，本来在泰兴的时候朱应年就要将漕粮的事嫁祸给沈家，却被沈家翻了天，现在看来到了京城，这天还是要翻回去。

只要崔奕廷和沈家被抓起来，姚家、寿家和朱应年都可以鸣鼓喊冤。

死得好。

死得太好了。

死了一个王征如，整个局势顿时都变了。

姚老太爷咬牙切齿，就要让崔奕廷和沈敬元一起进大牢，让他们尝尝牢狱之苦的滋味……

想到这里，姚老太爷转头看向管事："你说的作准吗？"

管事领首："老爷是这样说。"

姚老太爷吩咐下人："快，快准备帖子送去广恩公府。"这么大的事，只有亲家老爷才能打听清楚。

刑部大牢里，弥漫着一股的腐臭味道。

来来往往的人散去了一些，狱卒打开了间小门，这是平日里审问犯人时官员们暂作休息的地方。

崔奕廷弯腰走进去。

"怎么样？"

床铺上蜷缩着一个面皮浮肿，脸色蜡黄的人，那人不时地发出闷哼声。

"郎中说已经没有大碍，就照郎中写的方子灌了药。"

臭气熏天的屋里，谁能想到床上躺着的是泰州府知府王征如。

谢严纪道："幸亏一早就让人看着，否则再晚一步让他多吞些毒药，就算是神仙也救不回来。"

现在人不但没死，也没少受罪，想来他也不敢再自尽。

崔奕廷点了点头："刑部的人手有没有再仔细查一遍？"

听到这话，谢严纪额头上顿时冒出了冷汗："查是查了，只是不知道还有没有漏网之鱼，我们之前毕竟没有来过刑部，不知道谁在这里安插过什么人，一时之间也辨别不清。"

短时间在这里安插他的人不算难，但是偌大一个刑部大牢，不可能每个人都让他信得过，只要稍稍不注意就会被人钻了空子。

崔奕廷忽然想起王征如半路截杀他时，在民船和官船上也安插了人手，当时是谁帮他将这些人抓了出来？

是姚七小姐。

姚七小姐认出了那些人，等到他赶到的时候，那些人已经被绑缚在那里等着他来处置。

到了京城他才知道，在泰兴县也是姚七小姐撬开了那些死士的嘴，将忠义侯世子救了出来。

很是奇怪，每次以为和她两不相欠的时候，却又因为一些事需要她帮忙，更何况沈家那边还需要她来安排。

眼下最重要的就是让外面人知道，王征如已经死了。

不会有人相信他，但是一定会有人去沈家和姚大老爷那里打听消息，至于那边怎么安排，就要看姚七小姐的手段。

"沈家会不会弄出差错。"谢严纪有些担心，沈敬元看起来不像是个聪明伶俐的，别在这个时候被人看出端倪来，胜败在此一举，皇上那边还等着看结果。

崔奕廷道："不会，只要管好你这里的事。"

为什么崔大人会对沈家那么放心。谢严纪脑海里忽然出现一个人，虽然极少出现在人前，却每件事上都能看到她的影子。

焦无应马不停蹄地将京里所有的沈家铺子都走了一遍，然后才来到姚大老爷的院子里去见姚七小姐。

婉宁正在和京城里几家店铺的掌柜算账目。

清脆的算盘珠碰撞声响让焦无应不由自主地松了口气。

算盘声对商贾来说再吉利不过，有进有出代表着买卖兴隆。

焦无应一直等到下面人通禀才走进去。

"七小姐，都安排好了，等到明天都开始收拾店铺。"

婉宁点点头："外面人问起，让他们怎么说？"

"只说东家要换货，不是准备盘铺子。"

这就对了，她要的就是这句话。

焦无应不太明白："小姐为什么赶在这时候打理铺面，小姐不是说最重要的茶还没有做好，我们还有货要盘，等个十天半个月都是少的。"

婉宁抬起头看向焦无应："库里有些存货，这时候都拿出来卖最好，生意讲究时机，现在不需要多大的动作，我们沈家要换货买卖的消息很快就会传满京城。"

沈家在京城不算是大商贾，铺子虽然多但是并不红火，比起那些达官显贵家的铺子不免有几分的逊色，他之前还想怎么才能顺利地打出名头来，这可比在泰兴县做泰兴楼难多了。他正愁得夜不能寐，带着徒弟仔细地打算，没想到东家会选在这时候修整铺面，准备换货……这如何能来得及。

来之前他还想着要怎么说服东家，却没想到东家信心十足，他根本就插不上嘴。

东家到底在想些什么，他怎么就糊涂了。

婉宁微微笑着："焦掌柜照我说的办，只要让所有的沈家铺子都清卖陈货就是了。"到时候大家就会知道，到底出了什么事。

姚宜闻从衙门里出来，家里的小厮立即上前："老爷，老太爷让我们打听到了消息，沈家在清理陈货，准备卖铺面呢。"

沈家准备卖铺面？

有这样的事？

姚宜闻忙上了轿子一路回到家中。

姚老太爷正和寿家人说话，听到是姚宜闻回来，立即抬起头："老三回来得正好，朝廷那边可有了准确的消息？"

姚宜闻摇摇头："刑部还在捂着，一会儿说王征如已经死了，一会儿又不能作准，听说今天一早崔奕廷已经请了仵作悄悄过去刑部大牢。"

那就是死了，这还有什么可说的。

寿家人顿时站起身，一脸的激动："有没有说起远堂？"

姚宜闻道："消息没有传得这样快，现在御史言官追得紧，所有人都盯着刑部，刑部的官员在衙门里进进出出都不敢说话。"

王征如死了，崔奕廷这个案子已经不可能审下来。

几个人说着话，门房道："亲家公爵爷来了。"

姚宜闻忙将张戚程迎去了书房。

张戚程坐下来，姚老太爷也进了门。

姚老太爷将姚宜闻方才的话重复了一遍："这么说崔奕廷还在死撑着。"

张戚程面色不虞："人是在刑部出的事，崔奕廷不说话谁也不知道这件事的真假，不过生要见人，死要见尸，这样糊里糊涂地审案御史是不会答应的，这出戏唱不了多久。"

"再说，崔奕廷和沈家人一起进京是众所周知，和扬州一个大商贾有了干系，崔奕廷想要将自己洗干净也不那么容易。"

正是这个道理。

姚老太爷眼睛也亮起来，就是因为这个他才让老三休掉沈氏，他就知道沈家早晚要出这样的大事。

张戚程顿了顿："万一王征如真的没有死……"

"不可能，"姚老太爷拼命地摆手，"那个崔奕廷在衙门里不出来，沈家人却在我的眼皮底下，我对沈家人再了解不过，商贾鼻子最灵，知道什么时候该进什么时候该退，沈家已经在盘点京中的铺面，沈敬元拿到卖铺子的钱要么是想回扬州避祸，要么是准备四下打点，否则沈家绝不会有这样的动作。"

沈家以为避开就能了事，没那么容易。

姚老太爷有一种将要扬眉吐气的感觉，他千里迢迢来到京城等的就是这一天。

张戚程看着满脸喜色的姚老太爷，他第一次见到姚老太爷，就知道姚老太爷是利益为先，也只有这样的人才好掌控，有他在这里撑着不怕瑜珺在姚家受委屈，果然姚家父子没有让他失望。

王征如的事是他吩咐下属安排的，狱卒眼看着王征如吃下了毒药，这件事本就是十拿九稳，现在崔奕廷为了浑水摸鱼在不动声色地审问南直隶的其他官员，想一想如果换做他主审，他也会这么做，不能因为一个王征如就轻易认输，可见崔奕廷还不是一个胸无点墨的愣头青。

大局已经扭转过来。

谨慎起见，他让人盯着姚家和沈家。

姚家倒是没有什么动作，沈家却有些坐不住了。

沈家在京里的十几个铺子都在清理多年积压的陈货，说是为了重新布置铺面卖新货，却让伙计给京中有名的商贾送了从扬州带来的土仪。

这样拜见是因为什么？沈家在为卖铺子做打算，张戚程在多年前就已经打听过沈敬元的为人，沈敬元虽然不太聪明凡事不懂得转圜却是一个有承担有责任的人，这样安排是怕万一出了事，妻儿没有依靠，这才提前做准备。

从沈家身上就能看出崔奕廷的慌张。

张戚程觉得已经是再稳妥不过，这样的天气，王征如的尸身放不了几天，加之南直隶官员弹劾的奏折做逼迫，崔奕廷迟早要承受不住。

从姚家出来，张戚程回到府里立即叫来下属询问。

下属道："崔奕廷已经起了疑心，将刑部大牢里的官吏都叫去询问。"

遇到这种事，崔奕廷不可能不疑心。

"只是询问？"

下属道："在刑部设一间屋子，就是让官吏进去问几句话。"

他还以为崔奕廷有什么好法子，不过如此，这样看来没什么可怕的，单凭几句话不可能将他安插的眼线找出来。

从姚家出来，张戚程上了马，下属立即跟过来，马行到僻静处，一个身影从角落里走出来。

张戚程道："我现在就是不放心崔实荣，崔奕廷是崔家人，崔实荣说不定碍着崔大学士不肯对崔奕廷下手。"

天已经暗下来，月光落在那人肩膀上，映得他的长袍一尘不染，如同入画的一枝玉兰花般姿态优雅，他微微抬起头："公爵爷不必担忧。"

张戚程点了点头。

崔实荣将给大哥的家书递给下人："明日一早送走。"等这书信到了大哥手里，京城里的事也已经是尘埃落定，大哥就算是想救崔奕廷也已经来不及。

下人出了屋，崔夫人段氏立即上前："老爷，这能不能行？"

崔实荣道："他不仁我不义，他若是将我当作叔父早就上门来将南直隶的事跟我说清楚，我等了他这么多日，他却连家门也没登一步。抓了王征如之后还这样审案想要做什么？牵连多少人？一口气查到我头上。"

真没想到崔奕廷能做出这种事，段氏这几天都跟着心惊肉跳，都是一家人怎么就能闹到这个地步。

段氏皱着眉头："亏得咱们家老太太那么疼他，他竟然连一点情面都不顾，今天老太太让人将他叫过去说话，谁知道他说两句连饭都没吃就走了，这样忘恩负义，就算是大哥来了也不会饶了他。"

"老爷这些年也没少为崔家做事，大哥致仕之后能过得衣食无忧还不是因为老爷，崔奕廷怎么能这样……"段氏越说越觉得生气，"崔奕廷小时候不得大哥喜欢，见到人都不知道行礼，还是老爷劝大哥儿孙自有儿孙福，崔家不一定都要科举成事，如果喜欢做文章将来考个进士，如果不喜欢不论做什么都好，只要自己喜欢的，牛不喝水强按头也不能教出好子孙来，大哥打他，老爷还在旁边拦着，早知道就看着大哥将他打死。"

崔实荣听着段氏的话静静地坐着。

"非我族类，其心必异，"崔实荣目光忽然锐利起来，"不管他姓什么，既然没有和我站在一起，就没什么好说的。"

段氏颔首："也怪不得老爷了。"

这个崔奕廷，真是奇怪，在崔家算不上是聪明人，从小最讨厌朝堂上的那些事，不肯学时文，后来因为"学会文武艺，货卖帝王家"这话就和大哥犟起来，被大哥打得一个月没有下床，从那开始大哥不管是对内还是对外都说这个儿子必然不能成大器，崔家谁都知道崔奕廷不可能考科举也不可能入仕，却没想到崔家后代子侄，最早走了祖荫有了官职的人却是崔奕廷。

段氏服侍崔实荣去内室里歇着："老爷，妾身听说那些事还心惊肉跳，那个王征如真的已经死了？那些南直隶的官员该不会将老爷供出来吧？"

他就是要杀鸡儆猴，让那些人知道什么话该说什么话不该说，否则就会跟王征如一个下场。

南直隶的官员都听王征如几个府尊的，不会直接牵扯到他，所以王征如死了他就等于脱身一半。

没有把柄，没有证据，无论谁也别想将这把火烧到他身上。

崔奕廷这个主审屁股还没坐稳，就会被户部和御史拉下来，皇上总不能为了崔奕廷力排众议。

话说明白了，皇上是听信了崔奕廷和李御史等人的话才会查南直隶，贪墨漕粮的事是真是假皇上也不清楚，崔奕廷算什么心腹之臣，不过就是个探路石，等到崔奕廷这边出了纰漏，整个案子不攻自破，皇上也不会护着他。

他做了这么多年的官，难道还不清楚这一点。

段氏道："妾身就不明白，给老爷定了罪名对他有什么好处。"

崔实荣躺在床上，等着段氏吹了灯，屋子里顿时一片漆黑："孽障，我就替大哥先惩治了他。"

"这次就不是动动家法这么简单，而是要动国法。"

崔奕廷看着窗外，天黑又亮，他脸上始终没有疲倦之色。

谢严纪已经趴在桌子上睡着了，角落里是呼呼大睡的陈宝。

陈宝不知道梦见了什么，不停地咂着嘴，好像意犹未尽，突然之间又不知道为什么一下站起身，睁着惺忪的眼睛看崔奕廷："二爷……二爷……"

将谢严纪也吓得醒过来。

"这是怎么了？"

谢严纪不解地看着陈宝。

陈宝半晌才缓过神："我梦见，梦见二爷走丢了。"二爷小时候丢过一次，后来是沈家将二爷找了回来，从此之后他就和二爷寸步不离。

谢严纪不禁摇头失笑："就是个梦罢了，"说着看了一眼沙漏，"也不知道刑部那边怎么样了。"

谢严纪话音刚落，就有下人来道："田大人来了。"

田允兴是刑部提牢厅主事，有名的刚正不阿，审讯犯人惯有一套，折腾了一夜应该有了些收获。

田允兴进了屋，脸上神采奕奕，向崔奕廷和谢严纪行了礼，就急着开口："有了些眉目。"

不是用刑部那些老套的法子，而是用姚七小姐说的新方法，他顿时觉得豁然开朗起来。

然后他用刑部盘问的方法一问，果然就有人漏洞百出。

姚七小姐透过屏风向外看，然后将想法让女先生写出来交给他看，他忽然觉得从前在他心里模糊的东西一下子就清清楚楚地在眼前。

一个小姐竟然知道什么是"以五声听狱讼"，辞听、色听、气听、耳听、目听，从一个人的表情里来判断他说的到底是真话还是假话。

姚七小姐简简单单就能看出端倪来。

这样的人他还是第一次看到，除非阅人无数才能有这样的才能。

可偏偏，会这些人的是个未出阁的小姐。

他想不信，姚七小姐却能仔仔细细地说出其中的道理。

谢严纪道:"已经知道谁是安插下来的眼线?"

田允兴摇了摇头:"做不得准。"怕打草惊蛇,没有真的审问那人,刑部审问没有这样的儿戏,他从来不会随随便便下结论。

谢严纪顿时有些失望,既然说不准接下来要怎么做才好,岂不是白白等了这一夜:"那就抓起来审问,一定能审出个结果。"

"未必。"

"未必。"

崔奕廷和田允兴几乎异口同声,田允兴不禁看向崔奕廷:"姚七小姐说,审问不见得是最好的办法。"没想到崔大人也这样想。

谢严纪不明白:"不审问要怎么办?"

不审问还有不审问的法子。

"准备出些东西来,我要拿来赏人。"

赏给被安插在刑部的眼线。

赏罚不同就会有亲疏,拿了赏赐的人就是他的亲信,眼看着放在刑部的眼线却成了他的亲信,不论是谁都会着急,他做了第一步,就等人来做第二步。

姚七小姐也是这样想?

崔奕廷忽然很好奇,看向田允兴:"你将姚七小姐说的方法告诉我。"

难得崔大人对这个感兴趣,田允兴看向旁边的下人:"快去取镜子,我要用镜子才能说。"

田允兴拿着一面镜子挤出不同的表情,然后用手指指点点。

这样也行?

崔奕廷觉得好笑,在镜子里做各种表情,是他小时候惯用的法子,从镜子里看自己的表情,想学着长辈的样子将长辈记住,谁知道就抱着镜子睡着了,等再醒过来发现床边又站了一个陌生的妇人。

他是记不住人,但是他也没觉得有多可怕,父亲好不容易回趟家,母亲拼命将他向前推,教他:"叫父亲,叫父亲。"

晚上他就用沾了染料的手抹了父亲一脸。

父亲勃然大怒。

不过从此以后的几天之内,他远远地一看,就知道那个怒发冲冠的人是他爹。

他就是有他的法子将身边的人记住,这个姚七小姐将人的神情研究得这样清楚,不知道又是为什么。

姚七小姐,从泰兴到京城,她让姚老太爷恨得晕倒在地,让姚宜闻这个做父亲的左右摇摆,不知道该怎么办才好,让沈家这个身处劣势的商贾一次次脱离险境。

姚七小姐也是有办法的人。

上辈子少了这么个人。

吴千从崔奕廷那里出来,手上多了一只扳指。

"哟,吴头儿,您手里的是什么东西啊。"

吴千笑着道:"就你眼尖,去去去,干活去,再出什么差错你们脑袋都要搬家。"

"到底是什么啊,"衙役不依不饶地靠上来,"什么时候得的扳指,吴头儿谁都知道您擅射能百步穿杨，这扳指就是给您拉弓射箭的啊。"

"谁这么了解吴头儿，吴头儿快去试试弓。"

衙役说话间，又有人过来手里捧着一张弓："吴头儿，恭喜您了，这是崔大人给您的弓，您快去试试吧，"说着脸上浮起一丝颇有深意的笑容，"您将来发达了可别忘了我们这些兄弟。"

吴千本要说些谦逊的话，他也没做什么，突然就得了崔大人的信任，不但送了他一张弓还有拉弓用的扳指。

崔大人这是煞费苦心。

吴千目光闪烁，接近了崔奕廷也不是件坏事，就能传递更多的消息。

方才他在屋子里听到了崔奕廷和下属说话，仿佛提到了王征如，他现在担心的是，王征如根本就没有死。

吴千接过弓在众人的羡慕下走出了刑部。

每日到了申时，吴千都会准时等在和月楼外的小巷子里，将刑部和崔奕廷的一举一动传出去。

"大人还是再等等，王征如那边可能还有差池，属下再去查个清楚。"

已经坐实的消息现在反口。

这是什么情况。

崔实荣没有下衙就听到这样的消息。

"有没有弄清楚？"

下属摇摇头，欲言又止。

崔实荣皱起眉头："到底怎么了？"

"除了吴千这样说，别的人一概不知晓。"

吴千是最早被他安排进刑部的，他在六部要做的事就是广布眼线。

"崔大人一早就赏赐了吴千一把好弓和拉弓用的扳指，紧接着吴千就说王大人没有死……"

崔实荣的心顿时被一扯。

是巧合？

不可能，怎么就在这时候崔奕廷看上了吴千，吴千在刑部并没有立下什么功劳，既然不是立功赏赐，那就是出于私心。

吴千是被收买了？

崔实荣皱起眉头，崔奕廷这时候收买人心，是想抓住他的把柄。

"让人好好看着吴千，不能出半点差错。"

关键时刻，棋错一着满盘皆输。

崔奕廷带着人在刑部商议案子，到了下衙的时辰，吴千却留下来，等到左右没有了人，他悄悄地向崔奕廷所在的屋子靠过去。

走到屋檐下，就听到里面隐隐约约传来声音。

"王征如怎么说？"

"让南直隶的官员都去看看王征如，不招认他们也不会有活路。"

崔奕廷果然是在说王征如的事。

吴千将耳朵贴过去。

可能说到隐秘之处，屋子里的声音越来越轻，吴千顺着声音向前走去，刚停下脚步，屋门忽然之间打开了。

吴千到刑部来的时候就想过万一被人发现了会怎么样。

他就算咬紧牙关也不能将崔尚书招出来，最多他就是好奇心太重所以四处偷听，没有人知道他会将消息送去哪里。

想到这里吴千整个身子都绷起来，可是奇怪的是他却闻到一股酒菜的香气。

那味道从屋子里传出来，一直飘到他鼻端。

崔奕廷坐在屋子里，脸上没有半点的肃杀之气，旁边的谢严纪看到他时脸上露出笑容。吴千怀疑自己看错了。

崔奕廷若是发现有人偷听，脸上应该有肃杀之威，他却不在意，仿佛就在这里等着他，迎接他的到来。

这是为什么？

"吴千，"谢严纪开口，"等你半天了，你怎么才来，"说着吩咐下人，"快，将热好的酒拿来，我们今天要为吴司狱庆贺。"

吴千惊诧地站在那里。

什么时候他升了司狱，崔大人和谢大人又怎么会在这里等着他，仿佛知道他定然会来。

他突然之间弄不清楚，到底是怎么回事。

怔愣间，他已经被拉进了屋子，身后的门紧接着被关上。

屋子里都是欢笑的声音。

吴千想要说话，张开嘴却脖子一痛立即被打倒在地。

脸贴在冰冷的地上，吴千才明白过来，这是陷害。

他们在陷害他，他们故意在这里等着他，见到他过来却又不说破，反而摆上一桌丰盛的宴席，崔尚书知道了这件事，就会以为他被崔奕廷收买，将所有的秘密和盘托出，否则他怎么会得到崔奕廷的重用。

明明不是这样，吴千想要张开嘴大声喊叫，旁边的人却早有准备，将又湿又臭的东西塞进他嘴里，他顿时难以喘息。

欢笑的声音传来。

真像是为某人升迁做庆贺的声音。

甚至还有人喊着："吴头儿，以后就要叫您吴司狱了。"

大家杯盏交错，饮酒欢笑。

吴千瞪大了眼睛，他怎么也没想到会遇到这种情形，他用尽全力挣扎着就像一条离开水的鱼。

冷汗很快湿透了他的衣服，崔尚书不会相信他了，不会有人再信他的话，到底是什么时候？崔奕廷撒了这样一张大网，崔奕廷是什么时候怀疑到他。

今天收到那张弓，他就该想到，他还以为崔奕廷错信他，他因此沾沾自喜。

吴千转头看向崔奕廷，崔奕廷坐在椅子上轻扯着袖口，看也没有看他一眼，仿佛他和面前的杯子、碗筷没有什么区别。

吴千瞪大了眼睛，刚刚抬起一点的身子，因衙役一脚踏过来又落在地上。

一场秋雨一场凉，雨丝打在窗户上，落雨忙将手炉拿过来放进婉宁手里。

"现在还不用。"婉宁要将手炉放下。

"那不行，童妈妈说了，小姐落水之后有了病根，千万不能贪凉。"

婉宁没法子只好将手炉抱在怀里。

说着话，童妈妈进了门，到了婉宁身边低声道："大老爷让四老爷过来住些日子。"

大伯父是觉得大家在一起好照应。

婉宁点点头。

"舅老爷说不过来了，"童妈妈说着顿了顿，"大老爷说，崔大人已经在两边院子里都加派了人手，看着是普通的家人，其实是朝廷的差役。"

加派人手过来，只能证明崔奕廷那边成事了。

从前是崔奕廷四处找证据，现在只要等着那些人送上门。

"小姐。"

婉宁正准备让童妈妈去问问忠义侯府那边怎么样了。

落英进来道："小姐，忠义侯府来人了。"

忠义侯府那边每天都将赵琦的情形告诉她，赵琦除了每天吃喝、睡觉，还能听乔贵家的讲故事，偶尔会拿起书来看。

婉宁让乔贵家的故意将前一日的故事讲错，赵琦从开始的沉默到现在总会提醒乔贵家的，哪些地方讲错了。

忠义侯府搜罗不少故事来教乔贵家的，很多故事来回穿插总是多多少少带出忠义侯年轻时的事，赵琦听得很仔细，每次听到这些关于忠义侯的事都显得更加的安静。

赵琦比她想的还要聪明。

这样一个聪明的孩子，什么时候才能慢慢地恢复。

这几天不光是给赵琦治病，婉宁也和赵夫人在一起说话，对忠义侯府如今的情形她已经十分的了解。

忠义侯府的马车等在外面，婉宁换了衣服带着落雨、童妈妈一起上了车。

马车到了忠义侯府的庄子，赵茹茵已经等在垂花门。

婉宁下了车和赵茹茵一起走进庄子里。

赵茹茵脸上带着几分的歉意："今天下雨，我知道你落水之后有了寒症，还跟母亲说，不如明日去请你，可是家里……昨天来了人，今天就要见弟弟，母亲实在不放心只好打发人过去。"

也不怪赵夫人，这是她早就跟赵夫人说好的，无论赵琦有什么事，都要尽可能地告诉她。

赵琦的病有了好转，她也要抓住时机才能进一步帮赵琦渡过难关。

赵茹茵是个爽快人，说话从来不遮遮掩掩，几次下来婉宁就和赵茹茵相谈甚欢。

赵夫人只生了两个孩子，长女赵茹茵，次子就是赵琦，如今忠义侯没了，侯府里就是赵夫人和两个孩子相依为命。

赵茹茵长婉宁几岁，见到婉宁总少不了照应。

两个人说着话进了堂屋，赵夫人早就等在那里，看到婉宁赵夫人松了口气。

三个人去内室里坐下，下人送了茶果之后退下去，赵夫人才道："这么着急将七小姐请过来……是因为，"说到这里将声音放轻，生怕吓到婉宁，"宫里内侍今天要来。"

显然赵家没料到内侍这时候上门。

如果单单是来探看赵琦的病赵夫人不会这样紧张。

婉宁想起张氏的姐姐张瑜贞，上次在忠义侯府遇到张瑜贞，张瑜贞字字句句都提着赵琦的病，想要让所有人知道赵琦的病已经让御医束手无策。

如果赵琦病得这样厉害，忠义侯府的爵位就要旁落，张瑜贞说不定摇身一变成了新任的忠义侯夫人。

赵夫人显然不想瞒着婉宁，用帕子擦了擦眼角："不瞒姚七小姐，琦哥儿的病已经传去宫里，我怕是有人要从中作梗，让我们孤儿寡母少了依靠。"

赵夫人的话说得再清楚不过。

赵夫人抬起头一脸期盼地看着婉宁："论理说，琦哥儿回来了我就应该知足，可是想到侯爷，我总是不甘心。"

这是人之常情。

本来忠义侯的爵位就应该传给赵琦。

换做是她，她也不会让人将爵位抢走。

赵夫人抿了抿嘴唇："姚七小姐帮琦哥儿治病，我们赵家都应该感激姚七小姐，可是如今我们家这样的情形，压不住外面的闲言碎语，姚七小姐放心，不论在什么时候，至少在我这里不会让姚七小姐受委屈。"提起这个她就觉得对姚七小姐有了亏欠，本来是为了救琦哥儿，谁承想就这样将姚七小姐拖进他们赵家的家事中。

就算赵夫人不说，婉宁也能料到外面都有些什么传言，张瑜贞不是省油的灯，张家不论是因为继母还是张瑜贞都不会少了抹黑她。

这和赵家无关。

婉宁笑着看赵夫人："夫人不用思量太多，就算我不来赵家，外面那些话不过换个说法，还是一个意思。"

现在不过是将她和赵家一起打击罢了。

赵夫人有些惊讶，姚七小姐小小年纪却这样豁达。

婉宁道："只要世子爷好起来，外面的那些话也就不攻自破，夫人也就不用再发愁。"

赵夫人点点头，可是做到这一点何其难，这些日子她是觉得琦哥儿越来越好了，可是旁人却不相信，连赵家的长辈都说她在胡闹。

内侍来赵家看了琦哥儿的样子，怎么才能确定琦哥儿就是好些了……

这件事她想破了头都没想到好法子。

婉宁抬起头和赵夫人对视："内侍这时候来也不是坏事，世子爷已经好转不是我们乱说，不论谁来看我们都没什么好怕。"

"夫人安心，将给世子爷治病的事都交给我来安排。"

婉宁和乔贵家的说了几句话："一会儿人进去的时候，你不要惊慌，只要顾着世子爷，若是发现有什么不对头，我就让人退出来。"

乔贵家的点点头："在庄子这几天世子爷还没有见过外人。"既然小姐说行，就肯定能行得通。

忙乎了这么久，今天就要看看到底有没有成效。

乔贵家的端了饭食进屋，赵琦正拿着手里的书皱着眉头看上面的字，父亲早就给他请了个先生,学了《千字文》,《增广贤文》,现在这两本书拿在手里,就让他想起那些时候的日子,学读书、写字,有时候还跟着父亲去学骑射,他虽然还拉不动弓,父亲却早就教了他拉弓的姿势。

赵琦翻着书本,突然发现里面有小小的字做注解。

他的视线立即被那些字吸引。

字写得不算好,一看就是出自小孩子之手,大约是像他这般年纪的孩子,那些字写得规整,注解的内容很多,密密麻麻地排在那里,能看出写这些的孩子是多么的认真。

这两本书已经有了些年头,不知道这些字是谁写的。

门帘被人掀开,赵琦抬起头,目光落在乔贵家的身上,没有发觉窗子被人掀开了一条缝隙。

婉宁顺着窗子看到了赵琦。

听到脚步声,赵琦的手自然而然地放在椅子把手上,整个人身体前倾,这是一个标准的要逃跑的动作。

可见赵琦还是有惊恐和害怕,如果这时候见了内侍,定然会缩在乔贵家的身后。

这样一来,内侍会像外面人一样以为赵琦的病没有半点好转。

其实做出保护自己的动作,已经是脑子清醒的表现。

婉宁将窗子放下,旁边的赵茹茵不敢说话,和婉宁一起走出院子才道:"婉宁,我弟弟的病怎么样?可好转了?"

婉宁点点头,赵茹茵顿时惊喜:"那现在能不能见外人。"

婉宁道:"恐怕是不行。"

不能见外人,可总不能将内侍挡回去。

张瑜贞不时地去看沙漏,只要想到内侍要去忠义侯府看赵琦,她就心跳加快手脚冰凉。

要等到什么时候才会有消息传回来。

这几天忠义侯府那边仿佛没有了动静,她不由得等得心慌,赵琦的病也不知道到底有没有好转,听说在泰兴姚七小姐治好了李御史的太太,她还真怕姚七小姐真的有什么神技,后来让人去打听,赵琦根本没有要搬回忠义侯府的意思。

也就是说赵琦的病没有好。

否则忠义侯夫人怎么舍得将亲生骨肉扔在庄子上。

老爷上下活动着,将赵琦的事让圣上知晓,圣上这才吩咐内侍去忠义侯府。

听说了这个消息,张瑜贞心里重新燃起了希望。

一定要让内侍看到赵琦惊恐的模样,像一个被打折了腿的落水狗,夹着尾巴东躲西藏,哪里有半点勋贵的模样,怎么能将爵位传给了他。

快些,快些,再快些。

张瑜贞双手合十。

快让她心想事成,只要赵琦的事被人知道,姚婉宁那丫头也会被人嘲笑,免得忠义侯夫人时时刻刻将姚婉宁的好处挂在嘴边。

雨越下越大,赵夫人聚精会神地听婉宁说话,突然打了个响雷,赵夫人吓得浑身一抖,这样的天气内侍还会不会来?

她希望内侍不要来，哪怕明日来也好，能拖一日是一日。

正想着丫鬟跑进来："夫人，内侍来了。"

赵夫人"忽"地一下站起身。

"母亲别急，"赵茹茵忙站起身走过去，"我陪着母亲一起过去。"

赵夫人点了点头。

赵夫人出了院子，在二门上接了内侍。

脸色微黑，长得高高瘦瘦的贺太监迎过来很客气地向赵夫人行礼："夫人。"

赵夫人觉得这个贺太监脸熟，仔细看了看就想起来，这位贺公公在侯爷打了胜仗之后来府里送过赏赐。

转眼的工夫，如今家里已经没有了侯爷，贺公公脸上的神情从那时候的一脸喜气变成了如今的怜悯。

怎么一切变得这样快，都不给她喘息的机会。

"公公，"赵夫人道，"委屈公公到这里来。"

"夫人是折煞了咱家，世子爷可好些了？今日咱家是奉命探病，"说着顿了顿，"夫人之前交代要一并请过来的人，咱家也带了过来。"

内侍话音一落，就有小内侍快步跑出去，再过来时身边已经多了个人。

这人穿着甲胄，一瘸一拐地向赵夫人走过来。

赵夫人看着这人不禁眼睛一红，眼泪差点夺眶而出。

"夫人，"贺公公低声道，"我们还是先过去看世子爷吧！"

赵夫人颔首："那就劳烦公公移步。"

贺公公带着身边的小内侍走在赵夫人身后，大家一起向内院里走去。

婉宁听着屋子里乔贵家的声音。

"世子爷，奴婢这故事就要讲完了。"

赵琦抬起头，他没想到这么快故事就到了结尾，不知怎么的，他总觉得乔贵家的并没有讲完。

"还有呢？"赵琦吞咽了一口。

乔贵家的摇摇头很快却又点点头："往后的故事，奴婢知道的也不多。"

外面打起了响雷，赵琦紧紧地攥起了手指。

"然后呢？"

他想知道后面的事，不是所有故事都在圆满的时候结束，小时候母亲和父亲跟他讲的那些皆大欢喜都是骗人的。

"打雷了，"乔贵家的忙将手炉压在赵琦手里，"现在不说了，怪吓人的。"

吓人？为什么会吓人？

赵琦没来由地打了个哆嗦，风雨的声音就像有人在惨叫，他想躲起来却不知道去哪里躲藏，如果父亲知道了一定会笑话他。

父亲不喜欢胆小的孩子。

为什么这时候他会想起父亲，父亲在哪里？

"世子爷，奴婢说的那个从小不聪明的孩子，那个说什么也要去军营上战场的孩子，其实是世子爷认识的啊。"

"世子爷好好想想，那个人是谁。"

好好想想。赵琦摇着头，可是眼前已经浮现起一个模糊的身影。

是谁，到底是谁？

"世子爷，这个将军又上了战场，然后……"乔贵家看着赵琦大大的眼睛，赵琦已经知道结果，目光中都是悲恸和凝重。

就像七小姐说的，世子爷都知道，只是不肯相信。

"世子爷……"乔贵家的有些不忍，可是这时候她要咬紧牙关，"那位将军在战场上阵亡了。"

阵亡了。

雨滴淅淅沥沥地落下来，落在地上，撞击出水花，让天地万物都变得潮湿起来。

阵亡了，乔贵家的不知不觉就掉下眼泪来，她本不认识忠义侯，为了给世子爷讲故事，她将忠义侯从小到大发生的事不但听了一遍而且记得清清楚楚。

这样一个人。

一心想着要为国征战的人，小时候勤练武艺长大之后驰骋沙场，这样好的人，怎么就战死了。

这么快她就讲完了忠义侯的一生，她多想这个故事不要这样结束，多想还能接着讲下去。

"战死了？真的是战死了吗？"赵琦将脸埋在大腿上，"他没有变成坏人吗？"没有变成让人厌恶的坏人吗？没有成为叛贼让人诛杀，还是那个……高高大大的将军。

"没有，没有。"乔贵家的道。

风吹开了窗子，赵琦不禁打了个哆嗦，乔贵家的忙端了火盆上来。

暖暖的火盆放在屋子里中央，赵琦觉得整个屋子好像暖和起来。

赵琦的腿在发抖，他明明害怕，却能将"死"这个字，那么冷静地说出来。

"世子爷，您知道阵亡是怎么回事吗？"

乔贵家的道。

赵琦摇了摇头，而后却又点了点头。

"世子爷，奴婢也不知道，可是有人知道，世子爷想不想听？"

赵琦头上已经沁出了汗，他虽然害怕，可是他从心底里想知道，他想要弄清楚，这一切到底是怎么回事。

他想知道这个故事的结局。

脚步声传来，有人撩开了帘子。

乔贵家的坐在赵琦身边，赵琦整个身子都缩过来。

穿着甲胄的人进了屋。

赵夫人不由得紧张起来，转头看向婉宁。

屋子里没有传来赵琦的尖叫声，可从前只要见到陌生人赵琦都会大喊大叫。

外面的内侍看向屋子里，赵夫人到底想要做什么？世子爷明明是受了惊吓，却为什么要听忠义侯在战场上的事。

内侍有些不明白，他正要转头询问赵夫人。

屋子里已经传出了声音："本来说粮草三日内抵达，我们整整等了十天却没有见到粮草的影子，没有粮草也不见援军，又被团团围住，将军说战死沙场就是今日了。"

说到这里，那人微微吸了吸鼻子："将军让我带人突围送信，临走之前将军将军营里剩下的粮食给了我们，让我们吃了好有力气，我不肯，将军说，他不会走，粮食留给他也是浪费……我们能早些将消息送出去，说不定他们还有救。"

"将军说征战了一辈子，到了今天，不眼馋这些军粮，就是想吃一碗家里做的面条，放许多辣椒，吃得满头大汗，可惜他儿子一直不敢吃。将军说，若是有一天，我能回去，看到他儿子，就跟他儿子说，男儿要当死于边野，以马革裹尸还葬耳，将来若是遇到这样的事，不要伤心，不要难过，也不要惧怕。"

那人话音刚落，就有下人端来一碗热腾腾的面条，上面还有火红的辣椒。

赵琦仿佛看到父亲坐在那里，夹起面条，将辣椒放在嘴里，他在一旁看得咧嘴，父亲夹起辣椒送到他跟前，他立即捂着嘴躲开。

父亲喜欢吃面条，喜欢吃红红的辣椒。

这个人说的是父亲。

那将军是父亲。

父亲阵亡了。

男儿要当死于边野，以马革裹尸还葬耳。

他再也见不到父亲了。

赵琦的眼泪顿时涌出来。

哭泣声。

屋子里回荡着哭泣的声音。

一个小小的身体，却迸发出那样的声音。

贺公公不禁也觉得眼睛潮湿，谁都知道忠义侯因为断绝了粮草才战死，可是谁也没听说过这里面的细节，没想到他会在这个时候听到。

旁边的小太监跟着赵家家人一起在抹眼泪。

贺公公不禁长长地叹了口气，忠义侯真是个忠臣良将。

雨丝随风飘进来，打在人身上，贺公公的肩膀已经被雨淋湿了，小太监忙要撑伞，贺公公摇了摇头，伞撑起来雨滴落在上面就会有声音，难免惊扰屋子里的赵琦，这么小的孩子就没有了父亲依靠，真是可怜。

贺公公向屋子里看过去。

看到赵琦站起身走到摆着面条和辣椒的桌子前，伸出稚嫩的手拿起了筷子。

面条和辣椒，忠义侯临死前想要吃的东西，现在只能忠义侯世子替他吃。

小小的手将碗拿起来，红红的辣椒都倒在了面条上。

赵夫人不禁一怔，琦哥儿这是在做什么。

屋子里哭泣成变成了压制的哽咽声。

赵琦夹起了面条，周围是那么的安静，仿佛连雨也停下了似的，都在看他，看他静静地将面条送进嘴里。

好辣。

好辣。

他几乎听到了父亲的笑声，温和的大手落在他头顶："我们琦哥儿长大了。"

辣椒还是那样的辣，父亲却不见了。

眼泪溢出来，流淌着掉到他的手背上，桌子上，他的面碗里。

爹爹想吃面条，琦哥儿替你吃，一定要最辣的，辣得畅快！辛辣的味道冲进他的喉咙，让他觉得如同烧起了一把火，他的额头淌下汗来。

一边淌汗，一边流泪，所有的委屈和惧怕都一并迸发出来。

赵琦用手抹着眼泪和汗，他已经分不清什么是汗什么是泪。

爹爹说得没错，这样才畅快。

高兴、痛苦，笑或者流泪，都要畅快。

"琦哥儿。"

一碗面条被吃了精光，一双眼睛也被揉得红肿。

赵琦抬起头来看到了母亲。

"琦哥儿。"

母亲温柔的声音，将他从黑暗中拉出来。

还有母亲，母亲。

"琦哥儿，将你送出去，母亲也是没有法子。"

母亲的眼泪掉在他的额头上。

在黑夜里拼命赶路，在白天里躲躲藏藏，他多想回到家里，回到母亲身边，可是他又害怕，害怕母亲脸上那惊恐、悲伤的眼神，害怕那些慌张的下人，他害怕，只要看到他们，他就知道这不是个噩梦，这是真的。

赵琦扑进赵夫人的怀抱。

母子两个紧紧地抱在一起，哭声顿时又响起来。

"琦哥儿，我们回家吧，你要给你父亲守孝，你父亲……"

贺公公看到换好孝服的赵家小姐走过来。

门被打开，赵茹茵径直走向赵琦。

"二弟，将衣服穿上吧……"赵茹茵哽咽着拿出衣服。

赵琦站在那里，鼻端是生麻布的味道。

父亲变成了这样的味道，哭泣、难过，是父亲走了的味道，赵琦摇着头，他不想要……

雨下个不停。

赵琦穿着那让他无比陌生的衣服，站在屋子中央。

不知怎的，他仿佛依稀能看到父亲站在那里向他笑。

父亲说。

男儿要当死于边野，以马革裹尸还葬耳……不要伤心，不要难过，也不要惧怕。

赵琦抹干了脸上的泪。

父亲在向他微笑，然后点点头转身越走越远。

院子里只剩下了瓢泼大雨，什么都不见了。

贺公公拿出帕子擦了擦眼睛，躬身跟赵夫人说话："咱家看来，世子爷是悲伤过度才会如此，没有什么难治的病症。"

赵夫人点点头。

"夫人要多保重身子，忠义侯府上下还要靠夫人撑着。"

贺公公带着内侍离开，上了轿子，小内侍立即上来道："赵家人都说，世子爷的病是姚宜闻大人的小姐治好的。"

那些传言是真的了？

贺公公清了清嗓子："走吧，回去复命。"

轿子慢慢地消失在大雨中。

赵夫人去了侧室里见婉宁。

婉宁穿好了斗篷也准备让下人去备车。

"七小姐，"赵夫人看到婉宁心里涌出一股的亲切感，若不是婉宁琦哥儿的病怎么会好得这样快，要不是七小姐内侍一定会将琦哥儿的模样说给皇上听，忠义侯的爵位他们母子可能都守不住。这段日子她夜不能寐，闭上眼睛就想起侯爷，不能将忠义侯府打理好，将来她怎么去见侯爷，赵夫人拉起婉宁的手，"你是我们赵家的大恩人。"

婉宁道："夫人别这样说，是夫人肯信我。"

赵夫人是个不善言谈的人，不知道怎么说才好，就是拉着婉宁不放，给琦哥儿治病，好几次她都觉得没希望了，看到姚七小姐脸上的笑容她才放下心来，现在只要一天不见姚七小姐，她就觉得少了些什么。

若是姚七小姐一直能在忠义侯府该多好。

"七小姐说内侍见到琦哥儿的样子，回去会怎么说？"

应该会原原本本地禀告，世子爷的病好了，这是遮掩不住的，听赵家下人说那位贺公公还掉了眼泪，人被触动了情绪，回去之后多多少少会表露出来，如果是事无巨细都要说清楚，必定会讲到忠义侯阵亡的细节，皇上听到这些话，再想想赵琦母子，就算赵琦年纪小，也会将忠义侯的爵位传给赵琦。

这是安抚忠臣最好的法子。

"趁着现在世子爷想要回忠义侯府，夫人快些让人准备，回到府里夫人要一直陪着世子爷。"

赵夫人点点头。

婉宁道："我也回去了。"

下人撑开了伞等在门口，婉宁向赵夫人告辞慢慢地走了出去。

望着姚七小姐的身影，赵夫人一时怔愣在那里。

姚七小姐治好了琦哥儿的病，还从容地安排了车马回家，她真没想到一个十二三岁的小姐能做得这样周到。

姚宜闻听着外面大雨的声音，不由得皱起眉头。

他应该跟大哥说一声，让大哥退出这个案子，不要再跟着崔奕廷折腾，婉宁怎么说也是他女儿。

不但不要搅和漕粮的事，也该跟沈家分个清清楚楚，沈家眼见就要没落了，大哥和沈敬元交往不免要殃及池鱼。

终于到了下衙的时辰，姚宜闻弯腰进了轿子。

雨已经停了，姚宜闻觉得他应该去看看沈家铺子到底成了什么模样。

那些铺子都是因为沈氏嫁给他才能来到京里。

现在沈氏被休，沈家也要败落。

姚宜闻吩咐下去，轿子被抬起来，很快就到了街面上。

"老爷，到了。"跟轿的下人低声道。

姚宜闻掀开了帘子。

隐隐约约从沈家铺子里走出几个人，很快这些人又走了进去，显然是在收拾铺面，沈家真是完了。

"去问问。"姚宜闻吩咐下人。

下人立即明白过来，忙跑去打听，片刻工夫下人回道："说是修整铺面，要卖新货。"

沈家还是这样言不由衷。

姚宜闻心里泛起的那一丝对沈家的可怜顿时烟消云散，沈家有今日也算得上是咎由自取。

"老爷，我们现在去哪里？"

姚宜闻吩咐："去大老爷的院子里。"

轿子一路到了姚宜州暂住的院子，小厮去通禀，很快姚家管事出来说了几句话，小厮垂着脸走过来："老爷，大老爷说若是为了沈家或者漕粮的事就不见老爷了。"

姚宜闻扬起了眉毛，大哥怎么知道他要说什么。

小厮不禁骂一声："狗仗人势，这般没有眼色……"

"他们这是不知好歹，"小厮"呸"了一声，"我们老爷上门他们还不肯见，将来有他们哭的时候。"

小厮故意扬起了声音。

方才来应门的下人向这边看过来。

小厮冷笑一声挺起了身子，姚氏一族没有老爷哪有今天，大老爷仗着是族长就这样拂老爷的脸面，若不是老爷敬着他们，他们算什么。

给三分颜色就敢开染坊。

姚宜州家的下人挪开了眼睛，干脆将大门关上。

大门"砰"的一声阖起来。

小厮吓了一跳，后退一步顿时踩进水坑里，小厮忙抖着鞋，真是晦气，光是站在这门口都染上了晦气，大老爷一家定然是要倒大霉了。

姚宜闻看着那扇门。

下列不相见，以闭门羹待之。

大哥什么时候这样倨，他是好心来相劝，大哥却是这般模样，早知如此，他就不该过来。

"回去吧！"姚宜闻沉声吩咐。

轿子再一次被抬起来。

姚宜闻回到房里让张氏服侍着换了衣服，张氏笑着道："欢哥吵着要学字呢，妾身就让人从老爷书房里找了一本书，妾身先教欢哥。"

自从上次出了许大媳妇的事，张氏总觉得和老爷之间就像有了些许隔阂似的。

"老爷，妾身已经罚了许大媳妇，以后府里不再用她，老爷还跟妾身置气……"张氏垂下头来。

张氏的眼睛红红的："妾身知道妾身做得不好，出了这样的事，老爷跟妾身生气，妾身也不冤。"

"可是那些话毕竟不是妾身说的……"

张氏的声音越来越小。

想想张氏的辛劳，又将欢哥养得那么好，姚宜闻一时心软，绷了几天的气势顿时泄下来。

"跟你无关，"姚宜闻道，"我去了大哥那里，大哥不肯见我。"

张氏瞪大了眼睛："老爷，是想去劝大老爷？"

姚宜闻点点头。

张氏脸上露出心疼的表情："大哥怎么不明白老爷的心思，老爷这是为了姚家着想。"

这话说进了姚宜闻心里。

"沈家要败了，大哥却还一无所知，我是想劝大哥，离沈家远一些，京城这种地方关系复杂，他应该早早回去泰兴。"

免得被崔奕廷利用。

崔奕廷输了，大哥说不定会被牵连。

张氏端了杯茶给姚宜闻："真的出了事，将来还不是要求老爷帮忙。"

姚宜闻端起茶又放下，到时候他是帮还是不帮，帮觉得心里气愤难平，不帮他也不忍心。

"将来等到大老爷求上来，老爷就不要痛痛快快答应，否则大老爷始终不知道老爷的辛苦……"

张氏说的也有道理。

等到那时候，他一定要将今天的事跟大哥好好说说，一个下人当着他的面将大门紧闭，大哥跟他置一时之气，能有什么用处？最后提起来是大哥丢脸。

姚宜闻站起身："我去看看父亲。"

张氏道："妾身换了衣服和老爷一起过去。"

姚老太爷正和丘管家说话："沈家卖的那些东西已经有人要买了？"

丘管家道："虽说沈家是清陈货，可是货都是好的，京里的商贾很多，免不了就有看上的，眼见就到了年底，这些货也能搭着卖出去，京里几个绸缎庄都准备下手了。"

姚老太爷冷笑一声："商贾目光短浅，只看到眼前一丁点的利益。"

丘管家道："我们要怎么出去说？"

"何必这时候买沈家的货，等到沈家卖不出去还要降价，到时候再下手岂不是更好，"姚老太爷顿了顿，"我们从前和沈家有过亲，这是谁都知道的，所以才有人向你打听，你这样说他们也会相信。"

沈家有这么大的动作，谁都想打听个消息出来，他们是从泰州来的，那些人会信他们的话："沈家在边疆的粮食歉收，连盐引都不一定能办下来，这才着急要卖铺子，沈家这是要败了，墙倒众人推，这时候还要给沈家留颜面不成？"

京里的商贾都不去买沈家的陈货才好。

沈家不能将货换银钱又要盘铺子，姚老太爷能想到沈家的模样，定然会像热锅上的蚂蚁。

丘管家应了一声退下去。

等到姚宜闻过来，姚老太爷正准备写字。

"你看看桌子上的文书，"姚老太爷拿着笔眼睛也不抬一下，"是姚宜州让人送来的。"

姚宜闻伸手去拿书信，将里面的信函抽出来，才看了两行顿时脸色大变："这是要过继婉宁的文书。"

"嗯，"姚老太爷哼一声，"你就签了吧，签了送过去，你们还年轻，以后多生几个子女也就是了。"

姚宜闻愣在那里半晌说不出话。

"她都没将你这个父亲放在眼里，你还留着她做什么？现在有二房要她，你就给出去，依我看，百利而无一害。"

姚宜闻摇头："这不是儿戏，还要好好想想。"

姚老太爷顿时将手里的笔扔在桌子上："不行是什么意思？你还要去请她回来不成？我倒看看，你能不能豁出脸去请她。"

张氏站在那里不说话。

让父亲去请女儿回来，这样的事她还没听说过，老爷早晚要下定决心不认婉宁这个长女。

姚老太爷翘起嘴角："好，既然你不答应过继，就去跟二房说清楚，让二房将婉宁早些送回来，否则我就要动家法，我们不认婉宁，也没有过继的文书，看二房如何收场。"就算婉宁去了二房，名声已经受损，婉宁落得那个地步都是姚家二房之过，姚宜州这个族长也有过错。

婉宁在京城待不下去，只能回去泰兴，到时候他自然会让人去泰兴说婉宁的不是，总之他不会让这个忤逆他的孙女落得什么好下场，连同二房在内，全都要受牵连。

姚老太爷瞪圆了眼睛看姚宜闻："怎么？走也不行，留也不行，你这个父亲怎么当的？"他就是要让老三只要听到婉宁的名字就坐立难安，当年他就是这样对付沈氏的。

姚宜闻果然脸色难看起来。

从姚老太爷院子里出来，姚宜闻径直回到房里，张氏伺候姚宜闻换了衣服，柔声劝慰："老爷别着急，慢慢来。"

姚宜闻愣了半天看向张氏："你说该怎么办？"

如果她这时候在老太爷那里点把火，让父子两个因此大闹一场，她再从中调和，婉宁也不一定过继不成。

可是过继了，婉宁还是在姚家，还要承继二房的财物，这样对她来说实在算不上是什么好结果。

她要的是一劳永逸的法子。

张氏柔声道："要不然还是等一等，妾身再找人去说一说。"等到沈家和姚宜州都受了牵连，自然就没人护着婉宁，崔奕廷的案子审不成，姚宜州和沈家会是什么结果想想就知道，那时候姚宜州恐怕都自身难保。

到时候老太爷再站出来说话，姚宜州有错在身，要怎么反驳？

婉宁或是落在她手里，或是被逐出姚家这才是正经的结果。

张氏觉得自己想得再周全不过。

婉宁就握在她手心里。

一条黑影跳进院子里，紧接着后面的人也跟了过来，几个人小心翼翼地向前走，都在屋檐下停住脚步。

安静下来，隐隐约约能听到屋子里的鼾声。

吴千投了崔奕廷，现在只有杀了吴千，才能永绝后患。

主子交代下来的事不能再有闪失。

几个人互相看看，前面的一个先推开了屋门。

吴千没有锁门，倒让他们省了不少的事。

一个，两个，三个都进了屋子，几个人顺着鼾声向床边摸去，不知是谁动了一下，紧接着传来火折子的声音。

屋子里亮起一个火苗，然后是两个，三个。

灯也被点起来。

屋子顿时被照得透亮。

几个穿着黑衣的人想要夺路逃出去，却一下子被踹在地上。

奉命协助崔奕廷审案的锦衣卫曹金事站起身："连夜审问，审出结果就跟着我去抓人，不管是谁，只要牵扯进来，就别想逃脱。"

第十四章　对手

谢严纪有些撑不住了，连着几天没合眼，现在尘埃落定好像一转眼就能睡着，他转脸看向崔奕廷。

崔奕廷却显得精神奕奕。

到底是他老了，还是现在的年轻人太能干，崔奕廷真是个俊才，就凭在皇上面前上的那道奏折，就让皇上下定决心查漕粮，朱应年写给崔尚书的信函本就让皇上勃然大怒，如今又来了一招请君入瓮，他们坐在刑部不动声色，崔尚书一党已经惊得乱了阵脚。

一个大大的口袋敞开着，等着收口的人是锦衣卫的金事，皇上最信任锦衣卫，锦衣卫今日所见一定会传到皇上面前，这样一来不必经过内阁更不会惊动六部主官。

崔奕廷刚从书房里出来，管事立即上来道："二爷，姑太太来了，已经去二院了。"

崔奕廷去了二进院，一眼就看到了风尘仆仆的崔映容，不等崔奕廷行礼，崔映容道："我们去主屋里说话。"

两个人在主屋里坐下，下人端了茶就将门关起来。

屋子里没有了旁人，崔映容皱起眉头道："你这是要做什么？疯了不成？要进京就算不告诉你父亲，也要捎封信给我，就算在京里不给我消息，前些日子我正好在应天府，你既然在泰兴也该打发人去说一声，你这不声不响地从京里到泰兴，又从泰兴回到京城，家里都炸开了锅，你母亲哭得不行，生怕你父亲打死你，我一刻也不敢耽搁赶回京里……"说着上上下下又盯了几眼崔奕廷，"你怎么有这么大的胆子。"

崔映容说完深深地喘了口气："我知道这件事涉及到崔家，可是孰对孰错我心里清楚，这些年……你叔父在京里确实做得离谱，我试着劝过几次他都不肯听。"

姑母是族里二房的长女，嫁给了献王爷的孙儿周端裕，周端裕成亲之后封了镇国将军，姑母就成了正经的宗室夫人，叔父还没有升为户部尚书的时候找过姑母，想请姑母走走宗室的关系，姑母没有答应，从此之后姑母和叔父两家就走动得少了。

崔奕廷道："母亲信里怎么说？会来京里吗？"

"这时候了你还想着这个，"崔映容道，"你叔父是户部尚书，你才入仕是什么官职？万一有个闪失怎么办？就算你赢了，将你亲叔父送进大牢，日后又要怎么办？"

"姑母，"崔奕廷看向崔映容，"我审的是案子，不管到时候会牵连到谁。如果叔父为官清廉，和贪墨案没有牵连，不管谁来都不会害怕。"

崔奕廷的话让崔映容一时语塞："你说得没错，只是崔家长辈不一定都像我这样想。"

崔奕廷道："父亲为官清廉，崔氏子弟县试时，因为名声好才不愁廪生具保，如果崔家长辈觉得我做得不对，那崔家子弟不用寒窗苦读，只要学那些没落家族的子弟卖祖田买官职入仕，也不是没有这样的例子。"

崔映容又叹了口气："真是拿你没办法，你母亲也知道劝不了你，干脆连书信也没给你写。"她这个侄儿，从小就有自己的思量，就算被长辈打罚也从来不肯低头，她就知道来这里不出几句话一定会被顶回来。

只是她不明白，奕廷怎么会突然进京来查案，之前居然没有跟家人提起半句。

这孩子，平日里都在想些什么。

崔映容端起茶来抿了一口才接着说："我才回来，安怡郡主的信就到了，向我问起你。"

说到这里崔映容目光闪烁。

"你是和沈家一起进京的？"

崔奕廷点点头。

崔映容道："那你要小心，御史既然弹劾你和商贾勾结，就一定会咬住不放，你姑父已经去帮你打听，有消息我就让人知会。"

崔映容话音刚落，陈宝进了门："二爷，曹金事那边有消息了，请二爷过去。"

曹金事，崔映容一怔。

是锦衣卫？

这一路上她还在想，崔奕廷不一定能对付她那个族兄，现在看来既然锦衣卫都已经出动，皇上是真的想要将南直隶的案子查个清清楚楚。

怪不得连将军都说，你族兄看走了眼，你崔家的子弟将来有出息的就是奕廷。

她和崔实荣不过是族亲，平日里不太走动也就罢了，奕廷和崔实荣是亲叔侄，奕廷竟然真的有胆量要将案子查到亲叔叔头上。

"抓人了。"

"抓人了。"

姚老太爷这些日子心情很好，让张氏置办了一桌宴席，将广恩公夫妻请到姚家来看戏。京城正红的戏班子，几个人落座，姚老太爷就点了出热热闹闹的戏《张甫查案》，台上正演到张甫将儿子绑了送去衙门过审。

台上的张甫不怒自威，斥骂儿子，儿子跪在地上苦苦哀求，张甫却不为所动。

姚宜闻有些坐不住了，看到这出戏就让他想起婉宁。

"抓人了，抓人了。"台上接着喊着。

姚宜闻准备出去更衣。

张家的下人匆匆忙忙跑过来，伏在张戚程耳边说了几句话，张戚程霍然站起身。

姚老太爷先回过神来，忙也让下人搀扶起来，就要向张戚程询问，却正好迎上张戚程惊诧的目光。

姚老太爷顿时心里一紧。

这是怎么了？

出了什么事？

姚宜闻也停住了脚步。

台上仍旧在唱着。

张戚程皱起眉头："别唱了。"

台上正唱得兴起，张甫拖着儿子向前走，儿子一路跪着前行，一个老管家哆嗦着手唱词劝说。

一场戏演得淋漓尽致，一时半刻谁也没注意这句话。

"都退下去。"张戚程声音霍然大起来。

所有人被吓得愣在那里，整个院子顿时安静下来。

正和乳母玩的欢哥也扑进了乳母的怀里。

戏班子的班主正不知如何是好，看到张戚程凌厉的目光，顿时不敢再耽搁急忙吩咐下人退场。

刚才还趾高气扬的"张甫"也落荒而逃。

张戚程的眼睛要冒出火来。

姚老太爷忙吩咐下人："快，快将书房收拾出来。"

几个人去了书房说话。

姚老太爷刚坐在椅子上，只听得张戚程道："户部尚书崔实荣被锦衣卫抓走了。"

姚老太爷"腾"地跳起来，嘴唇顿时变得青紫："公爵爷说的是……崔尚书？"

崔尚书为什么被抓，是因为南直隶的案子？

不是说崔奕廷的案子不能查了吗？怎么会有锦衣卫抓人？

姚老太爷只觉得额头仿佛被人重重地打了一下，耳边是"嗡嗡"作响，崔奕廷的案子查下来了？户部尚书都被抓了，下一个轮到谁？

如果要查个清清楚楚，谁还会被牵连？

将来定案的时候怎么办？老六还能不能被放出来。

姚老太爷几乎都不能喘息，木然地看向姚宜闻。

姚宜闻也睁大了眼睛。

谁能想得到，昨天还好端端的，今天户部尚书就被锦衣卫扣押。

既然出动了锦衣卫，也就是说……这是皇上示意的。

崔奕廷身后的人是皇上，只要想到这一点，就足以让他胆战心惊。如果崔奕廷赢了，也就是说，二房的大哥立了大功，不只是姚宜州，沈家……沈家帮忙找到了漕粮，岂不是也……

姚宜闻愣在那里半晌不能说话，他还等着大哥受挫来求他帮忙，可是现在惧怕的人是他，说不定他要去求大哥，请大哥帮忙在崔奕廷面前说情。

姚宜闻觉得空气一下子变得火热起来，他每吸一口气从鼻子到喉咙都是辣得难受。

"王征如没有死。"张戚程几乎从牙缝里挤出几个字。

王征如没死，他就能供出崔尚书和所有染指漕粮的官员，姚老太爷已经想不出办法，寿家要完蛋了，老六也要跟着完了。

姚老太爷的手拼命地抖着。

老六啊，老六啊，现在还能去求谁帮老六。

"公爵爷，您一定要救救我们家宜春……"姚老太爷的声音嘶哑，额头上青筋暴出，仿佛已经歇斯底里。

张戚程没有作声。

姚老太爷顿时觉得胸口似是被人死死地攥住，他不要这种感觉，这种感觉他已经在泰兴经过一次，来京里他就是为了将天翻过来，而不是再一次重重地跌倒，摔得面目全非。

姚老太爷眼泪都要流下来了，他这辈子还从来没感觉这样痛苦过，之前的那些得意、高兴烟消云散，就像一只手狠狠地甩在他脸上。

"老太爷，"寿氏的声音从院子里传来，"老太爷，您出面去见大老爷吧，现在只有大老爷才能救老爷了啊。"

寿家人将听到的消息告诉寿氏，寿氏几乎昏厥过去，惊慌失措地来到书房。

听着寿氏呼喊的声音，姚老太爷头上的火顿时冒起来："谁敢，谁敢去见姚宜州，我打断他的腿。"

院子里的下人没有拦住如同癫狂般的寿氏，寿氏冲进屋子径直跪下来，满是红血丝的眼睛看着姚宜闻："三哥，三哥，您去问问婉宁，婉宁毕竟是您的长女，您只要说句话婉宁就会求大老爷，就会请崔奕廷帮忙疏通关系，那……那宜春就有救了。"

问问婉宁？

张戚程转头看向张氏，张氏点了点头。

婉宁，姚宜闻的长女，姚六太太冲进屋子里，像是攥了根救命稻草大声喊婉宁救命。

张戚程皱起眉头看向跪着的寿氏。

姚六太太急疯了？这个时候却提起那个十二岁的孩子。

姚宜州做过粮长，自诩有几分正气，崔奕廷定是借着这个说动了姚宜州来作证，跟姚七小姐有什么关系？

这么大的漕粮案，怎么也扯不上一个女子。

寿家是没有了办法，寿氏也跟着癫狂起来。

本来高高兴兴的宴席，一下子如同哭丧考妣，只要出了事姚家就靠不住，张戚程不想再继续留在姚家，吩咐下人："去准备车马我要回府里。"

下人退出去，张戚程进了内室，姚老太爷忙让姚宜闻搀扶着跟进去。

姚老太爷哆嗦着嘴唇："公爵爷，这事……难道就……没有了转圜的余地？"

张戚程道："在泰兴是崔奕廷查到了你们家屯着的漕粮？"

到了这个时候，大家都要将话说清楚了，才能知道最坏的情况。

姚老太爷摇头："是，是我们老六和寿家将漕粮卖给了一个商贾，商贾运粮的时候被朝廷抓了个正着。"

有了漕粮，崔奕廷又扣押了姚家办事的下人，这案子如何能抵赖。

姚老太爷道："老六要怎么被论罪啊……"宜春被抓他心里着急，可是还没想过真的到了要被定罪的地步。

现在听说连崔尚书都被抓，他心里一下子破了个洞，整个人都掉了进去。

怎么办？姚老太爷如同热锅上的蚂蚁。

张戚程抓住这句话的重点："买卖的商贾有没有一起被抓？"

姚老太爷摇摇头："不……不知道……也没听说……"

"不是泰兴的商贾？"

"是从山西过来开铺子的，就在泰兴开了间茶楼。"

山西的商贾，姚家怎么能放心将漕粮卖给一个不知底细的商贾，要将整个案子弄清楚，想好每一个环节，找到最薄弱的一点下手才可能有转机。

姚家却对商贾这件事一无所知。

"寿家恐怕要折进去了。"

不光是寿家还有朱应年，无论崔实荣会不会被定罪，这两个人定然会被牺牲，张戚程道："这时候别着急，将家里的事都安排好才是最要紧。"

姚老太爷还要询问，张戚程看向姚宜闻："你也小心点，姚宜州那边该问还要去问，不能什么都不清楚。"

到了这个关头要懂得用手段，最重要的是达到自己的目的。

姚宜闻想了想才点头："我也去问过两次，大哥是看好了崔奕廷。"

所以这件事最重要的还是崔奕廷。

张戚程要出去，姚宜闻跟上来，张戚程却道："将瑜珺叫过来，我有话嘱咐她。"

不多时候张氏穿了斗篷匆忙赶过来。

父女两个走到旁边的屋子里，孙妈妈出去守着。

"寿氏定要来求你，"张戚程道，"这个时候你要稳住寿氏，姚宜春不在府里，尤其是寿氏的两个儿子你要亲自照应。"

张氏连连点头。

"你要让寿氏知道，就算姚宜春被定了罪，她和儿子都要靠着你才能渡过难关，稳住寿氏对你只有好处没有坏处。"

张氏仔细地听着。

"至于宜闻的那个长女……"

张氏抬起头来。

张戚程道："也没什么可怕的，不过才十二三岁做不出什么事来，等这件事过了再慢慢处置……"

张氏目光闪烁。

张戚程觉得张氏的神情有些异样："怎么了？"

"父亲还记不记得我生欢哥前那晚，"张氏顿了顿，"我总觉得婉宁看到了，我这才……"

张戚程不由得面色一变："你说……"

张氏点点头："所以我才不得不防。"那时候天已经黑了，她又将要临盆，没想到会遇到婉宁，从那时候她就下定决心不管婉宁看到没看到，她都不能让婉宁有机会坏了她的事。

在她心里，婉宁是个孩子没那么聪明。

现在情形却有了变化。

"父亲，崔尚书真的就要这样获罪了？那可怎么办？"

张戚程没有说话，紫鹃轻轻敲了敲门："公爵爷、太太，双枝姐姐来了。"

双枝是母亲身边的丫鬟。

是母亲那边有了事？

帘子掀开，双枝快步走进来："爵爷，夫人让我过来说一声，忠义侯世子回到侯府为忠义侯服丧。"

张戚程惊讶地挑起眉毛，忠义侯世子的病好转了？否则怎么能回去忠义侯府？

如果忠义侯世子承了爵位，他的算计就落空了。

怎么所有的事都赶在这时候闹出来。

双枝禀告之后就离开，张戚程看向张氏："蒋氏跟着老太爷来了京里，内宅里的事你若是忙不过来不妨问问蒋氏。"

张氏点点头，家里如今这个情形，里里外外都要她张罗，有些事她还真的照顾不周。

姚老太爷噎了一口气，怎么也顺不过来，肩膀一耸一耸，随着长时间的抽动，脸色也变得铁青。

被请过来施针的大夫，忙得满头大汗。

一个时辰过后，姚老太爷才算好了一些。

寿氏仍旧在院子里哭着，蒋氏让人去叫了承章、承显两个孩子过来，劝说寿氏看在两个孩子的分上要顾及身子，这才算将寿氏劝住了。

姚老太爷看着忙碌的蒋氏，如果今天没有蒋氏，还不知道要怎么办。

姚宜闻垂着头坐在一旁，凝眉思量的模样像极了丁氏。

姚老太爷想到这里顿时咳嗽起来。

"父亲。"姚宜闻忙上前侍奉。

越不喜欢的人越在身边，姚老太爷不由自主地推着姚宜闻："躲开，躲开……忙……什么？我还没死呢……"

姚宜闻一怔。

旁边的蒋氏忙上前："老太爷，三老爷是担心您的身子。"

蒋氏一句软软的话，让怒发冲冠的姚老太爷情绪稍稍平复了些。

姚老太爷看向姚宜闻："科举前每天在屋子里读书也就罢了，如今做了官还是这样，外面的事你知道多少？"

姚宜闻皱起眉头，在泰兴时父亲不是这样。

每次见到他虽然要训斥几句，但是更多时候都是和他一起评诗论画，他们父子两个在这上面颇说得来，父亲就算提起朝廷上的事也不多问，现在这是怎么了？好像随时随地都带着怒气。

崔尚书被抓，岳父也是才知道的，就算他手眼通天，也不能所有事都能打听清楚。

"我就不信，"姚老太爷突然站起身，"沈家和姚宜州还立下大功了。"

谁能相信。

胳膊拧不过大腿，这是谁都知道的，可这次偏偏看走了眼。

一个堂堂的户部尚书就这样下了锦衣卫大牢。

"老太爷。"

姚老太爷还没回过神来，管事的进门吞吞吐吐地禀告："老太爷，那个西边卖锦缎的余家来了。"

卖锦缎的余家？

这都什么跟什么啊，姚老太爷显然不清楚这是怎么一回事："什么余家？家里买什么锦缎了？"怎么眨眼的工夫，连门房都要捣乱。

"老太爷，就是那个要买沈家锦缎的余家……"

买沈家的锦缎。

沈家……

是沈家的陈货。

姚老太爷回过神："要买沈家的锦缎到我们家来做什么？让他们去找沈家……"提起沈家他就火冒三丈，他是要看沈家的笑话，等着沈家破落，等来等去却是这样的消息。

管事不知道怎么说才好。

"老太爷，那个余家……是我们家散出消息，让余家不要买沈家的锦缎，等一两日沈家的货就会便宜下来。"

老太爷当时是这样交代的，现在怎么却不清楚起来。

管事急得满头大汗。

好端端的谁想和这些商贾扯上关系，为了将事办好，他跟余家说沈家定然会降价。

余家就这样信了，没有去买沈家的货物。

可是眨眼之间……眨眼之间……

姚老太爷望着管事，突然之间想起来，他是吩咐管事这样安排，为的是落井下石，让沈敬元没有任何的退路。

"那又怎么样？"姚老太爷冷冷地问管事。

管事道："余家说，沈家那边突然不卖货了，说沈家的东家吩咐，要将货都留起来。"

闹哄哄的卖陈货，突然之间又不卖了，这是怎么回事？

"沈家说，那些上好的绸缎，要用来做盒子，一等一的绸缎，不能糟践了身价，要物尽其用才行。"

姚老太爷听着管事的话，什么盒子要用上好的绸缎来做？这样的盒子要装什么东西？

闹得沸沸扬扬的事，沈家却扔下这一句话收口。

沈家要做什么？

难道不是卖货盘铺子？

说到底，这和他们姚家有什么关系。

"老太爷，余家说，我们要用他们压价自己去买沈家的货，如今被沈家看透，他们才没吃上这笔买卖，现在他们铺子里缺了锦缎，一时半刻就要用处，问我们来想法子。"

姚老太爷瞪圆了眼睛。

余家是觉得被愚弄了才找上门。

"岂有此理，"姚老太爷的胡子翘起来，一股热血向胸口撞去，"他和沈家的买卖没成，还赖上我们姚家了？"

婉宁仔仔细细地看手里的账目。

两盆银霜炭让屋子里暖烘烘的。

婉宁盘腿坐在炕上觉得很惬意。

几个店铺都已经将账目整理好，铺子开始修葺，他们虽然到京里晚，可是动作也不算慢。

"小姐为什么要选上余家？"童妈妈在一旁端了茶。

听到童妈妈的问话，婉宁笑着道："在京里开商铺，仔细问起来大多数都有些来头，这个余家跟江西布政使有些关系，并不会被父亲这样的京官镇住，余家当家的掌柜又是个急脾气，不会吃闷亏，不管怎么样都不会白白了事。"

换了别人可能会不声不响地过去，余家却早就懂得了和达官显贵来往，用不着像泼皮无赖大吵大闹，懂得怎么就能轻易地让祖父丢脸。

祖父一直盯着沈家的铺子，沈家铺子总算有了些动静，怎么能忍得住不动手，她就是要让余家觉得被姚家戏耍，余家才会找上门。

父亲会怎么样？还会觉得祖父为人高洁，做事光明磊落？从前怕沈家让他被人说闲话，他就休了娘，如今祖父做出这样的事，父亲总不能休了祖父。

"小姐，我们的锦缎还卖不卖？"

婉宁点点头："为什么不卖，找个出价最高的卖，剩下的零碎缎子跟雕木的工匠说好了，将锦缎做盒子的衬底，积压了那么多年，那些样式都不时兴了，将来我们就算再做锦缎生意，也要购置新样式。"不卖的话只是说给余家听的，如果有人出价合适她为什么不卖。

这些年舅舅没有将太多精力放在京里的铺子上，否则这些铺子的生意也不会这样惨淡。

可能对于舅舅来说，京城已经是伤心地，看到京城就会想到在受苦的母亲。

就像母亲只要提起来京，脸上就有淡淡的怯意。

没关系，从前的事到此为止，往后抬不起头的是祖父和父亲。

她希望余家能从祖父手里拿出银钱，到时候街头巷尾也津津乐道。

提起这件事，大家就会说起沈家。

等到沈家的铺面重新开张的时候，很多人会好奇来看。

想要闹出动静，没有什么比这更快的了。

婉宁的账目还没看完，沈四太太带着人过来了。

进了屋子，沈四太太脱掉身上的斗篷亲自将窗子开了一条缝儿，又将婉宁旁边的窗子关上。

"怕中了炭气也不能开你身边的窗子，闪了汗可怎么得了。"

舅母就像母亲一样，总是能发现她身边不妥当的地方。

婉宁将沈四太太迎过来坐下。

沈四太太满面笑容："余家的事我都听说了，从前姚家靠着我们沈家赚钱，还是一副高高在上的模样，而今也该栽在我们沈家手里一回。"

可以想得到姚老太爷会气成什么模样，余家也不是好惹的，京里不知要怎么议论姚家。

让大家都知道姚老太爷是怎么对待这个从前的亲家。

看姚老太爷还有没有脸在外人面前说那些冠冕堂皇的话。

婉宁向外面看了看："舅舅呢？怎么没跟舅母一起过来？"

"你舅舅还有些事，今天咱们做盐引的时候，有个人写了封信给你舅舅，说朝廷今年可能会有空条批的盐引下来，这样一来就多了竞争，让你舅舅有些准备，开始你舅舅还半信半疑，后来才知道那个人说的话是真的，要不是那封信，今年我们家备粮更要匆忙了。"

京里有人写了封信给舅舅，让沈家有些准备，这个人是谁？

婉宁觉得有些奇怪："给舅舅写信却没有说自己是谁？"

沈四太太摇摇头："没有。"

婉宁望着沈四太太："既然那时候没有，舅舅现在怎么能见到他？"

沈四太太道："是又给你父亲写了封信，介绍了一个商贾，那家买锦缎给的价钱高，只是要货好，来送信的下人虽然变了，你舅舅却也不是白丁，还认识那字，就跟着那送信的去寻人了。"

婉宁仔细思量，舅舅面冷心软，别人给他一分好处他都会记在心里，之前收到了那封信函，心里一定十分惦记，现在总算再遇到那个人哪里会放过。

不管那个人是谁。

婉宁道："但愿这次能见到。"

见到了心里才算踏实。

账本看了半天，婉宁也觉得累了，就想起自己才学的女红："想要给母亲做护套，绞了块貂皮，中间想要绣花样子，舅母若是不嫌弃我的手艺，也给舅母做一只。"

沈四太太看向旁边的笸箩："花样子呢？我给你瞧瞧。"

婉宁脸一红："还没开始做呢。"

沈四太太失笑："有什么好臊的，你母亲手最笨，她绣的花样子我都给改过。"

婉宁看向落雨，落雨将笸箩递给了沈四太太，沈四太太拿起上面的花样顿时"扑哧"一声："我就说，你母亲的手艺不知道要传给谁，可不是就都给你了，画得这么好看，怎么绣上去就变样了，咦，这朵牡丹花绣得好看。"

婉宁道："那是赵茹茵帮忙绣的。"

她这些日子和赵茹茵走得近，要不是赵茹茵要服丧，她们可能天天都会通书信。

沈四太太拿起针线："过几年就要及笄准备出嫁了，不学女红将来怎么做嫁妆。"

出嫁？现在听起来对她来说好像是很遥远的事。

不过，看着舅母的笑容，屋子里仿佛更暖和起来。

沈敬元带着人在旁边等着，还好那送信的人没有刻意的躲闪，他们这才跟着走过一条街又一条街。

"前面是哪里？"

沈敬元觉得有些熟悉。

小厮道："这边也没什么，都是卖文房四宝的铺子。"

他认识的人当中有没有在附近开铺子的。沈敬元向四周看去，没有想出什么来。

送信的人进了一家店铺。

沈敬元正迟疑要不要进去，片刻工夫那人拿了包裹好的纸、笔出来接着向前走去。

来来往往的人都是文质彬彬的书生。

沈敬元想起自己年轻的时候，一心想要读书科举，后来被家里的杂事羁绊，也就断了这个心思，可是每次看到比自己年纪大的人还在埋头苦读，心里就生起几分的不甘。

"老爷，"小厮轻声道，"您看看去前面了。"

红漆柱子，高大的牌楼，上面写着几个朱红字"国子监"。

来来往往不少的人，却只能听到脚步声响。

国子监外等着不少家人。

送信的人远远地停下来，走入人堆中悄声打着招呼。

一阵冷风吹过，大家都缩着脖子跺着脚，脸上却还带着笑意，眼睛里更有着与有荣焉的骄傲。

能进国子监的人，将来都会有个好前程，怪不得连家人也能高高地抬起头。

沈敬元的目光在"国子监"几个字上流连忘返。

给他写信的人在国子监？

看着周围的红墙、铺得整齐的青石路，他去过很多地方，看到这里他仍旧忍不住神往，原来压在心里的情绪顿时争先恐后地迸发出来。

他真喜欢这个地方，若是能进这里，他这辈子就再也没有别的心愿。

可惜，这对他来说偏偏遥不可及。

沈敬元摇头苦笑，每次听到昆哥背书他都羡慕，真像回到昆哥这样大的年纪，说什么都要求父亲给他请个西席。

人这辈子总是有一两件心底里渴望去做的事。

到了散学的时辰，不少人从国子监里走出来。

沈敬元仔细地看着。

熙攘的人群散去之后，又有几个人相携着走出来。

送信的人立即站直了身子迎上去。

那几个人停下来，其中一个向旁边的人行礼笑着告辞，等到旁边的人走后，他才抬起头。

他的长袍一尘不染，如同入画的一枝玉兰花般姿态优雅，俊逸的脸上挂着浅浅的笑容，本来是带着下人向前走，却不料看到了迎上来的沈敬元。

他的脸上顿时浮起一丝惊讶的神情。

这个人沈敬元确实认得。

这个人是他痛恨的姚家人。

"姚宜之。"沈敬元怎么也没想到给他写信的人是姚宜之。

姚宜之上前向沈敬元行了礼，声音十分的温和："四老爷，我们找个地方说话。"

沈敬元点了点头，妹妹被休的时候就跟他说过，但愿姚宜闻续弦之后婉宁不会受委屈，若是受了委屈，希望姚宜之能帮忙。

妹妹的意思，在姚家这些人中，心软的也就是姚宜之。

没想到姚宜之还真的帮了沈家。

"舅太太、小姐，"童妈妈进了门，"舅老爷打发人说，他不过来吃饭了。"

婉宁放下手里的针线。

沈四太太也有些惊讶："怎么不回来了？崔大人那边有事了？"

思来想去也就是崔奕廷那边需要老爷。

童妈妈摇摇头："说是找到了那个写信帮忙的人。"

这种情况没有让婉宁惊讶，这个时辰舅舅不回来就是找到了人，既然找到了人定会坐下来说话。

"有没有说，是不是熟人？"她更关心对方是个什么样的人。

童妈妈脸色有些古怪，仿佛有些诧异又有些不能相信，连说话的声音也不由自主地轻了许多："说是姚五老爷。"

婉宁和沈四太太都一怔，屋子里顿时安静下来，只能听到风吹过竹子的响动。

沈四太太道："是和姚五老爷一起吃饭，还是帮忙的人是姚五老爷？"

童妈妈顿了顿，看了看沈四太太然后和婉宁对视："说是，帮忙的人是姚五老爷。"

姚家人会帮沈家？

沈四太太诧异地看着婉宁，这是怎么一回事。

姚宜之将沈敬元请到主位上。

沈敬元看向姚宜之，在姚家这么多人中，他印象最好的还是姚宜之。

辰娘嫁去姚家之后，他去探望辰娘，等他从姚家出来，姚宜之就追了上来，提议和姚家几个兄弟一起去外面喝酒。

姚宜之做东，没有吃太好的菜却喝得很畅快，那时候他就觉得姚宜之是个好相处的人。

沈敬元道："既然写信过来，怎么也不说一声是谁。"

姚宜之温润的脸上一闪尴尬，很快又温文尔雅地笑起来："我也没帮上什么忙，也是在京里听说了些消息就让人捎信过去，这次家里做出了对不住沈家的事，我怎么好意思再张嘴。"

姚宜之说得隐晦，沈敬元却明白是什么意思。

沈家陈货卖得本来很顺利，都是因为姚老太爷在里面搅和才闹出差错来，多亏了婉宁早就料到会这样，才来了个将计就计，让姚老太爷自食恶果。

姚家并不知道实情，所以姚宜之才会不好意思。

"婉宁在泰兴我也照应不了，就让姨娘的下人时常去打听消息，然后给沈家捎信过去，"姚宜之说着有些黯然，"姨娘捎信进来我才知道婉宁落了水，幸好婉宁没事，我想劝说父亲将婉宁接回家，谁知道，唉……"

沈敬元不由得惊讶。

原来姚家经常送消息出来的荆大是姚宜之安排的。

姚五太太没了，姚宜之一个男子不能照应内宅的事，更何况又在京城这么远的地方，能做到这样也算是有心。

沈敬元的敌意明显少了许多，姚宜之道："我们也好久不曾在一起吃饭了，我一直想请您过来。"

饭菜陆续摆上来，姚宜之亲手斟酒敬沈敬元："是我有错，我先自罚三杯。"

"怎么还不回来？"沈四太太催促沈家下人，"你跟老爷说一声，我和昆哥都在婉宁这里等他，让他早着些。"

下人应了一声又去催促。

沈四太太觉得奇怪，跟姚宜之喝酒，怎么还喝这么久，又不是自家的兄弟。

老爷向来讨厌姚家人。

这到底是怎么了。

沈四太太吩咐完进了屋，内室里，婉宁看着昆哥拿来的书，姐弟两个边说边笑。

昆哥道："先生说过两年我就可以考童生了。"

沈四太太听得这话有些惊讶："别乱说，你才多大就能考童生。"

昆哥跟杨先生学的时间不长，却增益了不少，这也是说不定的事，婉宁笑着看弟弟：

"只要好好学没有什么不可能的事。"

昆哥很认真地点头。

"舅太太,"童妈妈从外面进来,"舅老爷过来了,"说着一顿,"还有姚五老爷。"

舅舅将姚宜之带过来了?

婉宁站起身。

沈四太太脸色变得有些难看:"回来就回来吧,怎么还将姚宜之也带过来。"

童妈妈和婉宁对视一眼:"舅老爷喝多了。"

舅舅和五叔在一起喝多了?只有相谈甚欢的人才会不知不觉喝醉酒,五叔和舅舅都说了些什么?

婉宁吩咐童妈妈:"快让厨房准备醒酒汤,跟大伯说一声,在前面收拾出一间房,好让舅舅住过去。"

沈四太太带着人迎了出去。

姚宜州听到消息也赶过来。

"怎么让敬元喝了这么多。"姚宜州埋怨地看着姚宜之。

姚宜之忙道:"因为高兴就多喝了两杯,没想到就将四老爷喝醉了。"

沈四太太吩咐下人将沈敬元扶去侧室里躺着。

沈敬元躺在床上却一下子又坐起来:"宜之来,宜之我们再喝。"

外面的姚宜之听得不好意思,旁边的两个捧书的小厮却有些支持不住了,姚宜州见状忙道:"这是做什么?哪里来的这么多书?"

"才买来的,"小厮苦着脸道,"是沈四老爷和我们老爷一起去买的。"

买了这么多书?

姚宜之笑着:"我和四老爷一起买的,都是好书,我一套四老爷一套。"

谁能一下子买这么多书。

看到姚宜之眼睛里满是红血丝,姚宜州皱起眉头来:"你也喝了不少吧?"

话音刚落,旁边的小厮手一软,将书都掉在地上。

姚宜之一怔,站起身来就要去捡书,谁知道脚一软差点栽在地上,多亏旁边的下人眼睛尖拉了姚宜之一把,姚宜之这才平稳地躺在地上。

姚宜州吓了一跳:"快,将五老爷扶去我屋里歇着。"

"大哥,我没事,我就是……要把书……捡起来……"姚宜之还不服气地要起身却怎么也坐不起来。

姚宜州拿起兄长的威势:"还闹什么闹,不怕人笑话,快让人搀着去歇息……"

大家又七手八脚地将姚宜之送去厢房里躺下。

厨房送来醒酒汤,沈敬元和姚宜之分别喝了。

看着卷着被子缩在角落里的姚宜之,姚宜州直摇头:"多大的人了,怎么还弄成这样。"

沈敬元睡着了,沈四太太将小厮钱芮叫过来问:"老爷和姚五老爷都说了些什么?"

钱芮道:"只说从前的事,再后来就是说书……"说到这里钱芮挠了挠头,"都是些什么内容,我也记不清楚了。"

开始他还听着,后来实在听不明白就跟姚五老爷的小厮一起到旁边说话。

沈四太太摇了摇头,转身去了婉宁屋子里。

昆哥已经去屋子里歇下，婉宁正等着沈四太太。

沈四太太和婉宁去内室坐下："没问出什么，说是在一起吟诗作赋那些，还一起买了几十本的书，笔墨纸砚也购置了不少，两个人不但将身上的银钱花了精光，还欠下了钱，那边大老爷看得直皱眉头。"

只是在一起论文，后来又去买了书，小厮说的这些话和她们看到的也能对得上。

沈四太太道："兴许，真的没什么。"

整件事透着一股蹊跷。

五叔是为人亲和，但是除了提醒舅舅盐引的事之外，也没有什么实质的帮助，而且五叔这种八面玲珑的性格，舅舅定然是招架不住，就算五叔有别的意图，舅舅也察觉不到。

舅舅这样的人面冷心热，可以依靠，五叔这样的人，太过圆滑，为人不够踏实。舅舅可以为了她和姚家交恶，就算在沈氏族人面前也维护着她，大伯因为她的事和祖父争得面红耳赤，又冒着危险为何家出头到京里来作证。

五叔呢？五叔这些年都做了什么事？

只是左右迎合，身边所有人都觉得五叔良善，祖父喜欢他，父亲喜欢他，母亲也觉得他好，之前舅舅对五叔还没什么感觉，却出去一趟就一起喝醉了。

不管怎么样，她都不会轻易相信五叔和蒋姨奶奶。

"等舅舅醒过来，舅母再去问问，看看五叔有没有提起崔奕廷。"

这个时候过来，说不定就是为了打听消息。

御史已经弹劾崔奕廷和商贾勾结，想要击垮崔奕廷，就要找出一些实质的证据来才行。

第二天张戚程才起床就接到了一封信函。

到了巳时张氏匆匆忙忙赶过来。

张氏进了主屋，父女两个坐下说话。

"父亲，有没有查出什么？"

张戚程道："沈家曾救过崔奕廷，崔奕廷到了泰兴遇到了沈敬元，就送了两箱烧饼过去，想要借此还了沈家的人情。"

张氏没想到会听到这样的消息，居然送了两箱烧饼。

"沈敬元气得不行，后来又将两箱烧饼还了回去。"

这样看来，崔奕廷并不像要和沈家交好，可是为什么沈家会帮着崔奕廷查案，不但如此沈家还跟着崔奕廷一起上京来。

张戚程道："沈家是真的不准备卖京里的铺子。"

张氏一怔，原本她以为只是沈家用的手段，没想到沈家是真的不准备卖铺子："沈家不是应该卖铺子在边疆垦田吗？"

盐引越来越不好拿，征用的粮食数额增加，沈家应该保住盐引这条路才是，怎么可能不卖铺子。

这到底是怎么回事。

有太多的出乎意料。

这两天家里乱成一团。

余家虽然没有明说要老太爷赔上一笔银子，却每日都上门来说锦缎的事，闹得满城风雨。她昨日去黄夫人家宴席，不少女眷都背着她窃窃私语，也有一两句传到她耳朵里，老太爷为了赚钱骗余家，余家却不是好惹的，如今沈家的那些锦缎余家和姚家都没有买成，姚家是两手空空又惹了满身腥。

老爷去衙门里也被人指指点点。

余家故意散消息出去，为的就是让他们脸上难看。

这笔银子赔了让人笑话，不赔也让人笑话。

老太爷怎么惹出这样的事来。

家里真是一波未平一波又起。

这到底是谁在捣鬼。

姚宜州、沈敬元、姚婉宁，这些都是他们没放在心上的人，现在一个个都跳了出来。

"是婉宁，"张戚程抬起头看着张氏，"出主意的人都是婉宁。"

张氏倒抽了一口凉气，半晌才道："这……怎么可能……婉宁哪有这样的本事。"

张氏忽然想起一件事："老太爷进京的时候，确实有个商队跟着婉宁。"

当时她听说了没放在心上。

沈家有商队也不奇怪，说是婉宁的，不过是在帮婉宁罢了。

说起这个商队，老太爷嗤之以鼻，还说："婉宁能卖什么东西，跟着船过来的不过就是扬州的土仪，卖给京里的商铺。"

沈家也确实卖给京里的商铺不少扬州的土仪。

谁也没想到沈家会在店铺里卖什么新货。

这件事就在他们眼皮底下。

想到这一点张氏就握紧了帕子，居然眼睁睁地上了沈家的当。

沈敬元什么时候这样聪明。

难道背后的人真的是婉宁？

时隔四年，张氏还没见到婉宁，可是她依旧不相信，婉宁是在她眼皮底下长大的，她对婉宁的脾气太清楚了。

表面上都没有沈氏泼辣，内心里比沈氏还要柔软。

七八岁的孩子被她哄得团团转，那天还欢欢喜喜地来给她请安，见到她倒在血泊里，还要上前搀扶。

没有半点怀疑她。

让她将那出戏演得说不出的顺利。

这样的孩子，就算在她眼前，还能做出什么反抗来？

不可能，这绝不可能。

"父亲，"张氏道，"您只管顾着朝廷上的事，内宅里还是交给女儿。大周朝以孝治天下，我就不信婉宁不肯回家这件事真的闹出来，还能有谁护着她不成？"

她就不信，在礼义廉耻面前，婉宁还能那般有恃无恐。

张氏道："真的是婉宁在作怪那倒好了。"

之前她还以为寿氏是怕她责怪没有好好"照顾"好婉宁，才将婉宁说得那般可怕，现在她要回去好好问问寿氏。

"二姐那边怎么样了？"张氏问起张瑜贞，"听说内侍去忠义侯府，亲耳听忠义侯的下属说了忠义侯临终前说的话，礼部尚书黄棠的夫人说起的时候，去黄家做客的女眷都掉了眼泪。"皇上若是知道了会不会因此也被触动，就将忠义侯爵位给了赵琦这个世子。

说到这个，张咸程冷笑一声："忠义侯母子想用忠义侯的死来保住爵位，若是这样大周朝不知多了多少勋贵，武将战死那是天经地义的，没听说过谁的命这样金贵。"

张咸程道："皇上已经问了夏大学士，夏大学士说朝廷正是用人之际，忠义侯世子毕竟还年少。"

爵位。

那是朝廷赐给功臣的。

忠义侯世子算什么功臣。

反过来说，世子还是世子，等到世子长大了再承爵是天经地义，在那之前将爵位给赵家老四，赵家更会感恩戴德，皇上还多了一个能倚仗的勋贵。

这笔账，任谁都能算得清楚。

张氏颔首："还是父亲想得周到。"

很多事不是妇孺从眼睛里看到的那么简单，只要涉及到朝政就不会讲什么情理。

忠义侯府里，赵夫人在等赵琦。

"还没出来？"赵夫人看向下人，"世子爷怎么了？是不是哪里不舒服？"

管事妈妈忙道："奴婢再去催催。"

论理说服丧期间不能见客，可是侯爷去世已经有一段日子，更何况永安侯是琦哥儿的救命恩人，裴明诏来赵家看望琦哥儿，怎么也要让琦哥儿过来说两句话。

裴太夫人笑着道："别催世子爷，左右我们也没事，我和夫人说说话也好。"

裴太夫人话音刚落，就看到门口的丫鬟挽起了帘子，紧接着赵琦跨进门来。

白色的衣袍衬得赵琦的脸色有些苍白，一双眼睛里还有些胆怯，却已经没了之前的恐惧，身姿笔挺地走进来向裴明诏和裴太夫人行了礼。

裴太夫人不由得惊讶。

这还是那个躲在下人身后，大喊大叫的世子爷吗？

怎么会眨眼之间就和正常人无异。

天底下真有这样神奇的事。

要不是亲眼所见，她真的不相信。

裴明诏也觉得诧异，赵琦的情形他再清楚不过，从泰兴到京城他一直想要和赵琦说话，却都没能打开赵琦的心房。

面对这样的孩子，他真是束手无策。

每次大喊大叫的赵琦被姚家下人安抚着平静下来的时候，他眼前都会浮现出那个目光清澈，面容清丽的姚七小姐。

现在就是姚七小姐治好了赵琦的病。

虽然当时听起来惊讶，可是想想却在情理之中，他一直觉得只有姚七小姐才能将赵琦的病治好。

现在他愈发觉得，姚七小姐和寻常的闺阁小姐不同。

"世子爷现在都学些什么？"裴太夫人收起打量的目光，这样看着赵琦，会让赵琦觉得不舒服。

她是来探病的，不是那些好奇的人拼命地想要打听出什么秘密。

赵夫人让下人服侍赵琦坐下来，才道："如今就是看些书。"

裴太夫人领首："我记得世子爷也喜欢骑射，如果世子爷愿意就让我们侯爷时常过来教教世子爷。"

赵夫人不由得惊讶："这可怎么是好，侯爷已经帮我们太多。"

"我们老侯爷时常说起忠义侯，让侯爷定要记住赵家的恩情，教教骑射算不上什么……"

赵琦眼睛已经亮起来，抬起头看向裴明诏。

赵夫人说不出的高兴："琦哥儿，你还不谢谢侯爷。"

赵琦就要向裴明诏行礼。

裴明诏也跟着站起身："我们去外面说话？"

赵琦点了点头。

看着两个人走出去，赵夫人松口气："您看看，我们琦哥儿是不是好多了？"

裴太夫人笑盈盈地道："就是比从前不爱说话，别的已经看不出来什么，夫人这是好福气，世子爷才能这么快好起来。"

"都是姚七小姐，没有姚七小姐我们琦哥儿还不知道会怎么样。"

真的是姚七小姐治好的。

裴太夫人到现在也难掩脸上的惊讶："别人都这样说，我还不信，我想一个小姐还能比得上太医院的御医？更别说像外面传的那么吓人，说什么连药也没用，只是用一碗面条和一碗辣椒就将世子爷的病治好了。"

传言多是以讹传讹，不过要说琦哥儿那时候吃了什么，可不就是一碗面和一碗辣椒。

赵夫人才想到这里，下人进来禀告："夫人，姚七小姐来了。"

裴太夫人抬起眼睛，这么巧，正好赶上姚七小姐过来，这一次她要好好看看这位姚七小姐。

裴明诏挑了一把适合赵琦的弓拿到忠义侯府。

没想到赵琦非常喜欢，拿到手里就用起来。

他才找到赵琦的时候，没想到赵琦还会有今天。

赵琦才回京几天，外面都在议论忠义侯世子受了惊吓，多半已经不能再像正常人一样，可惜这个忠臣之后，就这样废了。

真难得，赵琦会这么快好起来。

不但能和寻常人一样，说不定将来也能和忠义侯一样在马背上建功立业。

经过了这件事，赵琦看起来不太像是一个七八岁的孩子。

裴明诏想起了自己。

他比赵琦大十多岁，又都是勋贵子弟，同样当过世子，赵琦此时的心境想想他也能理解。

没有了遮风挡雨的父亲，爵位眼看也要旁落，自己却年纪尚小，日后的路不知要怎么走。

这样想着，他心里就多了几分兄长般的关切。

"赵琦，"裴明诏道，"将手臂伸直，不要急着去拉弓，先要练好姿势。"

赵琦点了点头，慢慢地沉着下来。

只是一刻钟的时间，赵琦就满头大汗，不停地甩着细弱的手臂。

裴明诏笑道："练一练长筋骨，时间长了就不会觉得累了。"

赵琦放下手里的弓，看着裴明诏，深深地吸了一口气，用很轻的声音说了一声："侯爷，谢谢你。"

谢谢你。

侯爷这一路多少惊险才能找到他，又要千里迢迢将他送回京城，他却对侯爷又踢又打、大喊大叫，现在想想就会觉得不好意思，要不是侯爷，他哪里能和母亲相见。

"不用谢我，"裴明诏道，"你父亲宽怀大度，从前对我们裴家也有恩，在我眼里你父亲就像我的长辈，以后无论你有什么事都可以来找我。"

永安侯脸上有几分的威势，这时候说话却难得的温和，真的像兄长一般，赵琦顿时眼睛模糊起来。

在裴明诏面前，赵琦点了点头。

"世子爷，姚七小姐来了。"

听到这句话，赵琦忙用袖子擦了擦眼角，一双眼睛如同雨后的星空，显得格外明亮。

赵琦转头喊了一句："碧竹，快将我看好的书拿来，我要去跟七小姐去换书。"

"换书？"裴明诏听着奇怪，忍不住问。

赵琦点点头："我看的书都是姚七小姐拿来的，书上都加着注解，先是注解了二十页，然后是三十页，四十页一点点地加上去，我看完注解的部分，就跟姚七小姐换书，姚七小姐会将另一本带注解的书拿来，过两天再来跟我换。"

"如果没看完怎么办？"

赵琦道："没看完就不能换。"

裴明诏想起裴家的兄弟们。裴家长辈也请了西席进门，虽然勋贵走的是武将的路子，长辈的意思是也不让他们撒欢地玩，免得将来文不成武不就，父亲总说读书能让人心静，可是族里的兄弟不以为然，将西席气走了一个又一个，还说堂堂的勋贵之家，将来学老子上阵打仗去，不必和那些穷酸的书生一样咬文嚼字。

现在想想，那些挺起胸膛、吵着将来建功立业的兄弟，现在都过着花天酒地的日子，他三叔家的儿子跟着父亲一起去了战场，见到敌军就吓得屁滚尿流，再也不敢提"战场杀敌"几个字。

可见姚七小姐的法子是对的，让赵琦看书，只有好处没有坏处。

这样换书，而不是问下人每日赵琦用了多少时间看书，是负责的做法。

因为就算是捧着书本，有没有真正看进去谁也不知道。

换书的法子，姚七小姐不用问旁人就能知晓，赵琦到底有没有静下心来读书，赵琦大部分时间都在做什么。

那些书又都是姚七小姐送过来的，内容想必都是利于赵琦的……

就像姚七小姐吩咐下人讲古往今来那些有名的将军不惧危险、英勇抗敌的故事给赵琦听。真是聪明。

怪不得姚七小姐那双眼睛总是那么的澄清。

赵琦有福气，在泰兴遇到了姚七小姐。

他也因此抓到那些死士，如今正顺着这条线查下去，不知道将来会查到谁的头上。

赵琦带着人去花厅，裴明诏不好过去，就留在亭子里。

婉宁进了花厅，看到花厅里的赵夫人，赵夫人旁边还有个笑容可掬的夫人。

"这是裴太夫人。"赵夫人拉着婉宁的手介绍。

婉宁向裴太夫人行礼。

裴太夫人忙道："快起来，怪不得能治好世子爷的病，看着就是个伶俐的孩子。"

下人将茶端上来，赵琦也正好赶到了。

婉宁让落雨将手里的书拿给赵琦，赵琦看过的书也递还给婉宁。

赵琦迫不及待地将书打开来看，看到里面密密麻麻的注解，有些是大人写的，有些一看就出自孩子的手笔，赵琦对着那些小孩子写的字惊叹："这要写多久才能将字写成这个样子。"

"也不久，"婉宁笑道，"才两年多些。"

"才两年？"赵琦惊呆在那里，"写这字的人多大？"

婉宁微微笑着，"比世子爷小一两岁。"

比他还小。

看着赵琦惊呆的样子，赵夫人也好奇起来："姚七小姐这是在哪里找到的书？是姚家哪位公子写的？"

"不是，"婉宁摇摇头，"是我的一个弟弟，世子爷虽然爱读书，却也还学了骑射，我那弟弟是一门心思都扎在书本上面，两年前就正式请了西席，我那弟弟和世子爷年纪相当，正好学的都相通，我就将他的书拿来给世子爷看。"

裴太夫人也很好奇，问婉宁："能不能拿给我瞧瞧，我还不知道六七岁的孩子能写出什么样的字来。"

婉宁点头看向落雨。

裴太夫人将书拿在手里，翻开来一点点地看，她虽然不是出自书香门第，但是也从小识字，字好不好她看一眼就知晓。

字好不好看，重要的是看结构和间架。

难得小小的孩子能将结构写得这样圆润，间架也明整，当今圣上喜欢书画，如今的夏大学士就因为写了一手的好字深得圣心，圣上要代笔就会找夏大学士。

姚宜闻也是有名的字好，是夏大学士的得意门生。

这位写字的少爷不是姚家人又是谁家的子弟。

裴太夫人忽然好奇起来，手指一拨将书翻过来，意外地在书页下角看到一个"沈"字。

沈家。

沈家，顺着姚七小姐往下想，那不是姚七小姐生母的娘家？

姚七小姐说的弟弟，就是沈家的少爷？

那还真是让人意外。

生母被休，按理说就跟母亲的娘家断绝了往来，尤其是沈家为商贾，姚七小姐不怕和沈家走得过近而丢了名声？

更何况沈氏被休是因德行有失。

裴太夫人正想到这里。

赵夫人温和地看向赵琦："琦哥儿，你还记不记得从前到我们家里来的杨先生？那位少爷如今正跟杨先生学习。"

杨先生？

裴太夫人有些惊讶："夫人说的是哪位杨先生？"

杨夫人笑道："就是杨敬先生。"

杨敬？那个很有名望的杨敬？

一个商贾的后人能跟脾气古怪的杨敬学习？

沈家怎么求请到的杨敬？京里的达官显贵很多想要请还不能得，却没想到杨敬先生不声不响地已经收了徒，她记得诏儿回京来的时候说过，在泰兴遇到了杨敬先生，却没提起杨敬先生收徒的事。

这才过了多久？

有几个月时间？杨敬先生不但收了徒，说不定还跟着沈家人一起来到了京城。

这里面到底发生了什么事？

裴太夫人自然而然地又将目光落在婉宁脸上。

这样的事和姚七小姐有关吗？

姚七小姐怎么会这样厉害？

谁都知道杨敬先生的为人，杨敬先生肯收沈家的子弟，是不是代表沈家并不像传言中的那样嚣张跋扈。

反观姚家，姚老太爷纵容姚六老爷买卖漕粮，张氏在女眷面前甚至不肯提起姚三老爷还有个长女。

这些做法倒是不太得当。

裴太夫人正想着，下人来禀告："夫人，安怡郡主来了。"

安怡郡主没有让下人先送帖子。

赵夫人显得有些茫然，郡主怎么会这时候赶过来。

安怡郡主带着人进了花厅。

一眼看到了座位上的裴太夫人，裴太夫人站起身准备告辞："我府上还有事，就不叨扰夫人了。"

安怡郡主却不肯答应："裴太夫人来得正好，"说着向门外看去，"听说侯爷也跟着太夫人一起来了？"

裴太夫人颔首："我们侯爷来看看世子。"

安怡郡主就看看裴太夫人又看看婉宁和赵夫人："能不能将侯爷也请过来说话。"

如果这样的话。

屋子里的女眷都还算长辈，唯有她不该在这里，婉宁站起身刚要告辞。

安怡郡主显得有些着急："姚七小姐能不能也留下来？"

将他们都留下来，这是要商议什么事？

婉宁隐隐觉得这件事和她、赵琦有关。

婉宁点点头留了下来。

赵家下人很快将裴明诏请了过来。

挺拔的身影进了门，裴明诏穿了宝蓝色暗花长袍，十分的庄重，又加上抿着的嘴唇，侧脸看起来就有些肃穆，这样的人应该心性坚韧，又很有责任感，所以赵夫人才能求他去找赵琦。

不知怎么的看到裴明诏婉宁就想起崔奕廷来。

崔奕廷这个人为人正直，却有时候又让人捉摸不透，能正襟危坐得冷静自持，也能随随便便靠在船头上不时地露出几分懒散,这个人能屈能伸,尤其是在茶楼里不经意遇到崔奕廷时,崔奕廷的目光总有那么一点的青涩、紧张和茫然。

按理说这样复杂的性格不该出现在一个人的身上。

"大家都在这里,我就直说了,"安怡郡主道,"宫里那边可能会传召姚七小姐,为的是世子爷的事。"

所有人的目光都落在婉宁身上。

赵夫人先反应过来:"郡主说的宫里是……"

安怡郡主道:"这些日子赵家二房一直托人在内阁里活动,想要让皇上将忠义侯的爵位落给赵璠,现在朝廷正是用人之际,对外要向瓦剌用兵,皇上很有可能会因为赵璠的战功让赵璠袭爵。"

赵夫人忍不住手指一颤,她原本以为之前内侍来看过,琦哥儿病也好了,爵位的事就不用再着急,没想到赵氏族亲却不肯放过爵位,明里暗里还跟他们孤儿寡母在争……

安怡郡主道:"而今宫里的惠妃娘娘听说了琦哥儿的事,说你们都尚在孝中,不能传你们进宫,就有宫人提起姚七小姐,既然是姚七小姐将琦哥儿的病治好,可以让姚七小姐进宫说话。"

裴太夫人看向裴明诏:"不会是只问问病情那么简单吧?"如果是那么简单的话,何必这样大动干戈要姚七小姐进宫,只要让宫人来忠义侯府问赵夫人就行了。

裴明诏看了姚七小姐一眼。

姚七小姐表情平和,没有惊讶也没有慌张,在很仔细地听安怡郡主和母亲说话。

现在不是着急的时候,而是要想方设法将事情解决。

裴明诏道:"礼部已经有人上了奏折,虽然世子爷年幼,却因忠义侯为国捐躯,应该承爵,我朝虽然少有年幼就承爵的例子,却也并不是没有,太祖时的武平侯就是八岁承爵。"

裴明诏的声音平缓:"爵位只要一日没有下来,世子爷就还有机会,要说立战功,勋贵族中立战功的不少,难道将来承爵都要看战功而不是论嫡长,"裴明诏说着顿了顿,"只是现在有传言说世子爷的病是假,想要以此邀爵是真,上次给世子爷治病用的那些手段,其实是要提醒皇上,忠义侯的死都是因为朝廷之过,朝廷有过就该补偿,让世子爷承爵才能堵住天下人悠悠众口,才能让勋贵和武将安心为国效命。"

这是说赵家请勋贵帮忙说话,其实是在威胁皇上。

是在指责朝廷,不但在军粮上有失,还让忠义侯蒙受了冤屈。

赵夫人听得这话一股火气顿时冲上额头,伤心、气愤又苦又涩地在她心里乱撞,再也忍不住大声道:"我们家遭此大变,侯爷没了,琦哥儿成了这个模样,都是因为有人陷害,现在说我们以此邀爵,还有没有天理,琦哥儿的病好也不对,不好也不对,他们怎么说都有理,就是欺负我们孤儿寡母重孝在家不能出门申辩。"

赵夫人眼泪也流下来:"他们的良心哪里去了,就为了一个爵位,不顾长辈亲情,一个个都瞪大了眼睛想要从我们娘俩手里夺东西,如果没有这一层身份护着,将来家产都要被他们拿个精光,说是还要琦哥儿做世子,爵位都能旁落,更别提一个世子之位,早晚也会进了他们的口袋,老天怎么那么不长眼,这些事怎么不轮到他们头上,到时候我看他们还能不能笑得出来。"

别人家办丧事,他们却在谋财物。

真是连畜生都不如。

赵夫人忍不住用帕子捂住了鼻口，呜呜咽咽地哭起来，提起这些事，怎么能让她不伤心，让她不难过，亏她之前还将二房当做好人，赵四太太还每日进府里劝她，原来都是在打听消息。

她还将所有的实情都跟赵四太太说，当她因为琦哥儿可能回不来而伤心哭的时候，她们那些等着爵位的人心里都在哈哈大笑。

赵夫人忽然有一种屈辱的感觉，她们母子就这样被人耍得团团转，她眼前突然浮现起侯爷高大的身影。

如果侯爷还在，家中怎么能是这样的情景。

如果侯爷还在，只要站在那里，赵家的人都要笑脸相迎，谁也不敢打他们家的主意。

真是委屈，本来应该帮忙的赵氏族人，却在这时候算计她们，平日里侯爷对族人的那些恩情，族人难道就不想一想？在她们母子为难的时候伸出双手，她们母子会感激族人一辈子。

"我觉得宫里问世子爷的病情，反而是好事。"

一个清晰悦耳的声音响起来。

赵夫人下意识地止住了哭泣转头看过去。

婉宁抬起眼睛："侯爷是不是想说，现在问话说不定也是好事。"

裴明诏没有来得及将话说完，赵夫人就哭起来，其实裴明诏话里的意思，如今朝廷上两个声音，真正要下决定的还是皇上，如果皇上早已经下定决心要将爵位给赵璠，宫里就用不着再让她进宫。

所以一切都还有机会。

裴太夫人有些吃惊地看着婉宁："让你进宫，你不害怕吗？"

安怡郡主也抿起嘴唇静静地听婉宁说话。

婉宁摇了摇头，事情到了眼前，害怕已经没什么用处，安怡郡主已经提前将消息送过来，她应该牢牢把握这个优势，让自己占据最有利的位置。

婉宁道："还请郡主和夫人们，教教我进宫时的规矩。"

裴太夫人看着婉宁的模样，就想起自己年轻的时候，嫁进裴家什么都不知晓，有时候怕得不得了，却一关一关地闯了过来。

姚七小姐还比她多了几分的聪慧和坚强，想到这里她看了眼旁边的裴明诏，怪不得诏儿从泰兴回来之后和她说了那么长时间的姚七小姐。

可惜啊，姚七小姐年纪太小了些，姚家又是这样不阴不阳的态度，外面对姚七小姐褒贬不一，姚七小姐想要闯过这一关不容易，若是能有个好名声，以姚三老爷的官位，将来也能有门好亲事。

安怡郡主站起身："宫里的规矩我来教你，没有谁比我更懂得那些，用不着等到要进宫前那些教人的嬷嬷来吓唬你，你能用的不过就是那几个礼节，我保你不会出差错。"

婉宁点点头，嘴边却又浮起笑容："也请郡主教教我，在一些小事上显得笨拙些，犯些无伤大雅的错。"

安怡郡主不由得吃惊，她只想着要尽善尽美，却忘记了第一次被传召进宫多少都会慌张，谁都因此犯过错。

安怡郡主笑起来："有一次我去给先太后请安，起来的时候踩到了自己的裙摆差点就摔在地上，多亏旁边的崔映容帮忙，结果我就没事了，反而是崔映容忘记了行礼。"

"先太后看着我们俩就笑起来，宫里就是那样，经常进宫的人尚会如此，婉宁年纪小又是头一回怎么可能不出岔子，关键是出什么岔子。"

满屋子的人都没有姚七小姐想得周到。

裴明诏环顾屋子里，坐在这里的只有姚七小姐年纪最小，安怡郡主进屋来留下姚七小姐说话，开始恐怕也只是想告诉姚七小姐进宫的消息，现在却是认认真真和姚七小姐盘算进宫之后要怎么做才好。

不过是一盏茶的工夫，姚七小姐就得到了安怡郡主的欢喜和信任。

跟刚刚赵夫人哭泣不同，姚七小姐几句话，就让屋子里的气氛轻松起来，仿佛给人一线希望。

虽然是个十二岁的小姐进宫，却不会出什么大差错。

姚七小姐是一个很容易让人信任的人。

裴太夫人道："我听说这次查漕粮的崔奕廷是镇国将军夫人崔映容的侄儿？"

安怡郡主颔首："正是，映容本来在应天府，因此赶了回来。"

都说崔奕廷为了做官，六亲不认，现在人人提起崔奕廷这个名字都有些胆战心惊。

不过姚七小姐却跟着崔奕廷一起进京，姚家二房还在查泰兴漕粮上面立了功，这样想起来，姚七小姐不像姚宜闻的长女，倒像是姚家二房的小姐。

裴太夫人就觉得奇怪，姚家这笔账到底是怎么算的。

姚老太爷觉得这笔账怎么算都不对。

凭什么他要张罗着帮余家一起买锦缎？余家也是挑三拣四，这家的锦缎成色不好，那家的嫌贵。

又要好的还要便宜的，哪有这种好事。

可是余家却笑脸相迎，说什么姚家在泰兴那样的地方，锦缎定然见了不少，既然开始帮了忙，现在就要帮到底。

要坑他却不明说。

他又不好将这层脸皮撕破，如果和余家闹翻了，人人都要说他为了贪沈家的财物害了余家，余家这才不依不饶。

姚老太爷想要说话，一张嘴，嘴边肿起的大泡就火烧火燎地疼起来。

要让余家拿下那批锦缎他就要从中垫钱，银子看起来不多，不过就是五百两，可是……这口气他咽不下。

他居然会在沈家这件事上栽个跟头。

余家不怨沈家，反而将这些一股脑地算在他头上。

什么叫开始帮忙了就要帮到底，话说得冠冕堂皇，不知道内情的人还真当他是老好人，在想方设法地帮余家。

他用了精神也就算了，余家也不会念他半点的好处。

"父亲。"

姚宜闻的声音传来，姚老太爷更是皱起了眉头，转头看向姚宜闻。

姚宜闻脸色有些奇怪，又是惊奇又是无所适从："父亲，岳父那边让人送信，说是宫里可能会传婉宁……"

什么？

姚老太爷耳边一阵嗡鸣声，瞪大了眼睛："你说什么？"

姚宜闻又说了一遍："岳父那边传消息来说宫中要传婉宁。"

这不可能，姚老太爷道："传婉宁做什么？她一个未出阁的小姐，进宫做什么去？"怎么想也不可能有这样的事。

宫里那不是什么人都能进去的。

姚老太爷盯着姚宜闻："是不是弄错了？你有没有听明白？"

父亲的第一反应是他弄错了，他没听明白，姚宜闻眉头微蹙："这种事儿子怎么会弄错。"

进宫的事非同小可，如今他还惊得手脚发凉，怎么可能弄错，他从衙门里出来走了一路到家，他来来回回仔细地思量，到底为什么会传婉宁。

现在只有一种可能，朝廷在热议忠义侯爵的事。

姚宜闻道："有可能是婉宁治好了忠义侯世子的病，宫中传她去询问。"

姚老太爷的胡须一颤一颤，听说忠义侯世子的病好了，他就火冒三丈，那丫头到底有什么本事能给人治病，在泰兴他养了她那么多年，从来没听说她看什么药石之类的书籍，一个才学过几个字的女子，也敢跟别人学着治病。

可是婉宁治好了李御史的太太又治好了二房的老太太和忠义侯世子。

姚宜闻心里五味杂陈。

女儿治好了忠义侯世子，做父亲的应该跟着高兴，他却在人前尴尬起来，生怕有人提及此事，没想到现在宫里又要传婉宁。

京里十二三岁的小姐能进宫说话的没有几个，他从来没想过自己的女儿有一天也会被叫去。

就这样揣着心事坐在轿子里，一路回姚家的时候，姚宜闻忽然想起婉宁小时候，沈氏还未被休，他们一家人也是其乐融融，如果在那时候发生这些事，他不知道有多高兴。

可是现在，他想要送去家庵的女儿不但就在京里，而且做出这种让人惊讶的事来。

他真不知道是喜是忧。

"父亲，要不然儿子将婉宁接回来吧，不然入宫要怎么办？宫里的嬷嬷会下来教礼数……总不能让嬷嬷去大哥的院子里……"

到时候他要怎么说？外面的人还不笑死姚家。

宫里的态度是阴是阳还不知晓，这时候万万不能怠慢。

姚老太爷竖起眉毛："管她作甚，她不是我们姚家的女儿……"

姚老太爷气得浑身颤抖，脸颊由青变红，额头青筋暴出。

"父亲，"姚宜闻道，"婉宁怎么不是姚家的女儿，他是您的亲孙女，如果婉宁有了事，姚家一样被牵连，我一样要被责罚，如果进宫礼数不周，外面不会说别人，只会说我疏于教导，真的是这样，不光是要斥责婉宁，到头来是要斥责姚家的啊。"

毕竟是姚家的女儿，到了外面犯了错都要算在姚家头上，姚家的女眷都要被牵连。

姚宜闻试着劝说："如果婉宁被宫中贵人赞赏，都是您教导有方，给您脸上添光。"

姚老太爷竖起眉毛："我用不着沾她的光。"

父亲的余音震得房梁颤动。

屋子里的下人都吓得缩着肩膀。

只要提起婉宁，父亲就是一副怒气冲冲的模样。

"父亲，眼下不是置气的时候。"

不是置气的时候？

姚老太爷几乎听到了骨头崩裂的声响，整个脑袋如同被人打了一拳："不是置气的时候？在泰兴她和外人合起来算计我，让我丢了族长的位置，眼看着老六入狱却是得意洋洋的模样，仗着有姚宜州和沈家撑腰，就敢跟着来京里，到了京城还这样拿捏着不回家，这些事都算了？"

"沈家撺掇余家来我们家闹事，让我们颜面尽丢，这也算了？"

"你还要将她请回家来？"

他要送进家庵，逐出家门的人，却要哄着她回家来，若是随随便便就让她踏进这个家门，让他的颜面摆在哪里？

"不行，"姚老太爷大声呼喝，"谁敢……"

姚家还是他说了算，他的话没有人敢不听，就像当年他做主休掉沈氏，即便沈氏有三不去，他还是将沈氏逐出了姚家。

而今轮到婉宁。

婉宁不过是个还没有及笄的丫头。

这里他做主，他说了算，他说不行，谁来求都没用，都没用。

姚老太爷眼睛里满是红血丝，感觉心从胸腔里一直蹦到他脸上，他的额头上，紧接着他整个人都仿佛在跟着跳动。

姚宜闻道："父亲，这已经不是家事。"

已经不是家事，而是涉及到宫里，现在还不知道是哪位贵人，万一有人要给婉宁撑腰，就像是在泰兴李御史一家，在京城忠义侯一家，还有崔奕廷……

如果这次婉宁还像从前一样，那姚家成了什么？

姚老太爷觉得自己火烧火燎的难受，难受得他喘气都觉得困难。

他伸出手来，下人忙上前搀扶，姚老太爷的手指死死地抠进下人的皮肉里，眼睛盯着姚宜闻不放。

现在已经不是他说了算，姚家，他辛辛苦苦撑起来的姚家，却不是他说了算。

姚老太爷眼前浮起那个嘴角抿着一丝微笑的婉宁。

下人都说，婉宁在等着老三将她接回来。

当时他冷冷一笑，休想，只要他在姚家一天就绝不会有这样的事。

可是现在……

老六要被定罪，寿家找上门来，整日里哭得如丧考妣。他食不下咽睡不安稳，只要想起姚宜州还帮着崔奕廷给宜春定罪他就火冒三丈，他正想着要怎么才能让整件事平息，却传来这样的消息。

婉宁要去宫里了，不但要去宫里，老三还要将婉宁接回来。

姚老太爷感觉到一股热流淌下来，一滴，两滴，三滴，落在地上，他的鞋尖上，然后是他的嘴唇上。

他哆嗦着嘴唇，喉咙一阵腥甜，他勉强咽下去却整个人如同山般向后倒去。

姚宜闻顿时惊呼一声。

整个姚家乱成一团。

蒋氏握着姚老太爷的手,姚老太爷不时发出"哼哼"的声音。

郎中诊完脉禀告:"老太爷是情志郁怒,气火俱浮,痰热壅结恐有中风之兆。"

蒋氏擦着眼泪:"这可怎么办才好,"说着看向姚老太爷,"老太爷,您可要宽心啊。"

郎中去外间向姚宜闻禀告。

姚宜闻听着皱起眉头,忙吩咐下人:"快去煎药。"

下人刚出了门,姚宜闻又看向旁边的管事:"再去催催太太,让太太快回来。"

张氏今天带着欢哥回了娘家。

管事忙道:"已经让人去了。"

"再去。"姚宜闻一刻也等不得。

如果婉宁进宫的事坐实了,就算父亲生气也一定要将婉宁接回来。

岳父不知道有没有嘱咐瑜珺。

张氏听着父亲说话,一时也惊讶地愣在那里:"什么时候会传婉宁?那不是要有宫里的嬷嬷来教规矩?可是婉宁现在不在家中啊。"

婉宁是老爷的长女,于情于理都不该不在家中居住,宫里不可能仔细问起姚家的家事,这要让她怎么去解释整件事。

张氏一时想不出个方法来。

这可怎么办?

难道真的要将婉宁接回家?

张氏急着道:"父亲能不能让人打听打听,是哪位主子要接婉宁。"

没想到这件事会到这个地步,一时半刻他也没能打听清楚。

张戚程皱起眉头:"皇上很喜欢采用夏大学士的见解,夏大学士已经说了话,又有武将推举,再说赵瑶又是拿了功牌的人,之前颇受皇上重用,无论怎么看都比年幼的赵琦胜算大,我原本以为皇上会定下来就让赵瑶承爵,谁知道会有这样的波折,还要询问赵琦的病情。"

内侍去忠义侯府之前,夏大学士特意让人跟他说"圣意已决"让他放心。

怎么内侍从忠义侯府出来,皇上就改了主意。

就是因为皇上听说了忠义侯死之前说的那些话?在他看来那不过是赵家人的手段而已,说姚七小姐用这样的法子给赵琦治病,谁能相信。

"宜闻毕竟和赵瑶是连襟,这时候就算是避嫌,也不能再闹出什么事来,"张戚程道,"物极必反,这时候压得太过,做得太多反而容易让人生疑。赵琦母子不能去宫中,连给赵琦治病的姚婉宁都见不到,皇上知晓了这件事,定然会觉得我们是为了争爵位在要手段。"

让皇上起了猜疑之心就完了。

张氏听着父亲的话:"父亲是说,要让婉宁顺利进宫?那我们……"

张戚程摇摇手:"你别急,进宫是进宫,是好事还是坏事却不一定,你毕竟是婉宁的嫡母,没有让她独自进宫的道理,到了宫中自然有你说话的时候,到时候你就将婉宁进京却不回家,不敬长辈的事透露出去,这样不贤不孝的女子,谁能庇护她?"

张氏仔细地听着。

"要让宫里的主子们都觉得婉宁是耍心机的女子,自然忠义侯那些感人的故事也是赵家人有意为之,婉宁的名声完了,赵家也会跟着受牵连,这是一举两得的事。"

张戚程道:"你是她的嫡母,这时候先受点委屈没什么,一切都要以大局为重。"

张氏抬起头:"父亲的意思,我要和老爷先将婉宁接回家?"

这盘棋他们下了这么久,决不能在一件小事上出什么差错。

他们委曲求全那么久,还差这一时半刻?

张戚程道:"都是为了将来。"

这段日子,婉宁虽然没有回家,一样将家里搅和得天翻地覆,她还没见到婉宁的人影,身边的人却已经因为婉宁受了责罚。

她心里是憋了一口气,连姚家二房想要过继婉宁,她都没有劝说老爷将这件事促成,可是没想到会有今天这样的事,早知如此还不如让老爷将文书签了,现在就没有许多的麻烦。

张氏想着攥起了手帕。

不过这样也好。

这样也好。

免得婉宁仗着有姚家族长和那些达官显贵的庇护就不知天高地厚,宫里一旦定了婉宁的罪过,谁还会为婉宁说话。

她这个委屈也不算白受。

张氏想到这里,管事进来道:"爵爷,姚家那边来人了。"

张氏不等父亲说话,径直问道:"什么事?"

管事毕恭毕敬:"说是老太爷病倒了,来看症的郎中说,恐有中风之兆,三老爷请您回去。"

老太爷的病已经好转了,怎么突然又……张氏想到了什么抬起头看向张戚程。

张戚程点点头盼咐管事:"你跟姚家人说,这就让人备马车送太太回去。"

管事退出去,张戚程道:"恐怕也是为了婉宁的事。"

张氏点点头,老太爷气这个不孝的孙女已经不是一日两日,老太爷在泰兴的名声就是因为婉宁毁于一旦,现在眼看着婉宁要进宫去,自然是急怒攻心。

张戚程失笑:"也是好事,姚老太爷都气病了,婉宁的作为说出去更能让人信服。"最好老太爷因此一命鸣呼,姚婉宁就会背上气死长辈的名声。

张氏立即明白过来。

张戚程点点头,在他下的这盘棋上,姚老太爷早已经是用过的废子,现在欢哥已经能攥住姚宜闻,姚老太爷是死是活都无所谓。

张氏站起身来:"那我回去准备准备。"

想起张氏这些年委曲求全的事,张戚程叹了口气:"你放心,将来我们张家不会忘了你的功劳。"

张氏忙蹲身行礼:"父亲这是要折煞女儿了。"

从张家出来,张氏匆匆忙忙地赶回了姚家。

没有回屋换衣服,张氏就去了姚老太爷的主屋。

刚进门就听到姚老太爷"哼哼"的声音。

姚宜闻脸色蜡黄,显然是受了一场惊吓。

张氏进屋去看姚老太爷,姚老太爷虽然脸色不好,喘气却还算匀称,并没有病入膏肓的迹象。

张氏抿起嘴唇,跟着姚宜闻去侧室里说话。

不等姚宜闻开口，张氏就道："老爷，婉宁的事怎么办？"

闻着从外面飘进来那苦涩的药味儿，姚宜闻道："我是想要将婉宁接回家。"

姚宜闻望着妻子。

父亲不肯答应，张氏先有些惊讶，很快却平静下来："去宫中要有嬷嬷来教礼数，婉宁是老爷的长女，不在我们姚家会被人诟病，老爷在衙门里就抬不起头来。"

张氏像往常一样理解他。

姚宜闻道："那我……去大哥那里接婉宁。"

张氏点点头："老爷出面，婉宁定然会回家。"

婉宁也该借着这件事住回来。

"只是父亲那边……"

张氏轻声道："不然请蒋姨奶奶劝劝，眼下总要先将朝廷的事应付过去，我们自家的事慢慢解决，婉宁毕竟是小辈，只要回到家中先给老太爷认个错，老太爷心里也能舒坦些。"

姚宜闻点点头："那你去跟姨娘说。"

婉宁坐在桌子旁写字。

她不怎么会写毛笔字，碰笔墨的时候也不多，以至于她写出的字十分难看。

童妈妈进来轻声道："小姐，三老爷来了，怎么办？您是见还是不见？"

父亲一定是知道了她要去宫里的消息，否则不会急匆匆地赶过来。

现在到了她要回家的时候，她怎么能不见父亲。

婉宁点点头："妈妈拿那件青色的褙子给我，我过去跟父亲说话。"

父亲好面子。

不会让人看他的笑话。

一个读书人，怎么能让长女流落在外，之前父亲没有将她逐出家门，没有将她过继出去，现在如同握着烫手的山芋。

到了她，谈理由、谈条件的时候了。

"我不回家。"

婉宁看起来很坚持。

姚宜闻皱起眉头："一直在外面成什么样子？名声还要不要，将来要被人怎么谈论？"

婉宁看向姚宜闻："父亲说我推倒了嫡母，差点害了两条性命，从那时候开始，我就已经被人谈论。"

一句话堵住他的嘴。

姚宜闻不禁扬起声音："那怎么一样，那时候你年纪还小。"

淡淡的声音在反过来问他："年纪还小就懂得害人，那岂不是更可怕。"

这是他将婉宁送去族里之前说的话，如今她全部送还。

姚宜闻站起身来："别不懂事，你祖父都被气倒了。"

从前他若是这样说，女儿都会低下头，不知道该怎么办才好。

现在坐在椅子上的女儿却不为所动，抬起头用清亮的眼睛看着他："父亲要将祖父病倒这笔账也算在女儿头上？"

姚宜闻顿时目瞪口呆。

"父亲,"婉宁静静地道,"不是女儿不想回去,您要护着我,我才会回去。"

竟然这样坚持。

"从进屋到现在,父亲句句都是责备女儿的口气。"

姚宜闻看着婉宁。

婉宁道:"父亲真的做不了一个慈父?对欢哥如何?对八妹妹如何?女儿说了,若是父亲还当我推倒了母亲,我就不能回家。"

"父亲难道不清楚,我是不敢回家吗?"

掌灯时分,姚宜闻才回到姚家。

张氏忙上来道:"老爷准备什么时候去接婉宁,妾身也好让下人收拾好。"

姚宜闻一言不发进了门,乳母正将暖炕上欢哥的东西拿下来。

还没过冬欢哥的衣服就都准备好了,紫貂皮的斗篷,青缎的鹿皮暖靴,宝蓝色的撒花小袄和裤子,一件件地摆在那里。

"都在准备冬衣了?"

姚宜闻心不在焉地问。

张氏道:"今年冷得早,我就给家里的孩子们先将冬衣做好了。"

姚宜闻道:"有没有八姐儿的?"

张氏颔首:"早就备下了。"不光是庶女,连姚宜春的两个儿子一个女儿她都让人去做了几套。

"婉宁的也准备出来!"姚宜闻接下来的一句话让张氏一怔。

"婉宁不想住原来的院子了,你将我们旁边的院子腾出来给婉宁。"

张氏睁大了眼睛:"那是给欢哥准备的院子,里面的东西都是按照男孩子喜好布置的。"

姚宜闻不太在意:"欢哥还小,先将院子给婉宁住……"

眼见着宫里就要来人,无论如何他也要将家事处理好,京里那么多双眼睛都在看着他。

张氏惊呼:"那怎么行,"让婉宁住欢哥的屋子,那是她亲手给欢哥准备的,别的她都能商量,这件事不行,谁也不能动欢哥的东西,"家里那么多院子,怎么非要住欢哥的地方,老爷将婉宁接回来,可不能事事都顺着她的意思。"

姚宜闻皱起眉头,那边总算是商量好,他以为张氏会一口答应:"不就是个院子,有什么不能住的,在大哥那里我已经答应了。"

他答应要让婉宁住得离主屋近些。

张氏眉毛高高地扬起来,脸上少了平日里的温婉:"老爷忘记了,春天的时候钦天监来算过的,欢哥住在那里最好,怎么能随便让别人进去。"

姚宜闻道:"婉宁想要住得离我们近些,再说欢哥现在不是还没有搬进去吗?"婉宁一句句地问他,好像他这个做父亲的什么都做不到,看着婉宁,他就答应下来,只有等婉宁回来,有些事他才能慢慢地问婉宁。

张氏摇头。

什么想要住得近些,她才不相信,根本就是婉宁打听好那院子是给欢哥住的,才会要那院子。

婉宁是故意要跟她为难。

欺负别人也就罢了,现在竟然算计到欢哥头上。

人还没回到家里呢，就开始谋算这些，真的住过来指不定还会发生什么事。

张氏心里忽然生出一股的怒气。

角落里传来妈妈咳嗽的声音，是提醒她这时候不要跟老爷争，可那是欢哥的院子，张氏忍不住道："老爷，您想想，婉宁定然是知晓了宫里要传她，才故意来要欢哥的院子。"

听起来是要和父母亲近，其实就是别有用心。

张氏一眼就看穿了这样的手段，也就是老爷这样死读书的人才对内宅的事一窍不通。

平日里张氏都很好说话，今天这是怎么了？

姚宜闻皱起眉头："那你说，离我们最近的地方还有哪里？是因为家里出了事，婉宁怕被父亲责骂，才不敢踏进家门。"

这是姚婉宁说的？

怕被责骂？

谁会相信？如果怕责骂就不会在泰州跟老太爷顶嘴，就不会不跟老爷说一声就跑来京里，单独一个人去忠义侯府给世子爷治病，要知道那时候连太医院的御医都不敢随便给忠义侯世子开方子。

这是多大的胆子？

居然说是因为怕责骂。

张氏不禁心里冷笑，这分明就是装给老爷看的，老爷怎么能相信。

张氏的眸子里已经带了怒气："老爷，这怎么可能？就算是泥人还有几分的土性，当年婉宁推我的事我都可以不在意，可是她不能一而再再而三地让我这个母亲难做。"只要想想要将欢哥的屋子给出去，她就气得打哆嗦。

那可是连回都不该回来的人，却要住在那里。

"老太爷是她的祖父，老爷是她的父亲，哪家的小姐敢做出这种事，如果……如果就这样……反正老爷不能依了她的意思，否则有一就有二……"

姚宜闻看向张氏："那你说，不将婉宁接回家了？"

张氏合上了嘴，她想点头却想起父亲的话，为了赵璻能拿到爵位，让她先忍忍，可是这件事她如何能忍得了。

张氏看向角落里的范妈妈，那是服侍欢哥的妈妈。

范妈妈轻轻摇了摇头。

从父亲那里听到婉宁要入宫的消息，她心里已经有了准备，却没想到一切已经超过她预想的那般。

张氏觉得胸口如同压了一块大石，沉甸甸地让她喘不过气。

她要因为婉宁而忍气吞声。

忍，忍，忍。

张氏脱力地坐在椅子上："老爷怎么能纵着她……欢哥才是您的嫡子。"

父亲不同意，张氏也不答应，婉宁不肯回家。

家里怎么会一下子乱成这个模样。

姚宜闻看着张氏脸上激动的神情，心里忽然生起一股的烦躁："等到宫里来人，你去解释为什么婉宁不在家。"

说完话，姚宜闻站起身大步走了出去。

范妈妈立即快步走过来："太太，这时候您可要撑住不能和老爷闹啊。您不是不知道，老爷好面子，要不然当年也不会休了沈氏，这次朝廷那边若是应付不过去，将来要怎么走仕途？在衙门里也会被人耻笑，如今是六老爷下了大狱，我们家里可不能再乱起来。"

这些话她怎么不懂？在父亲面前她也早就答应下来。可是事情到了眼前，她却咽不下这口气。

"太太先忍一步，七小姐早晚还会落在您的手心里。"

这如同从她手里夺东西一样。

张氏觉得心刀割般的疼痛。

"先应付应付，再说都是家里的院子，从前太太没嫁过来之前，沈氏说不定也带着七小姐过去住过，大不了将来再修葺，您想想七小姐能占多大的便宜。"

张氏听着范妈妈的话，渐渐冷静下来，姚婉宁到底还是个孩子，如果换做是她，她不会纠缠在这一件小事上，会好好盘算怎么才能脱掉不孝的帽子，怎么才能真的在这个家中站稳脚。

到底是个孩子，只顾眼前，没什么可怕的。

张氏点点头，闭上眼睛，长吸一口气："你去跟老爷说一声，就说我答应了，明日就让人去收拾⋯⋯"

进宫的宫牌提前三天送下来，进宫的日子都写得清清楚楚，接下来就是宫里的嬷嬷出来教规矩。

张氏早早就起床张罗着收拾院子，又在后院见了内侍，收了宫牌之后，让人毕恭毕敬地呈上了银子。

内侍笑着恭贺："家里的小姐才十二岁，就能被召进宫，太太好福气。"

张氏满脸笑容却握紧了手帕，轻声道："承您吉言。"

真是她的福气，人还没有进宫却将她折腾成这个模样，又是向内侍弯腰又是赔笑，又是去老太爷那里劝说老太爷，还要将辛辛苦苦给欢哥准备出来的院子重新布置给婉宁。

她忙得睡不好觉，吃没有胃口，面无血色，就算是自己的父亲做寿，她也没有辛苦成这个模样。

她真是又恨又累，只盼着这几天早些过去。婉宁好像要将不在京里这四年的怨气，一股脑地还给她，让她尝到度日如年的滋味。

张氏礼数周到地将内侍送出家门。

内侍还不住地嘱咐："太太千万要记得入宫的时辰，切莫耽搁了。"

张氏回到屋子里，坐在椅子上。

孙妈妈忙上前道："这么说教规矩的嬷嬷明天就要来了。"

张氏点点头。

"这可怎么得了，"孙妈妈擦着汗，"院子都还没收拾出来了，老爷要将七小姐的衣服都准备好，奴婢让人去大老爷院子里拿，结果⋯⋯七小姐说，没什么衣服。"

哪家的小姐不是几大箱笼的衣服。

尤其是住在那么大的屋子里，没有东西让人看着寒酸。

那些嬷嬷要在家里住上两日，万一看出些什么，岂不是让太太脸上难看。

又不能去买成衣铺现做好的衣服。

张氏抬起眼睛看孙妈妈："婉宁没有衣服？"

孙妈妈颔首："奴婢去看了，真的没有，冬天的小袄和褙子只准备了两套，什么都没有。童妈妈说，七小姐不知道京城哪家的针线好，也不会选料子，还没让人去做呢。"童妈妈那个老东西，见到她还直说，不着急，不着急，冷还早着呢。

冷还早着呢，可是这边等不及啊，当时她就想向童妈妈那含笑的脸上打一巴掌，可现在还不是时候，她要赔着小心，让童妈妈帮着一起服侍好那位七小姐。

张氏想着婉宁的话。

不知道哪家的针线好，也不会选料子。

好像是料到会有今天，都给她准备着，好让她去张罗，张氏顿时觉得胸口一片热辣，做下去不行，不做下去更不行。

怪不得寿氏会怕婉宁，婉宁这个丫头真是会折腾人，沈氏如果有婉宁一半的手段，也不会被姚氏休弃，早知道她就让寿氏在族中下手，将婉宁弄死，也免了今天的麻烦。

"将家里的衣料拿出来，多请几个针线好的，快去给七小姐做衣衫，总不能没有进宫穿的衣服。"

张氏几乎是咬着牙将话说出来。

孙妈妈吞咽一口："还有头面呢，那边也是什么都没有，好像只有沈氏那时候置办的几件，早已经不时兴了。"

怎么能让婉宁不体面，张氏看向孙妈妈："上账房去支钱，找个好的首饰师傅……"

孙妈妈低声道："哪里来得及呢。"

好首饰要打好一阵子，现在要得这样急……

张氏觉得要喘不过气来，外面的风呼呼地吹，将她的心都吹乱了："将我的首饰拿出来，挑几件给她。"

孙妈妈没底气地应了一声。

为了应付这件事，太太可是下了本钱，看着太太蜡黄的脸色，她都不知道劝什么好。

"快去收拾吧！"

孙妈妈忙弯腰低头下去。

整个姚家都为七小姐忙碌着，谁能想得到，会这样将七小姐接回来。

沈四太太服侍沈敬元吃了一小碗的粳米粥，吩咐下人将桌子端下去才道："明明不会喝酒，却还跟人抢着喝，也不知道老爷心里怎么想的。"

沈敬元喝了口茶清了清嗓子，抬起头来，发现妻子正盯着他看，只好将那天的情形说了："姚宜之说起婉宁落水的事，我就想起我们听到消息时的情形。"

那时候他想好了，姚家若是待婉宁不好，他就想方设法将婉宁接出来。

如果不是婉宁能给李大太太看病，说不定最后帮他的还真的是姚宜之。

他这才和姚宜之多说了几句。

一起说话才知道，姚宜之居然知晓沈家去边关送米的辛苦，还说将来有了盐引的消息还会让人告诉他。

两个人说着说着就提起婉宁。

"老爷没有说什么出格的话吧？"沈四太太有些担忧。

沈敬元摇摇头："应该没有，好像是提了从泰兴到京城的路上遇到了冒充贼匪的那些人，多亏了婉宁当机立断，才让船队顺顺利利地脱困，因此崔大人对我们家也是多有照拂。"

在灯下沈敬元的脸色有些赧然："以后我不出去喝酒也就是了。"

他是和姚宜之太亲近了些，可是事后想想，也没有什么不对。

婉宁让她私底下提醒老爷，不要太容易相信别人，沈四太太道："老爷心里有分寸，到底还是怕说者无心听者有意。"

沈敬元想了想抬起头："姚宜之跟我提了一笔生意，他认识的一个朋友，家里从前也在边关屯田，现在家里人手不足不想再走盐引的生意，就要卖手里的田地，姚宜之要将人介绍给我，我们家屯田不够，如果有垦好的田，那是再好不过。"

沈四太太听得这话不禁讶然："老爷要买那些田？要不要和婉宁商量商量？"

沈敬元道："哪有那么快，就是让人打听打听，不能随随便便就谈好一笔生意，这个我还是知晓的，就算是要买我也要亲自去边关看看那些田地，问问每年能出多少粮食，这可不是小事。"

沈四太太松口气，老爷做事还算周全。

"我又不是毛头小子，不会轻易就信别人的话。"

沈四太太额首："妾身是觉得，有些事还是大家一起商议……要不然老爷问问婉宁……"

婉宁还是个孩子。

压在她身上的担子也太多了，再说去边关这种事本来就不是女孩子能做的，说了又能怎么样，还是要因地制宜。

姚家的事就已经够婉宁操心了，他怎么能将沈家的担子也压在婉宁肩膀上，论起来他才该担忧婉宁多一些，沈敬元摇摇头："我会找大哥、二哥商量。"

沈敬元喝了口茶接着道："婉宁那边你多操操心，婉宁马上就要回姚家了，也不知道那边是什么情形，总是在别人眼皮底下，稍稍一个疏忽就会着了别人的道。"

张氏早产的事他现在还记得清清楚楚。

"婉宁说没事，进宫之前姚家都会好好照应，"沈四太太亲手剪了灯花，"真让人担心的是后面……不过大老爷那边已经准备好，如果有事大老爷会找上门。"

沈敬元皱起眉头："婉宁为什么非要回去。"

沈四太太道："婉宁要怎么做，必然有她的道理，再说，在外面也确然是名不正言不顺，再怎么样也少不了这一趟。"

沈敬元看着跳动的灯火，现在他只期望婉宁在姚家能一切顺利。

一大早姚家就来了马车要将婉宁接回家。

结果是姚宜州先拦了一道。

姚宜闻只好去书房里和姚宜州说话。

姚宜州坐下来："如果你不愿意，还可以签文书，将婉宁过继给我们二房，"不等姚宜闻接口，姚宜州又道，"你不想过继也行，就要拿出一个父亲的样子，别再怠慢婉宁，也别轻易说出什么去家庵、逐出家门的话。"

这件事上姚宜闻毕竟理亏，低头答应："大哥说得对，这件事是我太轻率。"

"你要记在心里，有婉宁这样的女儿是你的福气，"姚宜州道，"你不好好待她，将来后悔都来不及，今天我将话放在这里……有件事你要应了，我才答应你将婉宁接走。"

没想到大哥还有这样的话，姚宜闻不禁一怔："大哥要我应什么？"

"不准让张家插手婉宁的婚事,虽说婚配是父母之命,媒妁之言,就冲着三叔父要将婉宁配给寿家的傻子这件事,我就不得不提醒你,长女是你的脸面,不能将她随随便便婚配。"

"将婉宁配给寿家的傻子?"姚宜闻惊讶地道。

姚宜州沉下眼睛:"你以为我是乱说的?泰兴谁不知道这件事?"

听着姚宜州说起寿远堂的事,姚宜闻不禁耳朵微红:"婉宁……我会寻一门好亲事。"

张氏在家里等消息,马车去了一个时辰还没有回来。

孙妈妈抿起嘴,接个女儿比娶媳妇还要难,老爷为人也太软弱了些。

外面的管事进了门。

张氏立即问过去:"怎么样,可是来了?"

管事忙道:"不是,是宫里的嬷嬷来了,在门口等着呢。"

张氏不禁攥起了帕子,婉宁是故意拖延时间,要她脸面上难看。

现在她又要迎宫里的嬷嬷,还要让人再三去请婉宁,张氏皱起眉头,看向孙妈妈:"跟我去将宫里的嬷嬷请进来。"

从宫里来了两个圆脸的嬷嬷,看起来笑容可掬,眼睛里却透着一股的精明。

张氏将人迎进屋里说话。

下人刚将茶水摆上来,年纪稍小的邱嬷嬷就开口:"怎么不见七小姐?"

张氏咬着牙:"劳烦两位嬷嬷坐一会儿,我已经让人去叫婉宁。"婉宁真的不怕被人议论不孝?

到现在她也不明白,婉宁到底仗着什么敢这样光明正大地闹起来。

"太太,老爷和七小姐回来了。"

回来得还真是时候。

张氏站起身在嬷嬷面前露出笑容:"快去接七小姐过来,别让嬷嬷们等着急了。"

下人应了一声急忙下去,不多一会儿婉宁带着童妈妈、落英、落雨几个人进了院子。

孙妈妈忙上前撩开帘子。

时隔四年,张氏第一次见到婉宁。

婉宁离家的时候憔悴得仿佛一阵风就会吹走,现在个子长高了不少,更没有了从前的懦弱和无助。

四年时间,竟然好像换了个人一般。

她穿着一件墨绿色锦缎斗篷,慢慢地走过来,长眉入鬓,一双眼睛闪动着迫人的光彩,嘴唇微勾,漾着欢快的笑容,仿佛十分的高兴。

走到院子里停下来,向周围看过去,就像回到了阔别已久的地方。

屋子里的嬷嬷们不说话,定然看出了端倪。

张氏皱起眉头,却又不能发作。

孙妈妈已经热络地道:"七小姐,太太和宫里的嬷嬷都在等小姐呢。"

"是母亲身边的孙妈妈?"

清脆的询问声传来。

这话说得好像不认识她一样,孙妈妈被问得一怔,没想到七小姐在宫里的人面前会这样不加遮掩:"七小姐,正是奴婢。"

婉宁向屋子里看去:"屋子里除了母亲可有别人在?"

整个人仿佛一下子变得小心翼翼起来。

孙妈妈的笑容也僵在脸上："有，有宫里来的两个嬷嬷。"

张氏几乎坐不住，她冤枉婉宁时的情景顿时浮现在眼前，她忙看向屋子里的两个宫人，两个人始终沉着眼睛，不知在想什么。

不能再让婉宁接着说下去，张氏站起身走到门口，脸上露出慈祥的笑容："婉宁，快进来。"

"母亲。"怯生生的声音传来。

张氏攥起了帕子。

"母亲还好吗？"

婉宁的声音里带着些许的颤音和惧意，脸上却没有半点害怕的神情，若不是离得这样近，谁也不知道婉宁是在作假。

这时候又不能拆穿她，张氏只好忍下来："好，好……"

"那就好。"婉宁说着提起裙子走过去。

张氏不停地笑着，像一个慈母般："这是成嬷嬷、邱嬷嬷。"

两个嬷嬷忙站起身，婉宁笑着见礼。

"七小姐，这两天奴婢们就来教小姐礼数。"邱嬷嬷笑着开口，仿佛对方才的事一无所觉。

接下来就是安排两个嬷嬷和婉宁住在一起。

张氏松了口气。

将婉宁送去收拾出来的院子里，张氏吩咐孙妈妈："一定要打点好两个宫里的嬷嬷。"宫人眼睛毒，千万不能出什么差错，这两天一定要平平安安地过去。

孙妈妈应了一声："您放心，都准备好了。"

话音刚落，下人来禀告："太太，七小姐要去给老太爷请安，还要去看八爷。"

张氏顿时警觉起来。

婉宁还要做什么。

"老太爷病着，让她不要去了，先学规矩要紧，至于欢哥，"张氏目光顿时凌厉起来，"不要让她看欢哥。"

孙妈妈被张氏的视线看得打了个冷战，只是要看看自己的弟弟，太太是不是太过紧张了。

整个屋子让张氏布置得很漂亮，三层新换的幔帐，窗边还摆了梨花木的书桌，桌子上笔墨纸砚应有尽有。

"这是老爷特意吩咐的。"

下人低声禀告。

小时候父亲就说等她长大了，要在屋子里摆上一张书桌，而今桌子虽然摆上了却已经是物是人非。

两个嬷嬷留下来给她讲规矩。

宫里的规矩确实不少，乍听过去不太容易记，多亏了安怡郡主先跟她说过，否则她还真是要多花不少的辛苦。

等到那位成嬷嬷出去，邱嬷嬷低声道："七小姐放心，安怡郡主已经嘱咐过，七小姐进宫穿的衣服奴婢会仔细服侍。"

礼数在其次，最重要的是，宫里主子的喜好。

安怡郡主想得周到，这样一来好像就没有什么让她担心的了。

到了进宫那天，张氏顿时觉得神清气爽，这几天总算是让她熬了过去，见到婉宁她却又笑不出来。

桃红色金丝线的锦缎褙子，鹅黄的宫裙，连鞋都缀满了米粒般大小的珍珠。

一套碧玺的头面衬得婉宁皮肤仿佛能透出光来。

就这样亭亭玉立地站在她面前，她几乎要认不出，这就是沈氏生的孩子。

张氏转头看向姚宜闻，姚宜闻伸手捋着胡子，眼睛里不由自主地露出与有荣焉的神情。

张氏攥起拳头，这都是她亲手准备的。

姚宜闻看向张氏："婉宁第一次进宫不免紧张，你要好好照应她。"

这句话发自肺腑，老爷好像忘记了他曾要将这个长女送去家庵。

张氏硬撑着应了一声。

两辆马车一前一后地向宫门口驰去。

车停下来，童妈妈立即上前去扶婉宁。

宫外已经停了几辆马车，显然今日进宫的不止是她和张氏。

进了宫门，内侍立即迎上来，婉宁和张氏分别上了轿子。

等到轿子又停下来，又走了一段路在内宫门外等，张氏才询问旁边的内侍："是不是去惠妃娘娘的翊坤宫？"

内侍笑道："还要听里面的消息，姚太太耐心候着吧！"

自从万太妃和端王以先皇手谕立储获罪，皇后娘娘就因为未生下皇嗣内疚重病，除非重大的节日才会接见命妇，宫里很多事都交给了惠妃娘娘和郑贵妃打理。

父亲交代进宫之后要小心谨慎，将从前那些事忘掉，莫要说错什么话，可是看到穿梭的宫人，她又忍不住回想。

张氏深深地吸了口气。

站在翊坤宫的院子里，隐隐地从大殿里传来说话的声音，张氏低下头屏气凝神，她忍不住转头去看婉宁，婉宁面色从容，眼观鼻鼻观心，仿佛没有半点的紧张。

宫里的嬷嬷将规矩教得很好。

张氏不由得有些失望。

大约一刻钟的功夫，内侍道："惠妃娘娘那边传太太和小姐过去。"

一切算是按部就班。

张氏看向婉宁，婉宁向她投过来柔顺的目光，在内侍的眼前显得很敬重她。

张氏心里不禁冷笑。

宫人撩开织锦芙蓉妆的帘子，婉宁跟在张氏身后走进去。

大殿里的地砖光可鉴人，鞋子落在上面发出些许清脆的声音，屋子里很安静，婉宁听到张氏的声音。

"妾身姚张氏带长女给惠妃娘娘、各位娘娘、夫人请安。"

跟着张氏进宫的好处就是，张氏先要开口说话，她只要跟在后面行礼。

礼数过后，婉宁抬起头来，看到了主座上惠妃娘娘。

惠妃娘娘穿着靛青色如意妆花褶子，头发梳得光亮，螺子黛画了长长的眉毛，下面是一双闪烁着光彩的眼睛，抿嘴一笑，脸上露出两个浅浅的酒窝，"起来吧，方才本宫还和安怡郡主、淇国侯夫人提起你们。"

婉宁抬起头来，看到笑着颔首的安怡郡主，旁边的淇国侯夫人正在看张氏。

看来淇国侯府和张家相熟。

惠妃娘娘将她们传进宫，并没有偏着张家，也没有偏着忠义侯赵家，是一碗水端平的态度。

"这是姚七小姐？本宫听说你治好了忠义侯世子的病，难得你这么小的年纪，就能做出这样的大事来，"惠妃娘娘说着顿了顿，仔细地看了看婉宁，笑容又深了些，"看着就是个好孩子。"

婉宁忙站起身来行礼。

惠妃娘娘看着婉宁笑："快坐下，我们坐下说话，若是都将工夫放在礼数上，这一整日下来也说不得几句话。"

婉宁应了一声，顺着惠妃娘娘的意思重新坐在锦杌上。

"姚七小姐多大了？"

张氏忙回过去："再有一个月余就十三岁了。"

惠妃娘娘颔首："小小年纪就长得这般周正，将来定然是个有福气的人。"

张氏目光闪烁。

还没有让婉宁说话就已经夸赞起来，旁边的安怡郡主还不住地点头，显然是在她们没来之前安怡郡主说了婉宁的好话。

惠妃娘娘是听了安怡郡主的话，要偏袒忠义侯府和婉宁。

张氏不由得看向旁边的淇国侯夫人。

淇国侯夫人轻轻地颔首。

不着急。

张氏舒了口气。

忠义侯夫人定然会疏通关系，就算求到了惠妃娘娘，也没有那么容易就蒙混过关。

张氏正想着。

"顺妃娘娘来了。"

宫人在门外禀告。

婉宁和张氏站起身，安怡郡主也忙放下手里的茶碗和淇国侯夫人一起站起来行礼。

顺妃娘娘带着人进了屋。

"听说给忠义侯世子治病的姚七小姐进宫了。"

年轻的顺妃抿着嘴看向屋子里，高高的发髻让她显得十分的雍容。

顺妃娘娘怎么会在这时候过来，安怡郡主忙看向旁边的婉宁，婉宁没有惊慌，十分规矩地行礼过去。

安怡郡主松了口气，目光自然而然地落在张氏身上。

为了这个爵位张家是煞费苦心，如今在朝堂上闹出动静来，在后宫里还要对付一个十二三岁的孩子。

张氏看似一副慈母面孔，心里不知道在盘算什么，怪不得姚七小姐进京那么多天却不回姚家。

有一味要责怪的祖父和时时刻刻盯着她的继母，那哪里是个家。

安怡郡主不自觉地皱起眉头。

惠妃将顺妃请到旁边坐下，顺妃开始打量起婉宁来："姚七小姐多大的年纪，已经会读医书了？从前可跟先生学过？"

这样的话问出来，正对了张氏的心思，张氏当着顺妃的面怔愣起来，张开嘴一时回答不出。

大殿里忽然就安静下来，方才十分欢快的气氛顿时变得有几分的肃然。

"本宫问得有何不对？"顺妃顿时诧异。

"是妾身……妾身一时糊涂不知怎么回禀……"张氏说着顿了顿，慌张地看了一眼旁边的婉宁，"我们家七小姐，没跟先生学过，也没看过什么医书。"

"没看过医书？"顺妃手里的茶碗顿时发出清脆的撞击声。

旁边服侍的姑姑见状忙上前将茶碗接过去。

顺妃看向惠妃："这是怎么回事？难不成七小姐是自己会的医术？本宫听说来请脉的御医说，七小姐治病不用药石，这也是真的？"

不用药石来治病，这样的事亘古未闻。

如果是这样，就正应了那些传言，忠义侯世子的病根本就是有蹊跷。

这次张氏也不知道该怎么回答，为难地看向婉宁，一下子将所有的问题推到了婉宁身上。

顺妃静静地等着婉宁回答。

安怡郡主不由得有几分的紧张，一个没有学过医理的小姐，不懂得什么是药石之术，就算是在顺妃娘娘面前张嘴说忠义侯世子的病症，谁又能相信？

要不是她从头到尾看在眼里，她也会和别人一样觉得诧异。

一个孩子能有多大的本事。

惠妃、顺妃、安怡郡主、淇国侯夫人、张氏和所有的宫人都在等婉宁说话。

顺妃身边的下人将手里的汤婆子递给了顺妃娘娘。

"臣女不敢说，还请娘娘赎罪。"婉宁低下头。

张氏心中顿时一阵窃喜，伶牙俐齿的丫头，也懂得什么叫做害怕，也会在这里说不出话来，现在就让婉宁知道，宫里的贵人们可不像老爷那样随随便便就能骗过去。

"你只管说，无论说出什么，本宫都恕你无罪，"顺妃说着轻挑起眉毛，"本宫也是随口问起，你不用惊慌，只要照实说就是。"

婉宁又再行礼，然后抬起头："请娘娘准臣女上前。"

顺妃颔首："准了。"

婉宁看向旁边的宫人："能否劳烦姑姑将炭盆摆过来些。"

宫人惊讶地抬起头看向了顺妃。

"姑姑不能动炭盆，是不是因为顺妃娘娘不喜炭火？"

听得这话，顺妃身子登时微微前倾，想要听个仔细。

宫人诧异地张开嘴，半响才道："娘娘……"

看着红红的炭火，顺妃忍不住捂嘴咳嗽起来，半响才算止住，用帕子遮掩了口鼻，诧异地看婉宁："你怎么知晓本宫不喜炭火？"

婉宁道："娘娘进屋之后看到炭火就皱起眉头，坐下来时，身体向左倾，因为右边是炭盆，还用帕子遮掩了口鼻，皱起眉头。"

"惠妃娘娘用的是手炉，顺妃娘娘拿在手里的却是汤婆子，汤婆子比手炉要大，拿在手里不免笨拙，顺妃娘娘弃用手炉，是因为手炉里面要放炭火，顺妃娘娘鼻子微红，脸上有红斑，声音稍稍沙哑，不时要清清嗓子，是否到了用炭时，便会有如此的病症？"

婉宁安然地站在那里，目光微垂，说话有条有理，没有半点的慌乱。

顺妃本来是问忠义侯世子的病症，没想到婉宁却说出这些话来。

顺妃娘娘没有说话，却不知怎么的张氏整颗心紧张地揪在一起。

顺妃诧异地和惠妃对视，然后将目光落在婉宁身上："是，本宫……就是因此不喜欢炭火。"

安怡郡主的嘴角忍不住翘起来。

"你知道本宫的病症？"顺妃不禁询问。

婉宁摇头："臣女不懂，臣女虽不懂多少医理，却也能看出来，要说臣女如何知晓忠义侯世子和娘娘的病症，只是臣女比别人看得更仔细些。"

不一定非要懂得医理才能看出来。

顺妃看看自己微微倾斜的身子，她都没有注意的事，却让姚七小姐看了出来，她不过是让下人递了个汤婆子，姚七小姐却能和她的举动联系在一起。

不得不说，姚七小姐真是看得仔细。

"忠义侯世子在泰兴时不肯吃东西，那是因为亲眼看着身边的人因吃东西中毒而死，到了京城，忠义侯世子不敢回家，那是因为心里还有惧怕，没有哪个子女不愿意回到父母身边，臣女深有此感……"婉宁说着顿了顿，眼睛里浮现出几分哀戚。

没有哪个子女不愿意回到父母身边。

张氏心里几乎打了个冷战。

婉宁之前是借着顺妃娘娘的事在说忠义侯世子，现在借着忠义侯世子在说她自己。

婉宁到京之后，也没有回姚家住下，这本是婉宁在张氏手里的把柄，现在却被婉宁暗喻出来。

婉宁黯然地道："虽然心中惧怕，可真正能依仗的还是父母，所以臣女才和忠义侯夫人说，能治好忠义侯世子病的人不是别人，而是忠义侯。"

"天下儿女，最仰仗、敬重的就是自己的父亲。"

安怡郡主忽然想起忠义侯府上上下下一片肃穆，小小的赵琦跪在火盆前一言不发地烧着纸，忠义侯没了，整个忠义侯府落在那个小小的肩膀上。

人真是很奇怪，肩膀上压了重担，不会因此垮掉，反而会强壮起来。

想到这里，安怡郡主的眼前一片湿润。

淇国侯夫人忙看向顺妃娘娘，顺妃娘娘还没说话，惠妃娘娘已经诧异地道："姚七小姐怎么会深有同感？"

张氏攥起手来："请娘娘赎罪，婉宁初次进宫，不懂得规矩，"说着看向婉宁，"婉宁，娘娘们面前不能乱说话。"

张氏的目光中带着些许威胁，让她顿时想起自己的种种"劣迹"。

婉宁微微一笑。

就算是她不说出口，张氏一样会将她推了张氏害得张氏小产，不顾祖父反对私自进京，回到京中却不肯回家的事说出来。

任她再怎么巧舌如簧在礼义廉耻上面都要低下头来，所以在来宫里之前张氏才忍气吞声，算计好了要在惠妃和顺妃两位娘娘面前数落她的不是，让她日后再也抬不起头来。

张氏的胜利就在眼前，她却要让张氏空欢喜一场。

婉宁提起裙子跪在地上，抬起头看向惠妃娘娘："娘娘应该有所耳闻，臣女四年前被罚去族中。在泰兴四年，臣女被关在绣楼里不得见人，那四年，臣女没有学会什么，只是看些书，听听下人讲故事，臣女最喜欢听的，就是当今圣上在西北打瓦剌的故事。"

人人都知晓那些事，他们在宫中也常常将这些挂在嘴边，就因为圣上在西北立下战功，先皇才会下定决心将皇位传给圣上。

惠妃和顺妃转头对视。

"大约民间传的故事和娘娘们听到的不同，臣女就将臣女听到的说给娘娘们听。"

风吹得草木发出瑟瑟声响。

太阳光从大殿里退下去，屋子里添了几分的寒冷，顺妃不禁握紧了手里的汤婆子。

"听说当时瓦剌围了朝廷的兵马，就连京城里的官员们都人心惶惶，在西北打仗的圣上安稳地坐在中军帐内听消息，大风也吹了三天三夜，战场上分不清敌我，武将想要护着圣上离开，圣上却不肯，一直等到了大获全胜的忠义侯归来。"

惠妃娘娘想起皇上和她说起的那件事，那时候圣上脸上是自傲的神情，这件事可见皇上信任忠义侯。

"臣女一直奇怪，为什么圣上这样信任忠义侯，若最后等来的是瓦剌军队，圣上岂非性命堪忧。后来到了忠义侯府听说忠义侯断了粮草战死在西北，臣女才明白，忠义侯那样的人才值得让人信任，让圣上信任，让所有人敬佩。"

"若不是因为忠义侯的事，臣女还不敢在这里说话，如今想想忠义侯，臣女又算得上什么，有些话臣女就不怕说出口。"

婉宁说着顿了顿，转头看向张氏。

张氏不知道婉宁要说什么，心脏仿佛要跳出喉咙。婉宁眼睛里有淡淡的笑容，张氏整个人如同被长长的针穿透了一般，有一种不祥的预感，婉宁到底要说什么？

在两位娘娘面前要说出什么话？

张氏几乎不敢喘气，下意识地阻止："婉宁……"

大殿中所有人仿佛都没有听到张氏说话，而是看着跪在地上的婉宁。

婉宁微微抬起下颌，十分清晰地道："臣女的祖父说得没错，臣女就是个逆子，也怪不得臣女父亲要将臣女送去家庵、逐出家门。"

臣女就是个逆子。

逆子。

谁敢这样称呼自己。

惠妃和顺妃的表情凝在脸上。

安怡郡主也吓了一跳。

张氏不知不觉地抬起头睁大了眼睛，想不到婉宁会称自己是逆子。

"惠妃娘娘、顺妃娘娘，是臣女不够孝顺，四年前我们父女之间就有些误解，而今臣女更是瞒着父亲做了些不孝之事……是臣女将自己的亲六叔送去了衙门。"

张氏心忽然一沉，婉宁这话是什么意思？

怎么是她将姚宜春送去了衙门？张氏看向旁边的淇国侯夫人，淇国侯夫人眼睛里也满是惊诧。

惠妃深吸一口气，半晌才道："朝廷大事本宫并不知晓，七小姐说的……"

婉宁低头道："臣女也不懂得什么是朝廷大事，臣女说的是在泰兴时，六叔倒卖漕粮的事。虽然是臣女的亲叔叔，臣女却不能包庇，因为臣女知晓漕粮是要运进京师的税粮，是要在天灾时分发给百姓的口粮，是要在打仗的时候送去军营的军粮，是朝廷官员的俸禄，是该运进京城，而不能私下里倒卖的东西。"

张氏听得这话几乎要瘫在杌子上。

婉宁这是说的什么话，怎么敢在宫里说出这种话，怎么敢指认自己的亲叔叔，姚宜春买卖漕粮的事又和婉宁有什么关系。

这到底是怎么一回事。

坤宁宫内，皇后听着内侍说话。

内侍慢慢地说着，将翊坤宫中所有的话一字不漏地缓缓道来。

皇后半晌才看向内侍。

没想到一个十二岁的小姐几句话就将皇上征西北的事讲得清清楚楚，现在看来忠义侯世子是真的受了惊吓被姚七小姐治好了，并不是忠义侯府想出的什么手段。

否则一个十二岁的小姐提起这件事早就漏洞百出，不会有这样仔细的前因后果。

皇后看向欲言又止的内侍，抬起眼睛："还有什么事？"

皇后话音刚落，外面琉璃帘子一动，一个高大的身影走进来。

看到皇帝的身影，皇后忙要下地行礼。

"你躺着，"皇帝威严的声音传来，"身子不舒坦就好好养着，眼见就要入冬，你的咳疾又要犯了。"

皇后不肯，就要挣扎着下床，却被皇帝一双手按在炕上，皇后苍白的脸上顿时一片绯红。

"让你躺着就躺着，"皇帝说完看向旁边的内侍，"在说什么？"

"臣妾在问姚七小姐的事，惠妃今日将姚七小姐召进宫中问话。"

皇帝颔首，忠义侯爵的事，是皇后体谅他的心思，要让惠妃去问个清楚，毕竟一个十二岁的孩子治病，听起来实在太过匪夷所思。

皇后看向内侍："还有什么没说？"

内侍看了看皇帝和皇后，忽然觉得在翊坤宫听到的那些让他惊诧的话，说不得会让姚家那个十二岁的小姐，日后的生活有翻天覆地的变化。

他在宫中这么多年，还从来没听过一个女子，说出那种话。

内侍润了润嗓子才道："姚七小姐说，忠义侯不但救了忠义侯世子，还让她……还让她敢于承认做了一个逆子。"

"逆子？"皇后娘娘的声音中也有了几分的惊讶。

内侍将婉宁的话仔仔细细说了一遍。

皇后越来越觉得惊奇。

一个十二岁的小姐，竟然会懂得这么多，真的亲手将自己的亲叔叔送进大牢。

皇帝霍然站起身来，脸上神情没有什么变化，让人看不透到底在想什么。

皇帝向前走了两步。

"广东十县,海潮泛滥,田禾歉收,奏请朝廷拨赈灾米。"

低沉的声音在大殿里响起来。

"瓦剌又在扰边,西北奏折请朝廷增拨军粮,户部尚在东拼西凑……

"他们还敢贪墨漕粮。

"一个十二岁的小姐尚知晓漕粮是要运进京师的税粮,是要在天灾时分发给百姓的口粮,是要在打仗的时候送去军营的军粮,是朝廷官员的俸禄,是该运进京城,而不能私下里倒卖的东西……"

皇帝的声音越来越高,脚步停顿了片刻,转身从坤宁宫走了出去。

坤宁宫重新恢复了安静。

皇后娘娘靠在引枕上半晌没有说话,旁边的内侍看了看身边的女官,抿了抿嘴唇:"娘娘,这……要怎么办?"

皇上说出方才那番话,不知到底是好事还是坏事。

"从库里挑一支玉如意送过去给姚七小姐,姚七小姐救治忠义侯世子有功……本宫理当赏赐,"皇后娘娘接过茶喝了一口,"难得小小的年纪却如此……等本宫身子好一些,传她进宫说话。"

好久没有听说有这样的孩子。

皇后娘娘长喘一口气:"去把去姚家的两个嬷嬷叫来,本宫要仔细问问。"

南书房外,内阁的大臣们已经等候多时,整整一日他们就站在这里,手里都是弹劾崔奕廷的奏折。

崔奕廷从一个小小的知县查起如今牵扯到了户部尚书,这样查下去还要查出多少人来?崔实荣进了大牢,开始有人借机铲除异己,各种弹劾的奏折堆满了内阁,京官几乎被人弹劾一遍,现在是人人自危,这股歪风不知道什么时候才能刮过去。

御史开始对准崔奕廷口诛笔伐。

不孝之子何谈忠君,一个从未入仕的黄口小儿,闹出这样的事来。

就是要整个朝局都乱起来,让崔奕廷一发不可收拾,不敢再接着查下去。

南书房的门打开,一个小黄门走出来。

阁老们顿时迎上去。

小黄门不敢怠慢一个个地问好,然后收起脸上的笑容:"皇上只传崔大人,并没有传各位阁老。"

传崔奕廷?

只传崔奕廷?

一旁的夏大学士抬起了眼睛。

内侍道:"皇上让崔大人带着他的算盘进南书房。"

"整整两箱的算盘,动用了户部所有的官员,就在南书房一起打算盘。"

宫里的消息传出来,张戚程不禁惊讶。

"皇上亲自回了御史言官的奏折,说只要利于社稷,朕就要用孤臣逆子。"

张戚程咬紧了牙,只要得了皇上信任,孤臣逆子转眼就能变成心腹重臣。

漕粮舞弊案刚审到关键时刻,广东、西北的奏折就都进了京,崔奕廷将整件事安排得天衣无缝。

"后宫那边有没有传出消息？"张戚程问过去。

"还没有，"下人轻声道，"听姚家下人说，还没有出宫。"

不过就是过去说说话，怎么会用这么长时间。

张戚程站起身来，他不能再坐在屋子里，该出去打听打听消息，崔实荣好不容易攥紧了户部，不能这样轻易地就丢了。

朝廷上乱成一团也就罢了，姚家也是不安宁，瑜珺带那个惹祸的姚七小姐进宫，现在也不知是什么情形。

朝廷不能乱，姚家不能乱，这样他才能按部就班地将所有一切进行下去。

"那边怎么样了？"张戚程问过去。

藏在黑暗里的人，身体微微前倾露出额头和鼻尖，很快又缩回去："都好，吃食都照样送进去。"

这是唯一能让他心安的地方，张戚程舒口气，"千万不能有差错。"

黑暗里的人什么都没说。

张戚程转过头去，半响才道："早知道在崔奕廷没有进京之前，我应该帮王征如一把。"说不定还能一箭双雕，将跟着回京的姚七小姐一起杀死。

若是先料到今时今日他就该自己动手，可是谁能想到崔奕廷能办出这样的案子，说到底王征如是个蠢货，崔实荣也太大意了，被自己的侄儿算计。

张戚程看向桌子上的棋盘，往后这盘棋要更仔细地下。

崔奕廷带着人进了南书房。

南书房里户部的官员立即挺直了脊背，平日里官阶不够哪里能进宫面圣，如今初见圣颜，就要做这样的大事。

户部的账本高高地摞起来，只要看一眼就胆战心惊。

"这是户部和南直隶三年的账本。"

崔奕廷清亮的声音响起。

司礼太监挥挥手，小太监们立即将长长的桌案抬过来，算盘整整齐齐地摆在桌面上。

御座上的人站起身，明黄色的龙袍晃得人不敢睁开眼睛。

"户部查不清楚，就去国子监请人来算，三年前朕在位，如今朕也在位，大周朝没改朝换代，朕就不信，这账目查不得，查不清，"皇帝从玉台上走下来，看向崔奕廷，"你尽管去查，天塌不下来，就算塌下来也有朕顶着。"

南书房所有人撩开袍子跪拜。

很快整个书房都响起了算盘声响。

皇上离开南书房，户部官员才敢擦擦脸上的汗，想要互相说几句话，抬起头却看到站在屋子里的崔奕廷，英俊的脸上没有一丝表情，海棠色的官服上像是染了血似的，一个年纪轻轻刚入仕的官员，论资历论学问也不如谁，可站在那里却让人觉得害怕。

连自己的亲叔叔都抓的人，会给谁留情面。

听说崔尚书进了大牢之后是崔奕廷亲自提审，不过几天时间就被打得体无完肤，光廷杖就受了几十个，打得血肉横飞。

想到这里户部的官员打了个冷战。

更加觉得崔奕廷可怕起来。

这个皇上身边的新贵，将来不知道还要做出什么样的事。

谁也不敢再用什么心思，专注地看手里的账本，只求将自己眼前的账目算得清清楚楚。

将谢严纪留在宫中，崔奕廷一路出了宫门。

天色不早了，一早被召进宫的女眷已经陆陆续续地坐车离开，门口只停了两辆马车。

陈宝迎上来，低声道："爷，人还没出来呢，安怡郡主的车马也才走。"

这个时辰还没有出宫，她那边应该很顺利。

户部的官员要被关在养心殿里，不将账目算清楚不会放出来，谢严纪等人在那里盯着，他就带着人去刑部审案。

陈宝将马牵过来，崔奕廷翻身上了马。

"二爷，您要去哪里？"

崔奕廷看向陈宝："去刑部让田允兴接着审案，我一会儿就到。"

出宫的路上张氏的目光一直没有离开婉宁，婉宁身后是捧着皇后赏赐的宫人，进宫的时候宫人们板着脸，一副不通情理的模样，如今见到皇后娘娘的赏赐全都满面笑容，远远地就行礼过去。

看着宫人热络的表情，张氏不禁打了个冷战。

这一切都是因为婉宁。

皇后娘娘虽然没说什么话，也没见婉宁，却让宫人送来玉如意，这是赞许的态度。

不但是赞许婉宁救了忠义侯世子，而且觉得婉宁将亲叔父送进大牢没有错。

婉宁自认了是"逆子"，她还能说什么？就算说婉宁不敬长辈又有什么用处。

张氏手脚冰凉。

婉宁就这样拿着皇后娘娘的赏赐回到姚家，从今往后她该怎么办才好？敬着这个让皇后另眼相看的嫡长女，盼着婉宁不要和她算四年前那笔账？

张氏忽然之间害怕起来。

"姚太太，姚七小姐请上轿。"

内侍笑着过来相请。

张氏攥紧了手，让长长的指甲刺进掌心，她顿时觉得疼痛。

这一切都是真的。

姚宜闻早就等在姚家门口，恭恭敬敬地将皇后娘娘赏赐的玉如意接进姚家，内侍笑道："姚大人，给您道喜了，皇后娘娘赏赐可并不多，除了命妇之外，您家的七小姐是今年的头一份。"

姚宜闻战战兢兢地听完这些话，急忙让人拿喜钱送给内侍。

内侍推拒不收："给皇后娘娘办事，都是脸面上有光，和寻常时候不同，这银子姚大人拿回去吧！"

姚宜闻忙道："这可怎么是好，劳烦您出宫一趟……"

内侍目光中满是深意："那是姚大人养了一个好女儿，否则哪有今日之事，姚大人谢我们可是谢错了人。"

内侍转身走开两步到了婉宁身边。

婉宁行礼："多谢公公。"

内侍十分客气："皇后娘娘说改日会召七小姐入宫，七小姐就候着吧！"

望着离开的内侍，姚宜闻呆愣在那里。

"婉宁，"姚宜闻看向站在旁边的长女，"你们去宫中都说了些什么？"

张氏脸色苍白，嘴唇青紫，仿佛是受了一场惊吓。

婉宁抬起头看向姚宜闻，十分平常地道："女儿和惠妃娘娘、顺妃娘娘说了六叔的事。"

宜春的事？

姚宜闻有些茫然，婉宁进宫不是因为忠义侯世子的病症？怎么会说到宜春身上？

张氏握着暖炉仿佛还没回过神来。

婉宁轻轻地道："在泰兴时六叔、六婶将手里的粮食卖给我，我原本以为是陈米，谁知却是漕粮，就让人将这些粮食径直送去了衙门。"

整个姚家都说不出的安静。

这是什么意思？姚宜闻半晌才反应过来。

婉宁将粮食送去了衙门，所以崔奕廷才会上门抓了宜春？

"你再说一遍？"姚老太爷颤抖的声音传来，身边是目瞪口呆的寿氏。

婉宁转头看向寿氏，脸上还带着浅浅的笑意："六婶还记不记得泰兴楼？六婶要将粮食卖给泰兴楼，我当时是如何跟六婶说的？"

寿氏如同被人从头顶泼了一盆冰水，瞪大了眼睛看着婉宁，发不出半点的声音。

婉宁道："我和六婶说，不知根知底的商贾不要轻易做买卖，一旦将东西卖了可就不能反悔了。"

不能反悔了。

寿氏不自觉地摇头。

自从老爷和弟弟被抓之后，她每日都会后悔，后悔那时候将漕粮卖出去，正好被崔奕廷抓了个正着。

若是没有被抓，她哪里会落得如今的境地。

后悔她这辈子最大的错事就是卖那些漕粮。

看着婉宁那双清亮的眼睛，寿氏顿时明白过来："是你……"心脏要从胸口跳出来，"是你……怎么可能，怎么可能……"寿氏慌乱地看着周围人，一定是她猜错了，是她错了，怎么可能是婉宁。

她多希望这时候婉宁摇头否认，告诉她，她猜错了，她几乎屏住呼吸看着婉宁。

婉宁在她的目光下，轻轻地颔首，如同一块重石径直砸在她头上，寿氏顿时尝到头破血流的滋味。

婉宁道："六婶说的是，泰兴楼的东家就是我。"

泰兴楼的东家是婉宁。

那时候她还欢欢喜喜地和泰兴楼做生意，她怎么能想到，泰兴楼背后的人就是婉宁，寿氏身体重重一晃，顿时瘫倒在地。

姚老太爷的心怦怦乱跳，听说皇后娘娘嘉奖婉宁，他撑着身体要来看个究竟，没想到却听到这样的话。

他绞尽脑汁也想不明白的那个山西商贾，遣下人去四处打探的那个山西商贾，居然就在他身边。

那个害他害宜春的人就站在这里。

"逆子……"姚老太爷的须发几乎都竖立起来，伸出手，"我要……打死你……我要……打死你……"

"父亲，"看着呆愣在一旁的姚宜闻，婉宁目光清澈，"六叔买卖朝廷的漕粮，可是犯了朝廷法纪？若是知而不禀，可当从犯论处。忠孝不能两全时该怎么办？皇后娘娘赏赐的玉如意，女儿该不该领受？"

婉宁一句句地逼问过来。

皇后娘娘送来的玉如意，就被供放在堂屋的长案上。

姚宜闻想起方才内侍饱含深意的目光，原来是因为这个。

婉宁出宫之后，皇后娘娘的赏赐接踵而至，这是什么意思？皇后娘娘觉得姚家会因为老六的事亏待婉宁。

婉宁进京之后没有回家，他也准备要让人将婉宁送去家庵。

如果现在父亲再因此责罚婉宁，岂不是整个姚家都在承认贩卖漕粮没错。

他是朝廷命官，怎么能不懂朝廷的法纪，怎么能是非不分。

就算他孝顺父亲，也不能做出这样的事来。

眨眼的工夫姚宜闻额头上已经布满了冷汗。

这次是父亲错了，婉宁没有错。

看着蹒跚而来的父亲，姚宜闻上前两步挡在婉宁身前："父亲，不可啊，婉宁做得没错，若不是婉宁，我们姚家都要被六弟牵连，姚氏一族恐也要获罪……"

姚老太爷惊诧地看着儿子。

那个对自己唯命是从的儿子，那个他握在手心随意揉捏的儿子，现在却敢挡在他跟前，将那个逆子护在身后。

婉宁看着怒火攻心的祖父，慌乱的父亲。

若是母亲看到了今日一幕心里定然会畅快。

"祖父，"婉宁道，"皇后娘娘赞赏我们姚家才会有赏赐下来，这是脸上有光的事，祖父常说要教导子孙光耀门楣，孙女虽说是女子，也懂得这话的道理，"说着转头看向姚宜闻，"父亲就将这玉如意摆在祖父屋子里，权当是女儿回报祖父这些年的教诲，也好让祖父不要因为六叔的事伤心，说不定朝廷会对六叔从轻处罚。"

话说得那么好听。

让人以为是在孝敬他。

还要将那玉如意放在他的眼皮底下，让他每日看了就会想到今日的事，姚老太爷整个身体晃了晃，呼吸也变得困难起来。

关在绣楼里那几年她都学了些什么？

这是连沈氏都没有的手段。

姚老太爷觉得脚上愈发没有了力气，他只能死死地盯着婉宁，他活了这样大的年纪，却栽在最看不上的孙女手中。

姚宜闻忙上前搀扶，姚老太爷伸出手紧紧地攥着姚宜闻的胳膊，他的手指用力地抠着，都是这个没用的儿子，张嘴吐出几个字："没用的……东西……"

姚老太爷愤恨地看着姚宜闻："滚……开……和你母亲一样……狗肉上不了正席……混

账的蠢物。"

姚宜闻顿时怔愣在那里，父亲的目光湿冷地黏在他身上，眼睛里是充满了厌恶，顿时让他觉得周身冰凉。

什么时候父亲这样厌恶他，这样说他和母亲。

"父亲，三哥，这是怎么了？"姚宜之的声音传来。

瘫在地上的姚老太爷立即伸出手来："老五……老五……"脸上的神情顿时柔和起来。

不知怎么的，姚宜闻心里忽然一阵难受。

每次父亲见到五弟脸上都是慈爱的笑容，蒋姨娘和五弟都在屋子里的时候，总能听到父亲的笑声。

或许刚才父亲说的是心里话。

父亲厌恶他和母亲。

姚宜闻想及这里，心脏仿佛都要从身体里跳出来。

"父亲，"婉宁在姚宜闻身后道，"要不然女儿还是到外面去……免得让父亲为难……"若是她还是个无人问津的孤女，也许这院子里的人会随随便便想个法子处置她，可如今她是进过宫被皇后娘娘嘉奖的人。

"这是你的家，"姚宜闻皱起眉头，"你就安心在家中住，从前是父亲不对，以后父亲不会不问缘由就将你送走，你六叔的事……你没做错。"

姚老太爷浑身颤抖，眼睛如同充满了鲜血，说不出的狰狞，指着姚宜闻："逆……子……"

婉宁看着父亲，如今父亲也尝到了"逆子"的滋味。

宫中赏赐是喜庆的事。

整个姚家却闹得鸡飞狗跳。

张氏躺了一宿，第二天起床的时候就觉得头疼欲裂，身体就像散架了般，说不出的难受。

孙妈妈就要去请郎中。

张氏摇摇头："今天不行，传出去了还当是我故意病倒。"这时候所有人都盯着姚家。

太太哪里受过这样的委屈，孙妈妈道："那也不能硬挺着……"

孙妈妈话音刚落，就听外面人道："八爷和范妈妈过来了。"

张氏从床上慢慢坐起来，欢哥撩开帘子跑进内室，看到张氏就扑过来。

孙妈妈忙拦了一道："八爷，太太病了，您别过去，小心过上病气。"

"母亲怎么了？"欢哥抬起小小的脸看着张氏，"我要和母亲说话，母亲昨天答应我要和我一起玩翻绳。"

"欢哥，"张氏用帕子捂着口鼻，"母亲好了就陪着你玩，你先和孙妈妈出去，让孙妈妈踢毽子给你看。"

欢哥噘起了嘴。

"欢哥乖，"张氏柔声道，"一会儿让厨房给你做山药糕吃。"

欢哥这才点点头让孙妈妈带了出去。

等到屋子里的丫鬟退出门，张氏看向范妈妈。

范妈妈圆圆的脸上满是亲和的神情，伸出手来给张氏整理被子："太太要在意身子，家里家外都要太太张罗，如今七小姐搬了回来，太太就更辛苦了。"

张氏听着范妈妈的话，抬起了头："妈妈说，我该怎么办？连老太爷都气病了……"

范妈妈缩起了手："皇后娘娘素来身子不好，平日里不太管宫中的事，现在既然皇后娘娘插手让内侍送了赏赐，太太就要仔细应付。"

宫里的那些事，范妈妈最清楚不过。

范妈妈接着道："不过太太安心，七小姐年纪不小了，已经到了说亲的年纪，早晚都是要嫁出去，这家里老爷真正喜欢的毕竟还是八爷，只要八爷好好的，太太就高枕无忧。"

只要欢哥好好的，别的事都还可以忍受。

张氏吞咽一口，觉得嗓子如同刀割般疼痛，本来是她根本不放在眼里的丫头，如今却成了她的心腹大患，让她怎么能咽下这口气。

"太太是大风大浪都过来的人，"范妈妈轻声道，"漕粮的案子早晚要过去，太太到底是这个家的主母。"

张氏点了点头："可是有皇后娘娘的赏赐在，就算是说亲，也要说一门好亲事。"

想到婉宁会风风光光地嫁出去，张氏就如剜心般的疼。

范妈妈垂着头："老爷不是和陈家有约在先吗？陈家三爷也是青年才俊，外面看来都是般配，陈家是儒学治家，凡事以孝为先……"

这样的家里，怎么能容得下婉宁胡闹，就算将婉宁娶回去也会严加管束……也许还到不了迎娶那一天，就会反悔。

姚宜州觉得无比的痛快，去刑部帮着何家一起理清了泰兴漕粮的账目，平日里趾高气扬的朱应年，吓得如一摊泥般。

崔奕廷真是厉害，不让那些人有半点喘息的时间，一个个地连串审下去。

真是要将那些贪官污吏杀个干干净净。

不光是他们这些人，就连刑部审案的田允兴也是铆足了力气，准备大干一场。

等到这案子结了，真是要好好庆贺庆贺。

"七小姐来了。"

下人来禀告，姚宜州点点头，婉宁住的院子他还是照样让人收拾，这样一来婉宁和沈家人都好来往。

想想从前，真是知人知面不知心。

他一直以为三叔高洁，沈家是唯利是图的商贾，现在真是完全颠倒过来。

姚宜州想要去和婉宁说几句话，管事的又来低声道："崔大人在书房里等老爷呢。"

姚宜州忙迎了出去。

婉宁进了院子，沈四太太立即上前仔仔细细将婉宁看了两遍："怎么样？张氏可说了些什么？姚家下人有没有怠慢你？你祖父和你父亲对你如何？真是急死我了。"

婉宁笑着看舅母："都很好，舅母放心，如今他们不敢怠慢，我可是姚家的功臣。"

俏皮的话将沈四太太逗得直笑："还能玩笑，我就安心了。"

婉宁将宫里遇到的事和沈四太太说了说，沈四太太听得心惊肉跳："这要是我，一句话也说不出来，更别提……将泰兴楼那件事也说了。"

她是没想到婉宁进宫会提起"泰兴楼"，后来听到姚家那边传来消息她才知晓。

婉宁道："舅母，我让焦掌柜准备的东西有没有拿来？"

沈四太太笑着道："拿来了，满满一盒茶点，都没有重样的，也不知你们是怎么想出来的。"

童妈妈将点心递过来，婉宁打开来看，做成各种模样的棉花糖，上面蘸了糖霜，看着就让人想拿起来咬一口。

婉宁看向童妈妈："人呢？人到了没有？"

童妈妈笑着领首："到了，就在前面院子里呢，奴婢让人去通禀？"

婉宁摇摇头："我送过去就是了。"崔奕廷在泰兴时就想要泰兴楼的茶点，她现在送过去也算是聊表谢意。

崔奕廷站在院子里看挂在房檐下的翠鸟儿。

好像自从船上一别，这鸟儿清减了不少，饶是如此还是挺着圆圆的肚子缩在那里打瞌睡，偶尔才会抬起眼睛看看他，然后懒懒地伸着翅膀。

看着这鸟儿，不由自主地想到那逗鸟儿的姚七小姐，经过漕粮的案子之后，他应该再也不会认错姚七小姐了吧！

姚家的院子很静，比起吵吵闹闹的衙门，满是惨叫的大牢，这里显得格外的安宁。

"崔二爷，我们小姐请您宽座。"

姚家的下人上前服侍，崔奕廷点了点头却没有进屋。

"我家小姐让人准备了饭菜。"

小丫鬟清脆的声音又传来，崔奕廷转过身去。

身后是两个穿着青色褂子的丫鬟。

说话的工夫，姚家下人已经陆陆续续端了碟碗上来。

小院子里都能闻到饭菜的香气。

在衙门里没吃饭，回到家中下人也没有准备，他一路到了姚家和姚宜州说话，没想这里还准备了饭菜。

既来之则安之。

崔奕廷点了点头，大步走进了屋子。

崔奕廷坐下来吃饭，屋子里依旧安静得没有半点声音，旁边伺候的婆子几乎都要神游物外，一只空碗已经摆在桌子上，婆子惊讶地征愣片刻才又添饭过去，没想到这位崔大人不声不响却吃得这么快。

吃完饭崔奕廷站起身来，自从查案开始，难得像今天这样悠闲地站一会儿养养神，又好好地吃了顿饭。

他正要说话，一只点心匣子递到他跟前。

点心。

崔奕廷立即想起在泰兴楼遇到姚七小姐的事来。

那次他是要去泰兴楼买点心，却因为泰兴楼的点心不卖就没有买到。

姚七小姐还记得，也不奇怪，姚七小姐本来就是心思缜密的人。

崔奕廷接过点心匣子，这才看向刚刚进屋的丫鬟，那丫鬟年纪不大，个子也不高，刚刚够着他的胸口，看起来和姚七小姐年纪相仿，长得眉清目秀，大约是姚七小姐身边的人。

"谢谢你家小姐。"

这次来姚家，是想要亲口问问姚家的事可都安排好了，虽然没见到姚七小姐，这算是明白了其中的意思。

崔奕廷就要向前走。

"崔二爷是打小儿就不认人？"

低低的声音只有他能听到，崔奕廷听得一怔，立即想起这声音的源头。

这是，姚七小姐的声音。

他又认错了人？

崔奕廷转过头去，方才递给他点心的女子微微笑着，窗棂外的海棠影子密密地映过来，洒在她白如霜雪的脸上，他一错头，让出了阳光，照得她微微眯着眼睛，下意识地用手帕去挡。

脸上淡淡的笑容，海棠色的帕子，这样一笑一躲，黑亮的眼睛，弯弯的眉毛，忽然之间多了几分的美好。

这样一看才发现姚七小姐的衣裙看起来和旁边的丫鬟一样，却又不同，连梳着的发髻也有细微的差别。

就这样略微大意，就被她又看了出来。

从来不琢磨女子的长相，忽然之间多了几分的感触，这下可该记住了吧？

"打小儿就这样。"

从不说出去的话，却这样从嘴边溜出去。

姚七小姐点点头。

望着崔奕廷离开的身影。

怪不得崔奕廷会三番两次将她认错，原来是因为有脸盲症的毛病。

就算是轻微的脸盲症也要花平常人几倍的功夫将人记住，再想想崔奕廷的父亲崔大学士没有给长子谋算前程，而是花了心思培养次子，这样的举动也就顺理成章起来。

崔奕廷从前纨绔子弟的传言，说不定也并非不实，他做事的方式就和寻常人家的子弟不同，做事不呆板反而十分的圆滑。

可是这样一个"劣迹斑斑"的人，怎么会突然之间对朝廷上的事认真起来。

"二爷回来了，二爷回来了。"崔家的院子忽然之间热闹起来。

崔奕廷进了门就看到卸了满院子的箱子，下人都站在院子里忙碌。

崔夫人匆匆忙忙地赶出来，看到崔奕廷又是埋怨又是心疼："你这孩子，怎么瘦成这个样子，不声不响就从家里出来，你是要急死我不成？"这一路上她是愁坏了心思，希望到了京城之后发现和传言的不一样，奕廷没有将亲叔叔送进大牢里，谁知道进了院子听下人一说，心里彻底地凉了，老爷到现在还一句话也没说……

崔奕廷上前给母亲行礼。

崔夫人向堂屋里看了一眼，低声道："快，进屋给你父亲认个错，就说下次再也不敢胡闹了。"

崔夫人话音刚落，崔实图的声音从屋子里传来："还不快进来。"

崔奕廷面不改色地进了屋，又反手将屋门关上。

崔夫人顿时脸色苍白，旁边的管事妈妈低声道："要不然奴婢去……找几个家人来……万一老爷要打二爷，千万要家人下手轻一些。"

没那么可怕，若是这样，她就不会安安稳稳地站在这里："奕廷还要办差事，老爷就算想罚，也不能在这个时候。"再说崔实荣的案子已经判定，生米煮成熟饭，已经是万难转圜。

崔夫人道："将药备好了，免得老爷动气。"

管事妈妈颔首："都备好了，夫人放心。"

"这孩子真是……"奕廷小时候父子两个见面就要瞪眼睛，她原本想着等到奕廷及冠之后，定下一门亲事，也好让奕廷收收心。

儿子的心思她是最了解，奕廷不喜欢被约束，将来也不会入仕，这样也好，平平安安地做个闲公子也就罢了。

谁知道忽然之间儿子却变了，自己跑来京里活动关系，给皇上上了一道奏折，领了内差奉旨巡漕。这还不算，回京之后又兼任刑部郎中带着锦衣卫审办贪墨漕粮案……这个家里唯一能摸到儿子心思的人就是她，可是现在她也弄不明白，奕廷这是到底要做什么。

屋里，崔实图看着崔奕廷。

"翅膀硬了，敢越过家里自己来京谋前程了，"崔实图冷笑一声，"你这是蒙了祖荫还是自己科举入仕？既然要六亲不认，就别靠着崔家的关系。"

"不敢用父亲从前的老关系，"崔奕廷说着顿了顿，"皇上心里是不是还惦记着父亲这个清廉的大学士，就不是儿子能揣度的。就算科举入仕，只怕也是蒙祖荫，有父亲的名声在，人人都会争着作保推举，说起来只要入仕，哪种法子都有利有弊，幸好皇上看的是儿子的奏折才决定要查南直隶的漕运。"

崔实图张开嘴，却又哑口无言："黄口小儿，就这般猖狂，早晚让你在这上面跌跟头，今天你惩办了你叔父，明日看你跟崔氏族里如何交代。"

崔实图瞪圆了眼睛。

别人办案都会避亲，他倒好，真是六亲不认。

"父亲，"崔奕廷走过去将茶碗送到崔实图跟前，"父亲砸了碗，我也好出去查案，皇上给了刑部期限，要将南直隶的案子查个清清楚楚。"

崔实图抓起茶碗来。

外面有族中的人看着，他总要有个交代，这个逆子偏偏皇命在身，打也打不得，他正想着要高声怒骂一阵，这逆子就将茶碗送过来。

现在他将茶碗掷在地上也不是，不掷也不是。

屋子里传来清脆的碎瓷声响，然后是崔实图怒吼的声音："既然跑了出去，以后就不要再认我这个父亲，也别说你是崔家人。"

后门打开，崔奕廷从里面走出来。

院子里的下人都不敢说话，崔夫人想要上前崔奕廷却没有停顿出了院子。

下人将地上的狼藉收拾干净退出去，崔夫人劝脸色铁青的崔实图："老爷不是跟妾身说，这次要好好和奕廷说话。"

父子两个只要见了面就要闹得鸡飞狗跳。

"我跟他没法说话，没人知道他心里想的是什么，"崔实图看向妻子，"这是你肚子里掉出来的肉，你知道他心里是怎么想的？他怎么有这个胆子……我看大周朝满朝文武，谁也没有他的能耐。"

刚刚入仕就得罪了这么多人，哪里是办一个案子，惩办一个官员，如果政局变幻就这样简单，当年他又何必抱病致仕。

"将来我看他的日子要怎么过,"崔实图说完话霍然站起身,"他是争来了漕粮,是给朝廷筹备军粮立了功,这都只是眼下的……别看现在御史言官看到那些人被抓嘴里称快,将来等他被人陷害的时候,看谁能伸手去帮他,小小年纪就落了个薄情寡义的名声……图的是个什么,两个儿子我都是一样的请先生来教,怎么就单单将他教成这个样子。"

崔夫人听得这话不禁心里黯然,也不知什么时候两父子能坐下来好好说说话,笑一笑,她夹在中间也不必这样难受。

崔奕廷从崔家出来,看向陈宝:"姚七小姐回去姚家了没有?"

陈宝道:"已经坐车走了。"

"让人看着,姚家、沈家那边都让人盯着,免得出什么差错。"京里现在乱成一团,保不准谁会浑水摸鱼。

婉宁坐在马车里觉得有些困,鼻端是淡淡的香气,身上的毯子又很暖和,童妈妈在一旁伺候着,让她不由自主地闭上了眼睛。

突然之间马车一颠,婉宁顿时醒过来。

旁边打瞌睡的童妈妈和落雨也一下子清醒。

"这是怎么了?"童妈妈立即问过去。

外面没有人回应,马车继续向前走着,比之前走得更快。

整个车厢都跟着颠簸起来。

不对,这不是京城里的路,从大伯家回到父亲家里,这段距离走的都是平坦的大路,不可能会这样难走。

婉宁上前一步抢在童妈妈前面撩开了车厢的帘子。

没有熟悉的街景,这是京郊。

京郊。

赶车的也不是姚家下人。

这是怎么回事。

童妈妈和落雨脸色顿时变了,童妈妈大喊起来:"你们是谁?停车,快停车……"

"太太,老爷让我们定要将太太接回家,太太怎么说也没用,不要为难小的们,太太要顾及家里的名声,名声要紧啊。"

奇奇怪怪的一句话传来,童妈妈不知是怎么回事。

婉宁却明白过来,说这话是给外面的行人听,免得引起别人注意,这样的话说出来,就算喊破了喉咙,别人只会以为是家事。

婉宁刚刚站起身,车厢外顿时传来"咚咚咚"的撞击声。

这是在警告,警告她不要乱动。

童妈妈立即要去撩开车厢的帘子,却被婉宁一把抓住。

已经到了京郊,来往的人不多,就算进来个人将她们杀了,也是易如反掌。

崔奕廷径直去了刑部,还没进衙门,陈宝匆匆赶过来:"二爷,那边不太对劲,"说着顿了顿,"我们在姚大人府前等着的人回来说,姚七小姐没有回家。"

姚婉宁没有回家?

从姚宜州那里出来没有回到姚家。

崔奕廷皱起眉头："沈家的几个铺子去看了没有？"

陈宝摇摇头："已经让人去看了，我是先跟二爷说一声……"二爷再三嘱咐要在姚家、沈家门前仔细照应，本来应该回姚家的姚七小姐却不见了，他立即出了一身的汗。

崔奕廷转身从刑部门口走出来，边走边吩咐："去沈家店铺都去看看，我沿路去找，坐着马车走的，不可能无缘无故就不见了踪影。"

除非，除非是有人故意要避开他的眼线。

"要不要去跟姚家说一声？"

姚宜闻？姚宜闻知道了会怎么样？帮不上忙，说不定还惹出一大堆的麻烦，姚宜州身边的人不多，沈家伙计虽然不少，但是人多嘴杂，这样算下来没有一个能靠得住。

不知道姚婉宁在姚家是怎么生活的，身边连个帮忙的人也没有。

事情没有弄清楚之前，越少人知道越好，姚婉宁毕竟是个女子。

第十五章 回家

"怎么样？"

张戚程听下属来禀告。

"都安排好了，幸好姚家那边没有准备，加上里应外合事情办得也简单。"

张戚程点了点头："关键是要让崔奕廷也上当。"

要杀姚婉宁未免太过大费周章，他动了那么多人，算计的可不单单是一个小丫头而已，崔奕廷这些日子一直在京里查案，身边都是锦衣卫，加之崔奕廷平日里行事缜密，没有错漏之处，他便无从下手。

现在皇上力排众议重用崔奕廷，南直隶的官员十之七八都将被刑部传唤，他们这些年辛辛苦苦搭建的楼阁眼见就要垮了，现在最简单的方法就是除掉崔奕廷，刑部、大理寺剩下的那些人也就定了崔实荣等人的罪名不可能再深究下去。

动手就要动得干净利落，还不能让皇上察觉。

他就想到了姚七小姐。

崔奕廷在泰兴遇到姚七小姐，又将姚七小姐送到京城，姚家二房、沈家都在漕粮上立下大功，这些日子又和崔奕廷来往密切，姚七小姐进宫将泰兴的事和盘托出，崔奕廷也在南书房抱着户部的账本等着皇上传唤。

哪有这样巧合的事，就将两个人连在一起。

姚七小姐十三岁，崔奕廷十六岁，这样的年纪……

有句话说得好，孤男寡女，花前月下，他就不信这两个人之间没有藏私。

崔奕廷去姚家和姚宜州说话，说不定只是做个由头。

要找一个人的弱点，首先要看他在意什么。

最坏的情况是白费心思杀了一个姚七小姐了事，最好的情形却是将崔奕廷也引过去，两个人一起杀了，将来传开了也是姚七小姐约了崔奕廷出城私会，算计姚七小姐的人将崔奕廷一起算计了。

这件事他会一股脑算在寿家身上，姚七小姐将自己的六叔和寿远堂一起送去了衙门，寿家为自己的儿子报仇，合情合理。

"姚家五老爷来了。"

下人过来禀告。

张戚程点点头："快让人进来。"

姚宜之带着礼物来拜见张戚程。

张戚程立即问起姚老太爷："病怎么样了？可有好转？"

姚宜之道："吃了爵爷送来的药，已经好了，让我定要谢谢爵爷。"

等到屋子里的下人都退出去。

张戚程看向姚宜之："明年的会试可准备好了？"

姚宜之温润如玉般的脸上一闪笑容："准备好了。"

"这就好，"张戚程道，"最近事不少，家里那边要多留意，别再添了乱子。"看着姚宜之，张戚程就觉得心里通畅，当年若是姚宜之能一举考上进士，他就会将瑜珺嫁过去，有了进士的身份，就算是个庶子也不碍事，谁知道姚宜之偏偏落了第，他这才看上了姚宜闻。

人算不如天算，真是一步之差。

从张家出来，小厮立即迎上来："五老爷我们去哪里？"

姚宜之看了看天："去沈家。"

姚宜之径直去了沈家，将手里的鱼鳞册递给沈敬元："这是边关那些土地的鱼鳞册，四哥先看看，若是看得上，我就将余家人领过来，你们再商谈。"

说完又让小厮将准备好的书拿过来放在沈敬元面前："四哥要的这些书我都找齐了。"

没想到会这样快，沈敬元一阵欣喜："我在外面都买不到的书。"

说着打开一看，不是印好的书，是手抄的本子。

姚宜之笑道："国子监的书不准外带，抄倒是无碍。"

沈敬元不知道该怎么感激才好，抬起头看到姚宜之脸上一闪而过的愁容："怎么了？可是家里有什么事。"

提起姚家，沈敬元就不愿意说下去，半响才道："婉宁回去家里，我还担心……"

姚宜之想了想还是没多说："毕竟是父女，从前有些隔阂，将来会好的，家里长辈那边我也劝着……总归是一家人。"

沈敬元差点冷哼出声，碍着姚宜之没有说话，却不想再说姚家："今天留这吃饭吧，我让人准备饭菜。"

姚宜之有些犹豫，却还是答应下来。

两个人刚刚坐下，就有下人来道："姚大老爷那边让人来问，七小姐有没有来这边。"

沈敬元一怔，没听说婉宁过来："去问问太太，看看婉宁有没有在内院里。"

如果婉宁来了，总是要跟他说一声，想到这里沈敬元看向姚宜之。

姚宜之表情僵在脸上："婉宁没回家吗？"

沈家宅院里立即忙乱起来。

出城有几条路，崔奕廷下了马，望着被车轮压出来的印子。

"要怎么找啊？"陈宝带着人跟过来。

"看压出来的车轮印子有多深。"车厢里只是几个女眷，不会很重，跟带着家资出京的马车不同。

崔奕廷仔细地看过去，手心里攥了一把的冷汗。

第一次，重新面对这里之后第一次让他有心惊肉跳的感觉。

面对这样的朝局，他心里早有准备，无论在他身边发生什么事他都不会着急，这次却不是他，而是手无寸铁的女眷。

崔奕廷脸上仿佛蒙了一层冰霜。

"那是什么？"崔奕廷忽然发现，车辙印旁是一块碎银子，紧接着不远处又有铜钱一枚一枚地散落着。

"都向一个方向去找。"

骑马追出去，很快就没有了铜钱或是银子。

一个小姐不过去趟大伯家里，不会带多少银钱。

崔奕廷正准备分路，从旁边那条路上过来几个人。

"这两边都没有，快……往那边去……"

崔奕廷转过头看到了几个家人打扮的人，其中一个见到崔奕廷不禁一愣："这是，崔大人，我……我是贺大年啊……跟着崔大人一起进京的，我们家小姐不见了……我还让人去请崔大人，没想到……崔大人已经……在这里。"

崔奕廷皱起眉头："家里已经都知道了？"

贺大年摇摇头："不知道，是我们……先发现的，我们平日里护卫小姐的人没有回来。"

遇到这种情形，他们要立即通禀家里，然后带着人来找。

贺大年眼睛通红："崔大人，这可怎么办啊？"

姚七小姐自己在身边安排了护卫却都没能防住。

童妈妈挡在婉宁身前，落雨也咬住嘴唇想要用胳膊将婉宁护住。

婉宁算着贺大年几个能发现她的时间。

这个时候应该会过来找了。

能不能看到她扔的东西她不知道，贺大年一定会去求助崔奕廷。

能拖延时间，对她来说最有利。

车停下来，外面的人却没有动手来抓她，是在等什么人？

婉宁看向童妈妈："没听到殷江的喊声？"

童妈妈摇摇头。

殷江是她跟舅舅要来的，每次她出行殷江都会远远地跟在马车后面，只要发现不对就会去找焦无应。

来京里的时候她是做好了准备，她请了雷镖头和赵子手在沈家中选了能当护院的家人，却要殷江来回传递消息，任哪家的小姐也不能带着一大队的护院出门。

殷江应该发现了，却为什么会这样悄无声息。

唯一能解释的是外面的人太多，不论是殷江还是赶过来的家人都对付不了，只能静观其变。

她之前没想到的是会有这么多人来对付她。

婉宁将裙角撕开，布帛撕裂的声音将童妈妈吓了一跳："小姐，这是要做什么？"

"等到外面有了声音，我们就要快些跑，你和落雨不要护着我，三个人互相牵扯更加跑不快。"

她相信殷江不会眼睁睁地看着这些人来杀她没有一点的动作，再怎么样也会想方设法地营救她，只要外面有了动静，她就不能有半点的迟疑，带着人就闯出去。

生死就在一线间，她不能真当自己是个手无缚鸡之力的内宅小姐。

落雨见到婉宁的模样，也动手将裙子撕掉长边，提起外面的半臂褙子。

"什么人？"

"快去看看，是不是来人了。"

"是乞丐和流民。"

为首的黑衣人不禁一惊："怎么会有乞丐和流民？"

在城外的乞丐、流民到这里来做什么。

"好像是说地上有银钱，都找上来了。"

银钱？

地上有银钱？

为首的黑衣人在地上寻找起来，没有，什么都没有，怎么会有银钱："哪里来的钱？"

"我真的看到了，看到了那些人在捡钱。"

"要不要都杀了？"

杀流民做什么，崔奕廷还没有引过来先大开杀戒，不但不能达到目的还可能会坏事，可是又不能不管。

"崔奕廷已经出城了？"

为首的黑衣人低声问过去。

下属点点头："出城了，很快就会找上来，身边没有带几个人。"

"那边还有，那边还有……"

隐隐约约的喊声传来，紧接着是草木被踩过的声音。

不知是谁尖叫了一声："看啊，铜钱，是大富人家散钱了，各位老爷、夫人再施舍一点吧！"

流民样打扮的人冲到马车旁边。

婉宁听到了殷江的声音，就是这个时候……

婉宁抢在童妈妈前面一把撩开了车帘。

马车周围站着几个黑衣人，大约没想到婉宁会从马车里出来，几个人不禁一怔，婉宁快速地从马车里跳出来，看了一眼同样下车的童妈妈和落雨。

黑衣人正要动手，流民打扮的人却围着婉宁冲过来。

"小姐来了，给些银钱吧！"

"流民"护着婉宁向前走了两步，然后向两边闪开，婉宁从缺口处冲了出去。

十几个熙熙攘攘的"流民"挤过来。

要不要杀人。

黑衣人不禁怔愣在那里，婉宁看准了时机跑进树林。

"小姐,快跑,快跑……"

童妈妈焦急的声音传来,然后是落雨的手伸过来。

婉宁只觉得自己的掌心满是汗,她脑子里已经不再想什么,就和落雨手牵着手向前跑。

落雨不停地回头:"小姐,别急,别急,那些人没有追上来……"

嘴上这样说着却跑得更快。

"就在前面。"

崔奕廷已经听到了脚步声,伸手按住了腰间的刀,身边跟随的人已经刀剑离鞘。

脚步声越来越近,细碎的、慌张的,崔奕廷皱起眉头,先一步跑过去。

身边的护卫不禁惊讶地喊了一声:"二爷……"

崔奕廷脚步未停,一直看到了树林里两个人影。

婉宁没有停住脚步而是一直向前,落雨差点被地上的树枝绊倒,婉宁不知道是哪里来的力气就将落雨撑起来,主仆两个人一直向前,婉宁没有回头看一眼。

直到一柄刀从耳边掠过,婉宁才转过头去,黑衣人挥手去砍刀,砍断了崔奕廷斩过来的刀却没能躲过崔奕廷手甲的断刃,没有看到鲜血迸溅,那黑衣人已经倒在地上。

崔奕廷身边的护卫也赶上来。

"童妈妈在后面,还有我身边的人……"

崔奕廷点点头,护卫顿时向前奔去。

贺大年看到婉宁,顿时失了分寸,顾不得礼数就大喊大叫起来:"小姐,小姐你没事,你没事了。"

婉宁点点头。

崔奕廷看着婉宁,虽然鬓角已经被汗湿了,人微微有些慌张但是还没有失了方寸,一路跑过来竟然没有回头看一眼。

这是因为她心里十分清楚自己要做什么,任谁到这个时候都会害怕,不过有人会吓得瑟瑟发抖,有人则会奋力抗争。

姚七小姐显然属于后者,沿路扔了银钱,还找机会带着丫鬟逃出来。

他从前厌恶姚家和沈家人,可是现在他却钦佩这个女子。

崔奕廷的眼睛里是难得的温暖和安慰,就像温暖的阳光一样,在他眼睛里缓缓地化开,看惯了崔奕廷的不苟言笑,婉宁忽然觉得这样的温和有些烫人,让她不由得挪开眼睛。

崔奕廷蹲下身来检查地上的黑衣人,手上有老茧,骨骼粗大,显然是个练家子,寻常人家做这样的勾当能找的不过是些亡命之徒,不会装扮这样整洁,看起来又是训练有素。

"有没有伤到?"崔奕廷轻声问婉宁。

婉宁摇摇头,并没有觉得哪里难受。

崔奕廷看向婉宁的肩膀,婉宁这才觉得肩膀旁边有些痒又有些疼,用手去摸,衣服不知道什么时候被刮破了。

崔奕廷已经转过身去,将外衣脱下来递给了婉宁。

崔奕廷道:"先将就着,离开这里我再想办法给你找衣服。"

是怕别人看到了说三道四所以才会解释,让她心安。

婉宁点点头。

站在一旁的落雨伸出手来要帮婉宁穿上衣服,婉宁不经意地抬起头不由得脸色一变,抢上前一步按住了落雨的肩膀。

这样轻微一扯一动，鲜血就透过了婉宁的手指，落雨茫然地望着婉宁，半响才顺着婉宁的视线落在自己的肩膀上。

血流如注。

落雨从肩膀到后背赫然是一道深深的刀伤。

也许是从马车下来的时候那些人下了杀手，她们一直跑过来竟然都没有发现。

止血，先要想办法止血，否则就算赶回城里找到郎中也为时已晚。

"崔二爷，"婉宁尽可能稳住心神，看向崔奕廷，"你的衣服改日我再还上……"

不等崔奕廷颔首，婉宁已经去撕衣袍，虽然用足了力气，那衣袍的布料却纹丝不动。

"我来。"

崔奕廷接过去，衣袍顺利变成了能用来绑缚的布条。

落雨开始打冷战："小姐……奴婢没事……小姐……"嘴唇苍白，大大的眼睛里满是恐惧。

婉宁加快了速度，不停地将布条缠绕着："你老子、娘还在进京的路上，等到明年春天，你们一家就会团聚，我已经让焦掌柜在柜上给你哥哥留个位置，让他好好跟焦掌柜学，将来也能独当一面。"

落雨不停地点头。

婉宁拉紧了布条，落雨疼得整个身体都在颤抖。

"没事，没事，马上就好，马上就会好了。"婉宁轻声地安抚着，这时候她流露出半点的慌张都会让落雨更加害怕。

这样的动作，这样止血的方法，崔奕廷看着入了神，明明不太熟的一个人，却为什么会让他觉得熟悉。

呼喊声打断了崔奕廷的思绪。

"二爷，"护卫赶过来道，"从旁边又出来十几个人，看起来不像是一群乌合之众。"

这时候从旁边冲出来，目的很明显。

光是为了姚七小姐不可能会动用这么多的人手，这些人先劫了姚七小姐，是想要用姚七小姐将他引过来，再用姚七小姐的性命做要挟……

崔奕廷目光微敛，透出几分的寒意："跟陈晗说，死活不论，一个也不要漏了。"若是姚七小姐在他们手里，他还有所顾忌，现在他大可以放开手脚。

贺大年看着崔奕廷幽然的目光，心底里不由得打了个冷战。

转眼之间，崔奕廷又变得像平日里一样沉着内敛起来。

两方短兵相接，树林里传来让人胆战心惊的呼喊声、刀剑相击的声音，还夹杂着惨叫。

崔奕廷吩咐贺大年："你留下等着接应后面的人。"

贺大年应了一声。

崔奕廷看向婉宁："我先带你们离开。"

天渐渐暗下来，护卫将落雨背在背上，婉宁跟着崔奕廷走在后面。

快到冬日，太阳迅速消失在天边，头顶阴云密布，很快将光线都遮掩住。

婉宁有些看不清楚路，前面的崔奕廷却仿佛不受半点的影响。

"奕廷？"

询问声从前面传来，崔奕廷下意识地将婉宁挡在身后。

沈敬元吩咐沈家下人去四处打听消息。

好端端的从姚宜州家离开，不可能转眼就不见了踪影。

连姚宜之也坐不住了："要不然我还是跟三哥说一声，让三哥带着家人四处找找，在京里毕竟是三哥家中人手最多。"

姚宜之话音刚落，管事妈妈匆匆进屋："老爷，镇国将军府上来人了。"

沈敬元急忙迎了出去，刚到院子里，镇国将军府上的管事已经上前行礼。

没想到镇国将军府上的人会这样客气。

沈敬元立即回礼过去。

镇国将军府上的管事笑着道："我们家夫人让我来说一声，姚七小姐在我们府上。我们夫人今天身子不舒服，就请小姐过去看看，也是我们家做得不周到，忘记了跟姚家、沈家说一声。"

沈敬元不禁惊讶，却也放下心来，原来婉宁去了镇国将军府。

管事接着道："姚家那边我们已经去知会了。"

院子里一下子安静。

突然迎来宗室的人，沈敬元不知道说什么才好，姚宜之也诧异地站在一旁，半晌看向沈敬元轻轻地咳嗽一声。

沈敬元这才回过神来，伸出手："快，快，进屋里坐。"

管事的笑道："家里还有事，改日再来叨扰。"

宗室的下人却这样客气，沈敬元从来没遇到过这样的情形。

沈敬元道："那怎么好，招待不周……"

管事的急忙躬身："是我们没有做周全，沈四老爷千万不要这样说。"

送走了镇国将军府上的管事，沈敬元道："虚惊一场，婉宁是去了镇国将军府。"要不然管事不会这样又是歉意又是客气。

沈敬元说完吩咐下人："让太太摆酒菜吧。"

姚宜之微微一笑，十分的谦和："那我就客随主便……"

姚家，张氏正在和管事说话："多带些人手，不要闹出太大的动静，到处都找找，先去忠义侯府，再去李御史家里，一定要问清楚……"

管事应了一声刚要退出去，姚宜闻大步进了门。

"不用去找了。"

姚宜闻挥挥手。

这是什么意思？张氏还没抬起头来心里顿时一喜，老爷是彻底恼了婉宁，才会负气这样说？

从前都是这样，何况现在京里大庭广众之下，一下子丢了女儿，不知道要被人怎么议论。

"老爷。"张氏想要抬起头来劝说，没料到却看见姚宜闻轻松的神情，张氏顿时愣在那里，好像一切并不是她想的那样。

难道是已经找到了婉宁？不可能，父亲定会将整件事安排得妥妥当当，不会出什么差错，按照从前的算计，现在是到处找姚婉宁的时候，很快就会传来姚婉宁和崔奕廷的死讯，两个人死在一起，怎么也难挡悠悠众口。

到那时看谁还能替姚婉宁说话。

姚宜闻没有听到张氏的下文，径直道："婉宁在镇国将军府，不用去找了，镇国将军府的廖管事已经来了，还送了礼物跟我赔礼。"

当着姚宜闻的面，张氏还是诧异地瞪大了眼睛："老爷说的是哪个镇国将军？"

这根本是不可能的事。

"献王爷的孙儿，周端裕。"

周端裕，周端裕的夫人是崔氏，崔氏是崔奕廷的姑姑，这分明是在替婉宁遮掩，婉宁根本不可能去镇国将军府。

她要戳破这个谎言。

张氏立即站起身："天色不早了，妾身去接婉宁回来。"只要她去了镇国将军府，谎言就不攻自破。

张氏的心跳从胸口向上爬，一直爬到她脸上，让她整张脸都热起来。

"别去了，"姚宜闻挥挥手，"方才廖管事说了，镇国夫人病得严重，想要留婉宁在身边说说话，今晚就不回来了，还怕我们不放心，从大哥那里接了族里的婶子过去陪婉宁。"

话说到这个分上，他不答应也不行，总要给宗室一个面子。

"怎么能随随便便在外面住……"张氏诧异地看着姚宜闻，"老爷就答应了？"不问清楚就这样答应了？

姚宜闻看了张氏一眼，指了指放在桌子上的匣子："你打开看看里面是什么？"

红木雕牡丹的匣子，金镶玉做的扣子，看过去就觉得很精致。

张氏将匣子打开，看到了里面静静地躺着一根五色宝石的花簪，天色虽然已经暗下来，它却闪烁着淡淡的光彩。

张氏不禁一怔："这是……"

姚宜闻道："这是镇国将军府上送来的，不过是让婉宁过去说说话……宗室都是讲规矩的，你也不用太操心。"

用一根花簪就将她打发了，什么样的簪子她没见过，她要的不是这些，是姚婉宁的死讯，她要姚婉宁死，要她没有了名声，要姚宜闻后悔将姚婉宁接回家。

她辛辛苦苦的谋算，不是要换一根花簪。

"老爷，妾身还是觉得不妥，"张氏道，"婉宁年纪小，镇国将军府上也有男子，若是传出去，还当我们家没有规矩，妾身不放心，妾身还是去接婉宁回来，若是说话，明天一早再去也使得。"

"你这是怎么回事？"姚宜闻皱起眉头，"今天怎么就攥着这件事不放？"

哪里是她攥着这件事不放，分明是崔家和姚婉宁一起戏耍他们。

什么接过去看症，她最清楚姚婉宁现在在哪里。

"妾身是觉得镇国将军府……"张氏想要脱口而出，后面的话却又说不得，只能哽在那里。

姚宜闻望着张氏。

张氏面对姚宜闻忽然有一种力不从心的感觉。

不是事事都在她手中掌控，如今这个家仿佛千疮百孔，外面的人也伸手进来。

张氏终究还是忍下来，将胸口里要涌出的那口气深深地压在心底："妾身是怕婉宁在宗室面前礼数不周。"

姚宜闻轻松地捋着胡子："婉宁宫里都进过，不会出什么差错。"只要想想镇国将军府上的廖管事十分恭敬的模样，他一颗心就放下了。

姚宜闻说完话站起身来去书房读书。

张氏痴痴地坐在炕边。

孙妈妈端茶进屋看到张氏铁青的脸，顿时吓了一跳："太太，太太，您这是怎么了？"急忙上前去拍抚张氏的胸口。

张氏不作声。

这些年在姚家，她的脾气总是很好的。

那是因为一切都能合她心意。

这一次，她一定也能如意，她就等着，等着听婉宁的消息。

可如果这些都是真的呢？

仿佛有一根线使劲地扯着她的鬓角，让她整个人都要跳起来。

镇国将军府怎么会知道这件事？是崔奕廷让人送的消息？如果是这样，那崔奕廷和姚婉宁岂不是会脱困，两个人会安然无恙地回来。

张氏惊诧地站起身。

她要告诉父亲，她要提醒父亲，可是万一镇国将军府上的人等在门外，她岂不是自揭短处。

婉宁站在崔奕廷身后，听着前面的脚步声越来越近。

"姑父。"崔奕廷的声音响起来。

不知道崔奕廷说的这个姑父是谁，婉宁正在思量，崔奕廷回过身："来之前我让人去镇国将军府上捎了信，现在姑父带着人过来，一会儿你先去镇国将军府上，我姑姑会照应你。"

这件事崔奕廷已经安排妥当。

婉宁领首。

镇国将军府上准备了马车，落雨被抬上了车，婉宁这才跟着婆子进了车厢。

马车正准备前行，崔奕廷道："沿途慢着些，有人问起来，只说是从京外请来的郎中，要去给夫人看病。"

婉宁紧紧地攥着落雨的手，这次如果不是崔奕廷，她怎么也不能顺利逃脱。

"童妈妈……"

婉宁刚开口，外面传来崔奕廷的声音："你放心，我会让人尽力去找。"

马车慢慢地前行，还是同样一段路，却仿佛比她来的时候平坦了许多。

张戚程和幕僚一直在书房里商量到深夜才歪在软榻上睡了一觉。

丑时，已经是要起身上朝的时辰。

怎么还没有消息传过来。

张戚程皱起眉头。

为了谨慎起见，他吩咐赵璠不要让人来府里送消息，只要崔奕廷一死，很快就会人人知晓，冒着危险私下里互相传递，就是多此一举。

可京里却是这样的安静。

姚婉宁被带出京，崔奕廷追了出去，这件事根本就是十拿九稳，不应该会出什么差错。

就算崔奕廷那边没有消息，姚家也不该这样沉得住气。

"爵爷，二姑爷来了。"

赵璠来了。

张戚程不由得皱起眉头，吩咐下人整理好他的衣衫，这才让赵璠进门。

"岳父，"赵璠显得有些着急，"还没有消息进来，要不然我托人打开城门去看看。"武将出身，受不了文臣的慢条斯理，尤其是在这个时候。

张戚程沉得住气："你急什么，开城门也快了，不差这一时半刻。"

也不是他着急，赵璠道："姚家那边的消息岳父还不知道，"说着顿了顿，"姚家昨晚没有找姚七小姐，镇国将军夫人让人去知会，说姚七小姐在她那里。"

崔家有女儿嫁给了宗室。

这个镇国将军夫人应该就是崔氏。

赵璠满头大汗，不知道崔奕廷到底在玩什么花样。

张戚程背着手在屋子里走了两步："事情还没有弄清楚你不要先露出马脚来，要沉得住气才行。"

赵璠点点头。

管事在外面咳嗽一声。

张戚程看看沙漏："上朝的时辰到了。"

赵璠欲言又止。

"一切都按照计划行事，"张戚程缓缓道，"收收你的躁脾气，小小一个崔奕廷，无兵无权，没什么可怕。"

张戚程佩带着牙牌像往常一样从长安门步行进宫，官员们见面都互相拱手，和往常没有什么两样。

张戚程笑容可掬地说话。

最近户部乱成一团，他们这些武将就显得十分闲适，大家不过听听边疆战事，为军粮争争口舌。

到了掖门大家等着听午门上的钟响，这样就可以入朝。

"这户部查案要到什么时候。"

"户部案子查不完，军粮也不拨了？"

"让一个嘴上没长毛的崔奕廷去查案，这不是……胡闹吗？"

张戚程不声不响地站在那里。

"从前崔尚书在的时候，不说别的军粮是肯定已经拨下来了，现在这案子拖着不办好，边疆的将士要喝西北风。"

大约是声音高了些，旁边立即有人劝说，"别这样说，听说刑部那边也是不日不夜地在查，每天都在抓人，说不定哪天就结案了。"

张戚程不插嘴，只是听武将们说话。

他要的就是这个结果。

皇上信任崔奕廷，满朝文武心里却多有不服，别看崔奕廷现在是个新贵，只要出了差错就会墙倒众人推。

只要等着，等着崔奕廷那边的消息传过来，他已经暗示赵璠，若是杀不了崔奕廷，就将姚七小姐杀死在那里，一个手无缚鸡之力的小姐，弄死她是件很简单的事。

死了人，崔奕廷又出了城，就有戏可唱。

一个半夜里能私会未出阁小姐的人，说什么不遗余力地审案。

就能将整个朝局搅浑，所有人就更会觉得崔奕廷不可靠。

张戚程已经做好了最坏的打算。

就算崔奕廷不死，他也会想方设法换了主审，只要刑部那边走通了，还怕案子不在他手心里。

张戚程正想着。

掖门慢慢地打开了。

众位朝臣互相让着，等着按品级入朝。

从掖门里忽然走出两个内侍，其中一个开口道："诸位大人，皇上有旨，请诸位出宫观审。"

出宫观审？审什么？

张戚程皱起眉头。

官员浩浩荡荡地出了宫门，大家站稳了脚，正要相互说话，一阵脚步声响传来，两串火把一路飞奔过来，照亮了头顶的天空。

锦衣卫手举着火把分列在两旁。

出动了锦衣卫就是有重要的事。

众人张望过去，两个人缓缓地走了过来。

看到来人的脸，张戚程心里有了准备，却仍旧不由得一怔。

是崔奕廷和锦衣卫曹金事。

看起来崔奕廷没有半点的异样，仿佛什么都没有发生。

朝房里待漏的赵瑶也走出来，看到崔奕廷他不禁面色一变。

崔奕廷的样子，绷着脸，眉眼中都是凛冽的寒光，显然是为了报复而来，他安排的人失手了。

他好不容易培养起来的人手，难不成就葬送在崔奕廷的手里？

如果崔奕廷没死，姚七小姐呢？

赵瑶才想到这里。

一阵杂乱的脚步声传来，十几个绑住手脚的人被锦衣卫拖了过来。

在宫门外，崔奕廷要做什么？

锦衣卫手里拿着廷杖难不成准备在这里行杖刑？

赵瑶忽然觉得脊背一片冰凉。

"这些人被人唆使行刺本官，如今诸位大人就做个见证，锦衣卫从今天开始接手漕粮贪墨案和行刺案。"

锦衣卫手里的廷杖亮出来，两个身穿黑衣的犯人被扔在地上，手起杖落，周围顿时充满了凄惨的叫声。

锦衣卫的廷杖早就让人闻风丧胆，如今亲眼所见，更是让人心生恐惧。

两个人先是硬撑着不动，然后是奋力的挣扎，最后渐无声息。

人就被活生生地打死在这里。

打死了两个，紧接着又有两个人被提上来。

周而复始，鲜血染红了地面，眼前是血肉横飞的场面，锦衣卫打得顺手，人反而死得越来越慢，越来越凄惨。

谁也不知道崔奕廷要到什么时候住手。

不知是谁先打了个冷战，然后所有人都觉得冷意入骨。

赵瑾不禁跟着牙齿打颤，他知道这些人不会连累到他身上，多少年培养起来的死士，早就忘却了生死，就算是想要招认，也并不知道他和岳父，顶多会将寿家说出来，可是看着这些人惨死在跟前，他不可能无动于衷。

看着崔奕廷冰冷的面孔，他心中恨得咬牙切齿，却也忍不住心生恐惧，崔大学士是有名的贤相，却生出这样心狠手辣的儿子。

"我说了，都说了。"凄厉的声音从黑暗中传来。

立即就有人被推上来。

张戚程看过去，跪在地上的赫然是户部的郎中。

崔奕廷的用意顿时让他明白过来。

崔奕廷是要用那些死士的死来让户部待审的官员惊恐，这是真真正正的审案，审案用的人却是他送给崔奕廷的。

刺杀朝廷命官，已经是死罪，不论崔奕廷怎么折腾都不会有人异议，崔奕廷利用的就是这一点。

崔奕廷低下头来整理袖口，海棠色的官服微微一拢，露出腰间的绣春刀。

绣春刀，是皇上钦赐锦衣卫的。

崔奕廷不是锦衣卫，却可佩带绣春刀，足见皇上对他的信任。

张戚程和其他人一样略带惊讶地看着崔奕廷。

崔奕廷微微眯起眼睛："丁大人不着急，我们有的是时间慢慢说。"说到这里紧绷的脸忽然似春日里化开的冰霜，乍暖还寒地展露出一丝笑容。

一轮红日缓缓地从天边升起来。

婉宁在屋子里看着落雨。

落雨的伤已经被郎中处理好，还请来了婆子将裂开的伤口缝上，婉宁在一旁静静地看着，没有麻醉的缝合她知道有多疼，落雨将脸埋在床铺里静静地忍着，等到郎中走了，落雨才抬起汗湿的脸："七小姐，我老子、娘不会来京里了。"

落雨眼圈有些红，一眨眼睛眼泪就掉下来："奴婢跟着小姐来京的时候，老子、娘都说了，就当已经将我卖了死契，不管将来我去哪里他们都不会理会。"

"那是因为你老子、娘气你没有讨好六太太，你应该事无巨细将我的事都禀告给六太太。"

落雨点点头："所以我说，我已经没有了老子、娘，他们就顾忌着哥哥的差事，没有将我放在心上。"

说着落雨脸上露出一丝笑容，看着婉宁："七小姐对我们好，来京里之前小姐将我和落英叫到一旁还问我们愿不愿意跟着来京里，若是不愿意就请二房老太太帮我们在姚家族里找个差事，从前可没有人这样问过我。"

落雨的鬓角被汗濡湿了。

"你放心，将来你的家里人会来京里投奔你，"婉宁笑着看落雨，"我们会在京里立足，让那些不相信的人看一看。"

婉宁话音刚落，童妈妈就端了茶进屋。

"妈妈歇会儿吧！"

婉宁将茶接过来。

童妈妈被崔奕廷的人手送过来，直到见到婉宁才算活过来，抱着婉宁哭了一场，好不容易才恢复了情绪。

"跟车的婆子怎么说？"

童妈妈摇摇头："还不肯说实话，只是说背着家里买了香料，只是为了多贪些银钱，谁知道会惹出这样大的麻烦来，眼看着马车被劫走，她也就慌了神生怕回去没了活路，这才连夜逃出京。"

到现在还不肯将实情供述出来。

婉宁道："不用着急，慢慢来，她实在不愿意说实话，就将她放了吧！"

童妈妈愣在那里："为什么……小姐……"

不出片刻工夫婆子就会回来，因为害她的人不会让那婆子活下来，要不是镇国将军夫人让人先将这婆子找到，婆子说不定早就没命了。

正说着话，外面的管事将童妈妈叫了出去。

不一会儿工夫童妈妈进来道："崔大人从宫里出来了，有话想要跟小姐说。"

是说昨晚的事吧！

婉宁点了点头。

镇国将军夫人喜欢桑树，镇国将军府里每个院子里几乎都有一棵桑树，初见到这样的树，婉宁还有些惊讶。

桑树的谐音不好，大户人家都不会种桑，没想到镇国将军却不在意，按照夫人的喜好布置院子。

崔奕廷就站在树下，树上仅剩下的几片叶子在微风中摇摆，崔奕廷绷着脸没有半点笑容。

她身边的丫头不止一次说起崔奕廷，看着总让人觉得有几分的害怕。

他们第一次见面，本应是他救了她，可惜那时候她尚昏迷不醒，也许是人的本能，对救过自己的人多多少少都少了几分的恐惧，她从始至终都是不怕崔奕廷。

昨晚的事其实已经不言而喻。

不用解释她也明白发生了什么。

崔奕廷看着姚七小姐那双清澈的眼睛，忽然觉得有些话没有说的必要。

"你丫鬟的伤怎么样了？"

"已经止了血。"

崔奕廷点点头："你包裹伤口的法子很不错。"

婉宁刚要说话。

崔奕廷那双眼睛忽然灼灼地看着她："能不能帮我也包一次。"他指了指他的肩膀。

崔奕廷肩膀上看不出有什么伤，再说给落雨包扎是因为事从权宜，现在镇国将军府里有郎中，哪里用得着她。

"就隔着衣服包一下，我还有事，姑姑那里就不去说了。"

镇国将军夫人很和善，提起崔奕廷就会说个不停，能看出来是真的疼崔奕廷，崔奕廷受了伤，有什么不好跟镇国将军夫人开口的。

　　婉宁没有拒绝，崔奕廷径直坐下来，将外面的官袍脱了露出带血的肩膀。

　　的确不是什么大伤，而且已经包裹过了，只是肩膀活动得多，难免有些错位，婉宁干脆将布条解下来重新包上去。

　　崔奕廷一动不动地向前看着，婉宁看到他静谧的侧脸，眼睛不似平常那般锐利，长长的睫毛落下来，在脸颊上印出一个扇形的影子，如今看起来就是个十五六岁的少年郎。

　　想想崔奕廷的那些传言，他这十五六年活得十分精彩。

　　崔奕廷不知道在想什么，仿佛有些神往。

　　婉宁微微翘起了嘴唇，人真是奇怪得很，转眼间就可以和从前不一样，就像她就像崔奕廷。

　　经过了昨天，婉宁包裹伤口的动作麻利了很多，灵巧地系了个扣，她这才向后退了一步。

　　崔奕廷依旧一动不动地坐着，阳光从他的身前到了他的身后，将他的影子拉得比方才长了些许。

　　明明是一眨眼的工夫，却仿佛过了多年。

　　婉宁想要说话，崔奕廷却这时候开口："你有个弟弟？"

　　不知道崔奕廷说的是昆哥还是欢哥，不论怎么说都没错，婉宁点点头，却想起来崔奕廷背着她，看不到她的神态。

　　婉宁不在意地抬起头，却发现崔奕廷已经转过身来。

　　他的目光很刺眼，婉宁一时怔住，不明白崔奕廷为什么会这样看着她。

　　崔奕廷半晌才道："你方才在想什么？"

　　婉宁道："在想你那些传言，从前好像是个不问世事的人，忽然之间却成了这样。"

　　一个荒唐、胡闹，散财结客，风流倜傥的少年郎和现在一心一意查案，规规矩矩办事的崔奕廷离得很远，只有那些放肆妄为的根骨丝毫未变。

　　"那要说我从前的事。"崔奕廷的眉眼舒展，目光陡然变得深沉起来。

　　小院里很安静，崔奕廷也没有立即要走的意思。

　　她的表情十分的平和，让人想要对她将肚子里的话一股脑地倒出来。

　　崔奕廷微微一笑："从前我落难的时候遇到一个人，我们两个约定好，都要好好地活着，有一次我出门临走之前和她说好十日之后回来，结果，我没能如约，等我再回来找她的时候……"

　　听着一个故事，忽然之间戛然而止，让人觉得不舒服。

　　婉宁道："那个人走了？"

　　崔奕廷摇头："她死了。"

　　就因为经过这样的事，才会让他改变？

　　婉宁看向崔奕廷："是真的？"

　　崔奕廷轻轻地拉扯着袖口，霍然笑起来："假的，以后多听听戏，说不定就能听到这样的唱本。"

　　崔奕廷说得那样自然，没想到竟是在编故事。

　　方才略有些沉重的话题，如今却一扫而光。

"你呢？"

婉宁道："有个人救了我，生死关头走了一遭，让我明白活着总是最好的。"

崔奕廷脸上透出笑意："多亏有人救了你。"

婉宁也跟着失笑："是啊，多亏有人救了我。"

崔奕廷道："我手下有个人，从前在藩王府做过护卫，懂得许多外面不知道的防护手段，我让他去你那里，教教你身边的殷江和贺大年。"

经过了这件事，确实给她提了醒，不能只靠几个家仆来确保安全，再有昨天的事发生，说不定她就没有那样好的运气。

婉宁点点头："谢谢。"她低下头正好看到崔奕廷那双官靴。

青色的缎子面，经过了一夜的奔波却一尘不染，仿佛经过了整理和擦拭，没有半点风尘仆仆的模样。

崔奕廷停留了片刻："有事尽管跟我姑母说。"

婉宁道："夫人已经安排好了。"

崔奕廷点点头："回去之后……一切小心。"

没有姚家人的里应外合，她不可能悄无声息地到了城外，这一点她明白。

送走了崔奕廷，婉宁回到屋子里，坐在锦杌上半晌，童妈妈才带着丫鬟进来服侍。

童妈妈道："小姐，我们什么时候回去？"

"不着急，等母亲过来接我。"经过了一晚上，张氏总该着急了吧，等到张氏来了，她也好安排剩下的事。

姚家，唯一能光明正大去接婉宁的人也就是她了。

崔奕廷闹出这样大的动静，人人都知道钦命审案的崔奕廷大人遇刺，却没有一个人提起婉宁的情形。

难道真的像镇国将军夫人说的那样，婉宁好端端的在镇国将军府？

张氏忽然觉得坐立难安。

"五老爷回来了，"孙妈妈低声道，"听说在外面喝了酒，被老太爷训斥了几句。"

张氏听得仔细："然后呢？"

孙妈妈摇摇头："买了笼铃给八爷，还问了奴婢七小姐有没有回来。"

张氏看着孙妈妈手里的笼铃，伸手接过来，轻轻晃动竹篾编织的笼子，里面的铜铃就发出清脆的响声，欢哥喜欢这样带声音的东西。

为了欢哥，她自己都变成了困在笼子里的铃铛，可如今这样的生活都不再平静。

张氏皱起眉头。

孙妈妈低声道："五老爷才从外面回来都没听说七小姐的消息，说不定七小姐真的在镇国将军府。"

"那就去看看，"张氏站起身，"宗室的府里，我也不是去不得的。"

婉宁和镇国将军夫人崔映容说话。

周三小姐在一旁作陪。

"扬州好，去年我和老爷一起去看琼花，谁知琼花落得早了，没有瞧见，老爷不死心，就带着我们四处去找，我在船上睡得迷迷糊糊，老爷忽然推醒我说，琼花找到了，我睁开眼睛看过去，真是漂亮，一团团的白花压在枝头，我是看得征愣了，怪不得人人都说琼花美，我刚说完，其中一团'琼花'就落下来，露出了拿花的下人和旁边的奕廷，我这才知道那些琼花是假的，是奕廷给老爷出的主意，逗我开心的。"

"从那以后我们就常去扬州了，要不是奕廷的事，说不定我们就会在应天府过年。"

崔映容缓缓地说着，脸上露出欢快的笑容，提起崔奕廷却又露出几分的担忧。

崔映容的声音刚落，周家下人就来禀告："姚三太太和嘉宁长公主来了。"

婉宁脸上是淡淡的笑容，张氏还是忍不住赶过来看个究竟。

崔映容叹了口气，站起身来："给我换件小袄，跟长公主告个罪，说我身子不适，不能起身迎她。"

做戏就要全套，既然之前放出话去，这时候就不好更改。

崔映容笑着向婉宁伸出手来："跟我说说，你那茶点怎么做得这样好吃，我又怎么不能多吃。"

婉宁跟着崔映容去了内室，丫鬟挽起三层幔帐，这才将帘子撩起来，请嘉宁长公主和张氏进门。

嘉宁长公主是先皇的三女，七年前下嫁到翰林院学士刘家，不到一年工夫就守了寡，如今孀居在刘家的旁院，张氏没有出嫁前就和嘉宁长公主要好，嫁到姚家之后，嘉宁长公主常常去姚家做客，张氏就是以此为理由没有住在母亲曾经住的院子，而是住在大了两倍的东园子。

跟着长公主来看宗室的夫人，没有比这更顺理成章的了。

婉宁上前给长公主和张氏见礼。

嘉宁长公主看了看婉宁，笑着道："这就是姚大人的长女吧？"

张氏道："是婉宁。"

"只是听你母亲说起，还没有见过。"

借着嘉宁长公主看她，婉宁也仔细地看起长公主来。长公主梳高髻，虽然没有太多的饰物戴着的金缕花簪却十分的精致，耳垂上湖水般的宝石配着她淡蓝色的马面褶裙，连手指甲都发着淡淡的光泽，没有显得明艳，却能从细节上看出来是精心打扮。

婉宁道："之前在泰兴，也是才入京。"

嘉宁长公主眯着眼睛，眼角浮现出几道浅浅的褶皱，看起来十分的和蔼，这样一来却遮掩了真实的情绪，比起张氏来，嘉宁长公主更懂得如何能面面俱到。

嘉宁长公主点点头："是个懂规矩的好孩子，"说完看向崔映容："你的病如何了？怎么一到冬天就重起来。"

崔映容道："还不是老病根，多亏了有七小姐在这里照应，倒是好了不少。"

张氏笑着，却攥起了帕子，婉宁好端端地站在那里，竟然毫发无损，这到底是怎么回事。

"听说你病了，我将太医院的胡太医请了过来。"

嘉宁长公主说着顿了顿："谁都知道这个镇国将军府里，最少不了的就是你，端裕这些年更是什么都不做就留在家中，你可不能出什么差错。"

张氏微微低下头，恰到好处地隐藏了自己的情绪。

屋子里静悄悄的，嘉宁长公主的话说得格外的慢，仿佛就是像往常一样话家常。

"您这是笑话我，"崔映容笑着，"我的身子就是这般好好坏坏，不过这场病也值得，还让长公主来这一趟。"

嘉宁长公主叹口气："你这张嘴，谁也说不过你。"

崔映容靠在大迎枕上，下人去请胡太医，婉宁站起身要退出去。

崔映容笑着道："去和如姐儿说话吧，免得在这里拘着。"

周三小姐应了一声亲亲热热地拉着婉宁出了门。

张氏看着脸上挂着笑容的婉宁不忘了嘱托："别在院子里太久，现在天凉了，免得受了风寒。"

慈母般的模样。

婉宁应了一声。

旁边的嘉宁长公主就笑，"好了，好了，七小姐都多大的年纪了，你也不嫌啰唆。"

屋子里所有人都笑起来。

等到婉宁和周三小姐离开，张氏让开几步让御医上前诊脉。

好半天御医起身道："看脉象夫人今年比去年好多了，只是那些药还要照常吃。"

嘉宁长公主松了口气："没事就好，听说你病重不能下地，可是将我吓坏了。"

张氏在一旁赔笑，都说镇国将军夫人病得厉害，才将婉宁留在家里住了一夜，如今御医诊脉却没有大碍，看这个谎要怎么说下去。

御医出去开方子，崔映容撑着身子下了地，吩咐下人："将暖阁准备出来，我和长公主、姚太太过去说话，除非是出了天大的事，否则谁也不要来打扰。"

听着是句玩笑话，下人还是规规矩矩地应下来。

崔映容咳嗽几声，嘉宁长公主道："你这是何必，我们就这样说话不是很好？"

崔映容有些苍白的脸上露出笑容："每次都是匆匆而来，匆匆又去，哪有什么意思，今儿我说了算，长公主和姚太太都要留下来。"

张氏在想婉宁的事，没有在意崔映容的话，看到崔映容投来的目光才道："我家里还有事，就不叨扰夫人了，我今天过来也是想要来接婉宁……"

"那怎么行，"崔映容不肯答应，"都说客随主便，今天可是我来安排。"

婉宁从院子里出来，周阮如拉着婉宁到了垂花门："都准备好了，你的丫鬟也送上了马车。"

婉宁感激地看着周阮如："姐姐帮我回去跟夫人说一声，多谢夫人帮忙。"

周阮如像镇国将军夫人，漂亮的脸上透着几分英气，为人也直率，听说她会治病，就缠着她问药理，还带着她去书房里找各种书来看，看到她随身带着装糖果的小荷包，一点都不在意，还觉得她这个法子好。

见到周阮如之前，她还以为宗室女有多难相处。

周阮如道："二表哥说了，是因为他查案所以连累了你，怎么你倒谢起我们来了，"说着露出笑容，"下次过来别忘了给我带点心。"

婉宁点点头。

童妈妈过来道："大老爷已经从衙门里叫了老爷回家。"

张氏将长公主请来，才算进了镇国将军府，此时此刻张氏一定想不到，现在她要带着人回姚家去。

婉宁能想到张氏知晓之后的神情，嘴边不由得浮起了笑容。

姚宜闻进了书房，姚宜州皱起眉头吩咐管事，"出去看着，免得我们这边说句话，那边就要被人传出去。"

听得这话，姚宜闻放下手里的茶碗："大哥，到底出了什么事？"

姚宜州额头上的青筋一起一伏："你这个做爹的还蒙在鼓里，你知道昨天婉宁为什么没有回家？"

"不是因为镇国将军府请了过去……"看着姚宜州阴云密布的脸，姚宜闻的话顿时停顿在这里，大哥这个模样，难不成是婉宁出了什么闪失？

姚宜闻想到这里站起身："我去镇国将军府看看。"

"现在才回过神来，已经晚了。"姚宜州说到这里，自己额头上也浮起了冷汗，天还不亮婉宁就让人送了消息给他，他这才知道婉宁被人暗算。

从他那里到姚家才多远的路，竟然就出了这种事。

京城，天子脚下，居然会如此，如果不是被镇国将军夫人遇到了，后果不堪设想。

姚宜州道："婉宁昨天从我那里出来，路上就出了事，有人将跟车的婆子骗到一旁，还打晕了赶车的下人。"

马车不过是拐进胡同的功夫，姚家的下人就被人处置了。

姚宜州接着道："多亏他们动手的时候被镇国将军府上的下人看到了，马车还没有出城就被拦下来，婉宁身边的丫鬟为了护主受了伤，镇国将军夫人也因为那些劫车的人太过凶悍，被冲撞了，就因为这样，婉宁这才去了镇国将军府。"

姚宜闻顿时觉得羞愧。

女儿出了事，是镇国将军府帮忙，他却还大大方方地收下了镇国将军府上送来的礼物。

姚宜州道："婉宁说，有人在车厢里动了手脚，点了香料，她和下人这才昏昏沉沉地睡着了。"

姚宜闻面露诧异，怎么会有这样的事。

姚宜州接着道："跟车的婆子是你这边的，经过了昨天的事，她想要逃出京里，被婉宁吩咐人抓了回来，车厢里定然是她动了手脚，一个人难做成这样的大事，只怕是家里还有人做内应，那婆子不肯说，不过这样的事是瞒不住人的，想要查就能查个清楚。"

婉宁差点出了大事。

姚宜闻只觉得额头两边在跳个不停，正要说话，外面的管事就进来道："七小姐回来了。"

姚宜闻目光如炬："七小姐是你叫的？"

管事不知错在哪里，吞咽一口才小心翼翼地试探着道："是，小的错了，是……小姐回来了。"

姚宜闻已经急匆匆地走了出去。

婉宁正让人用板子将落雨抬进屋，虽然下人已经更加小心，落雨还是疼得满头大汗。

镇国将军府用了上好的外伤药，郎中说要挺过三天不发热，婉宁十分明白这里的道理，虽然现在血止住了，可若是伤口发炎也会有极大的危险："将落雨抬去我屋里。"

这样她也方便照应。

赶过来帮忙的乔管事看着婉宁不由得征愣，太太不是去镇国将军府接七小姐，怎么只见七小姐不见太太。

七小姐身边的丫鬟还受了伤，这到底是怎么一回事。

乔管事正想要让人去镇国将军府看看太太，就听到重重的脚步声，他转头一看，看到了一脸关切的老爷。

"老爷。"乔管事低头行礼，只觉得老爷的衣服一阵风似的从他面前刮过，紧接着传来老爷低沉的声音。

"怎么弄成这样，"姚宜闻说着顿了顿，拉起婉宁的手，"你怎么样？有没有伤到哪里？"

婉宁摇摇头："幸好有童妈妈和落雨照应。"

姚宜闻皱起眉头，看向乔管事："将大门关上，带上几个下人将整个家里翻一遍，遇到来路不明的物件和银钱都拿到这里来。"

这是要做什么？

要搜什么东西？

乔管事抬起头来刚要询问，姚宜闻锐利的目光已经落在他身上："不准徇私，否则，我唯你是问。"

老爷这些年从来没有发过这样的火，还要让人将大门紧闭，是下定决心要查个清清楚楚，他不知道老爷的用意，就算心里想要遮掩，也不知道从何做起。

太太又不在家中，这可怎么办才好。

姚宜闻从来没想过家里能出这种事，婉宁不过是个孩子就被人这样算计，一个未出阁的小姐，真的被歹人劫走将来要怎么见人？

姚宜闻厉声道："查，不查个清楚，谁也别想再出这个大门。"

进了暖阁，崔映容说话也畅快许多。

下人端了药服侍崔映容喝下，崔映容看向张氏："让姚三太太见笑了，这么多年我就一碗碗的苦药吃着，早就落了个药罐子的名声。"

张氏看着崔映容的神态。

看着她时目光有几分的探究，却又不说破，不知道心里到底在想些什么。

张氏道："自打生了欢哥，我身子也不好，吃药的滋味儿我比谁都清楚，夫人是有福气的，身上的病定然能痊愈。"

崔映容点点头，半晌道："既然太太来了，长公主也不是外人，我就直说了，昨晚的确是我受了些惊吓才将七小姐留在府里，不过起因是有人想要害七小姐，恰好被我府上的下人看到……"

没想到崔映容会这样说。

张氏诧异地愣在那里。

"虽然七小姐这次是有惊无险，可三太太家里也要查个仔细，"崔映容说着顿了顿，"这件事我本不想提起，可是想想七小姐为了安抚我连家也没回，我就从心底里喜欢这个孩子，不免多了两句嘴，三太太不要怪我才是。"

让崔映容避重就轻这样一说，对婉宁来说就没有了半点的害处，倒成了她没有管好姚家内宅，才闹出这样的大事来，张氏顿时觉得整个脸皮都被人揪起来。

暖阁里一时的安静，让张氏更加坐立难安，这里虽然只有三个人，她却感觉所有人都在等着看她的短处。

特别是在长公主面前，她还从来没有这样丢脸过。

她急匆匆地从姚家过来，不像是来接婉宁，更像是欲盖弥彰，不论是谁听到这些话，都会觉得这一切和她脱不开干系。

张氏脸色苍白："多亏了镇国将军夫人，否则我们家真不知道会乱成什么样子，都怪我没有管好家里，才会有这样的事，回去之后我定然要查个清清楚楚。"

张氏不论是在闺阁中还是嫁为人妇之后，名声可都是很好的，要不是见到了婉宁，谁能想到张氏会有这样的手段。

崔映容叹口气："家家有本难念的经。"没有接着往下说。

嘉宁长公主在一旁不好插嘴，张氏觉得愈来愈尴尬，站起身来："家里还有许多事，今天我就先回去了。"

崔映容看了看多宝阁上的沙漏："那改日我再请姚三太太过来。"

张氏说了几句客气话出了暖阁。

崔映容正要吩咐下人去准备马车，门上的管事进来道："夫人，姚家来人将七小姐接走了，是姚家老爷送来的帖子。"

张氏睁大了眼睛，今天的事一而再再而三地让她惊诧。

"老爷？老爷来接婉宁？怎么没跟我们说一声？"

张氏的话刚说出去，旁边的嘉宁长公主就皱起眉头，张氏这话说得太不合适了，这是在镇国将军府，张氏这样说，就是责怪镇国将军夫人没有将事情安排好。

就算是镇国将军府有意将消息拖后告诉张氏，既然事情已经发生了，张氏就该接受，说出这样的话来不但讨不到好处，还显得没有礼数。

张氏真是被姚婉宁这个嫡长女气得失了分寸。

张氏吩咐孙妈妈："让人将马车赶过来，我们快回去，"说着看向嘉宁长公主，一脸歉意："我该跟长公主和夫人多说说话。"

嘉宁长公主打圆场："都认识多少年了，怎么还跟我这样生疏，你家里有事快去吧。"

张氏感激地点点头，向长公主和崔映容行了礼带着人就出了院子。

"不好了，"香草快步进了张氏的院子，几个小丫鬟在旁边嬉闹，香草瞪起眼睛，"都什么时候了，你们还在胡闹。"

这是怎么了？小丫鬟互相看看，太太不是去了镇国将军府还没有回来吗？

香草顾不得说别的，进了门直接去厢房里找丹桂。

太太身边的丫头都嫁人了，剩下银桂和丹桂两个伺候，太太去镇国将军府带走了银桂，留下丹桂在家中照应。

"怎么了？"丹桂皱起眉头，"太太回来了？"

香草摇摇头。

丹桂站起的身子又坐回去，这个家太太最大，不是太太的事，都没什么大不了的。

香草道："丹桂姐姐，是老爷，老爷让管事和七小姐身边的童妈妈挨屋查检呢。"

管事和童妈妈查检？丹桂怔愣片刻："这是为什么？太太不在家怎么敢随便查检，"说着顿了顿，吩咐小丫鬟，"去，跟管事说一声，不管他们怎么查太太和八爷的屋里是不能查，就算要查也要等到太太回来。"

小丫鬟应了一声就要下去。

香草擦了擦头上的汗："我的好姐姐，这些话我还不能说吗？可是老爷说了，不管是谁，今天都要查，太太自然是不能查，八爷那边又能有什么，查的都是我们这些下人，姐姐手里有没有什么东西，快……"

丹桂瞪起眼睛："我手里有什么？有都是太太给的，光明正大，谁敢查出什么来。"

丹桂话音刚落，就听到院子里传来熙熙攘攘的声音，丹桂站起身出门去看，只见乔管事和童妈妈进了门。

"乔管事、童妈妈，"丹桂迎上去行礼，表情略带惊讶，"这是来做什么？太太不在家里，有什么事是不是要等太太回来再说。"

童妈妈看向丹桂："老爷说了，不用等太太，太太的东西我们不会看，就去下人房里，姑娘带我们过去，我们快些查，老爷和七小姐还等着听消息呢。"

拿老爷和七小姐来压她，丹桂强忍着心里的怒气："妈妈说得是，可……毕竟是太太院子里，平日里大家的东西都放在一处，有些是太太和八爷的物件儿，要是有什么损坏太太责怪下来谁来担着。"

"我担着。"

清亮的声音传来，丹桂诧异地抬起头，看到了慢慢走进院子里的七小姐。

婉宁淡淡地道："母亲不在家里，父亲吩咐要查检，我怕童妈妈她们手下不知轻重就跟过来，万一出什么事，母亲那里我去解释。"

丹桂怔在那里，没想到七小姐会这样说，难不成七小姐就一点不怕太太。

童妈妈带着两个婆子进屋，屋子里立即传来翻箱倒柜的声音。

丹桂的脸色变得越来越难看。

张氏在垂花门下了车，带着孙妈妈、银桂一路向内宅走去。

往日她回到家中总有下人赶过来服侍，今天却十分的安静，她上了长廊才有媳妇子迎出来。

"七小姐回来了吗？"张氏劈头问过去。

媳妇子点头："回来了，三老爷也回来了，还有二房的大老爷如今也在书房里。"

一个个都聚到家里要做什么。

"太太，"媳妇子有些紧张，"老爷让乔管事和童妈妈一起将所有下人屋里都查了一遍，查出来几包银子，还有一些香囊、书信，老爷大发雷霆，院子里跪着不少的下人，都在等着老爷发落。"

张氏只觉得一阵头昏眼花，婉宁先从镇国将军府回来就是为了要查检下人的物件儿？张氏咬紧了牙。

婉宁仿佛早就知道她会找上门，就等着她和崔氏说话，借机先她一步回家。

若是她在姚家，怎么也不会让他们乱来。

张氏觉得头顶的头发都要立起来，她被姚婉宁算计了。

张氏加快了脚步，一阵风似的过了月亮门，回到她住的院子。

丫鬟、婆子站在两旁，地上还跪着七八个丫头和媳妇子，姚宜闻满脸怒气坐在杌子上，旁边的小厮拿着几个包裹，院子里的石桌上还扔着许多荷包、书信等物。

看到张氏，姚宜闻皱着眉头看过来，目光凌厉带着怒气，张氏不禁心里一颤。

"老爷，这是怎么回事？"

姚宜闻没有说话而是看向张氏身边的孙妈妈："乔管事，将孙妈妈绑起来，仔细地盘问，若是她不肯说，就送去衙门。"

孙妈妈顿时慌张起来，腿一软也跪下来："老爷饶命啊，奴婢不知做了什么错事让老爷这样生气，太太，太太……"

听着孙妈妈喊叫的声音，张氏看向姚宜闻："老爷，到底有什么事要抓孙妈妈，孙妈妈一直尽心尽力地侍奉，从来没出什么差错。"

姚宜闻冷笑一声，看向小厮，小厮立即将手里的包袱拿给张氏看，青布包袱打开，露出里面一大堆碎银子。

"这些银子都是从孙妈妈的屋子里搜出来的。"

孙妈妈睁大了眼睛，半响才惊慌地大喊："那些东西，不是奴婢的，不是奴婢的啊。"那包东西她见都没见过，怎么可能是她的。

"从你屋子里搜出来，还不承认，"姚宜闻冷冷地道，"婉宁那跟车的婆子身上搜出不少的银子，我倒要看看是不是真的出了家贼。"

张氏心中惊骇，抬起头看向婉宁。

婉宁站在姚宜闻身边，用那双闪亮的眼睛看着她。

张氏仿佛回到了几年前，她坐在地上，孙妈妈慌张地喊："小姐推倒了太太。"

当时她平静地看着惊慌失措的婉宁。

如今婉宁在她眼皮底下闹出这样大的动静来，不但查检了下人的东西，还要将她身边的妈妈抓去审问。

"老爷是怀疑妾身让人买通了跟车的下人？"张氏瞪大眼睛看着姚宜闻，"老爷这话是什么意思？难道搜出了银子就是家贼？"

婉宁看向张氏，"母亲，父亲是怕家中有人和那婆子一起害我才会盘查，孙妈妈是母亲身边的人，"说着低下头，"和旁人不同，父亲还是不要问了。"

问，只怕孙妈妈要受苦，还不知道会问出什么话来。

不问，好像是她有意偏袒，她们主仆有什么不可告人的秘密。

这是要她骑虎难下。

婉宁又委委屈屈地说出那样的话，就算现在不查也是不行的。

"老爷，"张氏眼睛湿润，很是委屈，"您这样，让妾身将来怎么管家。"

丹桂，孙妈妈，这是要将她身边的人都抓起来。

张氏眼泪霍然淌下来："婉宁出了事，不先将外面的事弄个仔细，先从自家盘查起来……这也就罢了，我们家还从来没有行过查检的事，让外面人知道了，还当是妾身要害婉宁。"

听着张氏的话，姚宜闻一时沉默，张氏不在家中他就让人查检是拂了张氏的脸面，姚宜闻正要说话，只听旁边传来声无奈的叹息，十分轻却发自内心。

姚宜闻转过头看到了一脸晦涩的婉宁，仿佛早已经料到，还有几分伤心。

"父亲，"婉宁低下头，"女儿早就说，不要查，会让母亲伤心。"

这个家到底还是他做主，这个院子到底还是姓姚。

不能张氏不高兴，他就不问个清楚。

出了那么大的事，不将自家查个仔细，日后这件事的来龙去脉让外面人知晓，不知要怎么笑话姚家。

姚宜闻看向张氏："事出有因，不比寻常时候，也顾不得许多了，只要能将这些东西的来由说个仔细，我自然不会为难她们。"

眼睁睁地看着孙妈妈和丹桂几个被带下去，姚宜闻吩咐乔管事仔细审问，张氏就觉得一口气憋在胸口。

半晌，银桂才劝说张氏回到屋子里。

张氏脱力地坐在软榻上，听着外面传来下人走动的声音。

紫鹃和银桂轻手轻脚地收拾着屋里的东西。

张氏枯坐了半晌，也不见姚宜闻的影子，紫鹃上前道："老爷让人去太医院请了太医过来，说要给小姐开两服安神的药。"

往常若是她受了委屈，老爷很快就会来她屋子里安抚她，张氏皱起眉头："老爷现在人在哪里？"

"在书房和大老爷说话。"

"那包银子是怎么回事？"

张氏问过去，紫鹃低声道："是童妈妈她们在孙妈妈屋里找到的，包袱藏在孙妈妈的被褥里面。"

婉宁的事她再清楚不过，就算她再傻也不会让身边人出面去买通跟车的婆子，那跟车的婆子也只是知道放香料，根本不清楚接下来会发生什么事，这是父亲办事的手段，也是要给自己留下退路。

就算是这件事不成，任谁查也查不出什么来，所以她才敢在这时候出门，却没料到姚婉宁会鼓动老爷将家里上上下下都翻了个底朝天。

谁家内宅里没有些见不得光的事？

就算是规矩再大的府里，这样查检下去，也会查出不堪入目的物件。

张氏紧紧地攥住椅子上扶手："我倒要去问问，姚婉宁到底要做什么。"

"小姐，太太来了。"

门口的媳妇子进屋禀告。

婉宁抬起了眼睛。

银桂掀开帘子，服侍着张氏走来。

"母亲。"没有姚宜闻在身边，婉宁的声音也显得不冷不热。

"院子里都是些什么人？"张氏皱起眉头。

"是我从二祖母那里带来的人，"婉宁脸上多了一丝笑意，"父亲说了，以后我出门都让我身边的人跟着，他们知晓我的习惯，更好侍奉周到。"

这么快就在家里安插起人手来。

老爷竟然会任由一个未及笄的女儿胡来。

"母亲请坐。"婉宁看向童妈妈。

童妈妈将下人带出去，屋子里只剩下婉宁和张氏。

张氏将皱起来的眉头抚平，尽量显得心平气和些："昨晚你在外面遇到的那些事，和孙妈妈、丹桂几个没关系，若是审问就问跟车的婆子，将家里闹成这个样子，让外面人知晓，你父亲的脸面要往哪里摆，镇国将军府已经帮着瞒下来，这种事总不好让人知道，"张氏停顿下来凝望着婉宁，"从前我刚进门的时候，你母亲刚刚回沈家，家里有徐妈妈几个人在，我们两个之间不免有些误解，我一直跟你父亲说，想要弥补这些年对你的缺失，像对欢哥一样好好待你，这次出了这样的事，也是委屈了你，日后你出门多带些家人，再也不会有这种事。"

张氏无论什么时候都能摆出贤妻良母的模样，即便是从前当着她的面陷害她，如今也能装作什么都没发生，这要多厚的脸皮才能这样自欺欺人，将当年的事怪罪在徐妈妈几个人身上，仿佛是因为下人嚼舌根她才会和张氏有了误会。

婉宁静静看着张氏不说话。

张氏强忍着怒气，脸上露出笑容："你年纪也不小了，再过两年就要谈婚论嫁，前些日子我还跟你父亲说起，应该找两个女红师傅教教你针线，将来遇到好人家，也好将婚事定下来。"

拿着她的婚事作要挟，她已经不是小孩子了。

婉宁笑着看张氏："你如我这般年纪的时候，有没有想过将来嫁人会怎么样？"

不知道婉宁为什么会突然说起这个，张氏没有出声。

"我生母跟我说过，"婉宁道，"我生母没想过会嫁到一个书香门第来，嫁到姚家之后，姚家上下都嫌弃她是商贾家的女子，她却并不在意，觉得只要对父亲好，对长辈孝敬，管好姚家，就能做好姚三太太。"

"我生母想要体贴的夫君、乖顺的儿女，日子不用过得大富大贵，只要一家人平平安安，虽然辛辛苦苦换来的是被休弃出门，她总算是为此努力过。"

婉宁说着看向张氏："你呢？你想要什么？有那么好的身世，为什么非要嫁到姚家来做继室，嫁过来之后为什么又那么着急地陷害嫡长女？"

"为什么非要为自己选一个不明是非的长辈，一个懦弱的丈夫，一个永远都会和自己作对的继女。"

张氏再也忍不住，顿时从椅子上起身，一脸责备地看着婉宁："你怎么敢这样跟我说话，怎么说我也是你的母亲。"

婉宁笑着看张氏："我可不敢这样跟母亲说话，万一母亲去祖父、父亲跟前告我一状，我岂不是又要被送去泰兴。"

婉宁收起笑容："不过，这次外面的人可都看着母亲，谁也不会相信母亲的一面之词，母亲要想出个好法子将我送走才行，若不然，母亲只能在姚家过着胆战心惊的日子。"

张氏忽然觉得有一根刺从喉咙里伸出来，让她顿时喘息不得。

"七姐姐在哪里？"

院子里忽然传来欢哥的声音。

张氏转头看向窗外。

一阵清晰的脚步声，帘子掀开露出欢哥的笑脸："母亲，母亲，七姐姐做的点心真好吃，母亲也尝尝。"

小小的手上是一块奇怪的东西。

看着欢哥还要将手里的东西送进嘴里。

张氏就好像被人一下子扎了心窝，整个人仿佛都要跳起来，想也没想挥手就将欢哥手里的东西打掉。

欢哥惊在那里，脸上的笑容也一下子褪去，吓得哭起来。

张氏厉眼看向欢哥身后的两个乳娘："我怎么跟你们说的，为什么要让欢哥随便吃东西？"

乳娘慌忙摆手："不是奴婢们给的，是老爷，是老爷给八爷的。"

"母亲坏，我要去告诉父亲。"欢哥委屈的声音传来。

"欢哥，"张氏从来没有用严厉的口气和欢哥说话，"你怎么这样不懂事，平日里母亲都怎么跟你说的？"婉宁给的会是什么好东西。

欢哥不肯听张氏说话，转过身就向院子外跑去。

"回来，"张氏忙看向跟着跑出去的乳娘，"快将八爷抱回来。"

欢哥在乳娘的怀里挣扎着。

"欢哥，"婉宁从内室里走出来，"我们去看看父亲那里还有没有点心。"

欢哥挣扎的身体慢慢安静下来。

"不准去，欢哥身子不好，不准吃这样的东西。"张氏的声音忽然尖厉。

短暂的安静之后，欢哥大声哭起来。

乳娘手忙脚乱地哄欢哥。

"这是在做什么？"

姚宜闻走进院子，看着哭闹的欢哥，吓得手足无措的乳娘和满脸怒气的张氏："吵吵嚷嚷的做什么？"

"欢哥，"张氏眼睛红起来，"欢哥身子不好，不能乱吃东西，我怕他会肚子疼，若是病了，不知道什么时候才能调养好。"

欢哥脸色红润，个头也长得很好，跑起来像一阵风似的，张氏怎么会这样紧张欢哥，就是因为那些东西是她做的？

她还不至于去害一个小孩子，婉宁觉得张氏的担忧很可笑，更何况那些茶点是父亲给欢哥的。

"那是用炒熟的面、饴糖熬的，外面裹了一层糖霜，母亲可以尝尝不怎么甜。"

婉宁若无其事地走过来要去拉欢哥的手。

她蹲下身子正好对上欢哥那双眼睛。

欢哥的眼睛长得很漂亮，不是父亲的杏核眼，也不是张氏那种鹿眼，而是有些细长的丹凤眼，笔挺的鼻梁，因还是个小孩子，所以下颌稍稍有些圆，皮肤很白，头发、眉毛黑亮，看着就惹人喜欢。

婉宁抬起头来看了看父亲又在张氏脸上扫了两眼。

张氏心跳忽然快起来，脸也紧紧地绷起，却碍于姚宜闻在旁边只能忍耐。

婉宁看得出来，张氏很紧张，她不过看看欢哥，张氏脸上就已经有了急切的神情，就像是有些什么秘密要被人揭穿。

婉宁边看欢哥边道："欢哥长得不像父亲。"

张氏神情不太自然，父亲倒是不在意几步上前跟欢哥指了指她："这是你姐姐。"

欢哥随便点了点头。

婉宁就想起昆哥来，昆哥才跟她见面的时候，不停地用眼睛打量着她，昆哥流露出来的表情让她觉得熟悉而亲切，所以很快她们姐弟两个就热络起来。

欢哥让她没有这种感觉。

难道真的像她猜的那样，欢哥不是父亲的亲骨肉？张氏到底在遮掩着什么？

"八姐姐。"

欢哥忽然跳起来，向婉宁身后跑去。

婉宁转过头，欢哥去拉扯穿着桃红色褶子的小姐。

"婉玉。"

父亲的声音从耳边响起来。

姚婉玉忙向父亲和张氏行礼，然后将怯生生的目光落在婉宁脸上："七姐姐还记不记得我。"

母亲生下她的第二年，家里的程姨娘生下了姚婉玉，姚婉玉不太会说话，程姨娘又惧怕父亲，谨守着主仆的规矩不敢见女儿，父亲对此很满意，经常夸奖姚婉玉是个懂规矩又守礼的孩子。

她学写字的时候，程姨娘请母亲也帮着教教姚婉玉，她还记得程姨娘当时的表情，缩在椅子上，整个人好像都要躲进宽大的衣服里。

"你瞧瞧你，"母亲当时说程姨娘，"才多大的年纪，要将自己委屈死吗？"

她回家这几天听说姚婉玉出了痘，怕传上欢哥被挪去庄子上。

婉宁看看姚婉玉，再想想自己，所有人仿佛一眨眼的功夫就都变了。

第十六章　变化

崔奕廷走进刑部大牢。

田允兴立即让书办把记录的口供送到崔奕廷手上。

崔奕廷看了两眼："一鼓作气将牵扯的南直隶官员都抓了，至于被供出来的京官，除了户部的官员，其他的先不要动。"这里面虚虚实实，没弄清楚之前他不需要搅得人心惶惶，没有更多的证据，一下子不可能惩办这么多人，朝廷还要用人，皇上让他办案没错，却要先保证不能搅乱朝政。

"来了没有？"

崔奕廷问过去。

田允兴摇头："没来。"

崔奕廷看向大牢里腾出来的一间小屋子，大约是被姚家的事拖住，腾不开手脚，少了个人屋子里顿时空起来。

前些日子姚七小姐指点田允兴怎么审问那些犯官，帮了不少的忙。

"抓到了，"何英进来道，"姚家小姐放走的那个跟车的婆子，在京外的圣月庵里被抓到了，跟着去的还有京里有名的吕二，是有名的无赖，差点就将人杀了，被我们堵个正着，现在那个婆子算是老实了，再也不敢跑，大人，您看是来软的还是硬的，要怎么审？"

软的就是恐吓，硬的就是直接上刑具。

崔奕廷道："我们不审，何亭长带着人和我一起去姚家。"该怎么权衡是姚婉宁的事，旁人不能越俎代庖。

听到崔奕廷来的消息，姚宜闻有些惊讶："他来做什么？"

"听说是将跟小姐车的那个邹婆子找到了。"

崔奕廷是因为这件事？镇国将军夫人是崔奕廷的姑姑，帮这个忙表面上看也无可厚非，可这毕竟是姚家的家事。

姚宜闻看向窗边的珊瑚盆景，上面缀着的五彩宝石在闪闪发光："将玉清先生请过来说话。"

杜玉清是姚宜闻的幕僚，平日里遇到事姚宜闻经常将他请过来商议。

杜玉清匆匆忙忙进了书房，听了姚宜闻的话，杜玉清道："依我看，崔奕廷是晚辈，又和陈家有关系，老爷可以因为公务繁忙不见他。"

姚宜闻点点头："崔奕廷这次过来是因为什么？只是单单的帮忙，让下人过来说一声也就是了。"

杜玉清想了想，脸色有些难看："老爷不是说崔大人在审那些刺杀他的人，总不能和这件事有什么关系。"

姚宜闻听得顿时心惊肉跳："刺杀崔奕廷的人是阻碍崔奕廷审漕粮贪墨案。"想想宫门外锦衣卫挥着染血的廷杖，姚宜闻就觉得触目惊心，这时候谁也不能跟这件事牵连上，否则丢的不只是这一身的官服。

姚宜闻在屋子里走来走去，崔奕廷一定是查出了什么才会上门，"会不会真的和我们家有关系？"

杜玉清忙道："无论如何老爷都不能这样说，那邹婆子虽然人赃并获却可以是别人买通行事，老爷将家里惩戒一番，日后多加派人手侍奉七小姐，当做家事解决是最好的，千万不要牵扯到政事上，否则真的就说不清楚了，崔奕廷尤其不能得罪，到底是怎么回事，是他一句话的事，崔奕廷虽然年纪小却不讲情面，不会真的因为陈家的关系就卖我们家的面子。"

姚宜闻皱起眉头："这么说，到头来还是要去见崔奕廷。"

崔奕廷看着桌子上的东西，攒盒里放着点心、干果和果脯，一杯热腾腾的茶也端过来，下人笑脸相迎地伺候。

崔奕廷开始剥花生，一颗一颗地放在嘴里。

姚宜闻到现在还没有过来，用姚家下人的话说是公务繁忙，这是借口要送客。

他不信姚宜闻会不明白他过来是为什么。

为了姚婉宁的名声，不能对外声张姚婉宁被劫之事，却不能让姚家这样不声不响地混过去，姚宜闻是姚婉宁的父亲，不管要面对什么结果，都不应该躲起来。

在他从前的印象里，姚宜闻是个有主见的人，不会这样懦弱无能。

"崔大人，让您久等了，"姚家管事的进来道，"老爷说手里还有一本奏折，写完就过来。"

崔奕廷站起身来。

管事的顿时松了口气，这下就该将这尊瘟神送走了。

"有饭吗？"

管事几乎不敢相信自己的耳朵，茫然地抬起头来。

崔奕廷看过去："我还没吃饭，家里有饭吗？"

管事瞪大了眼睛，"有，有，我这就让厨房去准备。"

崔奕廷又大大方方地坐下来。

管事一路小跑出了门，径直来到厨房，看着大眼瞪小眼的厨娘，管事一拍脑袋，他这是在做什么？糊涂了不成？老爷让他说得婉转点将崔大人送走，他竟然就这样稀里糊涂地来吩咐厨房做饭。

这是什么事啊。

"那位崔大人要留在家里吃饭呢。"紫鹃道。

张氏眼皮顿时跳起来："是老爷留下的？"

紫鹃摇摇头："听说是崔大人自己让管事去准备的。"

这是要一直在姚家等老爷，老爷开始借口避开了，可总不能偷偷摸摸离开姚家，早晚要出去面对，这样被人逼着出去见面，不免太狼狈。

"老爷那边怎么说？"张氏忙问紫鹃。

"老爷和杜先生说话，还没出来呢。"

不好，张氏心里油然生出一种不好的预感："姚婉宁呢？姚婉宁在做什么？"

紫鹃道："七小姐去问邹婆子话了，那边还有刑部的人在帮忙一起审问。"

明明知道邹婆子不会说出什么来，张氏却心惊肉跳，总感觉这把火会烧到她头上。

崔奕廷安安稳稳地吃饭。

管事在一旁看得直擦汗。

怪不得老爷不愿意来见这位爷，任谁见了他都要头疼。

崔奕廷吃着饭，脑子里想的是姚七小姐帮他包伤口时的情形，那种力道，拉扯的方法，多少次在他梦里出现过。

去姚家救起姚七小姐，只是想要偿还沈家的人情，却没想到误打误撞……

崔奕廷刚想到这里……

"大人，刑部里传来消息，那些人招认了，说是寿家指使的。"

和他推断的一样，关键时刻像寿家这样依附于旁人的小角色会被推出来受过。

寿家是姚家的亲家，姚六太太不是正好在姚家。

"去将这话告诉你们掌固。"

刑部的掌固在帮着姚七小姐审问邹婆子，告诉掌固就等于告诉了整个姚家。

寿氏在灯下做针线，婉宁从镇国将军府回来之后，家里就开始查检，童妈妈带着人将所有人的东西都找了个遍，看着童妈妈趾高气扬的模样，想想在泰兴，她将姚婉宁和童妈妈关在绣楼里，婉宁主仆两个人过了几年忍气吞声的日子。

如果知道姚婉宁会翻身，连童妈妈也有今日，她定然不敢那样做，到头来姚家所有人都没事，只有她娘家和老爷被关进了大牢。

老太爷病在床上，三哥也不准备插手这件事，她娘家也是泥菩萨过河，除了张氏她好像没有什么可依靠。

"太太，不好了，七小姐带着人往这边来了。"

段妈妈慌慌张张地进门。

寿氏听得这话吓了一跳，将针戳在手指上。

婉宁带着人进了门，寿氏的表情僵在脸上，想要轻松点开口询问，嘴巴张半天才说出话来："婉宁，这么晚了有什么事……"

婉宁看向童妈妈，童妈妈将手里的包袱打开。

寿氏看过去，包袱里是散碎的银子和银票，还有一支金晃晃的凤钗。

看到那凤钗，寿氏的脸色顿时变了。

"我记得在泰兴时就见过六婶戴这支凤钗，六婶还说这钗子什么都好，就是凤头上镶的那颗珠子小了些。"

寿氏攥起了手帕，转头去看段妈妈，段妈妈不敢急慢急忙将首饰盒子打开，盒子里面那支凤钗果然不见了。

段妈妈顿时手脚冰凉："这是怎么回事？前几日还在……奴婢还亲眼看过，太太这些日子也没有戴，怎么就……"

寿氏看着婉宁，脸上是不可置信的表情："这钗子是在哪里找到的。"

"六婶有没有听说昨天的事？"婉宁缓缓地道，"崔大人在京外遇刺，听说刑部已经审出来，那些行刺的人和六婶的娘家有关，无独有偶，昨天我坐车也遇到些事，多亏了镇国将军夫人帮忙才算没出差错，跟车的邹婆子带着细软逃出京，如今也被刑部的人捉了个正着，这些东西就是从邹婆子身上搜到的。"

"银子、银票没有记号，可是这支钗子是六婶的，六婶说说邹婆子和六婶有没有关系？"

寿氏听得这话几乎要晕死过去。

家里出了这样大的事，现在她也被牵扯进去，她哪里知道什么邹婆子。

"婉宁，"寿氏几乎用尽全力，"真的不是我，不是我做的，我不知道这些事，"说着看向段妈妈，"你问问我房里的下人，除了给老太爷请安，我连院子都不出，不可能去买通一个跟车的婆子。"

婉宁看着满脸惊恐的寿氏，寿氏神态自然，就该没有说谎："寿家敢雇凶杀人吗？"

寿氏拼命地摇头。

"要害崔大人的人都指认寿家。"

寿氏立即明白过来："是有人，是有人要让寿家顶罪，要让我顶罪，"寿氏腿一软扑在地上，"婉宁，你要信六婶的，这些年是六婶对不住你，可是这件事不是六婶做的，不是我做的啊。"

"是谁害六婶？谁会将六婶屋子里的东西拿出来给邹婆子。"

谁，谁会这样做，在姚家谁能做成这样的事。

寿氏顿时打了个冷战，却又拼命地摇头："不知道，我也不知道，不是我，真的不是我。"

"刑部的人还在等着，这包东西是我从刑部借出来，"婉宁看向童妈妈，"拿去给我父亲看一眼，就还给刑部。"

童妈妈立即将包裹拿了起来。

眼看着婉宁带着人走出了屋子，寿氏想要起身却站不起来。

段妈妈也跟着慌张："六太太，这可怎么办？这可怎么办啊？"

没有了娘家依靠，老爷也不在身边，她还能怎么办？是谁在陷害她，是谁在陷害寿家，她不能这样束手待毙。

"三哥在哪里？扶着我去求三哥。"

姚宜闻看着包裹里的凤钗，耳边是寿氏苦苦哀求的声音。

半晌姚宜闻抬起眼睛："六弟妹不应该这样做，怎么说婉宁也是你的侄女，老六和寿家的事就算没有婉宁，崔奕廷也会查出来，现在寿家不但刺杀崔奕廷，你还买通管事婆子害婉宁……"

姚宜闻说着顿了顿："婉宁跟我说，在泰兴的时候你就将她关在绣楼里，如果那时候你善待她，就不会有今天的局面。"

"不是我，"寿氏眼睛深深地凹进去，事到如今，有些事她已经不能再隐瞒，"三哥，你想想，我为什么要害婉宁？我为什么会将婉宁关在绣楼里？我做这些事有什么好处，都是因为三嫂，三嫂让我严加管教婉宁，我才会这样做的啊。"

张氏紧紧地抱着手炉，她觉得她的心脏就要跃进怀里的手炉中。

"太太，若不然去跟爵爷说一声，再不去找找长公主。"从前在太太面前出主意的都是孙妈妈，现在孙妈妈不在这里，紫鹃顿时不知道该从何说起。

张氏攥着手指，指节青白，仿佛受了极大的惊吓。

这个时候找父亲，就等于承认了害婉宁是她安排的，向长公主求助更不可能，如果这样的家事求到长公主头上，长公主会怎么想她？

不能让长公主知道她这样丢脸。

这个家什么时候脱离了她的掌控，姚婉宁又到底是怎么布置的人手？

还是在娘家的时候好，那时候无忧无虑，就算是谈起婚事，母亲也是抿着嘴一脸的笑容，说以她的才貌定然会找个好人家。

连过来请安的庙祝也说，她的夫君就算不是封侯拜相，也是位极人臣，她有那么多的表哥，有考上进士的，有在战场上立下战功的，还有承继爵位的，母亲在里面挑挑选选，都不舍得嫁她。

她和长公主交好就是为了能嫁给宗亲，如果她知道会出那么大的事，她宁愿做一个柔顺的闺阁小姐，等着父母定下婚约。

寿氏还觉得帮她嫁进了姚家，要不是寿氏多管闲事，沈氏怎么会那么快就离开姚家，父亲也不会看上了姚宜闻。

"太太。"

丹桂的声音传过来，张氏看到一脸苍白的银桂，看着银桂的嘴一张一合，半晌才听清楚银桂在说什么："老爷请太太过去说话。"

张氏站起身来，走到门口，银桂忙上来给张氏穿上氅衣。

她毕竟还是这个家的太太，生了嫡子欢哥，父亲又是勋贵，她就不信姚宜闻会休了她，张氏咬了咬牙："去让人跟承章、承显说一声，他们的爹进了大牢，母亲也要被送进去了。"闹，不是要闹吗？她就让姚婉宁闹个够。

撩开帘子，张氏就听到寿氏的哭声。

"三哥，您是明白事理的人，我和婉宁那孩子无冤无仇，我不可能做出这种事，我是为了讨好三嫂才会听三嫂的安排，"寿氏顾不得用帕子擦眼泪，"从前我写信回来总说婉宁的事，其实婉宁根本没有承认推了三嫂，您想想，婉宁回到京中，三嫂是不是不愿您将婉宁接回来，家里的下人是不是都怠慢婉宁，这不是我一个外人能做到的事，姚家的下人只会听当家主母的话。"

寿氏居然敢这样说，张氏向屋子里走去。

"六弟妹这话是什么意思？"张氏看着寿氏，"这些年我对六弟和六弟妹也不薄，每次捎东西去族里，都要多给六弟妹带一份是因为什么？还不是因为婉宁在族里，如果都是像六弟妹说的，我何必这样大费周章。"

"三嫂还记不记得将婉宁送回族里后，三嫂有一次让孙妈妈来泰兴，特意给我带了一双鞋，还跟我说，鞋好不好不重要，最重要的是鞋面子，只要将面子做好就行了，孙妈妈说得隐晦,但是我知道是什么意思,三嫂就是让我表面上对婉宁好,背地里要压制住婉宁,还说我们姚家和陈阁老家有婚约,不一定会将谁嫁过去,等过阵子就将婉如接到京里来住。"

"泰兴县朱知县也和三嫂的娘家有亲,这样我们才走动,老爷才会和三嫂的弟弟一起买卖漕粮。我处处顺着三嫂的意思,就是想要攀着三嫂的娘家,将来让婉如嫁得好些,老爷也能有个前程,可……我们如今都已经落得这样的地步,"寿氏抬起脸看张氏,"三嫂就说句话,给我们条活路走吧!"

姚宜闻惊诧地看着张氏,张氏也是一脸不可置信的模样:"六弟妹你为了给自己脱罪就怪在我身上,这是疯了不成?这些年我在姚家怎么样,老爷心里清楚,到底有什么事不能坐下来慢慢说,闹得家里不得安宁谁又有什么好处。"

"我母亲在哪里?"是承章的声音。

张氏不说话,静静地等着承章、承显进屋,她就是要让寿氏知道,别在这时候昏了头,免得让承章、承显没有了依靠。

跪在地上的寿氏也向门口看着。

承章先冲进来,看到寿氏立即扑到寿氏怀里:"母亲这是怎么了?您快起来,"发现拉扯不起寿氏,这才慌乱地去看姚宜闻:"三伯,三伯,我母亲怎么了。"

紧接着是承显的脚步声,张氏想要转身将承显拦住,柔声劝说承显几句,却发现承显身后还跟着一个人。

只穿了半新不旧的藕色袄裙的婉宁。

婉宁跟着承章、承显一起过来,后面还有惊慌失措的姚婉如。

姚婉如穿着绿色的裙子,外面是粉色蜀锦氅衣,打扮得整整齐齐。

寿氏看着女儿、儿子,再看看站在一旁的婉宁,没有谁比她更清楚沈氏被休了之后,被送到族里的婉宁过的是什么日子。

老爷被关在大牢,她也没有亏着婉如和承章、承显,不管是新旧秋冬的衣服都备好了,早早就上了身,婉宁呢?身边没有长辈给她操持,虽然有大伯护着她,毕竟是个男人,哪里有女人仔细,她经常看到婉宁穿得比谁都单薄。

婉宁身上穿的那袄裙,还是用给婉如做衣服时剩下的料子做的。

如果她出了事,要将子女托付给谁?老太爷还是张氏。

见识过了老太爷对亲生孙女的狠心,张氏的手段,她怎么能放心。

这次婉宁不过是出个门还遇到危险,这还是在三哥的眼皮底下,生父在还是这样,如果父母都不在身边会怎么样?

所以为了孩子,她就算拼尽全力也不能离开他们。

"我知道老爷的罪名小不了,"寿氏道,"显德二年,建宁府倒卖漕粮,提调部粮官、押解漕粮的官员都处了死罪,先皇在位时也有这样的情形,最好的也是充军、流放,就算是降一等处罚,老爷也不知道什么时候才能回家。"

"都是我的错,"寿氏死死地握着承章的手,"是我一时贪图财物才会如此,要不是为了几个孩子,我是死的心都有了。"

姚婉如顿时哭起来。

寿氏说完又向姚宜闻:"有句话说得好人之将死其言也善,这次我就算是不死,往后的日子也可想而知,这些日子我也看透了,因果报应无非如此。"

"沉香当年的事三哥还记得吗?都说是沈氏害了沉香,其实沉香被害的时候,我的一个下人看到了沈氏，沈氏是在沉香摔了之后才赶到的。"

没想到会在这时候提起这件事。

姚宜闻愣在那里："你说的是……"

寿氏低下头："当时人人都说沈氏，我也只是提了两句就没有再说下去，现在轮到了我，我才知道百口莫辩的滋味，沉香出事两天前，沈氏还没有到族里，沉香那时候就拉着我，说有件秘密的事要告诉我，"说着看向张氏，"那时候三嫂和亲家夫人正在我们家做客，我忙里忙外也就没有听沉香说什么，谁知道后来沉香就死了，家里还找到了一只绣给男人的荷包，后来查到了姚宜先的女儿姚婉慧身上，姚婉慧因此进了家庵，前些日子二房的老太太已经将姚婉慧从家庵里接了出来，姚宜先一家都说那荷包根本不是婉慧的，到底是谁和男子私通不得而知，倒是因为这件事沉香死了，沈氏和姚婉慧都受了冤枉。"

原来那件事真的不是沈氏做的，姚宜闻一时茫然，今天发生的这些事，都是他没有料到的，从张氏到六弟妹又提起沈氏，每个人每件事都不是他从前心里想的那个模样。

姚宜闻有些不敢去看站在一旁的女儿。

"父亲，六婶在族里确然是对我不好，将我关在绣楼里，任下人怠慢我，每年的衣裳不过做几套，有时候还会吃冷饭，我想要给父亲写信，六婶也不答应，每次都搪塞我说，只要我好好听话，父亲就会来接我，我等了一天又一天，却没能等到父亲。"

姚宜闻听得这话不禁脸红，寿氏也再没有往日嚣张的神情，而是低下头来。

"但是我觉得这次的事不能武断，就像女儿当年被冤枉推了母亲，父亲也不曾好好盘问，推己及人，若是冤枉了六婶，以后五姐、二哥、四哥要怎么办？父亲还是先不要跟崔大人说。"

寿氏眼睛里顿时满是感激的神情。

连承章和承显都有些动容。

张氏不禁心跳加快，要是婉宁将寿氏的事捅出去，日后承章、承显就会恨婉宁，她利用这一点也会更好行事，可是现在婉宁却将这件事压下来，寿氏定然会猜到一切都是她安排，日后在家里就像多了一双盯着她的眼睛。

这就是姚婉宁的算计。

寿氏就这样上了姚婉宁的当，连老爷也像是默许了一般。

张氏看向姚宜闻，姚宜闻皱起眉头。

"老爷、太太，寿家那边来人了，想要请六太太回去一趟。"

寿氏脸色顿时更加难看。

婉宁看向童妈妈，童妈妈上前去搀扶寿氏。

寿家人已经进屋来回话。

见到寿氏狼狈的模样，寿家人先是一愣，然后又是惊骇又是焦急地道："姑奶奶，您快回去一趟吧，老太爷病倒了，三太太趁着大家不注意自缢了。"

寿氏听得浑身瘫软，差点又坐在地上。

放了寿氏和承章、承显去寿家，婉宁也带着童妈妈回去院子里歇着，屋子里只剩下姚宜闻和张氏两个。

姚宜闻坐了一会儿看向张氏："我问你，六弟妹说的可是真的？"

张氏眼泪一晃就掉下来："老爷，您不信妾身，就听六弟妹一面之词，她贪了我们送去泰兴的东西，就说是我授意，我生了欢哥之后可是连泰兴都没去过，我一直都在老爷面前说婉宁的好话……"

"你也没少说婉宁像沈氏……"

张氏愣在那里。

姚宜闻道："你知道我厌恶沈家的商贾之气。"想想寿氏说的那些话，有一股怒气冲向额头，看着张氏红着眼睛的模样，不知怎么的没有了往常怜惜之情。

张氏讶异。

"不光是六弟妹这样说，之前我也抓到了那个乱嚼舌的婆子，你若不是慢怠了婉宁，为什么一个两个都这样说？"

看着姚宜闻怒发冲冠的模样，张氏立即委屈地大喊："我这些年将家里上下打点得妥妥当当，照应着老爷和欢哥，如今婉宁回来，老爷就听婉宁和六弟妹说这些闲言碎语，一下子将我当作了那种黑心人，老爷可对得起我吗？"

姚宜闻皱起眉头："我只说婉宁，你扯欢哥做什么？"

不知怎么的，看着眼前的夫君皱眉瞪眼，嫁人之前那种不甘忽然之间压在她的胸口，让她面红耳赤，喘不过气来。

"老爷这样责备妾身，是因为老爷心里觉得亏欠长女，又不愿意承认，才将所有的过错都怪在妾身身上。"张氏脸上挂着泪水，一只手抚着胸口，目光迷蒙地看着姚宜闻。

姚宜闻忽然之间不知道说什么才好，半晌才道："要不是你说婉宁推倒了你，我心里怜惜你和欢哥，决计不会将婉宁送去族里，从你嫁进姚家开始，我事事都听你的，信你说的话，从今往后……"

姚宜闻看着张氏苍白的脸，没有接着说下去，冷哼一声，站起身拂拂袖子怒气冲冲地离开了屋子。

半晌银桂上前道："太太，老爷已经走了，太太坐下来歇一会儿？"

张氏茫然地坐在锦杌上。

"走……"

银桂不明白张氏这话是什么意思。

"带着欢哥走……我要回娘家……"

银桂傻站在那里："太太，您说……要……要回公爵府？"

张氏闭上眼睛冷笑："这里哪里还有我的容身之地。"

这个时候走，那不是将整个姚家都留给了七小姐？

太太一时气愤，可不能着了七小姐的道。

银桂忙道："太太，您别动气，家里出了这么大的事，都要有您打点，您走了岂不是丹桂她们都要听七小姐摆布。"

张氏瞪大眼睛，她怎么能咽下这口气。

说着话，门口有人道："太太，八爷和范妈妈过来了。"

帘子撩起来，欢哥蹦蹦跳跳地进了屋，见到张氏就笑起来："母亲，母亲，我会踢球了。"

范妈妈笑容可掬："太太，八爷会踢球了，能连着踢两个。"

欢哥挺起胸膛，一副十分骄傲的模样："母亲您瞧着。"说着将小小的笼球抛起来。

张氏听着铃铛声响，却半晌没有回过神来。

欢哥有些不满意地噘起嘴。

范妈妈看了一眼银桂，银桂哄着欢哥出门，屋子里没有了旁人，范妈妈转身端了杯水给张氏："太太准备怎么办？"

张氏摇摇头："让人给我收拾东西，我要回家。"

"回哪里？"范妈妈压低了声音，"哪里是太太的家？公爵府？太太已经嫁人了现在只有一个家。"

"太太别忘了，为什么要嫁给老爷，这时候离开，日后怎么办？如果是平时太太使使性子也就罢了，反正这个家里没有当家主母，老爷过不了两天就会求着太太回来，可现在，家里多了一个虎视眈眈的七小姐，太太走了，她会更加为所欲为。"

张氏看着窗台上的花斛，上面的牡丹花开得正艳，这几年她就耗在了姚家："那我就等他休了我。"

范妈妈气定神闲："太太是一时气急，太太现在应该想着怎么才能将老爷拉回来，不管是太太还是八爷，现在还要靠着老爷。"

她还要靠着姚宜闻，张氏不声不响地坐在那里，她还要忍，要忍到什么时候，她觉得她已经没有了力气，要不是为了欢哥，她真的不想这样撑下去。

范妈妈扬声吩咐银桂："快，扶太太回去屋里梳洗。"

崔奕廷喝着茶水，看着手里的书，自打从审案开始，他还没有这样闲适过。

姚宜闻推开门，看到的就是悠闲的崔奕廷。

崔奕廷仿佛将这里当成了自家宅院，大大方方地坐在那里，这样一来，他仿佛才是个客人。

明明看到他进屋，却没有出声，仍旧翻着手里的书，姚宜闻真不知道该怎么应付这个不按常理出牌的崔奕廷。

"让彦明久等了。"

彦明是崔奕廷的字，这是崔奕廷进京之后姚宜闻才知道的。

崔奕廷站起身来。

姚宜闻只觉得那双眼睛落在自己身上，那种看人的方式，上上下下地扫过来，看的时间不短却让人看不透其中包含的意思。

"姚大人。"这一声不冷不热。

姚宜闻道："衙门里有几封急要的奏疏……"

话说到这里，崔奕廷却没有接下去："姚大人可问了家人？"

径直就问这个。

姚宜闻点点头，绷起了脸："没想到家里会出这样的事，一时半刻也问不出什么来，能不能将邹婆子留下，我们也好慢慢审问。"

这是要将这件事归结为家事。

崔奕廷站起身："那就等姚大人查个清楚再说，"说着眼角轻翘，"姚大人可认识寿家？"

寿家是姚家的姻亲，崔奕廷不可能不知晓。

崔奕廷道："锦衣卫的兄弟们在宫门外审了半天，总算是有了些眉目，刺杀我的事和寿家有关。姚大人觉得那邹婆子的事跟刺杀我的人有没有牵连？"

姚宜闻顿时皱起眉头："那定然是没有，邹婆子是贪些钱财，但不敢做出这种事来……"

崔奕廷这是什么意思？是要将婉宁的事也牵连进去？

崔奕廷道："那些要害姚七小姐的人呢？大人要不要查下去？"

姚宜闻道："自然要仔细地查清楚。"

若是不查个清楚崔奕廷仿佛就不会放过他似的，崔奕廷到底为什么会对这件事这样上心，难道崔奕廷真的觉得姚家和寿家在联手害他。

姚宜闻正想着。

崔奕廷这才站起身来，吩咐外面的陈宝："让人将邹婆子带上，"说着看向姚宜闻，"我已经和大兴县县令说好了，借大兴县里的大牢一用，姚大人要审邹婆子就去大牢。"

崔奕廷将邹婆子握在手里，又说和刺杀他的人有牵连，这就等于是握住了姚家的短处，随时随地可以毁了姚家的声誉，崔奕廷可以轻易地在这上面大做文章。

姚宜闻想要说话，崔奕廷却开口告辞："衙门里还有事，我就不叨扰姚大人了。"

从屋子里走出来，崔奕廷走到树下，不知从哪里传来"叽叽喳喳"的鸟叫声响，崔奕廷不由得想起他送给姚婉宁的那只肥肥的翠鸟。

不知怎么的，忽然有点不想离开这个地方。

从姚家出来，崔奕廷翻身上马。

陈宝忙问过去："二爷，我们去衙门里？"

崔奕廷摇摇头："去城外的庄子上。"

崔奕廷在城外购置了一处庄子，长安侯何家的后人跟他比狩猎输给他两头鹿，五只野兔，愿赌服输，何家只能将这庄子卖给他。

得了这庄子的时候何文庆气得脸色铁青，告诉他总会将这庄子赢回来，这次回京查案，两个人又比了一把，何文庆才彻底服了他，之前何文庆觉得这庄子输得冤，后来又觉得小庄子太寒酸，就要将手里的一处大庄子也匀给他。

大庄子对他来说并没什么用，他看上这处小庄子，只因为旁边就是入京的必经之路，只要站在不远处就能将进京的人看得清清楚楚。

会安排人手在这里，是因为崔奕廷知道，他要找的人，将在今年入京，一辆马车，两个跟车的下人。

崔奕廷站起身来，脑海里突然出现了一个明媚的笑容，就如同春天那叶梢儿上的一缕阳光，那么的柔软、明亮。

"二爷，"陈宝的声音打断了崔奕廷的思绪，"打听消息的人回来了。"

吴照将人领进屋子。

崔奕廷背着手站在窗边。

"二爷，"吴照道，"已经打听到那位蒋小姐在哪里落脚。"

婉宁坐下来听童妈妈说话。

"小姐放心，我们带来的人都安排好了，大多数在小院子里，也有分去前院杂役房的，我交代好了，要仔细地做事，一定不能犯错。"

婉宁点点头："这些日子就辛苦妈妈了。"

"小姐这是哪里的话，"童妈妈脸色有些微红，"从前太太走了之后，奴婢被遣去庄子上，从来没想过将来还会回来。"

现在不但回来了，还带着人抓了张氏身边的孙妈妈和丹桂几个，想到太太那时候委屈的模样，她痛痛快快地出了口气。

"六太太身边的人还跟奴婢说，让奴婢在小姐面前说说好话，从前都是六太太不对……"

寿氏还不是个完全糊涂的人，知道张氏不可靠，在父亲面前将母亲当年被冤枉的事揭出来。

"小姐，老爷过来了。"落英进屋禀告，婉宁站起身来。

"坐下好好歇着，"姚宜闻看向婉宁，脸上有几分的关切，又看了看童妈妈，"屋子里多加个炭盆。"

童妈妈应了一声。

父女两个坐在临窗的大炕上，姚宜闻拿起童妈妈端来的茶水，半晌才喝了一口。

童妈妈和落英几个退了下去，让屋子里更加安静起来。

姚宜闻半晌才道："昨天怎么不让人送信回来，我也好去镇国将军府接你。"

婉宁不作声，只是静静地坐在那里。

生疏、隔阂已经是最好的回答。

姚宜闻想起婉宁小时候两条藕一样的胳膊时常搂住他的脖子，带着奶香味儿的脸贴过来，咯咯地笑着喊"爹爹"的情形。

不知怎么的，一阵心酸。

仿佛失去了什么。

"你母亲，"姚宜闻想了想道，"沈氏……"

婉宁抬起眼睛。

姚宜闻嘴动了两次，想要说什么却又缩了回去，眉头皱起又松开，松开再皱起来，"是我没有查明，还有你……送你回族里之前，我应该听你说说话。"可是他那时候看到小小的欢哥，想到张氏受了那么多的苦，张氏脸上是又心酸又委屈的神色，他就没再查问下去。

"母亲已经被休了，我也被送进族里四年。"面对父亲的悔意，婉宁毫不留情面。

没有谁能一句话就买了自己的心安，今天发生的一切不过就是个开始，张氏、祖父、姚家所有的事早晚都会暴露在父亲眼前。

那时候父亲才会知道什么叫做难受。

婉宁抬起眼睛："就算到了现在父亲也没想好，到底是母亲冤枉了我，还是我推倒了母亲……"婉宁转头看向姚宜闻，"父亲，女儿说得对不对？"

姚宜闻愕然。

婉宁道："我从家里走的时候是八岁，在父亲身边待了八年，母亲续弦到姚家一年多，可是父亲好像都没想过，到底是了解我，还是更清楚母亲的为人。"

姚宜闻忽然觉得那个奶声奶气的女儿一下子长大了，凌厉的问话，让他难以回答。

所以忠义侯府才会三番两次地来请婉宁去给世子爷治病，就连宫里的贵人也被惊动了传婉宁进宫。

女儿长大了身上却找不到半点他的影子。

姚老太爷瞪着眼睛看蒋氏："说……"口齿不太伶俐地追问，"说……到底……怎么回事……"

蒋氏忙道："哪里有什么事，都好端端的。"说着去喂老太爷喝水。

老太爷奋力挥着手臂，顿时将茶水打翻。

蒋氏吓了一跳忙用手帕去擦，下人也都赶过来伺候。

蒋氏不知怎么才好："老太爷，您这是要吓死妾身不成？"说着顿了顿，"家里都好着，六老爷的案子还没有审结，您怎么就不信呢？"

姚老太爷看向站在一旁的两个丫鬟，蒋氏的脸色顿时变了，看向旁边的妈妈。

妈妈一脸晦涩，七小姐让童妈妈带着人去查抄下人的东西，蒋姨奶奶让人不要惊动老太爷，但是背不住下人私下里议论。

"老太爷您放心，没什么事，"蒋氏仍旧劝着，"您将药吃了，吃了药身子才能好得快些。"

姚老太爷来了脾气，转过脸去。

旁边的妈妈道："这可怎么办？"

蒋氏没有了办法："将三老爷请过来吧，让三老爷劝劝。"

下人应了一声，不出一炷香的工夫，姚宜闻走进来，刚要捧起药碗，床上的姚老太爷睁开眼睛，须眉仿佛都要竖立起来，挣扎着向姚宜闻挥手："走……走……走开……"

"父亲，"姚宜闻走到床边，"父亲不能不吃药，要吃药才能好得快些，太医说吃药配合针灸，等到春天的时候父亲就能下床走动了。"

姚老太爷将头扭了过去。

姚宜闻僵立在那里。

"蒋姨奶奶，"下人进来道，"蒋姨奶奶，您家里来人了。"

姚家门前，有人伸出手叩响了姚家大门。

一辆青帷马车，两个婆子、一个下人在旁边等着姚家人进去禀告。

拉车的马不停地甩着尾巴。

姚家下人出来张望，想要知道马车里坐着什么人。

蒋姨奶奶的家人，老太爷的妾室娘家，并不算是姚家的亲戚，不过老太爷身边的管事早已经交代下来，蒋姨奶奶会请家里的人来给老太爷送药方。

大家正张望着，管事快步走过来，指挥婆子："快，快将蒋小姐接进门。"

听得管事的声音，婆子上前撩开了车帘，紧接着一个十二三岁上下的小姐弯腰从马车里走出来。

"蒋姨奶奶正等着小姐呢。"管事妈妈上来道。

蒋小姐跟着管事妈妈走进内宅，到了第二进院子，已经有下人提着灯等在月亮门。

"小姐快进去吧！"

丫鬟侧目望过去，蒋小姐梳着单螺髻，只是简单的打扮，显得十分的质朴，身上鹅黄色的氅衣虽然不是很显眼，仔细看过去又落落大方。

这就是蒋姨奶奶的家人。

谁都知道蒋姨奶奶也是生在官宦之家，这蒋小姐真的有些官宦家子女的气势。

多年前蒋家获了罪，老太爷收留了蒋姨奶奶，过了几年蒋家人也找上门要将蒋姨奶奶赎出去，老太爷却不肯答应，蒋家是托了老太太的娘家出面，不想事情没办成，老太爷还将老太太骂了一顿，说老太太心胸狭窄，连个妾室也容不下。

家里闹成一团，族里的二老太太还亲自过来问过几次，后来是因为蒋家又出了些差错，蒋姨奶奶的哥哥被远调去西北任职，这场风波才暂告一段落，听说蒋家人临走之前撂下话说，老太爷现在不肯放人，将来定然要后悔。

开始大家还在私下里议论，后来蒋姨奶奶搬去了庄子上，蒋家人也没了什么消息，整件事慢慢被人淡忘了。

现在蒋姨奶奶娘家人上门，不知又是为了什么事。

下人上前撩开帘子，蒋姨奶奶一眼就看到帘子后面的蒋静瑜。

"姑奶奶。"蒋静瑜上前行礼。

好长时间没有见到自己的娘家人，蒋姨奶奶有些恍然，半晌才道："就你自己来的京里？"

蒋静瑜道："和族里的七婶一起来的，七婶将我送到姚家门口。"

自从出了那件事，蒋家一直不愿意和姚家来往。

"药方我带来了。"蒋静瑜看向身边的丫鬟，丫鬟立即将手里的药方递过去。

"姑奶奶让太医院的太医看看，这治热病的方子到底能不能用。"

蒋氏颔首，这才想起来："快，屋子里坐坐，我让人倒茶过来。"

两个人坐下来，蒋氏才问起哥哥："家里都好吗？你四伯在西北好不好？"

"四伯要调进京了，"蒋静瑜笑着道，"听说要疏通河道，朝廷看中了四伯的奏折，就召了四伯进京，族里陆续会有人进京打点，二伯说，希望这次四伯不要再去那么远的地方。"

看着蒋静瑜扬起的眉毛，蒋氏想起年轻时的自己："你呢？你现在怎么样？"

蒋静瑜点点头："侄孙女跟着外祖母学了些医理，平日里多数在家里看书，这次接到姑奶奶的信，正好我们蒋家族人也要进京，外祖母就让我将方子拿过来。"

光是拿方子不可能这样千里迢迢地进京里。

蒋氏看着蒋静瑜："是为了你祖父平反的事吗？"

蒋静瑜颔首。

蒋氏脸上顿时浮起笑容："这就好，这就好，蒋家说不定这次又能重新兴旺起来。"

从前伯父因弹劾上峰被诬陷贪墨，父亲为了救伯父也被牵连，蒋氏两兄弟就这样一起被流放出京，到了流放地不久，身体不太好的父亲就去世了，族兄上下打点也没能让伯父和父亲的案子起死回生，直到族兄遇到了端王重新被起用，本以为蒋家从此之后会扬眉吐气，谁知恰逢先帝驾崩，紧接着是万太妃和端王矫诏乱储，族兄因是端王提拔，也就多少受了牵连，被发去了西北做了个养马的小官。

如今皇上的皇位已经坐稳，端王的事总算烟消云散，趁着朝廷整肃漕粮，说不定族兄真的会被朝廷起用修治河道。

姚老太爷咳嗽的声音传来。

蒋氏看向内室。

蒋静瑜道："姑奶奶能不能将老太爷这几日吃的方剂拿给我瞧瞧。"

贺老太太很喜欢静瑜这个外孙女，蒋家出事之后，贺家就将女儿、女婿接过去住，静瑜生在了贺家，一直跟着贺老太太学医理，有时候还会开开方剂，贺老太太得了风疾，都是静瑜在床前侍奉。

蒋氏点点头吩咐下人将方子拿来。

蒋静瑜坐在锦杌上仔细地看着，丫鬟过来剪了灯芯。

看着蒋静瑜，蒋氏的目光越来越柔和起来。

"蒋家小姐过来了，给老太爷送了方子。"张氏听着银桂禀告。

张氏点了点头，等着丁妈妈过来说话。

半晌丁妈妈才进门："七小姐将孙妈妈和丹桂送去了柴房，让从泰兴过来的婆子审问。"

用泰兴过来的人，这样她就不知道柴房里面到底是什么情形。

"孙妈妈和丹桂可怎么办？"银桂不禁着急起来。

"怪她们自己，"张氏皱起眉毛，"我说了多少次，在我身边做事，不要出什么差错被人抓住，既然是我身边的人，就要比别人更谨慎……"

银桂跟着点头。

是她们疏忽了，可谁都没想到会是这种结果。

"婉宁那边还有什么消息？"张氏问过去。

"七小姐在忙着做茶叶的生意，今年的茶选就要开始了……"丁妈妈说着看向张氏，"沈家几个铺子都要改成茶铺。"

真的要靠着茶叶赚大钱。

张氏不作声，谁都想要在盐和茶上发家，可不是人人都能将路子走通，沈家曾是扬州府有名的盐商，现在怎么样，还不是家业日渐衰落。

京里卖茶的铺子已经不少，不管用出什么花样都不新鲜，她就看姚婉宁到底有什么本事，能将沈氏都没有做起来的铺子做火了。

张氏擦了擦眼角："去跟老爷说，我亲手熬了莲子米，请老爷回来吃。"老爷最喜欢吃莲子米，尤其爱她熬的味道，她这样让人去请，就等于是放低了姿态，老爷应该明白这里面的意思。

丁妈妈从屋子里退出去，张氏看向银桂："将我那件银红四合如意的小袄拿来换上。"

她置办冬天的衣裙，老爷看上了那银红色的蜀锦料子，她依着老爷的心意做了件小袄，就压在箱子里还从来没穿过。

张氏换好衣服，丁妈妈也从书房里过来："太太，"丁妈妈道，"老爷从七小姐屋子里出来又去了老太爷那里，现在叫了幕僚在书房里商量政事。"

丁妈妈婉转地表达着意思。

也就是说，老爷不会过来。

张氏道："秦姨娘、杨姨娘那边说一声，让她们早早歇了。"

姨娘那里不能去，老爷最后还是要到她屋里来，只要老爷过来，她就有法子将老爷哄住。

丁妈妈下去安排。

张氏就坐在暖炕上做针线。

缝的是欢哥的小衣服，小小的衣衫看起来是那么的精致，灯下的张氏也变得柔和起来，张氏慢慢地做着，耳边传来银桂的声音："太太，太太您去歇了吧，七小姐那边的下人伤得厉害，让老爷请了两次郎中，听说七小姐也受了些伤，老爷让人才送了伤药过去。"

姚婉宁这是在她头上浇油，为的就是让老爷时时记得这次的凶险。

"老爷让人在书房里准备了被褥，要在那边睡了。"

张氏看向沙漏，方才还昏昏欲睡，现在一下子就精神起来。

婉宁将郎中拿来的药粉给落雨上好，落雨很快就睡着了，婉宁这才放心回到暖阁里歇下。

刚刚躺在床上，就听到外面童妈妈的声音："小姐刚刚睡下。"

然后是管事妈妈的声音："老爷让奴婢送来压惊的药，若是小姐睡不安稳，妈妈再将药给小姐吃下，保准能让小姐睡到天亮。"

童妈妈道："小姐若是还不能安睡，我就拿过去用。"

管事妈妈点点头："辛苦妈妈照应。"

婉宁听着管事妈妈离开时的脚步声，片刻工夫童妈妈就进来道："小姐，人已经走了。"

这下可以落栓了。

"您怎么知道老爷会让人过来。"

父亲的神情很是自责，为了让他自己心里舒坦些，定然会多关切她，这一直都是祖父、父亲思考的方式。

她不是母亲，没有对谁寄予幻想，所以看得更清楚。

"也不知道贺大年那边怎么样了。"婉宁低声道。

"小姐放心，定然不会出差错。"童妈妈掖了掖婉宁的被子。

婉宁笑着闭上了眼睛，暖暖的被窝让她很快就进入了梦乡。

贺大年没有睡觉，两只眼睛熬得通红，不停地倒茶来喝。

"你去歇着吧，这里我盯着就好。"焦无应说着向四处看去，伙计们都已经昏昏欲睡。

贺大年抿了抿嘴："不行，小姐交代下来的，我哪里能假手旁人，小姐跟这小老儿打了赌，我到底看看这小老儿有多少的本事。"

焦无应不禁失笑："是小姐吩咐的，让你去歇着，我在这里等，这两日铺子都要开了，小姐定然会来看，你没有精神怎么护着小姐，别又出了昨日的事。"

贺大年的眼睛顿时瞪起来，很快却又低下头，焦掌柜这话说得没错，贺大年站起身："那这里就交给焦掌柜。"

看着贺大年带着人离开，焦无应不禁笑起来，还是小姐最了解贺大年的心思，若不是小姐教他这样说，他还劝不走贺大年这个倔脾气。

焦无应刚想到这里，只听屋子里传来呼声："出来了，出来了。"

顾不得询问，焦无应立即向屋子里跑去。

最后一样东西。

将这样东西做好了，沈家的铺子就要开张了。

昨晚一夜都没安睡，两天的觉攒在一起，婉宁觉得比往常睡得更沉了些，再睁开眼睛已经日上三竿。

婉宁才从床上坐起来，外面的落英听到响动立即进来服侍。

"落雨怎么样了？"婉宁问过去。

"已经好多了，"落英脸上有了笑容，"疼得也不比昨日，正在床上歇着，小姐就放心吧。"

婉宁点点头，穿好衣服去看了落雨，然后吩咐童妈妈将花盆拿过来。

"也就是我们小姐会想要种这些东西，"童妈妈仔细地看着，"到现在我也不知道小姐种的到底是什么。"

"花厅大，就摆在这里，过几日等养好了，再挪进我房里。"难得她今天有时间来摆弄花草。

"蓝凡五种，各有主治，唯蓝实专取蓼蓝者……这应该是菘蓝。"清脆的声音从背后传来，婉宁转过头去。

穿着鹅黄色氅衣的女子笑着站在那里，皮肤白皙而细腻，眼睛十分的明亮，氅衣上的一层白狐的领子，贴在她脸上，让她整个人都多增了暖意。

婉宁还没有见过这样漂亮的女孩子，女子见了还会觉得惊叹，不知男子见了会如何。

"那个是大青，是要用做大青叶吗？菘蓝利咽，大青叶解毒化斑。"

懂得草药的人才能认出菘蓝和大青叶，婉宁点点头。

蒋静瑜先向婉宁行礼："我是蒋姨奶奶的侄孙女，叫静瑜，家里都唤我瑜姐儿。"

婉宁还礼过去："姚家行七，都叫婉宁。"

两个人见了面，蒋静瑜就走上前来。

"我在家中也种草药，"蒋静瑜将小小的土铲递给婉宁，"不过到冬天就没有了，你是怎么做的，现在还长得这样好。"

说是蒋家人，仔细看起来真的和蒋姨奶奶有几分的相像，只不过比蒋姨奶奶更漂亮些。

年纪相仿，又都知道药理，说话就轻松很多，婉宁道："入秋之后就在暖房养着，屋子里有了地龙这才搬过来。"

"怪不得，"蒋静瑜笑着道，"扬州很少有人家烧地龙。"

"你住在扬州？"婉宁问过去。

蒋静瑜颔首："其实我知道七小姐，在扬州的时候听秦伍先生说了，秦伍先生坐堂的药铺就在我外祖母药铺的旁边，后来整个扬州城都在传，有一位小姐不用药石就能给人治病。"

原来是听秦伍先生说的。

蒋静瑜认真地看着婉宁："昨晚进京就想去看七小姐，"说着微低下头，"我这个人存不住话，我就是想知道，不用药石也能治病，这……是真的吗？"

婉宁点头："是真的。"

蒋静瑜的脸一下子红起来，很是高兴，蹲下身来问婉宁："我看你还有不少盆，下人也不懂得这些草药，我能不能帮帮你？"

听着蒋静瑜柔软的声音，婉宁点头："你不嫌脏就来做。"

"不怕，"蒋静瑜道，"我就是想知道，为什么要种大青和菘蓝，京里冬天会经常用这样的药？"

大青叶和菘蓝一起配伍用，有抗病毒的疗效。

蒋姨奶奶的家人，她不认识，小时候也只是听母亲说了一些，蒋姨奶奶的父亲和伯父好像是很有骨气的清流，蒋姨奶奶的母亲病入膏肓，家里已经断了米粮和药，祖父伸手帮忙，这样才将蒋姨奶奶纳做了妾室，谁知道才过了几个月，蒋姨奶奶的族兄就从大牢里放出来，说什么也要将蒋姨奶奶接走。

可是那时候蒋姨奶奶已经快生产了。

蒋姨奶奶提起这样的事，也不避讳，只说万般皆是命，如果几个族兄能早些出来，她们母女也不会落得那步田地。

"都是为了你五叔，"母亲那时候跟她说，"要不是你五叔，蒋姨奶奶说不定就走了。"

婉宁侧头去看蒋静瑜。

蒋静瑜提起草药的时候眉毛自然而然地翘起来，是真的对药理感兴趣。

婉宁道："两种药虽然都能清热、解毒，但是合用在一起，相补相助，能解全身的热毒。"

"七小姐这是在哪本医书上看到的？我外祖母家里有许多医书，我却没见过。"

婉宁摇头："不会没有，只不过不是这样的说法，你看了没有在意罢了。"

蒋静瑜点点头，目光仍旧留在婉宁种的草药上。

"我也想种两盆，"蒋静瑜道，"只是现在已经来不及了，等到明年暖和的时候……"说着又道，"不过暖和了就不能种在花盆里，种外面也就是了。"

"为什么不能种？"婉宁看向蒋静瑜，"夏天可以种薄荷、藿香、金银花，放在花盆里一样好看。"

婉宁说着站起身："你若是喜欢，拿两盆大青回去，就算不服用，也可以用来涂眉毛。"

蒋静瑜的眼睛顿时亮起来，看着下人搬了两盆大青过来，她有些不好意思，"见到妹妹就跟妹妹要东西。"

两个人相视而笑，看着屋子里没有旁人，蒋静瑜道："婉宁，你……还记得你外祖母吗？"

蒋静瑜嘴里说的是她的亲外祖母，所以才会这样小心翼翼。

婉宁没有说话。

蒋静瑜没有卖关子的意思："在扬州时，听说沈老太太身子不好，还让人来我外祖母家请坐堂郎中过去。"

外祖母身子不好了？为什么沈家没有送消息进京？是怕他们担心所以故意瞒着？

婉宁问过去："知不知道是什么病？"

蒋静瑜道："听说是内风所致的头疼……"

话刚说到这里，下人过来道："小姐，姑奶奶请您过去呢。"

蒋静瑜点点头向婉宁告辞。

蒋静瑜走了，婉宁才回到自己的屋子里，净了手坐在暖炕上，婉宁看向童妈妈："妈妈觉得蒋家小姐怎么样？"

童妈妈想了想："奴婢也见过许多人家的小姐，蒋家小姐看着就让人喜欢，说话又十分的直率，也和小姐说得来，听说在扬州也小有名气，"说着顿了顿，"小姐觉得呢？"

路遥知马力，日久见人心。

不能简简单单地说一声人的品如何，尤其是到现在为止，她对蒋姨奶奶并不信任。蒋小姐虽然直率，却很聪明，不像舅舅一家一眼就能看出他们在想什么，舅母那种才是真正的直率，好的坏的都摆在脸上，到了关键时刻一着急却说不出话来。

婉宁道："慢慢来吧，蒋小姐一时半刻不会离开京里，不要因为蒋小姐说起了扬州和沈家就太过松懈。"

童妈妈不知道为什么："小姐怎么知道那个蒋小姐一时半刻不会离开京里。"

"我们出来的时候蒋小姐的丫鬟正拉着院子里的小丫鬟说话，我让落英问了问，蒋家下人打听的都是京里的规矩和气候，现在又是冬天，起码要等到明年春夏才会坐船回去扬州。"

这种季节不能坐船，车马劳顿的来到京里不可能只是为了看一眼蒋姨奶奶。

蒋家要有些大动静。

童妈妈静静地听着，没想到才说了几句话，小姐就会知道这么多。

"蒋家小姐也知道我不少的事，知道我懂得药性，真的会不用药石给人看病，还知道我心里惦记着沈家。"

这些事她也不用遮掩，反正是迟早让人知晓的。

婉宁盼咐落英："给我磨墨，我写封信去扬州。"

安怡郡主的帖子送到张氏的手上，张氏看着帖子上写的名字。

她和婉宁两个人。

安怡郡主请她和婉宁去宴席。

张家和安怡郡主没有什么交情，安怡郡主真正要请的是婉宁。

银桂道："要不然太太就说身上不舒服要留在家中，让七小姐自己去安怡郡主那里赴宴。"

这样说，正好应了京中的传闻，所有人都会说她怠慢了嫡女。

张氏将帖子放在炕桌上："有什么不能去，当着京里的女眷，婉宁也不会耍什么花样。"

银桂点点头。

"去打听打听，看看安怡郡主还请了京里哪些女眷。"这样一来，她就会知道安怡郡主和婉宁到底要做什么。

银桂刚要出去，前院的管事来见张氏："太太，老爷上衙的时候说了，要给七小姐院子里准备个小厨房。"

有了小厨房能立火，就相当于有了独立的采买，这样一来府里就有她伸不到手的地方。

"老爷还说，要撵了丹桂和孙妈妈，孙妈妈的儿子、儿媳也不能留在家里，"管事说着悄悄地看了一眼张氏，"太太，您说怎么办才好。"

张氏让管事先退下去，丁妈妈忙上前劝说："太太也别急……"

"审问出什么来了就要撵人？我到底是这个家的主母，怎么也要跟我商量商量，丹桂和孙妈妈的契书都还在我手上，他怎么敢这样。"

孙妈妈是她带来的陪嫁，姚宜闻问也没问她一声。

"太太先忍一忍，忍一时之气，将来总会好的。"

张氏咬住牙，自从婉宁回到姚家，她就成了打不还口、骂不还手，她就不信，还没有办法惩治婉宁。

如今孙妈妈不在身边，她交代下来的很多事别人不知晓，也不知道父亲那边怎么样了。

"太太，公爵府送来东西了。"

小丫鬟捧着盒子进门，向张氏行礼："听说太太不舒坦，夫人让我送来些药给太太。"

张氏点点头。

丁妈妈将盒子送进张氏的手里。

张氏慢慢打开了盒子。

藤白纸下是一小方东西，像是茶。

这是茶？

张氏看着那一方茶立即反应过来，将盒子盖上递给丁妈妈："准备好明天去郡主府的礼物。"

丁妈妈就要下去准备，张氏道："也去告诉婉宁一声，免得说我对她照应不周。"

童妈妈将丁妈妈的话说了："太太让小姐准备准备。"

婉宁点点头，出了邹婆子的事，张氏倒更加擅长做表面功夫。

童妈妈低声道："会不会太急了些。"

"贺大年那边有没有消息？"婉宁问过去。

童妈妈摇头："还没说到底行不行。"

"让人替贺大年说一声，慢慢来，让焦掌柜也不要着急，等我去过安怡郡主府，咱们的茶铺子再开张。"

张氏握着暖炉，听丁妈妈说话。

"沈氏留给婉宁多少钱那是明摆着的事，"丁妈妈在旁边道，"当时太太嫁进来的时候，老爷早就将沈氏带来的东西都还给了沈家，七小姐去了泰兴，也没有带什么东西，若是身边有银钱，六太太不可能不知晓，现在看来七小姐买茶的钱是沈四老爷给的，沈家这些年生意做得不好，否则也不至于要卖京里的铺子，沈四老爷纵着七小姐，让七小姐用铺子来卖茶，如果这茶卖不出去，沈家也就完了。"

纵着婉宁，如果婉宁不能将这笔生意做好，沈家的情况更是一落千丈。

张氏点点头吩咐丁妈妈："将秋掌柜叫进来吧！"张家在京里有几家绸缎铺子，一直都是秋掌柜打理。

秋掌柜进了屋，张氏问起沈家的几个铺子。

秋掌柜道："所有人都在等着沈家重开铺子，不过……若真的只是卖茶叶，恐怕有些冒失，京里本来就不缺茶铺，更何况沈家那么多铺子一起卖茶……要多好的茶叶才能有这样的销路。"

秋掌柜顿了顿："除非，那茶有过人之处。"

过人之处就是姚婉宁做出了从前没有人卖过的新茶。

张氏道："若是京里有几家老字号卖和沈家一样的茶叶会怎么样？"

秋掌柜笑容可掬："那沈家的茶定然是卖不出去了，京里的达官显贵习惯在哪里买东西，轻易是不会变的，就像咱们家的绸缎，就算是样式不如那些新铺子，从前的旧客也会来我们家买料子。"

张氏端起桌子上的茶来喝，茶汤浓得有点涩，还有一股怪怪的味道，就这样的茶还能卖得出去？

张氏冷冷地勾起嘴唇，将茶碗放回了矮桌上，姚婉宁太自以为是，当年她嫁进姚家的时候，父亲给了她两个铺子做陪嫁，她也都交给大掌柜来做，京里的夫人想要拉着她开首饰铺子她都没答应。

姚婉宁小小年纪……

怪不得沈家会不如从前，沈敬元就是耳根软，竟然会信婉宁。

第十七章　新茶

晚上蒋静瑜又来跟婉宁说话，不多时候蒋家人来接蒋静瑜出去。

蒋家租了一处三进院，蒋家既然不是姚家正经的亲戚，也没有道理在姚家久留，蒋静瑜拉起婉宁的手亲亲热热地道："从扬州到京里路途太长，我带了不少的医书解闷儿，明日我让下人给妹妹送过来几本。"

好不容易见到了自己的娘家人，蒋姨奶奶很是高兴，前前后后地张罗，送了两罐子酱菜给蒋静瑜："你才到京里不免吃不惯这里的饭菜，这是我照扬州的做法腌的，你让家里人都尝尝。"

蒋静瑜点点头："姑奶奶放心，只要有时间我就过来看姑奶奶。"

作为妾室，都不能光明正大地见自己的家人，蒋氏不免有些心酸，眼睛也湿润起来。

蒋静瑜想起一件事，让丫鬟将小小的瓷瓶交到婉宁手里："山楂、陈皮这些东西做的，酸酸甜甜很好吃。"

蒋姨奶奶在一旁笑："让七小姐笑话了，哪里有送药给人吃的。"

蒋静瑜笑着解释："不是药，不是药，只是平日里吃来爽快，婉宁通药理，知道这个意思。"

蒋静瑜向婉宁告辞，蒋姨奶奶将侄孙女送去垂花门，眼看着蒋静瑜上了马车这才回去。

"姨奶奶，您若是想要见娘家人，就跟老太爷说一声，她们不上门来，您可以过去……"妈妈低声道。

蒋氏摇摇头："现在想要见，已经晚了……"在母亲活着的时候就已经晚了，不管将来蒋家如何，谁也不会认她这个给人做了妾室的女儿。

"五爷将来有个好前程，定然会将姨奶奶送出去。"

但愿吧，不知要等到什么时候。

第二天，婉宁一大早就起了床，落英拿来了粉色小袄，外面配翠蓝色的西番莲褙子，头上戴着羊脂玉镶宝的簪子，耳朵上是小巧的珊瑚耳坠，大方又不失柔美。

童妈妈都笑着道："小姐真好看。"

换好了衣服，婉宁去了张氏那里，张氏穿得很华贵，银红色的褙子，头上是金灿灿的凤钗。

都收拾好了，两个人一前一后坐了马车径直去了安怡郡主府。

安怡郡主府前已经停了不少的马车。

婉宁跟着张氏才上了长廊，就听到周阮如的声音："怎么才来，莫不是睡过了头，我们都已经说了好一阵子话。"

周阮如向张氏行了礼，张氏忙回过去。

镇国将军家的女儿再怎么样也是宗室。

周阮如将身边的余卿眉拉过来："婉宁，这是安怡郡主的长女卿眉。"

张氏在前面走，后面传来婉宁和周阮如的笑声，大家热热闹闹地去了花厅，安怡郡主正和几位夫人说话，见到婉宁忙招手："快坐过来……"

婉宁向屋子里的夫人行礼，坐在了安怡郡主旁边。

安怡郡主道："忠义侯夫人还问起你来，我说都好着呢，茹茵也想你，绣了只荷包让我给你带来。"

漂亮的粉色荷包，下面结着五彩的穗子很是好看。

安怡郡主笑着道："看到这个，我就想起我们那时候，也是互相送荷包，"说着看向淇国侯夫人，"我送你三只荷包，你才还了我一只。"

淇国侯夫人掩嘴笑："你还记得。"

安怡郡主道："我想要你身上戴的那只绣着牡丹的荷包，你就是不明白，偏偏还了我一只花草的。"

淇国侯夫人扑哧笑起来："原来郡主要的是这个，那就怪不得我了，我那只绣牡丹的可是姚三太太送给我的。"

屋子里的人都去看张氏。

张氏还没说话。

淇国侯夫人接着道："姚三太太荷包做得好你们就不知晓了，我也是求了几次，才得了那一只。"

安怡郡主提了姚七小姐，淇国侯夫人就提起姚七小姐的继母张氏。

姚家的事大家都隐隐听说了些，张氏虽然笑容满面，姚七小姐看到张氏时脸上却有怯生生的神情。

有些话说起来好听，真正做起来就未必是那个样子，母女两个若是真的好，怎么会让人轻易就看出隔阂。

大家笑而不语。

说了一会儿家常，安怡郡主请了常家班来开戏，台上的武生穿着短装、薄底靴，长短兵器交替使用，打起来干净利索，台下的夫人们不禁喊好，给了不少的赏钱。

周阮如不爱看戏就和婉宁、卿眉一起下棋，一直等到下人来喊开宴，她们才回去花厅。

吃过了宴席，大家依旧坐着说话。

安怡郡主笑着道："我出嫁的时候，母亲给了我几家铺子，不到半年我就支撑不下去了，只好回娘家求助，我还记得母亲当时笑话我，明明是赚钱的铺子也被你亏空过去，还不如就将铺子租给旁人，只吃了租子了事，到现在我也是吃租。"

"您那铺子，一年就是五百两的租金，"旁边的简夫人笑着道，"谁能跟郡主比。"

"怎么不能，我那是不懂得做才会如此，"安怡郡主看向婉宁，"姚七小姐在泰兴时开了茶楼，进京的时候还带了许多茶叶，都是京里不曾有过的品类，将来定然能卖得好。"

张氏乜了一眼婉宁。

婉宁端坐在椅子上，脸上的神情很是平和，这样从容不迫是因为有安怡郡主在背后撑腰。

安怡郡主从自己说起，有意无意地提到了京里内眷都不免做些生意，这样一来婉宁就显得不太惹眼。

"早就听说京里的几家铺子要卖新茶，"简夫人在一旁道，"不知道是什么茶。"

张氏不作声，屋子里的几位夫人都看向婉宁。

还是安怡郡主道："正好，七小姐送给我一些，今天我就借花献佛。"

张氏知晓婉宁的意思，这茶叶只要在京里达官显贵的女眷中散开了，就算不愁销路。

郡主府上的下人将泡好的茶送上来。

夫人们都忍不住揭开茶盖去看。

张氏看了一眼，里面是浓稠的茶汤，和她在家里喝的看起来没什么不同，她慌跳的心顿时平稳下来，现在她不着急了，着急的应该是婉宁。

尚宝司卿家的女眷魏太太先端起茶来喝一口，怔愣了片刻，抬起脸来道："这是姚七小姐要卖的茶？从前没有哪家卖过？"

安怡郡主道："你们可曾见过？"

魏太太脸色有些异样："不瞒郡主，我知道郡主喜茶，今天我就拿了茶叶来，郡主让人瞧瞧可与姚七小姐送来的一样？"

一样？

安怡郡主皱起眉头。

魏太太发现自己说了错话，不好意思起来："我也不懂得喝茶，就是乱说一通，郡主不要放在心上。"

说着专心致志地端起茶水来喝，小口小口地仿佛在品尝一般。

"魏太太这样一说我还好奇起来了，"安怡郡主笑道，"那就将魏太太拿来的茶也泡来，我们尝尝到底是不是一样。"

魏太太忙道："也不是……我是听说京里的华茗轩要卖这种茶，才拿来给安怡郡主尝尝鲜。"

魏太太头也不敢抬，脸色绯红。

"我们在一起听戏喝茶不过是小事，"安怡郡主道，"魏太太送来的礼物还要拿回去不成？"

"那倒不是，"魏太太忙摆手，为难地看了一眼婉宁，"那就让人冲泡来尝尝。"

魏家下人将礼物送过去，安怡郡主让下人去泡茶。

"华茗轩什么时候卖新茶？"

"就是最近，"魏太太声音很轻，"说这两日，所以送到京里相熟的人家来尝，我们家是总在那里买茶……"

魏太太一边回答一边解释。

这样一来大家更想知道，两种茶到底一样不一样。

张氏觉得魏太太很聪明。

说话的工夫安怡郡主府的下人将茶端了上来。

大家迫不及待地去看，颜色很深的茶汤，味道和刚才端上来好像没什么两样，魏太太小心翼翼地看了一眼安怡郡主。

安怡郡主面色不虞，别的夫人抿着嘴没有说话。

张氏心里十分的愉快，安怡郡主不相信京里会有其他茶铺卖和婉宁手里一样的茶，这才信心满满地让下人来冲泡，谁知道泡出来的偏偏就相同。

魏太太如今又是一副受了惊吓的模样，呆呆地愣在那里，在场的夫人谁能看不出来？这些人现在不说，私下里也会将消息传出去，婉宁的茶注定是要卖不出去了。

想要尝新茶大家都会去华茗轩，更何况这新茶喝起来有些苦涩，并不好喝。

余卿眉看了一眼婉宁，"母亲，您和几位夫人说话，我们去园子里。"

安怡郡主道："也好，免得你们在这里拘着。"

余家小姐来帮婉宁，生怕婉宁这时候丢了脸面。

目的已经达到，张氏顺水推舟，"她们这般年纪刚好能说到一起。"

淇国侯夫人也笑着，"过些年，我们就要看着她们宴席了。"

屋子里的气氛又活络起来。

"郡主，"婉宁站起身，"您让人端来的两杯茶，哪个是我拿来的。"

连自己拿来的茶都不认得，张氏有些惊讶，婉宁平日里那伶俐的模样跑到哪里去了。

"就是那缠枝莲的杯子，"安怡郡主纵容地看了婉宁一眼，"只顾着和卿眉说话，都没看到。"

婉宁将茶杯端起来，然后向安怡郡主行礼。

众人觉得奇怪，安怡郡主也将手里的茶杯放下。

淇国侯夫人转过头去，看到穿着翠蓝色褶子的姚七小姐，端着手里的茶杯向前走了两步。

屋子里静寂无声。

姚七小姐轻挪莲步，走到花厅门口，手微微一倾手里的茶顿时泼了出去。

淇国侯夫人睁大了眼睛。

崔映容也吸了口气。

婉宁这是要做什么，怎么会就将茶倒了出去，婉宁就算认识安怡郡主，也不能当着众位夫人这样无礼。

张氏抿起了嘴，最先站起身："婉宁，你这是做什么？"

婉宁转过身回到花厅里，看向安怡郡主："若是我送来的茶冲成这个样子不喝也罢了，茶又苦又涩，难以下咽。"

张氏眉头轻轻地一皱，婉宁这是要自揭短处？还是另有玄机？父亲已经打听清楚，沈家店铺里要卖的就是这种茶，不会有错。

婉宁站在花厅里："是我没跟郡主说清楚，我们卖的这种茶，不能这样泡来喝，"说着看向童妈妈："将我要送给郡主的茶具拿来。"

琳琅满目的杯子和瓷碗顿时被摆上来。

安怡郡主道："这都是用来泡茶的？"

婉宁点点头，她做出的发酵茶用现在这种冲泡的方法根本无法入口。

"这是什么？"

安怡郡主站起身走过来看。

"是紫砂壶。"

姚七小姐用的紫砂壶很特别，十分的小巧，这样的壶能泡多少茶水。

婉宁看着手里的紫砂壶，这是贺大年和焦掌柜让京里最擅长做紫砂壶的詹师傅来做的，开始她以为会很难做成她画出的模样，谁知道师傅手会这样巧，若不是精益求精早就做出了相仿的模样。

做好了紫砂壶要用红茶来养，要不是时间不够，这紫砂壶会带着一股淡淡的茶香，不过就是这样也已经足够。

洗茶过后，几秒钟之内就要将茶汤倒出来，然后倒进闻香杯。

"这是要怎么用？"

婉宁将茶杯端过来，里面还倒扣着一只茶杯，这样怎么喝茶。

"手捏着倒扣过来。"婉宁解释闻香杯的用法。

安怡郡主看着新奇："你怎么想出这样喝茶的法子，这叫什么？"

婉宁道："闻香杯。"

"闻香杯，这名字起得好，真的有茶香，"安怡郡主转头看向花厅里的夫人，"大家快来尝尝，这茶可跟我们方才吃的不一样。"

说完话，安怡郡主怀疑地看着婉宁："你是不是换了茶？"

两个人顿时相视一笑。

崔映容端起茶来尝："若是我们今天不在郡主府里喝了这茶，就算让人将茶买回去也要闹出笑话，可见这茶也不是随便吃的。"

张氏看着眼前的茶杯，里面的茶汤没有那么浓，喝起来也少了苦涩和奇怪的味道，一个小小的茶壶竟然会让茶变得不一般起来。

"你怎么想到的法子？"

婉宁看了一眼张氏："是先做了茶，才想着法子来尝，周围尝茶的先生都请遍了。想要做茶、尝茶，茶真的好喝才能拿出来卖。"

婉宁刻意说得慢些："没喝到今天这样的茶汤，我也不知这茶能拿出来卖，卖茶是小事，真的懂茶才是大事。"

张氏的心跳霍然加快，华茗轩定然是不懂得要怎么泡这种茶，这样一来哪家卖的是正宗的新茶，立即就能分得清清楚楚。

张氏向周围看过去，花厅里的夫人都听得津津有味，方才婉宁用的那套茶具也被撤了下去，连她都想再仔细地看看，那些东西都是些什么。

安怡郡主笑道："如今我算是看清楚了，姚七小姐是做出新茶的人。"

崔映容深深地看了一眼婉宁："七小姐可不能厚此薄彼，七小姐送给安怡郡主的东西，我也厚着脸皮要一份，免得走出了郡主府，就再也喝不到这样的好茶。"

张氏攥起了帕子。

崔映容看向张氏："三太太有这样的女儿在身边，可是天大的福气。"

张氏面色僵硬片刻，立即笑着颔首。

周阮如缠着婉宁说话，三个丫头又开始说说笑笑，花厅里的夫人不时地将目光落在婉宁身上。

今天过后，除了沈家要新卖的茶，婉宁也会被人不停地提起，京里的小姐琴棋书画但凡有一样出挑，都会让人赞不绝口，更何况婉宁有帮她的安怡郡主和镇国将军夫人。

她本是想要给婉宁拆台，如今却做了婉宁的垫脚石。

张氏只觉得透心的凉意从胸口钻出来。

"妹妹泡的茶真好喝。"周阮如喝了一杯又一杯，余卿眉笑着看了周阮如一眼："哪有你这样喝的，这茶也不能白吃，你做的耳坠子好看，快来做一对送给婉宁。"

"那是自然，"周阮如道，"我做两对碧玺的给你们，戴起来定然好看。"

余卿眉道："我岂不是白白得了你的东西。"

三个人正说着，下人来禀告："马车已经备好了。"

没想到这样就散了宴席，周阮如依依不舍地拉着婉宁的手："不想让你走，干脆跟你继母说一声，去我那里住一阵子。"

余卿眉"扑哧"笑起来："这话应该是我说才对。"

周阮如这才恍然大悟："我还当这是我家了。"

婉宁先送了周阮如上车，然后才跟余卿眉告辞："改日去我家里。"

余卿眉道："要不是我表姐生病，我真的要过去，如今那边乱成一团，我母亲的意思让我过去陪些日子，"说着压低声音，"我那表姐订了婚约，要行及笄礼，谁知道会在这时候生病，远近的郎中和御医都请了，吃了药却不见效用，人瘦成一把骨头，也不知道怎么办才好。"

婉宁道："是不是要嫁人了心里难免慌张？"

余卿眉摇头："也不是，要明年才筹备婚事呢，再说这亲事极好的，别人羡慕都来不及，她怎么会不愿意。"

有些事并不是别人看着好就好。

姚家下人又来催，婉宁才和余卿眉分手。

张氏心神不宁地坐了马车回到姚家。

坐在椅子上，她还在想婉宁沏茶的模样，熟练又自信，根本是早已经准备好了。

为什么，难道姚婉宁已经料到今天的情形？

张氏焦灼地站起身来。

院子里忽然传来清脆的童声："母亲，母亲，五叔来了，五叔要教我读书。"

张氏正心乱如麻，听得欢哥的声音一下子站起来，丫鬟还没来得及上前伺候打帘，张氏已经急匆匆地迎了出去。

欢哥穿着蓝色的小袄，跑得满头大汗，袖口还沾着许多的泥土。

"这是做什么去了？"张氏埋怨地看了一眼欢哥身边的乳娘。

乳娘慌张地告罪："都是奴婢没看住，八爷要看七小姐院子里的翠鸟，跑得快了些摔了一跤。"

又是婉宁，为什么最近糟心的事都和婉宁有关。

张氏板起脸："不准让欢哥再去七小姐院子里。"

乳娘急忙低头应承。

张氏上前拍打着欢哥身上的泥土："以后慢着点，要走着不要跑。"

欢哥笑着点头："母亲，五叔来了，要教我读书。"

张氏点点头："不能这样去，换了衣服梳洗干净再去书房找你五叔。"

张氏带着欢哥去换了衣服，然后将欢哥送去二进院里。

看着欢哥被乳娘送进书房，书房里立即传来欢哥的笑声："五叔，五叔，上次的故事还没讲完，先给欢哥讲故事吧！"

欢哥又缠着姚宜之讲故事，张氏站在长廊听着屋子里传来的说话声。

下人端了茶点进屋，掀开帘子的时候，张氏仿佛能感觉到书房里十分的暖和。

"太太，我们该回去了。"银桂的声音传来。

若是往常，她转身就会离开，可是最近，家里有太多的事发生，让她少了往日的安宁，她怎么也挪不开脚步，反而顺着声音向前走去。

姚宜之的声音渐渐清晰起来："欢哥要好好读书。"

"为什么一定要读书？欢哥更喜欢听五叔讲故事。"

孩子的声音总是那么的清脆，无忧无虑、无拘无束。

姚宜之道："因为你祖父、父亲、四叔和五叔都读书，要不是读书，你父亲就不会到京城里来，五叔也不会进国子监。"

"欢哥好好读书，祖父和父亲就会喜欢欢哥，五叔也喜欢欢哥。"

欢哥道："那母亲呢？母亲会不会喜欢欢哥？"

姚宜之道："你母亲自然也会喜欢，你母亲还盼着欢哥长大了能有个好前程。"

姚宜之的声音这样的柔和，完全不像姚宜闻，只会板着脸跟欢哥讲读书的大道理，将圣贤、祖宗都要搬出来，几岁大的孩子能懂得些什么？

"你父亲听到你背书，就会高兴。"

欢哥仿佛听明白了似的："父亲这两天就不高兴，欢哥都不敢和他说话。"

姚宜之道："那等父亲下衙回来，欢哥就将五叔教的背给父亲听好不好？"

不知怎么的，张氏听得心里发酸，经过了这么多事，唯一能帮她的人就是姚宜之。

屋子里响起一大一小读书的声音。

张氏站在廊下仿佛站僵了。

不知过了多久，一只手伸过来打开了窗子，那手指修长，优雅地揽着袖口。

张氏下意识地抬起头来，正好对上姚宜之那双温和的眼睛，他似是要说话却又没有开口，半晌才转过头去。

张氏听到轻轻的一声叹息。

张氏握紧了手里的帕子。

"太太，老爷回来了。"

丹桂的声音传来，张氏顿时打了个冷战，姚宜闻怎么会在这时候回家，张氏转身就向院子外走去，才走到月亮门就看到了大步走过来的姚宜闻。

"你怎么在这里？"姚宜闻皱起眉头。

张氏的心顿时乱跳起来。

是谁说了什么，还是恰好撞见？

"老爷，"张氏装作若无其事，"五叔在教欢哥读书，妾身……将欢哥送过来。"

看着张氏身上穿着的桃红色褙子，隐隐约约有一股香甜的气味传过来，姚宜闻觉得有些不适应，"怎么又熏香了。"

张氏道："大约是从前的旧衣裳就沾了香气。"

姚宜闻又道："老五什么时候来的？"

张氏道："刚刚过来。"

姚宜闻脸上露出不悦的神情："马上就要春闱了，他不好好读书回来做什么？欢哥读书用不着他，请先生过来也就是了，"看了一眼张氏，"快回去换了衣服。"

说着向书房走去。

看着姚宜闻的背影，张氏才松开攥紧的手指，手心里满是湿漉漉的汗。

"你怎么过来了。"

姚宜闻不悦的声音传来，姚宜之站起身。

"这个时辰国子监还在上课。"

"三哥，"姚宜之像寻常一样站起身将姚宜闻迎到椅子上坐好，"今天没有见到父亲，正好国子监那边没什么事，我就回来看看，也看看欢哥。"

姚宜之看向欢哥的神情很是宠溺。

"那也要以课业为主，春闱马上到了，你还准备做个举人不成？"姚宜闻说着向欢哥招手，欢哥却不肯过去。

"三哥，我和欢哥正在背书，欢哥说要背给三哥听。"

姚宜之笑着看欢哥，欢哥认真地点头："五叔说，欢哥好好背书，父亲会高兴。"

看到欢哥，姚宜闻只觉得对张氏的怀疑和气愤顿时少了很多，没有张氏就没有欢哥，欢哥是他唯一的子嗣，将来他还要等着欢哥出人头地，奉养他终老。

欢哥也很听话，在姚宜之的提醒下认认真真地背起千字文来。

背了一大段，姚宜闻脸上也有了笑容，又向欢哥招招手，欢哥这才跑了过去。

姚宜之道："欢哥比我小时候聪明又和三哥一样好学，将来定然会有好前程。"

"他还小，到底能不能行还要看以后。"姚宜闻虽然这样说，脸上却露出骄傲的表情。

"父亲说三哥小时候就稳重，族里的长辈那时候就断定三哥将来一定能光宗耀祖，怎么欢哥就不能。"

听着弟弟说这些，姚宜闻的手不知不觉地放在欢哥小小的肩膀上，脑海里仿佛勾勒出儿子出人头地时的模样。

那时候他该多高兴。

自己生养的孩子，成家立业，让人敬重，到时候他才是真正的荣光。

为什么家家都盼有子，就是这个道理。

姚宜之将书整理好站起身走到欢哥面前，送到欢哥怀里："以后不只是三哥，我们姚家都要靠欢哥……"

姚宜闻看着弟弟不禁有些心酸，他有妻有子，弟弟呢？什么都没有，如今就是孑然一身，没有人真正体贴他，关切他，虽然外边光鲜，却真正的可怜。

想到这里，姚宜闻叹口气："等你考上功名我做主帮你结门好亲事，免得你身边没有人照应。"

姚宜之脸色黯然："看到欢哥我就想起我那个还没见面的孩子，现在我也不想许了，从前我不知晓，现在我才明白，能看着自己的孩子长大，也不是件容易的事，不是人人都像三哥这样有福气。"

兄弟两个一瞬间沉默。

姚宜闻半晌才道："男子汉大丈夫要拿得起放得下，就算妻儿没了也不能就此消沉，谁又能知道这辈子会遇到什么事。"

姚宜之抬起头来："我也想过，若是三哥遇到这样的事，定然能比我看得开。"

突然之间没有了妻儿？

这样的滋味儿？

姚宜闻平心而论，若是换成他，他也不知道会如何，现在一个休掉的沈氏和乱七八糟的沈家就让他头疼，内宅里张氏和婉宁又不和。

"你还记不记得我为什么休了沈氏？"姚宜闻说着顿了顿，"可是六弟妹说，秦姨娘的死和沈氏无关，若真的如此，我还是亏待了沈氏。"

也许是弟弟提起往事，他也不由自主地说起来，不但是沈氏，他对婉宁也不够好，不是一个好父亲。

"三哥还有办法弥补，"姚宜之安慰地一笑，"三哥又续弦生了欢哥，一家人其乐融融，就已经算是弥补了从前，有些事紧紧攥着也没用，回头想想什么又改变不了什么，还不如就放它过去。"

这是劝他要向前看，之前亏待了沈氏，现在不能亏待张氏，再怎么说张氏也生下了欢哥。

就算张氏有错，他也不应该牢牢攥住不放。

可是见到婉宁，他总觉得不能向长女交代。

婉宁正和焦无应说话。

"只要京里的夫人们接受了这样冲泡的方法，将来我们家的茶就会卖得很好。"

焦无应点头："可是万一再有仿冒要怎么办？"

"那就让他们去仿，京里的达官显贵都有个脾气，不会喝不正宗的茶，今天在安怡郡主府，大家已经看清楚了，再说冲泡用的茶具现在也只有我们家才有，就算要仿制也没那么容易，起码要过些日子。"

几天之间会有很大的变化。

"他们仿了之后，我们还会有新茶来卖，他们愿意仿就永远要跟在我们身后，到时候我们家只会更有名气。"

让众多茶铺仿造的定然是好茶，就算仿品再多，让人最终记住的永远都是正品。

"有没有让人去查华茗轩？"

焦无应颔首："贺大年已经安排人去办了。"

"也不用太着急，"婉宁道，"只要让京里人人都知晓华茗轩在仿造我们的新茶就行了。"

她一个人查起来太慢，京里可是一个没有秘密的地方，夫人们饭后余谈本就少了话题，如今喝着茶，说得会更加顺畅。

在沈家茶铺开张的时候，这事传得沸沸扬扬对沈家和新茶来说，只会是好事。

婉宁低声问："京里能做紫砂壶的师傅还有没有？"

"就我们用的这种，"焦无应摇摇头，"小姐早就安排好了，任谁都不好找詹师傅那样的好手艺。"

这就好，外面一般的紫砂壶很大，没有这种精致的成品，就算别人想仿制，也要找到能做壶的师傅。

她虽然不懂得经商，但是她骨子里毕竟是半个沈家人，懂得捏住哪里不放对她更有利。

等到焦无应出了门，童妈妈过来道："五老爷过来了，在书房里教八爷读书，不知怎么的，三太太也跟了过去。"

在安怡郡主府，虽然是魏太太拿出了茶，但是这件事应该和张氏脱不开干系，否则张氏就不会装作惊讶，又假惺惺地替她着急好像是个慈祥的继母。

她拿出紫砂壶和茶具，在安怡郡主府为各位夫人泡了茶，张氏的脸色有些变，从安怡郡主府回来，张氏更是径直回到房里。

张氏身边少了两个得力的下人，现在又是这样的心情，定然会想要找人帮忙，正好这时候五叔来了，张氏又有些不合礼数地去了书房。

有一种直觉，让她觉得张氏至少是信任五叔，欢哥的那种对五叔的喜欢和依赖也是需要张氏点头才能有的。

这里面会不会有什么玄机。

"让人去趟沈家，跟我舅舅说，少跟五叔来往。"

谁知道五叔那芝兰玉树下面是张什么脸。

沈敬元看着妻子收拾准备要带给婉宁的东西。

"酱菜不要装那么多，婉宁年纪还小不能吃那么咸的东西，扬州的小菜到了京里都不好吃了，不如趁着婉宁能自己挑选下人，就将家里的厨娘送到姚家。"

听着老爷絮絮叨叨地说，沈四太太直起腰身："老爷什么时候这样仔细，连厨娘都想到了，我早就跟婉宁说了，就将我们带来的厨娘送过去一个，这样一来吃食上我们也安心。"

沈敬元点点头："姚宜闻总算做了一件人事。"

自从辰娘被休，他是第一次心平气和地提起姚宜闻。

沈四太太点头。

刚刚将东西装好，童妈妈就赶了过来，将婉宁说的话跟沈四太太说了："小姐说，不管怎么样，舅老爷都要小心些。"

沈四太太觉得婉宁的话有道理："让婉宁放心，我会劝说老爷。"

童妈妈说完特意向院子里乜了一眼："舅太太，奴婢过来的时候，看到院子里在准备东西，这是要做什么？"

眼见就要到最冷的时节，难不成沈四老爷一家还要远走？

沈四太太道："还没跟婉宁说，老爷想去趟宣化府。"

童妈妈听得一惊。

"去宣化府？那边不是不太平吗？离瓦剌那么近，四老爷怎么好过去。"

沈四太太也有些担忧："这两年已经好多了，朝廷有专门驻守的兵马，老爷不会到宣化府镇，而是到周围去打听打听，年前就能回来。"

"这冰天雪地的，"童妈妈想想就觉得冷，"那可是北边，这个时节可能已经下雪了，就算过去了也不好行车啊。"

"家里在西北那边可能会拿不到盐引，"沈四太太抿起嘴，"老爷有些着急，沈氏全族上下还有伙计都等着盐引换盐来卖，万一有个闪失，老爷没法交代，正好有人在北面有屯田，想要将屯田卖给我们沈家，老爷想了好几天，说什么也要去看看，将来就算西北那边供应不上，北面还可以用粮换引。"

这样到底能不能行。

童妈妈看着眉头紧锁的沈四太太："太太怎么不去问问小姐，让小姐劝劝舅老爷。"

沈四太太看了一眼身后葱绿色的帘子，将童妈妈叫到东侧室里说话："我们老爷肩上毕竟压着整个沈家，那些重担不是我们妇孺能能担下的，我也劝说过，老爷却说沈家能走出一条商道，也是费尽千辛万苦……"

沈四老爷这样的话都说了出来，看来是一定要去看屯田了。

童妈妈也不好再劝沈四太太。

沈四太太顺势将话题引到婉宁身上："婉宁怎么样？可出了口气？"

童妈妈道："哪里能呢，张氏不过是受挫而已，我们太太是被休出了姚家，老太爷那边倒是气得不轻，听说我们小姐不但回来了，还在身边大肆换人手，只要小姐去请安，老太爷就气得翻白眼，骂小姐是逆子，将来不会有好下场。"

听到这些话沈四太太气得咬牙切齿："没有好下场的是那个老东西。"

说话间，下人将要送给婉宁的东西拿来。

沈四太太都分开放好："这是护手、护膝，过几日是一定要穿的。"

童妈妈就看向那雕花镂空的手炉："手炉我们家里有。"

"我知道，让人购置的时候我就忍不住想到婉宁，"沈四太太满脸慈祥的笑容，"昆哥也喜欢，我还特意绣了个手炉套，昆哥的是蓝色的，婉宁的是粉色。"

看着说得仔细的沈四太太，童妈妈心里叹气，舅老爷一家对小姐是真的好。

从沈家回来，童妈妈将沈四太太的话仔细地说了。

婉宁伸手要地图，宣化府她是听过的，那是本朝的边陲重镇，舅舅怎么会想到要将米粮送到宣化府换盐引。

她之前跟舅舅说过，等到茶叶卖出去就会有银钱，明年春天再做计较，这段日子她一直在忙茶叶和紫砂壶，就很少去舅舅那里，也不知道什么时候舅舅做了决定要赶在年前去宣化府看看。

童妈妈好不容易找到地图放在婉宁眼前，用手指了指："宣化府就在这里，倒也听说那边太平，离京师也不算太远，说不定也没什么。"

如果这么简单，为什么会有人卖屯田？舅舅到底有没有问个仔细？

"也许四老爷就是谨慎起见才会去看那些田地。"

婉宁站起身来。

在沈家的时候舅舅就说，二舅舅每年都要冒着危险去边疆送粮，有一次边疆不太平，二舅舅就带着粮食躲在民户里，结果被那些外族人发现，将身边的伙计从屋子里一个个拖出去杀了，眼看就要抓到二舅舅，还是二舅舅身边的小厮挺身救主。

二舅舅因此捡了一条命。

就这件事，舅舅一直觉得亏欠二舅舅，舅舅的心情她能理解，作为沈家主事的人，哪里能一直缩在别人的后面。

舅舅不想将来龙去脉跟她讲，她也知道为什么。

在舅舅心里她毕竟是个孩子。

"让人去备车吧，我要去舅舅家。"婉宁低声吩咐童妈妈。

童妈妈点点头，刚要下去安排，落英进来道："老爷过来了。"

父亲怎么会这时候过来。

婉宁皱起眉头。

"婉宁。"姚宜闻兴致勃勃，满脸的笑意。

婉宁上前给姚宜闻行礼。

"婉宁，"姚宜闻道，"你小时候一直想要父亲给你找个女先生回来，正好我今天遇到了陈阁老，陈阁老给家里的小姐请了女先生，我就问了一句，陈阁老的意思，可以问问那女先生，她若是愿意也能来给你做西席。"

能和陈阁老家的小姐同一个西席那是好事。

姚宜闻捋着胡子。

"陈阁老家的小姐多大年纪？"婉宁看向姚宜闻，"和女儿相仿？"

姚宜闻点头："差不多，我记得……"

"父亲在我小时候想要请西席，如今已经过了多少年？"婉宁抬起头来，"如今女儿已经长大了，琴棋书画自学了不少，还在京里卖起了茶叶，这时候再学着书香门第家的女子书画不离手，未免太晚了些。"

姚宜闻被说得一怔。

"多少年了，女儿都没想过还会有父亲可以依靠，"婉宁顿了顿，"父亲真的想对女儿好一些，弥补这些年的缺失，不如急女儿所急，让人去打听打听那个华茗轩，为什么在女儿的茶铺开张之前，就有了女儿让人新做的新茶。"

屋子里的气氛一下子变得有些奇怪。

姚宜闻身上那股身居高位的文臣风仪立时卸了一半。

婉宁上前给姚宜闻行礼："父亲，女儿要去大伯那里，听大伯说说往后该怎么办。"

姚宜闻压制着怒气，额头上的青筋隐隐跳动，眼睛里却又有一丝的愧疚，这样两相为难地挣扎了片刻，转头吩咐下人："多几个人跟着小姐去大老爷那里。"

送走了姚宜闻，婉宁去内室里换衣服。

童妈妈看着皱眉的婉宁："小姐放心，沈四老爷就算是要走也不会这么快，我们定然能赶上，小姐好好劝着，就算是再急哪怕等到明年春天。"

婉宁点点头。

童妈妈看了看外面，落英让人守着门口，屋子里也没有旁人，这才低声道："奴婢还没见过老爷那样的脸色，想要生气却又要忍着，"说着顿了顿，"小姐不是一直想要请个西席来教字吗？"

姚宜闻没有给她太多学习的机会，以至于到现在很多字她还是用猜的，从泰兴到京里她倒是跟着昆哥蹭了不少杨敬先生的课，可是这些显然还远远不够，她真的需要一个先生。

却不是现在，更不是陈阁老家推荐的。

"我们家和陈家有婚约，"婉宁看向童妈妈，"你觉得陈家会要我这样的媳妇进门吗？"

陈季然她是见过的，能看得出来，陈家十分宝贝这个儿子，以她现在的处境，陈家是不可能同意的。

"怎么不可能，"童妈妈有些不服气，"小姐是进过宫，受过皇后娘娘赏赐的。"

"可我也将姚家闹得一团乱，气病了长辈，还将亲六叔送进大牢，现在又惊世骇俗地做起了买卖，时不时地更会抛头露面给人治病。"以陈家的审美，教育孩子的方法，怎么可能接受她这样个媳妇。

除非陈家是另有打算。

不管陈家的打算是什么，既然彼此看不上眼，也最好不要硬牵扯在一起，既然陈阁老已经试探了父亲，想要看看她是不是还能学习礼仪，干脆她现在就回过去，让陈家彻底断了这个心思。

听出婉宁话里的意思，童妈妈张大了嘴："小姐是不想嫁去陈家？"

婉宁点头："别人随随便便给我定门亲事，我自己自然要仔细思量。"

童妈妈脸色有些难看："陈家的亲事是太太想方设法让老爷定给小姐的。"那时候太太离开姚家，可就有这样一个要求。

"母亲为什么想要我嫁去陈家？"婉宁转头问童妈妈。

那还用说吗？童妈妈道："那是因为陈阁老家家境好，小姐嫁过去之后衣食无忧，也会被人高看一眼，陈家三爷也是一表人才。"

"那时候母亲就知道陈季然一表人才？"

听到婉宁的问话，童妈妈一怔。

婉宁拢好了袖子，笑着看童妈妈："不管是衣食无忧还是让人高看一眼，都不能将希望寄予别人身上，而是要靠自己，这样才来得稳妥，如果为了嫁进陈家，现在我就听命父亲，整日里在家中读书，将来勉勉强强地被抬去陈府，我和从前又有什么区别？"

"至于我将来会嫁给什么样的人，"婉宁顿了顿，"妈妈放心，我不会亏了自己，定然会嫁个极好极好的人。"

童妈妈听得眼睛湿润点了点头："小姐说得对，我们从泰兴到京里，卖茶点又卖茶，都是小姐一手做出来的，没有依靠谁，将来定然也是如此。"

婉宁穿上氅衣。

童妈妈道："老爷吩咐的人还跟着，我们……要去沈家吗？"

婉宁摇头："我们去大伯家里，跟外面的贺大年说一声，让焦无应带着人去等我。"

一路上婉宁一直在想商屯。

商屯的兴起是因为运粮需要的花销太大，商贾无利可图，朝廷才批准在边关重地屯粮，宣化府若是有垦好的商屯卖，对沈家来说的确是个诱惑。

从先帝的时候开始，边疆战端开始由西北转为北边，朝廷开始折银换盐引，经常有瓦剌扰边的宣化府等北边重镇却不在其中，如果沈家还想接着屯田，靠商队运米，就要在北边重镇种粮。

舅舅急着去看屯田，是想要早些买下来，等到春天的时候耕种，否则就会来不及。

这是在边关做过商屯的人才有的经验。

卖商屯这种情形也并非没有，经营商屯是要耗费巨大精力的，有些商贾经过几代家境凋零，无论是雇人耕种还是运粮都难以支撑就会变卖屯田，舅舅是买过这样的商屯，心里觉得有几分的把握，再说在宣化府也有沈家的屯田，只不过数目不多而已。

关键是，这余家到底可靠不可靠，宣化府离京城这么远，若是有什么差错也没有人接应。

到了姚家，婉宁去给姚宜州行礼。

姚宜州正笑着喝茶："这茶卖得好，我听说京里几个铺子都被挤得水泄不通。"

可以预见京里会开始流传这种茶叶的泡法，泡茶的过程很讲究，尤其是泡茶用的紫砂壶，根本是谁也没有见过的，用普通的紫砂壶却又泡不出那种味道。

姚宜州道："你是请的哪里的师傅，怎么能做出这样的东西。"

周高起《阳羡茗壶系》里面说过宜兴紫砂壶：一壶重不数两，价值每一二十金，能使土与黄金争价。

她让人去宜兴找紫砂，又请来制壶的师傅，这里面虽然有些波折但也算是顺利，很多事只要着手去做，就会发现没有那么难。

婉宁道："大伯喜欢，将来有了新样子我再让人送来。"

姚宜州摇摇头："哪里要得了那么多，我知道你们做来不容易，现在正是要卖的时候，送给京里的达官显贵才是要紧的。"

"什么是要紧，"婉宁笑道，"自家人喜欢才真的要紧。"

看着婉宁舒展的眉眼，姚宜州有一种子女绕膝般天伦之乐的感觉，所以母亲会喜欢婉宁。

说话间，焦无应来了。

婉宁和焦无应到屋子里说话。

"这次的新茶不会泄露，"焦掌柜道，"我们几家铺子上上下下都查了一遍。"借着这次泄露茶叶的机会，将那些吃里扒外的伙计和掌柜都清了出了铺子，不过在此之前要弄个清楚，这些人到底是为了谁在害沈家。

"就这一次机会，"婉宁道，"要让人盯仔细了。"

焦无应点头："小姐放心，既然已经有了眉目，就一定会弄个明白。"

"有没有弄清楚舅舅要买哪家的地？"

焦无应道："是余家在宣化府的地，去年余家的大老爷得病死了，隔了三个月二老爷也死在了运粮的路上，家里剩下了一堆妇孺，两房又忙着争家财，今年连地都没有种。"

表面上看起来，余家是因为家里的麻烦事才要卖地。

既然是争家财，婉宁看向焦无应："你让人装作商贾去余家问问地价。"

焦无应道："小姐放心，这样的事我们在泰兴就做过。"

焦无应的话音刚落，童妈妈匆匆忙忙进了屋："小姐……来了……来了……"

"谁来了？"婉宁问过去。

童妈妈挥着手里的信:"小姐,太太……娘子来了。"

看着童妈妈的样子婉宁顿时猜出来:"你说我母亲来了?"

童妈妈不停地颔首:"是,娘子来了,再有两日就能进京。"

母亲来得真是时候,她送去扬州的信恐怕还没到母亲就起身了。

到底是放心不下她,这样也好,她们母女就要团聚了。

婉宁看向焦无应:"让贺大年去京外迎我母亲,舅舅那边去知会一声,"说着顿了顿,"让下人去将我新买的院子收拾出来。"

张氏帮嘉宁长公主画花样子,到了年底该做荷包,好赏赐给家里的小辈。

嘉宁长公主拿起张氏画的样子,不禁叹口气:"你看看你,心不在焉的,一朵花让你画出两个蕊子来,我要是让人照着这个绣了,家里人看到要笑起来。"

张氏顿时红了脸,放下手里的笔:"长公主还不知道,我是心里有事……"

"什么事?"嘉宁长公主道,"你也别总是放在心上,最终她还是要认你这个母亲,将来靠着你才能出嫁。"

张氏摇摇头:"我们家七小姐可不是寻常的内阁小姐,现在京里谁不知道姚七小姐。"

这个她倒是听说了,嘉宁长公主道:"茶我还没来得及去尝,我家老夫人去了趟宴席,回来就打发人去买什么荷叶紫砂壶,还没有买到。"

听到人提起什么紫砂壶,张氏的眼皮就会跟着乱跳。

张氏抿起嘴唇:"如今谁都知道,姚家要因此发家,将来这京里最有钱的小姐,恐怕就是我们家七小姐了。"

话说得又气又恼。

嘉宁长公主道:"好了,你不想说就别提她了,我们这么多年的交情我还不知道你,在这件事上你是难做,家家有本难念的经,你也要想开些,就像我,想要生这份闲气还没有呢,再说女孩子十三岁已经是要议亲的年纪。"

张氏坐了一会儿才走。

嘉宁长公主用了饭,坐下来将手里的花样子一个个地收进筐箩里,吩咐下人要仔细绣好,对整个公主府来说最热闹的恐怕就是过年。

每年过年她都是要送荷包出去。

前年做了十八只,去年做了二十三只,今年二房添了一个儿子,三房添了两个女儿,这样又多了三只,还有亲近的族亲要送,要足足做三十只才会够用。

她却每年都一样,自从嫁人之后,身边的人走的多,来的少,有时候她想也许她就是这个命。

大约知道长公主在想什么,晨露道:"公主,您别想太多,兴许明年我们就不用做这些荷包了。"

"乱说什么……"嘉宁长公主不悦地看了晨露一眼。

"奴婢没胡说,皇后娘娘都说了,皇上惦记着您,您是先皇最疼的公主,皇上怎么能让您就这样下去。"

嫁人之后深居简出?开始她还没觉得如何,就是身边冷清了些,后来……只要到了晚上她就会觉得院子里又大又静,冷得可怕。

嘉宁长公主刚想到这里,胡妈妈进来道:"公主,人来了。"

嘉宁长公主点点头："将我买的纸笔送过去，让他跟陈文实少喝点，陈文实是个粗人，他不是对手。"

胡妈妈笑着点头："是，看起来就是想要听您说话才会过来的。"

嘉宁长公主府的后门打开了一条缝，一个长衫玉立的人影早就等在那里，听到声音迎过去。

"这是给您的纸笔。"

他伸手接过。

"长公主吩咐了，说陈大人在外带兵打仗，有一身的好酒气，现在又要补了宣府的总兵官，难免要跟您多喝两杯，您也不要太实在了。"

说着话，他向院子里看去，隐隐约约能看到一盏灯在风中晃动。

他点了点头。

"您慢着走。"

姚宜之转过身，月光下他的模样显得格外的温文尔雅。

陈文实二十几岁时就跟着父兄在外带兵，陈老太爷战死沙场之后，陈文实的兄长驻守边关十几年，后因伤病辞官，陈文实接替兄长镇守浙江三府，如今回京听命，正赶上五十八岁寿辰，家里本来不想摆宴席，却有亲友不请自来，陈家就在花厅里摆起了流水席，来贺寿的武将们络绎不绝。

姚宜之望着灯火通明的陈家，等在门口的单长兴迎上来："你怎么才过来，里面进进出出都已经三四拨人了。"

姚宜之道："书院里忙不开。"

单长兴和姚宜之说着话进门，立即听到陈文实爽朗的笑容："皇上命我去宣化府是还看得起我这把老骨头。"

立即就有官员道："都督若是这样说，我们这些人该怎么样？"

寿宴上自然要说些好听的话，不过不管是奉迎还是谄媚都到此为止，因为谁都知道陈都督不喜这个。

单长兴和姚宜之给陈文实祝了寿，陈文实笑着看姚宜之："单五总是将你挂在嘴边，说你明年春闱定案会金榜题名。"

姚宜之行礼道："是单大人谬赞。"

"哪里，"陈文实不太同意，"他可不是个随便夸人的。"

单长兴倒有些不好意思，想要和陈文实再多说几句话，却又来了客人，陈文实笑着挪步过去。

不知是谁先道："下雪了，下雪了。"

所有人向屋外看去，撩开帘子进门的下人头顶上已经挂了雪片。

"都督，这是好兆头啊，都督去了宣化府定然会杀败瓦剌。"

屋子里满是陈文实爽朗的笑容。

"崔二爷来了。"

下人禀告的声音刚落，陈文实站起身来："彦明。"

姚宜之抬起头来，看到了走进屋的少年，一身宝蓝色圆领绲边长衫，一双眼睛波澜不兴地向周围看了看就收回了视线，明明是从容闲适的模样，却让人不敢怠慢。

这就是大周朝的新贵，皇上如今最信任的崔奕廷。

屋子里的武将纷纷站起来。

崔奕廷的父亲和叔叔都是文官，崔家也是有名的书香门第，一般来说文官和武将如同隔着一座山，谁也不碍着谁，谁也不待见谁。

可是崔奕廷能让武将们喜欢，只能证明这个人不能小看。

崔奕廷和陈文实连着喝了两杯酒，陈文实拍着崔奕廷肩膀："若是老夫再年轻十岁，定要跟你分出个胜负。"

姚宜之默默数着，二三十杯酒过后，崔奕廷仍旧目光璀璨，达官显贵家的子弟他见过不少，崔奕廷荒唐的名声在外，却并不是只顾吃喝玩乐的纨绔子弟。

"姚五老爷和长兴相熟？"

要身边有人介绍，崔奕廷才过来说话。

单长兴吓了一跳，还是姚宜之像往常一样站起身来笑着道："我和长兴认识一年多了，长兴的表弟在国子监读书。"

姚宜之说完话忽然觉得，崔奕廷像是明白了些什么似的。

崔家，崔夫人带着下人走进儿子的院子。

崔奕廷正在看公文，南直隶贪墨案的卷牍高高地堆起来，都快淹没了崔奕廷的肩膀，崔夫人看得心酸起来，吩咐丫鬟："将团子汤放下。"

崔奕廷站起身来扶崔夫人坐下。

"陈家宴席你为什么不和你父亲一起去？"

崔奕廷道："正好手里有些公文没处理完。"

崔夫人叹口气："都是因为你父亲要去，你才不去，你们父子两个到底要闹到什么时候？"

"不是像母亲想的那样，"崔奕廷道，"我和父亲没什么。"

崔夫人仔细地端详着崔奕廷："你想什么我这个做母亲的都不知道，更别提你父亲，你父亲安排好的婚事你也拒了，让你父亲在陈家面前丢了脸面，这次去看陈文实，你父亲也有要缓和的意思，礼物都挑了好几天，你偏偏不跟着一起去。"

"我跟父亲去了是什么意思？"崔奕廷道，"拿着贵重的礼物上门，是要应允这门亲？"

崔夫人被问得哑口无言。

这门亲事是陈家先提起来的，陈家是将门之后。

老爷在浙江的时候遇到陈文实，将陈文实请回家里做客，那时候奕廷正将家里闹得鸡飞狗跳，家里十几个下人都没能将奕廷从房顶拽下来，陈文实见了倒是高兴起来，直夸奕廷将来定然有出息。

老爷听得半信半疑，两个人喝酒的时候陈文实就将自己小时候和哥哥上树爬墙闹得家宅不宁的事说出来。

她还记得老爷说话时的神态："用网子套野鸡，将虫子带进被窝里，将蚂蚁圈在桌子上吃饭，用墨给自己描了个大花脸出来吓人，这些我都说了，陈文实听了还哈哈大笑，说什么也要跟我结这门亲，将来让陈家四小姐嫁进来，奕廷也就成了陈家的半个儿子。"

亲事就这样落实了。

谁知道奕廷会不同意，说什么也要退婚，老爷不肯，奕廷就自己写了封信给陈文实，到现在她和老爷也不知道奕廷写的到底是些什么。

"我看不出来陈家四小姐有什么不好，武将家的女儿不要，难不成你想要个文官岳父？"崔夫人的声音微微上扬。

"母亲别试探我，"崔奕廷道，"还没到那个时候。"

不过是拐着弯地问一声却这样被回过来，崔夫人摇摇头："听说谢严纪还说你脾气好，有耐心，刑部上下一心才将案子办好，也不知道这话是从何而来。"

崔夫人坐了一会儿就走了，崔奕廷将陈宝叫过来："有没有问出来李成茂什么时候进京？"

陈宝道："还没消息。"

李成茂是陈文实的女婿，在宣化府已经四年。

"备马。"崔奕廷吩咐一声。

陈宝立即跑了出去。

李成茂眼看就要进城门，迎面却来了崔家的下人。

"李大人，"崔家下人恭敬地将帖子递上去，"我们家二爷请您稍等一会儿。"

就在这里？

眼见京城就在咫尺，崔奕廷为什么要将他拦在城外？

李成茂皱起眉头，转头问下属："什么时辰了？宴席已经开始了吧？"

天已经黑成这样，就算下属不说他心里也清楚。

"大人，我们何必要听那个崔奕廷的。"

崔奕廷退了陈四小姐的亲事，外面人只当是陈家嫌弃崔奕廷顽劣，陈家人却知道得清清楚楚，崔奕廷一封信就送到岳父那里，将岳父气得三天没有合眼。

可岳父也说过，崔奕廷这个人虽然气人，却从来不说虚话。

李成茂正等得有些不耐烦，就瞧见官路上有人骑着马跑过来。

"崔奕廷？"李成茂隐隐约约认出来，忙下马迎过去。

"二爷，来的是李大人。"陈宝在崔奕廷背后轻声提醒，二爷已经好久没见过李成茂了，以二爷的眼神儿，除了一个鼻子俩眼睛啥也认不出了。

崔奕廷跟李成茂互相见了礼。

李成茂可是记得崔奕廷，每次看崔奕廷一次他都不明白，岳父眼光从来都不错，怎么这次看走了一眼。

"到底有什么事？"李成茂道，"城门眼见就要关了。"岳父喜欢崔奕廷，他可不喜欢，他是考上武状元才入仕的，从小就在刀枪底下摸爬滚打，最看不上的就是崔奕廷这种美名其曰"世家"出身的纨绔子弟。

看着李成茂梗着脖子的模样，崔奕廷道："李大人是奉旨进京，就算晚一些，城门的守卫也会通融，陈伯父的宴席他早就开始了，不差这一时半刻。"

崔奕廷素来是伶牙俐齿，一口气将他的嘴封死了，李成茂一时说不出话来。

"李大人，陈伯父升为宣化府总兵，又逢做寿，你可准备了礼物？"

听得这话，李成茂顿时笑起来："不劳崔二爷挂念。"

看李成茂的笑容就知道，送去的礼物定然是精心准备。

"我也有一样礼物,请李大人过来瞧瞧,能不能送去给陈伯父。"

崔奕廷看向陈宝,陈宝伸手将何英手里的火把拿过来。

崔奕廷自己接过火把,远远地走开。

崔奕廷葫芦里到底卖的什么药?

李成茂耐着性子才跟过去。

崔奕廷站在火把下,火光将他的面孔映得发亮,他慢慢从袖子里拿出一封奏折。

李成茂看到奏折,不禁诧异。

他伸过手着急打开折子,匆匆忙忙地看了个大概,然后惊呆在那里。

"这是……"

崔奕廷道:"这是御史准备要弹劾的奏折,有人眷抄了一份给我。"

御史准备弹劾的奏折,却在崔奕廷手上。

李成茂有些发蒙:"这怎么可能,为什么要说岳父养寇自重?西北从前是大小战事不断,也就是因为岳父,这些年才安定下来。"

"那是因为朝廷新派了副总兵。"

李成茂青筋暴起:"他们这是胡说……怎么能这样陷害岳父。"

在这里听李成茂发脾气,就真的办不成事了。

崔奕廷打断李成茂的话:"李大人是不是进京之后准备回陈家?"

李成茂颔首:"天色已晚,明日一早去吏部报到。"

"吏部有当值的官员,李大人为什么不先去请报?"

李成茂低下头,若是这样一来就算是公私分明了,李成茂感激地看着崔奕廷:"是我没想周到,"说着顿了顿,"我送给岳父的礼物也不是什么好东西,岳父从前的一把随身带的弯刀坏了,我从瓦剌那里得了一把,让人重新打磨,要送给岳父,也是要讨个好彩头。"

一把弯刀,就算是再大做文章也不至于能换来皇上的猜忌。

不可能是这样的礼物,难道是他想错了?

崔奕廷又问过去:"李大人还带了什么东西?"

崔奕廷怎么会知道他还有东西?

李成茂吞咽一口:"是一块玉石,在宣化府找到的,玉石上面刻着文字,像是一个'周',我想这是祥瑞,就拿了回来想要跟岳父商量,让岳父进宫时献给皇上。"

这时候发现什么祥瑞。

崔奕廷道:"皇上看到了会欢喜,群臣也会觉得击溃瓦剌指日可待,皇上这样想了自然会圣心大悦,若是有人说,李大人这样做,只是为了告诉大家,皇上选了陈伯父去宣化府是天意,皇上也是依天而行,到底是天大还是皇上大,祥瑞是给皇上还是给陈伯父的?"目光落在李成茂身上,"李大人你是统兵的人也相信这个?天底下的祥瑞多了去了,谁也没靠着它建功立业,不管是谁给李大人出了这样的主意,我觉得李大人都应该做一件事。"

崔奕廷眼中透出冰冷的光:"要害你性命的人,你也不必手下留情。"手握军权就要比旁人更加小心翼翼,一件好事顷刻间就会变成坏事,要耳听八方如履薄冰才能诸事顺遂。李成茂顿时心里冰凉,若是果真如同崔奕廷所说,他和岳父两张嘴怎么能说得过那些文官,真的让皇上起了猜忌之心,身家性命都会难保。

风吹过来,李成茂才觉得起了一身的汗,方才见到崔奕廷他心里还百般怠慢,现在真是羞愧难当。

李成茂向崔奕廷拱了拱手将手里的奏折还给崔奕廷："崔大人,大恩不言谢。"

眼看着李成茂进了京,陈宝道："二爷,这事就算了了吧?"

恐怕没有那么简单。

婉宁看着宣化府的地图,余家的地不论是从鱼鳞册上来看,还是地图上所指都没有差错,她让人在余家守了那么久,前前后后也打听了不少余家的事,就是看不出任何问题。

也许余家就是没问题,这块地也没问题。

应该换一个思路去想,如果舅舅当机立断就不买余家的地,会不会就能万事大吉,还是早就有人布好了圈套,就像她在马车里迷迷糊糊就被人带出了京。

婉宁忽然觉得,这次的事没有她想的那么简单。

前前后后,让她觉得能看透却又模糊不清,从父亲那里是听不到关于宣化府的什么消息,父亲不会在她面前提外面的事,这样一来她一个躲在内宅的人光靠焦无应几个,也只是打听到皮毛。

婉宁正想着,童妈妈进了屋。

"怎么样?"

童妈妈点点头,"听贺大年说,外面能听到的消息就是宣化府总兵换了。"

宣化府总兵换了,和这件事有关系吗?

赵瑶满身酒气地走进屋。

见到坐在炕边的张瑜贞就凑过去,张瑜贞顿时皱起眉头,转头吩咐下人:"快打水来给四老爷清洗。"

"这都什么时候了,老爷还顾得吃酒,礼部传消息过来了,皇上赞赏赵琦仁孝,让礼部择日将忠义侯的丹书铁券拿来写上赵琦的名字,准备让赵琦正式承爵了。"

赵瑶听得打了个饱嗝。

"贱妇……"

骂得张瑜贞顿时一愣:"老爷,你在骂谁?"

"我骂谁?"赵瑶口齿不清,"我骂二嫂,我骂那个姚婉宁,要不是这两个贱妇,我早就已经是忠义侯。"

张瑜贞肩膀松懈下来:"老爷说得是,只可惜姚婉宁没死,若是她死了,我心里还能松快些。"

将马车都带出了京,姚婉宁居然还没死,早知道就吩咐人先给姚婉宁心窝里来一刀,再等那个崔奕廷。

赵瑶喝了口茶,打了个饱嗝。

张瑜贞道:"陈文实那边怎么样了?"

赵瑶道:"自然是很热闹,都说陈文实平了西北如今又被重用去平瓦剌,是大周朝真正的常胜将军。"

张瑜贞不服气地翘起嘴唇:"他算什么常胜将军,不过是在西北讨了便宜,也敢四处去说,当年他父亲打败仗的事怎么不拿出来说说?就没有人戳破他的脸皮,要说常胜将军,那得是我父亲,从死人堆里爬出来,伤没养好就又回战场,立下多少汗马功劳。"

赵瑶听着妻子说岳父的好处,闭着眼睛他也能背出来妻子要说的话。

"你怎么不出声？"张瑜贞问过去，"是不是觉得陈文实比我父亲强？你若是觉得他好，就跟陈文实求个爵位来……"

"无缘无故说这些做什么？"赵璠皱起眉头，看着妻子的脸垮下去，"我知道你这些日子不痛快，"说着变脸笑起来，"我说些让你痛快的事如何？"

张瑜贞望着丈夫笑眯眯的眼睛。

赵璠看看左右。

张瑜贞将人打发出去。

赵璠这才低声道："让陈文实先得意两天，很快陈家就要倒霉了，宣化府总兵的位子轮不到他，最后还是要回到我们勋贵手里，至于那个姚婉宁，你也别着急，这次都有他们的份儿，南直隶的案子让崔奕廷办了，他却得罪了人，那个沈家……"

赵璠话到这里戛然而止。

张瑜贞用手肘去戳丈夫："你倒是说啊，怎么话说一半。"

赵璠只是笑："你等着也就是了，你不是说看着姚婉宁的茶铺兴隆你心里不舒坦，那也没什么，不过一时之罢了，那些东西说不定将来要落到谁手里。"

张瑜贞昨天才发了脾气，说不但没有拿了爵位，还要眼睁睁地看着姚婉宁开茶铺赚钱，现在去哪里宴席大家都会说要用紫砂壶泡茶，宗室中都开始时兴，大家也争先恐后地去效仿，用不了多久，就会传到京外去。

赵璠道："到时候买回来你随便地砸，不是早就说要将那些什么破壶都拿起来砸了。"

张瑜贞似乎已经感觉到了那一天的喜悦，脸上露出笑容来："我自己的东西我为什么要砸，当然是要好好用着，将来再找师傅做出来去卖。"

说到这里，张瑜贞又想起来："你说沈家，沈家怎么样？"

"岳父没跟我多说，"赵璠道，"让我们管好自己的事，我只要看准时机。"说着用手比了比，做出手起刀落的动作。

张瑜贞张大了嘴："还要做这种事。"

赵璠笑道："都已经安排好，李成茂带兵这么多年得罪了不少人，找他寻仇的人来了，上次让我丢了脸面，这次说什么也要讨回来。"

"别跟赵璠说太多，"张戚程道，"他容易酒后误事。"

幕僚韩武领首："公爵爷放心，没说得太清楚。"

余家和沈家的事做得天衣无缝。

余家就是一个普普通通的商贾，也确实要卖手里的屯田，无论谁去查都查不出问题，这就是这个局的关键，定然要真真假假，假假真真。

沈敬元要买余家的田地就不一样了。

从沈敬元进余家那天开始，这个局就做成了，不管沈敬元是不是要去宣化府，就算是在京外或者京内的宅子里，只要被杀就能怪在李成茂身上，因为李成茂在宣化府不仅将兵屯占为己有，还到处侵占民田。

"李成茂"让人杀了沈敬元就是要威吓余家，乖乖地将田地交出来。

沈家这样的大商贾都不敢再染指余家的田地，余家也只好贱卖给李成茂。

这个局怎么样？

天衣无缝。

韩武道："公爵爷，这主意是谁想出来的？利用余家和沈家，这想得可真妙啊。"这主意也真狠，不给人留有反悔的机会，只要沈敬元见过余家就必死无疑。

崔奕廷不是爱审案吗？沈家不是爱做个忠义之士吗？就都全了他们。

婉宁在姚家的垂花门等得团团转，好半天才听到马车的声响。

沈氏觉得像是做了一场梦，从扬州到京城，再从京城回去扬州，那时候她从来没想过有一日还会来京中。

可是这次，她又来了。

还是婉宁让人护送她进京。

马车停到一处院子门口，沈氏下了车。

还是那个院子，那个哥哥只要来京里就会住的院子，门口的石雕都没有变，影壁墙也只是刷了刷，她让人种的樱桃树也不知道还在不在。

"母亲。"

听到婉宁的声音，沈氏不禁诧异。

婉宁匆匆忙忙走过来，沈氏眼泪顿时淌下来，嘴里却埋怨着女儿："不是让人送信说不知道什么时候会到，让你明日再来。"

婉宁的手冰凉也不知道在这里站了多久。

"你看看你。"沈氏捧着婉宁的手不肯放下。

母女俩就这样你看着我，我看着你。

"都在这里做什么，"沈四太太笑着道："进屋里再说话，这次你们母女两个有多少话都能说。"

沈氏点了点头，问沈四太太，"我哥哥呢？昆哥呢？"

沈四太太叹口气："你那哥哥就是倔脾气，不肯在家里等着，偏要自己去杨先生那里接昆哥回来。"

"每天都这样？"沈氏问道。

沈四太太道："就这两三天，跑过去就和杨先生说话，杨先生也不嫌弃他。"

沈氏看向婉宁，婉宁抿嘴一笑："母亲放心吧，一会儿舅舅和昆哥就回来了。"

暖炕上铺着牡丹花挑金线的垫子，是她喜欢的花样，嫂嫂就是这样周全，什么都替她想着，她没有为兄嫂做过什么，只是留下了昆哥，沈氏坐下来，才说了两句话，婉宁就问沈老太太："外祖母怎么样？听说生了头疼的病症。"

沈氏惊讶地看着婉宁："你怎么会知道。"

看来蒋静瑜说得没错，外祖母是得了这样的病症。

"现在怎么养？可好些了？"

沈氏道："好多了，吃了贺家的药就好转了。"

沈四太太听得一头雾水，正要询问，婉宁又道："母亲可见过跟着贺家人去给外祖母看病的蒋小姐？"

沈氏没有想就点点头："见过，是贺老太太的外孙女，那蒋小姐和你相当的年纪，学了一手的好医术，你外祖母说话间差点就提到你。"

那样的氛围很容易说走嘴，还好外祖母心思缜密。

沈氏话刚说到这里，就听到昆哥的声音："姑姑在哪里？在母亲屋子里吗？"

下人上前打帘，沈氏不由自主地站起身，昆哥快步走进门，然后是后面的沈敬元。

看到满屋子的笑脸，不知怎么的沈氏的眼泪就掉下来。

婉宁上前行礼，沈敬元点点头："你过去吧，就在前院里。"

"这是要去哪儿啊？"沈四太太先问起来。

落雨上前服侍婉宁穿氅衣。

"去前院，让下人都跟着。"沈敬元不忘了嘱咐。

沈四太太不再说话。

沈氏倒是回过神来。

婉宁上前道："母亲放心，就在自家院子里，我一会儿回来再跟母亲、舅母解释。"

沈氏点了点头。

沈敬元催促："快去吧！"

江仲让人盯着沈家。

他带的人都是从宣化府一直跟着他和哥哥的兄弟，战场上出生入死，现在都愿意跟着他为大哥报仇。

大哥是被李成茂军法处置的，这笔深仇大恨他一直记在心里。

"二哥，"跟着江仲的兄弟上来道，"沈家那边不好过去，不知道哪里来的护卫，就在门口转悠，方才进了沈家几个，现在还没出来。"

商贾一般都有护卫，这些人要么是当过兵，要么是在镖局做过，手底下确实有几下子，可也不至于就比他们强。

现在他们是怕沈家人警觉。

江仲道："那就先瞧着。"他们在暗处，沈家在明处，他就不信没有机会。

"二哥，要不然直接去杀李成茂，何必要大费周章。"

杀李成茂能有几分把握？陈家下人不少跟过主子上战场，手底下都有两下子，再说，杀一个李成茂也不能解他心头之恨，说不得朝廷还会追李成茂为将军，他要让李成茂丢了性命还要臭名远扬。

"你们只要盯紧了，看沈四老爷是要出京还是要留在京里。"这样他就能知道要在哪里动手，江仲说着顿了顿，"记住，不论什么时候，只要被抓住，就说是替李成茂办事。"

屎盆子要扣在李成茂头上。

婉宁进了前院，穿着灰色褶子梳着圆髻的妇人顿时从椅子上站起身来。

妇人虽然穿着像个下人，脸色很憔悴，却还是能看得出来从前保养得很好。

"内宅里人多眼杂，我就不请太太过去了。"

余大太太忙道："小姐想得周到。"

婉宁将余大太太请到椅子上坐下，吩咐婆子端茶上来："大太太将家里那边打点好了吗？"

余大太太眼睛一红："家里出了这样的事，还好总算是安排妥当。"

沈家的下人端了茶放在矮桌上，余大太太下意识地将茶端起来喝，抿了一口就发现有些不对，茶的味道是她从前没喝过的。

她立即想起来，到沈家之前她听下人说姚七小姐卖茶的事，这就是姚七小姐卖的新茶？

余大太太又喝了一口才将茶放下："不瞒七小姐，我们家准备卖了商屯和京里的几处庄子，就搬回凤阳去，所以这边的琐碎事还有不少，我们家上上下下又都在孝期……难免心中悲伤，闹出一些事来，让沈四老爷和姚七小姐见笑了。"

余大太太是说因为要卖商屯余家两房大打出手的事。

"家中是不是有人不愿意变卖田产？"婉宁轻声道。

余大太太立即挥手："不是，不是，就是因为我们大房有两个子嗣，二房只有一个，我那弟妹怕我们分给二房少，不过我的侄儿已经做了保，我们两房既然没有分家，如今无论多少财物，除了祖田，全都按规矩分好，否则便可以见官，我那弟妹也不是不讲理的，还是想和和气气地分家，将来回到凤阳也会互相有个照应，也就答应了。"

婉宁也是才从舅舅嘴里知道，余大太太说的侄儿就是帮着舅舅介绍余家的丁举人，五叔在国子监的朋友。

余大太太的话里有难过，也有轻松，说到最后吁了口气，仿佛解脱了般，婉宁看不出有半点说谎的痕迹。

婉宁点点头，抬起头来和余大太太对视："余大太太觉得我的茶怎么样？"

余大太太一怔，没想到姚七小姐会这样问。

"好……茶……自然是很好……"

既然如此。

婉宁道："余家回到凤阳之后准备要做什么？"

这个余大太太还没有想过，她吞咽一口摇摇头。

婉宁轻轻地道："我家的茶在凤阳还没有人代卖。"

余大太太的眼睛顿时亮起来，"小姐是说……"

"不走商，不去边疆换盐引，不一定就不再经商，余大太太到了凤阳应该不会坐吃山空，定然还想要做铺子，如果余家愿意，可以代卖我的新茶。"

余大太太顿时站起身："那自然是好。"

京里已经时兴的东西，出京也会有销路，这是多少年的惯例，尤其是新出的东西，尤其是代卖，那是基本不蚀本的买卖啊。

姚七小姐的话，真是解了她的心忧。

婉宁道："只是有一样，既然我们是长久的买卖，余家在宣化府的田地是什么情形，余大太太要跟我说个清清楚楚。"

余大太太刚要说话，婉宁伸出手来阻止，接着道："我想知道要卖的田地有多少佃户耕种，余家多少人在管，用了多少的流民，每年出多少粮食，既然是垦荒，鱼鳞册是什么时候拿到的，余家出事之后又有谁在管，今年出了多少粮，在和沈家商量卖地之前，有没有许诺卖给别人，余家在宣化府已经有一段日子，宣化府那边是个什么情形，每年的盐引可好换吗？"

这一连串的问题，余大太太没有记全，转头去看身边的管事。

管事也惊呆地看着姚七小姐，几乎忘记了礼数。

姚七小姐一口气问了这么多问题。

根本不像是个刚刚经商的新手，而是十分熟练的行家。

婉宁沉下眼睛："如果余大太太不方便说，可以回去想想。"

姚七小姐本来热络的神情顿时冷淡不少。

做商人的都知道，什么叫做趁热打铁，来之前她就知道不能小看姚七小姐，这次见面听到姚七小姐说了这么多话，她心里就更加坚定了，田要卖给沈家，这样就和姚七小姐有了关系，代卖茶叶的事不如立即就定下来，免得夜长梦多。

如今不再是一笔买卖，而是长久之计，从前想要隐瞒的事，她现在也会说个明明白白，好让姚七小姐知道她的为人，放心将茶交给她。

余大太太看向管事："你就原原本本地都跟姚七小姐说清楚。"

管事应了一声从怀里拿出了账本。

婉宁道："今天的事，余大太太先不要让别人知晓，对外面也不要说，是我要买余家的田产。"所以她才会让余大太太乔装成下人来到沈家。

有些生意就是这样，没做成之前不能让外面人知晓，余大太太想一想也就放下心来："不怕跟七小姐说，我们余家今年就没有让人种田，不过田地也没有空着，是当作军屯种的。"

当做军屯种是什么意思？怎么和朝廷牵扯上了关系？

余大太太看了看管事，管事开始慢慢地回禀。

将余家人送走，婉宁回到内宅里。

沈敬元忙站起身："余家的田有没有问题？"

婉宁摇摇头："没事。"

沈敬元松了口气："那个丁举人是余大太太的侄儿，看中了我们家在扬州经商，余家的祖籍是凤阳，凤阳和扬州很近，余家也是将来想求个帮衬。"

问题不在这里。

问题在于，余家的田地和军屯扯上了关系，表面看起来好像无关痛痒，可是有些信息放在朝廷上就能引起轩然大波。

以沈家这样的身份比那些小商贾要更加谨慎，不能贸然决定每件事。

"四老爷，"门口的婆子进来道，"崔大人来了，请四老爷过去。"

沈敬元点点头，就要出门。

婆子看了看屋子里，低声道："崔大人那边说，有些话想要问问七小姐。"

崔奕廷知道婉宁在这里？

婉宁低声道："舅舅放心，我让人送信给崔奕廷，问了问他宣化府的事。"大约是跟崔奕廷办过了漕粮的案子，凡事涉及到朝廷，她的直觉就是，崔奕廷总能知晓些别人不知道的事。

也不知道这种感觉从何而来。

婉宁快步走进院子里。

崔奕廷听到声音转过身。

好一阵子不见，崔奕廷好像和记忆里不太一样了，大约是因为在衙门里主事，整个人显得更加沉稳。

婉宁上前行了礼。

白狐的氅衣穿在身上，总觉得她好像长大了，略微高了一点？还是梳了单螺髻的缘故，崔奕廷忽然发现自己在计算眼前的姚婉宁到底长高了多少。

他记得在泰兴救她时，她还戴着金镶玉的项圈，落水之后连呼喊的力气仿佛都没有了，柔弱得像个奶娃娃。

崔奕廷不禁失笑。

突如其来的笑容让婉宁觉得奇怪，崔奕廷仿佛刻意遮掩，微微转过头道："你问宣化府的事？"

婉宁看向童妈妈，童妈妈立即将宣化府的地图递给崔奕廷。

"是我舅舅想要买宣化府的田地。"

崔奕廷微微皱起眉头，沈家还要去宣化府？

婉宁接着道："我觉得有人在盯着沈家，我想向崔大人借些人手。"不管她的怀疑是不是真的，她现在要做的就是改变章法，只要有盯着沈家的人，就会乱了手脚。

还没跟他问仔细，就断定要借人手，姚婉宁是已经发现了什么端倪？

江仲足足花了半天的时间才打听到了沈敬元要两日后动身去宣化府。

"打听得清清楚楚，不会再错了，沈家管事已经采买了东西，沈家忙成一团，只是去的人不少，好像准备了许多马车。"

只要知道沈敬元要出京，不管沈家带多少人，他也能杀了沈敬元。

江仲站起身，吩咐兄弟："随我出城，找个好下手的地方。"带的人多没有用，有时候反而是麻烦，他在兵营里摸爬滚打那么多年，以他的本事对付一个沈敬元绰绰有余。

"准备好弓箭。"只要沈家出了城，在城外方便他们动手的就是弓箭。

江仲仔细吩咐着。

沈家既然都已经准备好了，应该不会改变主意，等到他这边动了手，御史言官就会上奏折弹劾李成茂。

至少他能保证在他这边不会出什么差错。

李成茂无精打采地坐在椅子上。

陈文实皱着眉头看李成茂："多亏了崔奕廷，否则你这大动干戈地给我拜寿，又送来物件儿，岂不是又给了御史言官一个把柄。"

"岳父，都是我想得不够周到。"

陈文实在屋子里踱步，"等着吧，看这两日御史的奏折还会不会摆在皇上的御案上。"

婉宁一大早就起了床，落雨伤好多了，就跟着落英两个说说笑笑给婉宁拧帕子洗脸，婉宁换了件鹅黄色的小袄，看起来精神焕发。

童妈妈端茶进来道："天气好，若是见昨日的样子还以为会下雪呢。"

婉宁点了点头："这样也方便搬东西。"

童妈妈道："沈家那边估计天不亮就开始忙了。"

婉宁道："有没有说马车什么时候从沈家走？"

童妈妈道："应该是快了。"

"今天给我梳个单螺髻吧！"婉宁坐下来。

童妈妈眉眼都舒展开来，接过落英手里的梳子："今天让奴婢伺候小姐梳头，从前奴婢都是伺候太太梳头。"

童妈妈说的是母亲沈氏，母亲喜欢童妈妈梳的头发，可是自从母亲被休之后，童妈妈就落了一个手抖的毛病，平日里做事还好，就是梳头的时候手会抖个不停。

张氏就是借此将童妈妈送去了庄子。

落英细心地在一旁帮忙，童妈妈一丝不苟地梳着，很快就梳出了单螺髻，乌黑的鬓角，长长的眉毛，细腻又白皙的皮肤，不仅是漂亮，目光粲然，就像春天里刚长出来的绿草生机勃勃。

童妈妈抿嘴笑："小姐比老爷和太太要漂亮。"

"那边有什么动静？"张瑜贞早早就过来，一把拉住妹妹说话。

张氏摇摇头："听说都好着呢，方才来给我请安，梳的是单螺髻，穿着我让人新给做的氅衣。"

她看着就生气，她辛辛苦苦做的东西却穿在了她最不喜欢的人身上。

"六太太那边怎么样了？"张瑜贞低声道。

"寿家倒了，六太太回来之后就不出院子，承章、承显两个还接着读书……看样子，开春就会回去泰兴。"

少了寿氏这样的人在前面遮挡，很多事她就不能做得太明显。

"没关系，"张瑜贞笑道，"等过几天，你就没这样忧心了，该着急的就是你那继女和沈家。"

张氏看着满脸笑容的姐姐："又有什么事？"

张瑜贞道："你别管，上次的茶叶是我没做好……"

听到姐姐这样说，张氏不禁惊讶："茶叶的事，不是母亲安排的吗？是你出的主意？"

说到这个，张瑜贞就生气："母亲哪里会答应，父亲知道了还将我骂了一通，如果这件事做成了，看谁还会数落我的不是，可惜你那继女还留了一手，到底是沈家生出来的狼崽子，天生就会商贾那套算计，专会不择手段地钻营逐利，我们怎么能及得上。"

暖阁里没有别人，张瑜贞就不加避讳："方家的锦缎铺怎么样？说是卖给了淇国侯，淇国侯到底是怎么拿到的谁都清楚，连方家都不敢作声，她不过是个小丫头，我就不信她能有通天的本事。"

张氏抿着嘴不说话。

张瑜贞放下手里的茶杯："你怎么不出声了？妹夫待你怎么样？"

张氏的手绢在浅绿色芝草纹缎裙上铺展开来，半晌微微一笑："好不好的能怎么样。"她还绷着脸面，只等老爷自己回来。

说得很轻巧，眉眼中却有遮掩不住的得意神采。

银桂说，有几次老爷在她院子外走过，说到底不过是想让她主动出去迎罢了，她偏不，她就在屋子里和欢哥说笑。

说到底在老爷心里欢哥是姚家的嫡子，老爷不能为了嫡女不要嫡子。

她还年轻，家里的几个姨娘还都看她的眼色，这几天她不让老爷进门，她们几个谁也不敢放肆而为。

熬不了两日，老爷就会让人将铺盖搬回屋子里。

到时候她再哭一鼻子，让老爷答应将孙妈妈和丹桂暂时送去庄子上。

男人还不就是那点心思，这些年她在这上面一直把握得很好。

张瑜贞正要说话，丫鬟端来茶点，湘色的帘子撩起来，外面隐隐约约传来爆竹声响。

张氏和张瑜贞对望一眼："这是哪里传来的声音？"

下人忙道："和我们家隔着一条胡同的宅子有人住了，正在放爆竹。"

隔着一条胡同的宅子？"

张氏记得那宅院很大，不知道是不是京里哪位大人换宅子。

张瑜贞笑道："你可要有新邻了，改日让人去拜会一下。"

这是礼数。

张氏点点头，吩咐下人，"让人去打听打听。"这两条胡同住的人都是非富即贵，打声招呼总是好的。

"拿着东西过去。"

下人道："太太放心，就照每次的规矩去办。"

新开的宅院是一片红火景象，大红灯笼就在廊下高高地挂着，小厮们都是喜气洋洋，来回地搬着东西。

管事不停地嘱咐："慢着点，小心着点，别碰坏了东西。"

马车还一辆辆地跟过来，一看就是大家的气派。

姚家的下人迎过去，先客客气气地介绍："我们是隔了一条胡同的姚家。"

管事听了眉毛也不动一下。

姚家的下人有些失望，不停地翘脚向周围看，想要看清楚灯笼上写的是什么字。

"我们老爷是……"

下人的话顿时淹没在爆竹声中。

门口的婆子嘻嘻哈哈："快点，快点别误了好时辰。"

都是一水的楠木家具，还有几把磨得油亮的紫檀椅子。

姚家下人找了机会和旁边的管事闲谈："这是从哪里搬过来的？"

管事的道："也不远。"

一副爱理不理的模样。

什么人家这样目中无人，难不成官职比老爷还高，家世及得上勋贵不成？

下人挺起胸脯："我们家大人是……"

"我知道你们家大人是谁，我知道那会儿你还在娘抱里呢。"

管事的话音刚落，旁边的婆子也被逗笑了。

这是什么话，姚家下人被笑得讪然。

管事的道："你家大人是从泰兴出来的，考上进士之后去了翰林院，三年后熬到外放谋了个地方官职，娶了新太太之后才在吏部做侍郎。"

管事的声音带着几分讥诮。

没想到这些人会这样清楚。

管事向婆子招了招手，婆子送来一份礼物："你将这礼物拿回去，我们家也不是不懂礼数的人家。"

礼物上面放着一张红纸，红纸上写着一个大大的字。

小厮不认识几个字，碰巧这个字他就认得。

这是个"沈"字。

江仲在等沈敬元的马车出城。

半晌打听消息的兄弟过来。

江仲松了口气吩咐大家："都不要动，等车到了这里再动手。"

几个人应了一声。

"二哥，"那人跑得气喘吁吁，"二哥，沈家的马车没有出城啊。"

江仲皱起眉头："还没走？"

那人立即摇头："不是，不是，沈家的马车去了北城，沈敬元不是要动身去宣化府啊，是要搬家，搬去了达官显贵住的北城。"

江仲瞪圆了眼睛："你不是之前已经打听清楚了？"

那人道："是，沈家下人是这样说的啊，可是今天怎么就变了章程，就不是要出城了。"

早知道要搬去北城，他会早些动手，哪怕是一把火烧了沈家……现在他们不但白白地等了一回，还错失了动手的最佳良机。

"二哥，这次怎么办？我们还等吗？"

要等到什么时候还不知道，他们过几天就要跟着李成茂回去宣化府了。

不能等了。

"可是沈家的新府邸我们都没见过啊，也不知道里面是什么样子，沈敬元又住在哪里，这……要怎么下手。"

退一步不一定要杀了沈敬元，至少闹出大动静。

本来都是算计好的，怎么陡然生了这种变故。

姚家管事看着还回来的礼物，冷汗都要从额头上冒出来了，怎么就那么巧，搬来的就是沈家，这个沈家，会不会就是前太太的那个娘家。

这礼物是如何也不能让太太看到。

管事战战兢兢地去回话。

张氏正要将张瑜贞送出院子，远远地就看见在翠竹夹道走来走去的管事。

"怎么了？"张氏问过去。

管事忙上前行礼，还没说话，张瑜贞已经好奇地道："搬过来的是什么人？"

内宅的太太们就喜欢打听这些事，管事不禁心里叹气。

"还不太知道。"

张瑜贞道："怎么不知道？灯笼就摆在门口，写的是个什么字？"

管事吞咽一口，低声道："是沈家。"

张瑜贞不禁思量，京里的沈家，是哪个沈家，正要再问话，看到管事尴尬的表情。

难不成是……那个沈家。

张瑜贞的笑容顿时从脸上消失殆尽，呆呆地看着张氏。

沈家为什么会搬到这里，在她眼皮底下。

张氏一口热气顿时哽在喉咙里。

张氏看着管事。

张瑜贞怔愣片刻惊讶地道："可打听清楚了？是那个沈家没错？"

管事垂着头："那家人……对老爷很清楚……应该是没错。"

一个月前，她们还在笑沈家就要搬出京城了，还算计着沈家那几个地点好的铺子，可是转眼之间，沈家不但没有走，还在北城买了宅子，就在姚家前面的胡同里。

那么大的宅院，这样的动静，沈家是故意，故意在她眼前炫耀，张氏不禁捂住胸口。婉宁不但回来了，还招来了沈家。

要她怎么顺心地过日子。

"七小姐呢？七小姐在哪里？"张氏的声音嘶哑。

管事忙看向旁边的婆子："没看到七小姐出门。"

婆子也上来道："太太是不是要喊七小姐过来。"

喊婉宁过来？看婉宁一脸的笑容？

怪不得来给她行礼的时候打扮得和往日不同，她那时还觉得奇怪，原来是因为这个，姚婉宁早就知道了。

不，说不定就是姚婉宁安排好的。

她还让下人去送礼物，沈家人一定觉得可笑。

又有爆竹声传来，张氏忽然觉得那声音是那么的刺耳。

婉宁和姚婉玉在炕上做针线。

才绣出一片叶子婉宁就觉得眼睛酸，她抬起头看一眼姚婉玉，姚婉玉一朵芙蓉花已经绣了大半。

"怎么绣得这样快？"

姚婉玉笑道："七姐姐没事的时候看书，我没事就是做针线。"

姚婉玉很安静，到她屋子里坐了一个时辰说的话也很少，大多数只是抿嘴笑，就这样每天过来坐坐，两个人之间仿佛也渐渐亲热起来。

童妈妈端了一匣子点心，婉宁拿给姚婉玉："拿回去。"

姚婉玉忙摇头："都在姐姐这里吃了好些了。"

婉宁道："给程姨娘拿过去。"

姚婉玉顿时一怔，感激地看了看婉宁："谢谢姐姐。"

送走了姚婉玉，童妈妈快步走进来："殷江还没回来。"

婉宁点点头，趁着沈家搬迁，她让殷江几个按照之前对外说的那样出城去，只不过不是打着沈家的名头，只是装作普通的行人，为的就是让殷江看看沿路有什么异动。

经过了上次的事，殷江应该变得更聪明，他手下的人做事也该更加灵活。

她觉得如果有个风吹草动，殷江应该能感觉得到。

童妈妈道："倒是有件事，小姐听了定然会觉得好笑，听到爆竹声响，咱们家的下人就过去送礼拜会新邻，回来的时候……禀告给了太太，太太只是问了句，七小姐在哪里。"

婉宁能想到张氏的表情。

主仆两个笑了一会儿，婉宁道："去跟贺大年说，搬去了新宅子千万不要急慢，尤其是晚上。"

"您放心，新院子连家里的下人都不一定能弄清楚，更别提外面的人，也就是贺大年带着的几个家人摸得透透的，这时候若是谁想要图谋不轨，定然会抓个正着。"

婉宁要的就是这样的结果。

"小姐会不会太小心了？"童妈妈低声道。

婉宁将针线放回笸箩，拿起桌子旁的书来："等到殷江回来，我们也就知道了。"

沈氏站在院子里，看到两边熟悉的花树。

"婉宁说你喜欢玉兰和金桂，特意选了这个院子。"

听到嫂嫂说婉宁，沈氏就忍不住露出笑容，她离开姚家的时候从来没想过，婉宁不但不用她担忧，还会为她遮风挡雨。

"昆哥喜不喜欢自己的院子？"

沈氏看向沈四太太，沈四太太抿嘴笑："自然是喜欢，我们好好布置一下，今年在这里好好过个年。"

沈氏点头，她忽然觉得压在她头上的阴霾吹散了很多。

"母亲，姑母。"昆哥的声音传来。

沈氏和沈四太太一起看过去。

昆哥小步跑来。

沈氏蹲下身，笑着向昆哥招手："昆哥快过来，让姑母抱抱。"

沈四太太不禁失笑："这么大的孩子了，你哪里能抱得动。"

昆哥有些不好意思还是到了沈氏身边。

沈氏将昆哥拢在怀里。

"姑母还回去扬州吗？"

看着昆哥闪烁的眼睛，沈氏立即明白过来，昆哥说的回扬州是问她还会不会住去家庵，沈氏摇摇头："过阵子我会回去看你祖母。"

昆哥脸上露出笑容来："若是祖母也能过来就好了。"

"昆哥跟杨敬先生学得怎么样？"

听到沈氏问起学业，昆哥顿时滔滔不绝起来。

到了各家开始做饭的时候，江仲还在沈家新宅子外面徘徊。

"二哥怎么办？"

沈家才搬新家，从来来往往的马车上就能看出来，今晚沈家的宅院必定是不能收拾妥当，东西杂乱就容易出事，虽然他们对沈家的新宅子知晓得不多，沈家的下人未必就熟悉。

"我们今晚下手。"

今晚，会不会太着急了些。

"若不然再等等？"

江仲摇头："今天无论成败，我们都要动手。"既然他和赵大人已经说好，他就不能食言。

等到天黑下来，沈家院子里的灯逐渐熄灭。

江仲吩咐兄弟："找不到沈老爷没关系，我们只要将沈家的院子点着。"

最好烧的是有干草的马厩。

"等到沈家的院子烧起来，自然会有人来救火，到时候你们就趁乱离开。"至于杀沈敬元的事，就由他来做，人多眼杂反而容易出乱子。

都安排妥当，走街串巷的打更人离开，江仲挥了挥手，几个人影顿时跃进了院子。

时间比江仲想的要慢，好不容易等到沈家院子里冒出青烟，然后有吵闹的声音传出来，江仲这才进了沈家的院子。

他脚刚落地就向垂花门跑去。

过了翠竹夹道就看到了挑着大红灯笼的主屋。

江仲站在院子外微微有些迟疑。

他会选在京外杀沈敬元，那是因为不想祸及沈家的家眷，为了哥哥报仇顶多杀一个奸商，不能连累妇孺。

可如今一来，难免要惊动沈家的女眷。

他不是杀人不眨眼的盗匪，江仲退了两步，走进翠竹林，沈家走水，沈敬元这个一家之主迟早要出来看情形。

沈家院子里吵闹的声音越来越大，很快主屋就开始有了动静，有婆子披了衣服去敲门，大约一盏茶的工夫，一个四十多岁的男子快步出了来。

这就是江仲要等待的时机。

等到沈敬元走过来，江仲不声不响地抽出腰间的刀靠过去。

只要办得利索，顷刻之间就能要了人的性命。

他能感觉到刀锋舔血的滋味儿。

空气里仿佛已经有血腥气弥漫开来。

沈敬元离他只有两步之遥，江仲准备迈出最后一步，手已经做出了准备挥刀的姿势。

脚才踏出去，江仲的脸色顿时变了，他忽然之间觉得有一股力气从他背后传来，让他整个人向后倒去。

江仲顿时拿出了在战场上的本领，反手握住了后面那只大手。

那只手任他扭拽着，却如磐石般纹丝不动，很快江仲被摔翻在地上，几支火把聚过来，他看到了黑着脸的大汉，一个穿着海棠色的官服的男子从不远处走过来。

"一共几个人？"

那男子沉声问过去。

立即有人道："这是第七个。"

"让何亭长，将院子里的草堆灭了火。"

亭长？

他闯进来的不是商贾沈家？

江仲顿时怔愣在那里，这到底是怎么回事？眼前这个人到底是谁？

姚家。

张氏决定要将姚宜闻请回来，沈家搬到了她的眼皮底下，婉宁在院子里安插了许多人手，张氏越来越觉得不安。

欢哥过来玩了一阵子，范妈妈劝说了她一番，和她讲了几句妾妇之道，在姚家，她毕竟还要依靠老爷才能做好一个当家主母。

她不能让这些年的努力功亏一篑。

想着这些她带着人特意去了书房，老爷看奏折的时候，她在一旁磨墨。

只要等着老爷回到屋子里，她就会想尽办法让老爷听她的话。

床铺已经铺好，张氏才卸掉头上的发簪，就听到外面一阵脚步声，丫鬟上前打帘，姚宜闻走进来。

张氏忙去服侍姚宜闻换衣服。

桌子上还放着一只药碗，热腾腾的药散发着苦涩的味道。

姚宜闻顿时想起张氏这些年喝药的苦处，只是为了再给他生下一儿半女。

"身上的病怎么样了?"姚宜闻问过去。

张氏眼圈立即红了,系扣子的手也停顿下来,"妾身不想吃了。"

"那怎么行,"姚宜闻皱起眉头,"已经吃了这么长时间,这样停下来岂不是前功尽弃。"

"老爷已经将妾身当做一个毒妇……"张氏说着提起帕子擦眼角,"妾身嫁给老爷这么多年,最终却落得这样的结果,早知如此,当年老爷就不该跟父亲求娶妾身。"

姚宜闻想起当年父亲说起这门亲事时的情形,他吓了一跳,勋贵家的女儿怎么可能会嫁给他做继室。

姚宜闻不禁叹了口气:"婉宁也是个好孩子,今天还问起你的病,说吃了那么多年的药也不见好转,哪日要帮你请个郎中来看症。"

张氏心里顿时警钟大作,姚婉宁居然要找郎中来给她看病。

张氏还没说话,外面顿时传来一阵急促的脚步声。

"怎么了?"看着进来的管事妈妈,张氏问过去。

管事妈妈禀告:"外面来了不少的官兵,说是抓什么人,门房看了看去的是沈家的新宅子。"

这就是姐姐说的沈家要出大事?

张氏装作若无其事:"抓了什么人?"

管事妈妈禀告道:"门房认出了顺天府的经承。"

顺天府的人到了,那就是真的出了事。

张氏一直在等着沈家的动静,却没想到是这样的消息,这到底是好事还是坏事,张氏看向银桂。

银桂点了点头,借着端水的机会出了屋子。

张氏道:"您别管了,反正顺天府的人已经去了。"

姚宜闻颔首:"这是北城料想也不会出什么事。"

管事妈妈退了下去,看着热腾腾的药,姚宜闻道:"还是将药喝了,你年纪轻轻不好就落下这样的毛病。"

张氏低下头,紫鹃看准了时机亲手端了药过去,张氏迟疑了片刻才端起药碗将药吃下去。

吃了药,张氏服侍姚宜闻去内室里,正准备歇息,银桂进屋里来端灯,张氏跟着走到碧纱橱。

银桂低声道:"抓了七八个人。"

张氏点点头:"沈家呢?沈家出了什么事。"这是最重要的。

抓人不抓人她不在乎,她只想知道,沈家有没有死人。

银桂摇了摇头:"没有,那些人刚刚进沈家,就被沈家的家人按住了。"

张氏的脸色顿时变了,就算她不知道姐姐和姐夫到底要做什么,但也绝不会是这样的结果。

赵璠在府里等消息。

离上朝还有两个时辰,御史言官的奏折已经准备好,弹劾李成茂在宣化府为所欲为,打着收军屯的旗号侵占民田和废寺田,等到江仲动了手,余家闹得胆战心惊,到时候李成茂百口莫辩。

陈文实也会被安上放纵姑爷的罪名,毕竟在宣化府还有不少陈文实的旧部。

这样一来，拉下了陈文实，将来去宣化府的人就会变成勋贵，他也就会有机会去宣化府立下军功，那些军功牌不能便宜了别人。

赵璠小杯小杯地尝着酒，等着好消息传过来。

"老爷，老爷。"

管事的声音从耳边传来，赵璠迷迷糊糊地睁开眼睛。

"到了上朝的时辰？"赵璠摇了摇手，"今天不轮我备朝。"

"老爷，"管事眼看着软榻上的赵璠又要闭上眼睛，"殷先生来了，在外面等着您，说有要事禀告。"

赵璠这才想起来，他将外面的事都交给殷先生安排。

"快……快将殷先生请过来。"

殷先生踏进屋子，顿时闻到一股浓浓的酒气。

老爷这是早早就庆贺上了。

也怪不得老爷，那天他听了这件事，也觉得万无一失，沈家已经要买余家的田地，下人探听来的消息也是沈四老爷准备去宣化府。

商人在意的就是眼前的利益，既然田地没事，他们也不会想到政局上来。

平日里他也替太太办事，知道太太将那个姚七小姐视为眼中钉，让人盯着沈家那几个铺子的生意。

他还觉得若是办成这件事，就能两边落好，既能让老爷觉得痛快，将来太太想要对付姚七小姐也更容易些。

谁知道，就会突然出了差错。

"老爷，"殷先生快步走进来，"沈家那边没出事，倒是顺天府衙晚上从沈家抓了七个人，听说已经关进了大牢。"

赵璠的酒顿时醒了七分："你是说……沈敬元没死？"

殷先生点点头，不但沈敬元没死，整个沈家也是毫发无损啊。

想想江仲那样在军营里摸爬滚打的人，怎么可能会无功而返。

赵璠站起身，就要向外走，差点就被地上的机子绊倒，殷先生忙上前去搀扶："老爷，先别急，还不知道怎么回事，不然让人去顺天府打听打听。"

"一个小小的沈家，"赵璠瞪圆了眼睛，口沫横飞地喷向殷先生，"算是个什么东西，不过就是无权无势的商贾，哪里来的能耐。"

是啊，谁说不是，怎么可能悄无声息地就将江仲几个抓了起来。

"五城兵马司，这应该是五城兵马司来管，什么时候轮到了顺天府，"赵璠气得咬牙切齿，"昨日五城兵马司是谁当值，去查，快点给我去查。"

"老爷，您卸了五城兵马司的职，"殷先生小声提醒，"现在，当值的副指挥已经不是咱们的人。"

五城兵马司的指挥、副指挥都是由勋贵担任，赵璠之前兼任副指挥，去西北的时候卸了职。

现在的五城兵马司指挥是裴明诏。

勋贵子弟经常聚在一起，他对京里的勋贵还是了如指掌的，可是想到这个裴明诏……没少出现在他们的宴席上，就算过来也不跟他们玩笑。

裴明诏也是一块不好啃的骨头。

赵璠皱起眉头。

裴明诏从府里出来，小厮立即将马鞭送过去。
"都在陈大人府上等着呢。"
裴明诏点点头。
等到裴明诏离开，下人禀告给门上的婆子，婆子直接去了裴太夫人屋子里。
裴太夫人刚刚换好了衣服："才回府眨眼的工夫，怎么就走了。"
吴妈妈道："是衙门里出了事，程疗进来回了句话，侯爷连口水也没喝就跟着出去了。"
裴太夫人叹了口气："难为了侯爷，这家里也没什么人能帮他，政事上我又是一窍不通。"
说了两句话，裴太夫人整理了衣衫，刚要去用饭，门房的管事又来传话："陈家来送帖子，要请太夫人过去叙叙旧。"
怎么帖子来得这样匆忙。
"让我什么时候过去？"裴太夫人说着话接过帖子。
"就说今日。"
今日？
裴太夫人打开了眼前的帖子。
将门房的管事遣下去，裴太夫人看向吴妈妈："恐怕是跟侯爷的事有关。"老侯爷在世的时候就常说陈文实这样的将军多几个，小小的倭寇和瓦剌哪敢来频频扰边，如今的内忧外患就是权臣和勋贵相勾结。
"不管出了什么事，有从前的交情在，"裴太夫人顿了顿，"陈家这一趟我是要过去了。"
这些年总是忠臣良将屡屡出事。
吴妈妈道："让人备上礼物？"
裴太夫人颔首："先让人去问问侯爷是不是去了陈家。"如果侯爷去了陈家，她就不好急着去，否则未免太过显眼。
不一会儿工夫吴妈妈打听回来："侯爷过去了。"
"那就晚一些，我们吃过饭快到中午的时候再过去。"
这才是女眷走动的时辰。

裴明诏走进陈家，书房里隐隐约约传来说话的声音。
陈老将军的声音有些高，显得很激动。
下人上前打帘，裴明诏跨进屋里。
屋子里有三个人，陈文实和李成茂，另外一个年纪尚轻，穿着宝蓝色的直裰，身上没有显贵家子弟常戴的一串串荷包、配饰，只是戴了块羊脂白玉，鲜红色的穗子在衣袍间时隐时现。
眉眼很鲜亮，目光反而十分的沉稳，身上有一种难以撼动的气势。
崔奕廷。
他虽然没有和崔奕廷说过话，却在朝堂上远远地看过一眼，当时就感觉到，崔奕廷有超乎出年龄的沉稳干练，在文武百官之前，没有半点的退缩和害怕。
"侯爷。"陈文实上前将裴明诏迎到旁边坐下。
李成茂一脸的愤恨，眼睛通红，仿佛都快将须发烧着了一般。
只有崔奕廷看起来很平和。

裴明诏看着脸色生硬的陈文实："听说李大人的下属被顺天府抓了。"

说到这里李成茂额头上浮起了青筋，腾地一下从椅子上站起来："我去，我去好好问问江仲，我什么时候让他去吓唬余家，什么时候让他去杀沈敬元，我又什么时候要强占余家的田地。"

"我看看他敢不敢当着我的面说这些话。"

杀沈敬元？

裴明诏微微皱起眉头，怎么会和沈家牵连上，他眼前忽然浮现起握紧缰绳站在马车上的姚七小姐。

"侯爷，按理说这件事应该归五城兵马司来管，"陈文实道，"这才让人将您请过来。"

陈文实虽然没有将话说得十分清楚，裴明诏已经明白过来，不管陈家是用什么手段将这件事暂时压下来，总是绕不过五城兵马司。

崔奕廷道："五城兵马司只管擒捕，最终案子还是要落到刑部，刑部虽然能审案、定案，还是要都察院分发下来，李大人的事下了早朝就会有眉目，江仲在顺天府衙说的这些话，李大人心里要有个数，到时候都察院问下来，李大人不能一个愤怒就能结案。"

李成茂睁大眼睛："那我该怎么说？说下属诬陷？"

谁能相信，更何况还有御史言官的弹劾。

崔奕廷站起身："李大人要好好想想余家，想想沈家，这件事说到底总离不开这两家。"

崔奕廷话音刚落。

陈文实思量着："若不然，让人去请沈敬元过来说话？"

沈家不光是有个沈敬元。

崔奕廷道："江仲这次没有得手并不是侥幸，沈家是有人察觉出异样特意做了安排。"

"陈大人在这时候请沈敬元未免太过显眼了些，不如想想别的法子……"崔奕廷点到为止。

陈文实还在思量，裴明诏却想到了一个人，姚七小姐。

沈老太爷去世之后沈家的情形就一落千丈，沈家在京中的铺子都已经要盘出去，还是因为姚七小姐的茶叶才会这样红火。

只要想一想就知道，在沈家出主意的人应该是姚婉宁。

裴明诏抬起头，陈文实身边的幕僚已经在低声说话。

裴明诏道："既然是五城兵马司的事，我就让吏目带着人去提人送进刑部大牢，五城兵马司没有定案的权力，我却可以让人监管江仲，让他不与任何人接触。"

这就是陈家将他请过来的本意。

陈文实松口气，起身向裴明诏道谢。

不管怎么样，江仲没有闹出太大的动静，又被崔奕廷按住，如今移交五城兵马司，如果没有这一节，就凭江仲说的那些话，很快就会在京里引起轩然大波。

本来要去宣化府上任的陈文实忽然被留在京城，回京述职的李成茂每日都去衙门，除了坐在衙门的冷板凳上，却没有人来向他问话，他只看到御史的奏折一摞摞地抱进来，吏部的官员偶然掉了一两本奏折在地上，李成茂帮忙捡起来的时候看到了自己的名字。

弹劾如同潮水般一下子灌满了整个陈家。

陈文实强撑着才没有倒下，前几日还热热闹闹的陈家一下子变得冷清起来。

赵瑢将外面的事仔仔细细地禀告给岳父。

张戚程听着一言不发。

虽然没能杀了沈敬元，但是也算闹出了声势，江仲为了给哥哥报仇会一口咬定是受李成茂指使，只要有了这个证词李成茂百口莫辩，现在只要稳住手脚，一样会将陈文实拉下水。

张戚程想到这里，下属进来禀告："皇上圈了案子，让都察院下去审理，凡是有所牵连必仔细查问。"

张戚程脸上顿时露出了笑容。

婉宁坐在椅子上听沈四太太说那晚的事："殷江回来和老爷一说，确实有人等在半路上，老爷吓了一跳，也不敢声张，就让贺大年几个照之前的安排行事，我们还当没事……"说到这里沈四太太叹口气，"老爷让我和你母亲住在一起说话。"

那天晚上知道实情之后，她气得大哭一场，老爷怕她有危险，就将她和昆哥支开，自己在主屋里睡觉。

现在想想她还后怕，要不是婉宁多了一份小心，老爷恐怕在路上已经遭遇不测。

若是这样，她以后要怎么办？

沈敬元看到妻子埋怨的目光，硬着头皮："我是怕你碍事，家里都布置好了，别说七个人，就算十几个人也照样被抓个正着，更何况还有崔大人帮忙。"

婉宁没想到那晚崔奕廷会亲自来沈家。

沈氏在旁边听着，不时地去看婉宁，这件事恐怕还没完："人被抓走了，现在有没有定罪下来？"

沈敬元摇摇头："还没听说。"

沈氏叹口气："这件事恐怕不光是因为我们沈家。"

母亲在姚家那些年听说了不少官场上的事，加上心思细腻，比舅舅和舅母想得要更远些。

沈敬元低下头："是我太大意了，听姚宜之一说就动了心，后来想想又觉得不妥，才想要去宣化府看看情形。"

没想到竟然是姚宜之。

沈氏乍听到这样的消息也有些吃惊，姚五老爷在姚家出了名的为人亲和，到现在她还记得姚五太太提起姚宜之时的神情，满脸的笑容和羞怯，就算嫁进姚家那么久，看到姚宜之还会脸红，眼神总是跟着姚宜之转，两个人站在一起就是一对金童玉女。

姚五太太的父母去得早，几乎将所有的精神都用在姚宜之身上，将姚宜之照顾得妥妥当当，不管是穿戴之物还是笔墨纸砚能买的几乎都买给姚宜之，所以整个泰兴乃至泰州府大家都知道有个金玉般的人物姚宜之。

她会相信姚宜之都是因为五太太常在她耳边说起姚宜之的好处，她到现在还记得五太太头上的青玉簪子是姚宜之亲手打磨的，耳朵上的珊瑚坠子也是姚宜之做出来的，样子虽然古朴，但是五太太视若珍宝。

谁也没想到五太太这样一个人，会被水贼害了，落得一尸两命的下场，五太太死了之后，姚老太爷让姚宜之续弦，姚宜之也不肯，连朱举人家的亲事都推了，硬是为五太太守孝三年。

如果不是婉宁提醒，她是怎么也不可能将那些闯进沈家的人和姚宜之联系在一起。

"老爷、太太，"门口的婆子进来禀告，"刑部来人了，说要请老爷过去问话。"

听到问话两个字，沈四太太顿时紧张起来，忙看向婉宁："这是要做什么啊？"

"舅母安心，这是要定案才会叫舅舅去问。"刑部这一套婉宁早就已经打听清楚。

田允兴是刑部提牢厅主事，昨日就已经托人来知会她，若是朝廷正是定下查案，定然会叫舅舅过去。

"刑部会问起那晚所有的事，可能还会提及余家，"婉宁说着顿了顿，"舅舅知道什么就说什么。"

以舅舅的性子，让舅舅撒谎比什么都难，还好舅舅知道的并不多。

沈敬元颔首，沈四太太忙跟过去服侍沈敬元换衣服。

屋子里剩下婉宁和沈氏，婉宁靠在沈氏肩膀上："母亲这几天可还觉得习惯？"

沈氏笑着颔首："家里的厨娘都会做扬州菜，吃得习惯，住得也好，屋子里地龙烧得暖和，我是一觉能睡到天亮。"

母亲来到京里之后，帮忙操持京里的几家茶铺，她顿时也觉得轻松不少，到底还是有母亲在身边好，让她觉得身边的事总有人会担忧。

"那个崔大人对我们沈家不错，"沈氏轻声道，"听说已经是皇上身边的新贵，却还能过来帮忙。"

"大约是在泰兴时的交情，崔奕廷这个人还算恩怨分明。"这是实话，崔奕廷行事不给人留情面，又难免有几分的孤傲，却是个做事清清楚楚的人。

沈氏目光闪烁，婉宁好像没有听出来她的意思。

"母亲，"婉宁想到什么抬起头，"今年，我们家真的没有拿到盐引。"

沈氏颔首："你二舅捎信回来，说今年的盐引已经派完了，我们家的粮食只跟那些手里有盐引的人匀了一些。"

"没有拿到盐引也是好事。"婉宁道。

沈氏有些诧异："怎么也是好事呢。"她是越来越猜不透这孩子到底在想些什么。

陈文实请了几位御史，谁知道谈了一个时辰，大家都没有什么对策。

"正好是我要去宣化府，这事不光是冲着成茂，更是冲着我来的。"

陈老太太听得这话顿时心凉了半截，一直到裴太夫人过来她还没有缓过神。

"不怕太夫人知道，我现在是真的没有了法子，之前是忠义侯被陷害，现在轮到了我们家，"陈老太太说着就眼睛发酸，"老太爷上战场的时候我只是担忧会打败仗，如今……不光如此，还要防着别人从背后捅一刀。"

说着陈老太太擦擦眼角："我从嫁进陈家，就没有一天的安生，早知如此，家里的几个女儿就不接着许给武将，免得手握军权……心里总是不踏实。"

老太爷是所有的法子都想了，眼见还是不行，武将是最怕皇上起猜忌之心，否则就算再战功赫赫也是枉然，说不定还会落得家破人亡的下场。

忠义侯就是个例子。

裴太夫人劝说陈老太太两句："总要想个好法子。"朝中奸臣当道，看着如今乱成一团的陈家，她也有种唇亡齿寒的感觉，昭儿也是一副硬脾气，还不知道将来会得罪哪个达官显贵。

陈老太太低声道："听说刑部那边已经去问沈家和余家。"

这么快。

裴太夫人没有想到。

陈老太太接着道："沈家今天会让人送消息过来。"

陈家和裴家是多少年的关系，算得上是通家之好，老侯爷去世的时候，她留在裴家好几日，裴太夫人有什么话从来不避讳她，出了这样的大事，她也就不瞒着裴太夫人。

沈家那边会有什么法子？

一个商贾真的能帮上忙？

陈家到了这个时候，也是不放过任何一个机会。

"老太太，"管事的快步走进门，转身又将隔扇关好，"沈家来信了。"

陈老太太接过信函，看到了写得十分规整的字。

打开信函里面的内容映入眼帘。

"沈家的意思是，"陈老太太看向裴太夫人，"商贾到处卖商屯，沈家也在卖西北的商屯，都是因为以银抵粮换盐引，有商屯的商人反而用粮食拿不到盐引，商屯也就没有了用处。"

所以余家卖商屯，根本就不是成茂要霸占什么民田。

陈老太太和裴太夫人对视一眼豁然明白过来，宣化府虽然没有实行以银抵粮，但不是没有人提起过，她们也听说过许多达官显贵在倒卖盐引。

如果将事端引到这上面，倒霉的就不是陈家。

"如果我们能过这关，沈家……真就是我们家的恩人，"陈老太太看着裴太夫人，"真是我们家的救星啊。"

婉宁坐在屋子里。

焦无应道："有人去余家打听，余家不小心说漏了嘴，宣化府的盐引不好做这才卖田，"这是小姐吩咐好的，余家说的也是实情，"宣化府今年的盐引派得也不如往年，我们家再卖西北的屯田，恐怕就会有很多人坐不住。"

沈家怎么也是有名的盐商，所有人都盯着沈家。

婉宁点点头，她要的就是这个结果。

有人要算计沈家，沈家就不能束手待毙，要自己给自己找条出路。

再说她可是记得清清楚楚，六婶说过，张家是能拿出盐引的，只要涉及张家，那就必然错不了。

第十八章　婚事

皇帝坐在南书房里看奏折。

外面有内阁的阁老在当值，陈阁老将一封封奏折看过去，然后分门别类地送进屋子。

小黄门里里外外地忙碌着，偶尔南书房里会传来皇帝咳嗽的声音。

陈阁老看向旁边的内侍："您劝劝皇上，再过两个时辰又要早朝了，龙体要紧，若是有紧急的奏折，我们明日一早就呈上去。"

内侍摇了摇头:"早已经劝过了。"

话已经说过了,谁敢再说第二次。

先是南直隶出了事,现在连边疆的李成茂也敢行贪墨之事,甚至还强占民田,纵容手下在京里无法无天,在此之前皇上可是准备嘉奖李成茂的。

这就如同伸出手来打了自己的脸,皇上没有了颜面,谁的日子也不会好过。

文官出了事,武将再出事,整个大周朝就仿佛动荡不安。

陈阁老正想着,身前忽然有一个声音响起来:"陈阁老,朕记得你跟陈老将军都出自凤阳府。"

陈阁老心中一惊,忙站起身:"皇上记得清楚,陈老将军祖籍在凤阳,臣的曾祖父逃荒时曾到过凤阳,不过后来在昆山定居。"这样解释一番,就等于和陈文实脱开了干系。

皇上大怒,现在谁敢和陈文实有半点的关系?

陈文实手握军权这么多年,大家心里都清楚,一旦出了事,就是万难挽回,整个陈家都要被牵连。

可怜陈家三代驻守边关,最终却落得这样的下场。

陈阁老心里不禁也有些感叹。

多亏了李成茂进京那晚直接来吏部报到,若是去了陈文实的寿宴,御史言官就更加握住了把柄。

"时辰不早了,还有两个时辰就上朝,陈阁老去值房里歇着吧!"

陈阁老应了一声,整理了手边的奏折一步步地退了出去。

等到南书房的门被关好,皇帝将手里的奏折顿时扔在了地上:"将崔奕廷叫进来,朕要问个清清楚楚。"

内侍应了一声退下去。

半个时辰的工夫,皇帝桌子上的奏折已经少了大半,崔奕廷站在书房里行礼。

"跟朕说说,你是怎么抓到江仲的。"

崔奕廷将那日的事说了:"要不是江仲让人先烧着了马厩,沈家闹起来,我和姜大人也不会知晓。"

和锦衣卫禀告的一般无二。

皇帝放下手里的笔,抬起头来看向崔奕廷:"你父亲养了一池的锦鲤,京里的府邸不少,池塘也大多比你家的大,但是谁也没有你父亲锦鲤养得好,现在你父亲还养鱼吗?"

那时候皇上还是个闲散的王爷,经常和父亲一起钓鱼,两个人钓完鱼就在书房里小酌,皇上还夸家里的厨娘烧了一手的好菜。

崔奕廷道:"还在养,养了放,放了养。"

皇帝轻微颔首,站起身来:"难得的是这些年的坚持,你父亲在内阁时,朕就说过,是个忠臣良相。"

皇帝仿佛准备让崔奕廷退下,却想起什么,"你觉得李成茂这案子如何?"

崔奕廷没有犹疑:"出了这种事自然要仔细查问,不管是江仲还是沈家,都要问个清清楚楚,若是果然有这样的事,不管是谁都辜负了皇恩,都逃不出大周朝的法度。"

皇帝良久未语。

整个南书房气氛仿佛更加凝重起来。

张戚程听到消息已经是早朝之后。

韩武道:"先是问陈阁老,陈阁老连和陈文实同乡之谊都不敢提,后来叫来崔奕廷,连崔奕廷也说要仔细查问江仲和沈家,沈家是商贾,商贾善于变通,不能轻易相信,"说着顿了顿,"我觉得圣意已经很清楚,皇上已经对陈文实和李成茂起了疑心,爵爷这个局做成了,沈家死不死人只是锦上添花而已。"

张戚程还没说话,旁边的赵璠已经笑起来:"这么说,陈文实是断断不可能去宣化府了,陈家也再不能掌兵。"

如果真是这样,不光光是不能去宣化府不能掌兵,韩武道:"自古以来,但凡手握重兵的武将失宠都不会落得好下场,李成茂的罪名只要坐实,用不着爵爷动手,那些从前看不惯陈文实的人就会跳出来落井下石。"

赵璠急着道:"沈家呢?沈家会不会在中间捣鬼?"

韩武捋了捋胡子:"不会,沈家不过是个小商贾,影响不了大局,再说连崔奕廷都急着将沈家推出来,和沈家摆清楚关系,沈家还有什么人可依靠?"

赵璠越听越觉得就是这么回事。

沈家不过是一盘棋里面的一颗棋子。

张瑜贞等着赵璠从父亲家里回来,一直到了晚上才等到了醉醺醺的赵璠。

"这又去哪里了?"

张瑜贞一脸的埋怨。

"这次是跟我表弟出去喝酒。"赵璠笑得脸上像是长了朵花。

"哪个表弟?"张瑜贞问过去。

赵璠眯着眼睛:"家里有五家香粉铺子的金家,"说着顿了顿,"从前你不是说,金家送给母亲的香粉比给你的好,如今可是捧着几盒子香粉过来,想要买你个高兴。"

张瑜贞不禁惊讶:"这是为什么?"

赵璠慢吞吞地从怀里掏出了一叠银票:"听说你喜欢红木插屏,拿了银子来让你买插屏去,也算是孝敬你这个表嫂。"

看着放在桌子上的银票,张瑜贞的心几乎冲到了头发尖儿。

金家怎么会这般大方。

张瑜贞顾不得去看那些银票,捂住了乱跳的胸口:"老爷,到底出了什么事,你可别吓妾身。"

"你看你,"赵璠笑道,"还想要沈家的茶铺,见到这些银钱就吓成这样……"

赵璠喝了一口茶:"沈家的茶叶有什么了不起,真正会做买卖的不需要弄这些玩意儿,转手之间就能得了千万两真金白银。"

看着老爷得意的神情:"是金家人想要入仕求到了老爷?"

"金家逍遥自在入仕做什么?"

张瑜贞这下子猜不出来了。

"是盐引,想要我帮忙开个白条去盐运使司教银子充抵粮食换盐引。"

原来是换盐引。

张瑜贞松了口气:"老爷不是说盐引并不多吗?今年开的白条太多,西北的盐引都发放没了。"

"那是今年，明年、后年呢？说不定宣化府也不再交粮换引，都要用银子来充抵，"赵璠得意洋洋，"户部趁着李成茂出事又上了奏折，说不定日后再也没有了商屯，只要交纳银子就能换来盐引，这样一来，能买到盐引的就成了真正的财神爷。"

"沈家这样的盐商，很快就会家破人亡。"

这可真是一箭双雕，他虽然丢了爵位却得来了享用不尽的荣华富贵，只要想到这里，赵璠就觉得心里舒畅。

"到时候给你买处大宅子，你不是总羡慕忠义侯府……还和自家的姐妹相比，以后就再也不用说我不疼你。"

看着眉开眼笑的赵璠，张瑜贞也忍俊不禁："老爷说的到底是真是假。"说着话却已经去拿桌子上的银票仔细地数起来。

陈家倒了，果然有他们的好处。

姚宜闻回到屋子就看到张氏让下人清点屋子里的东西，大大小小的盒子一堆，姚宜闻一边脱氅衣一边道："这是要做什么？"

张氏笑着道："赵老太爷的寿辰要到了，我去送了些礼物，姐姐却让人还回来了这些东西。"

姚宜闻有些惊讶："这都是你姐姐送的？"

张氏颔首："市面上不好找到的药材，我姐姐和姐夫让人从祁州买来的，正要配着用蒋家送来的药方。"

除了药材，还有些别的东西。

姚宜闻随手打开一只盒子。

张氏吸了口凉气惊呼起来："老爷可要慢着些。"

锦盒里是一尊送子观音。

就像是抽到了上上签，姚宜闻看着光润的观音心情也豁然开朗："这是……"

"是我姐姐请来的，让我供起来，"张氏斜眼看向姚宜闻，"我姐姐说，这很灵验。"

张家仿佛一下子将他们想要的东西都送来了。

让下人将东西一件件搬下去，张氏亲手端茶给姚宜闻："老爷有没有听说沈家的事？"她就是要在这时候提起沈家，好让老爷知道，张家带给姚家的永远是富贵和地位，沈家却是无尽的麻烦。

姚宜闻果然皱起眉头："好像是和李成茂有关。"

张氏叹口气："也不知道怎么就惹了这样的是非，"说到这里，张氏脸上露出几分的担忧，"听外面人说，沈家的铺子如今是婉宁管着，我出去宴席夫人们都明里暗里地打听沈氏的事，我也不知道该怎么回答。"

张氏说着低下了头："好像是我做了什么错事，我倒是没什么，就是婉宁，年纪还小，总不能就这样让人说三道四。"

张氏话音刚落，银桂进来道："老爷，太太，刑部来人了，说要见老爷。"

刑部这时候来人。

姚宜闻有些惊讶："来的是哪位大人？"

银桂道："管事妈妈说，是刑部的员外郎，听说老爷回来了，特意来拜见。"

到底是因为什么事？六弟已经判了流放，怎么刑部这时候还会上门来？

姚宜闻吩咐银桂："将人迎去书房，我这就过去。"

"大人。"

姚宜闻走进书房，刑部员外郎立即上来行礼，姚宜闻拱手过去。

下人端了茶上来，郑敏端起来抿了一口，脸上不禁浮现出几分的失望，京里都在流传新茶，姚家喝的却还是从前的旧茶。

都说姚家内宅不和，如今看来是真的了。

"下官是有件事想问问大人，姚家是不是在宣化府买了许多田地。"

郑敏的话让姚宜闻一怔。

在宣化府买田地，什么时候的事？

"这话是从何说起？"姚宜闻不禁问过去。

郑敏脸上浮起一丝难以察觉的异样，停顿了片刻才道："下官奉命审案，查问了余家，余家说在宣化府买田地的是姚大人家里，下官便来核实，免得弄错了。"

书房门口的婆子听了这样的话立即提起裙角一路到了张氏屋里。

张氏正要将姐姐送过来的荷叶杯拿出来用，听到婆子的话，忘记了手里的杯子，手一松，杯子顿时落在了地上，摔了个粉碎。

买余家田地的不是沈家吗？怎么会变成了姚家，姚婉宁在这里捣什么鬼。

姚宜闻走到婉宁院子里，就听到一阵欢笑声。

"小姐那个插得好。"

然后是婉宁的声音："我的这枝梅花太短没有插到底，是浮搁着的。"

"小姐要赖。"

童妈妈在一旁笑得前仰后合："怪不得人人都说落雨最实诚，若是落雨也跟着门上的婆子每天玩一把，恐怕要将身上的银子都输了干净。"

婉宁重新去拿笔："再这样下去，等到冬天过完了，我的九九消寒图还没画好。"

婆子看到姚宜闻要撩开帘子进去禀告，姚宜闻伸出手来阻止。

屋子里安静了片刻，婉宁轻声道："试数窗间九九图，余寒消尽暖回初。梅花点遍无余白，看到今朝是杏株。"

婉宁仔细地写着，练了这么久，她用毛笔写字是越来越熟练了，就是时不时地还会写错，昆哥看到的时候就会故意板着脸纠正她，还拿出杨敬先生的口气让她牢牢地记住。

"小姐这边怎么就写了一个字，还有那么多地方。"

落雨指着九九消寒图的右边。

"这是要八十一天才写完的：庭前垂柳珍重待春风，你看梅花添了多少瓣，这字也就有几笔。"

落雨听得点头。

婉宁道："你跟落英一起都学认字吧。"

落雨笑着摇头："那哪里是奴婢们学的，奴婢们蠢笨，学不来这些东西。"

"哪有这种事，学了认字有许多好处，没事的时候就不用发呆，可以拿本书来看。"

姚宜闻忽然想起几年前，他给婉宁请了先生在家，先生教了婉宁一个月，却说什么也不肯再留下，还跟他说，内阁中的小姐不一定要学认字，还可以学琴棋书画许多种。

他听了心里十分生气，觉得不是婉宁不能学，而是先生没有本事，可从那以后也确实没有花心思给婉宁再请更好的先生来。

没想到婉宁现在已经学会了读书写字。

"老爷。"

从屋子里出来的落英没想到会遇到姚宜闻，不禁惊讶地喊了一声。

姚宜闻点点头撩开袍子走进屋。

婉宁刚放下手里的笔，落雨正收拾砚台。

屋子里飘荡着一股淡淡的墨香，这正是姚宜闻从前想过的情形，只不过他就因为一时的自大错过了。

"婉宁，"姚宜闻坐下来，"刑部的人来问，说你向余家买了宣化府的田地是不是真的？"

说不定这件事是虚传，就像外面都说沈家要买宣化府的田地。

"是真的。"婉宁回答得很干脆。

姚宜闻不禁抬起眼睛："为什么要买宣化府的田地？难不成你也要学着沈家去卖盐？"一个内宅的小姐，卖茶叶已经让人议论，再学着去卖盐，难不成要做真正的盐商？

婉宁看向父亲："太祖建国时就说过粮乃立国根本，边疆开荒种粮不收赋税，余家要离开京城回到凤阳，宣化府的田地自然不能千里迢迢地来打理，正好我的茶也要卖去南直隶，我的家在京城，回去卖茶也不便利，余家卖茶，我买了田地秋收时卖粮有何不妥？"

"那么多人买田地，难不成都要去做盐商？每年去宣化府收米的米商也有不少，再说余家的土地离宣化府城还有些距离，再走几十里还有达官显贵的庄子在，那些达官显贵也是盐商？"

田地买来出了粮食可以卖粮，谁说一定要用来换盐引。

姚宜闻顿时被顶了回来。

婉宁接着道："余家的土地便宜，我才买来，文书都十分齐全，刑部的大人要看，父亲就将文书递过去。"婉宁看向童妈妈，童妈妈立即进了内室将文书拿出来交到姚宜闻手上。

婉宁看着姚宜闻："父亲不要耽搁了，免得让人误会，以为我是要做什么大盐商。"

看着女儿的侧脸，姚宜闻不由得叹了口气，婉宁做生意是从泰兴开始的，因为寿氏对婉宁不好，沈家来帮忙婉宁才想了这样的法子，现在将茶叶卖到了京城，他心里觉得亏欠婉宁也没有插手。

至于用自己的银钱买田地，文书和鱼鳞册又都齐全，还有什么好说的。

姚宜闻站起身："我去说一声。"

"父亲要先和母亲商量吗？"婉宁的声音带着几分的质疑，嘴角微微地扬起还有几分的讥诮。

婉宁那双清亮的眼睛就这样注视着他。

让他想起这些年的过往。

要不是他听张氏的也不会将婉宁送去族里。

姚宜闻摇头道："这是你的事，你母亲不用知道。"

张氏吩咐婆子："去外面等着，见到老爷就说我在担心，现在正好是该吃饭的时候，若不然让厨房准备些酒菜送过去。"

先要将人稳下来，然后问清楚到底是怎么回事，也好给她时间去跟父亲说。

朝廷上的事，老爷还是听父亲的。

婆子应了一声去长廊里等姚宜闻。

张氏穿上氅衣刚准备出门，婆子就匆匆忙忙走回来："太太，老爷说不用了，已经拿了什么东西将那位大人送走了。"

就这样送走了？

完全没有让她插手。

张氏愣在那里，她连老爷送出去的东西是什么都不知道。

这是从来没有过的事。

刑部的郑敏从姚家出来，径直回到衙门，衙门里还有几位大人为了这个案子争得脸红耳赤。

"还审什么，证据确凿，这种小事还要请皇上亲自过问不成？南直隶的案子就是皇上钦命的崔大人来审，这次若是再如此，我们刑部的脸面往哪里搁……"

"可是这案子该怎么定……是要将李大人请过来，还是……"

"请什么请，不过有军功在身，怎么，大周朝的律法还奈何他不得了？"

光是刑部就多一半的倾向给李成茂定罪。

郑敏在门外微微一笑，撩开官服走进去。

各位大人都看向郑敏。

"怎么样，案宗拿来了没有？我们今天早些动手写奏折，也好让皇上定夺。"

"大人准备怎么写？"郑敏缓缓地道，"这江仲的口供和事实不符啊。"

江仲的口供和事实不符？

哪个事实不符？

所有人目光中透着疑惑。

郑敏将手里的匣子打开："江仲说，沈家要买余家的土地，李成茂大人才让他去恐吓沈家，好让余家害怕，再也不敢卖地，让大商贾们也不敢买余家的土地。"

所有人都在看着郑敏。

郑敏将盒子里的文书拿出来，脸上露出啼笑皆非的神情："可是余家的土地早就卖给姚家了，跟沈家有什么关系。"

所有人以为拿着江仲的口供就可以定案。

如今就像是被自己搬起来的石头砸了脚。

所有人都是目瞪口呆的神情，低头去看那张文书。

拿着这文书的时候，他怀里就如同揣了一只活蹦乱跳的兔子。

他是迫不及待想要看看这些想要陷害陈老将军的人，是一副什么样的嘴脸。

终于让他等到了这一刻。

他是这样的雀跃，笑容就忍不住要溢出来。

郑敏看向旁边的书办。

书办上前道："回禀各位大人，宣化府卖商屯的还不止是余家一家……宣化府，不只是宣化府，西北的商屯也在卖，沈家就是要卖掉自己手里的屯田。"

沈家不但不是要买田，而且还要卖田，和江仲的口供差了十万八千里。

所以整个案子都要推倒重新审理。

郑敏笑容可掬地将文书收起来，崔大人说得没错，现在到了这些人收场的时候。

赵璠睁大了眼睛，怎么会有这种事。

御史弹劾的奏折，像潮水一样压过来，京城里同样闹腾不停的还有盐商卖手里的屯田。

盐运使司批白条了，可以用银子换盐引。

那屯田还有什么用处。

这些精明的商人，先想到的就是卖掉手里的屯田。

京里但凡和盐运使司有些关系的人家，门槛都要被踏破，所有人都想要明年的盐引。

从开始的数银票到手软，到现在的胆战心惊，赵璠仿佛从天上直接掉在了地上，摔得他几乎喘不过气来。

赵璠看着张戚程："岳父，御史会不会弹劾我们。"他可是才让人去找盐运使司开出了几张白条，卖的都是明年的盐引。

张戚程厉眼看过去："你做了些什么？"

赵璠庞大的身躯打了个冷战。

张戚程怒其不争："我早就告诉你，事成之前，你要收敛收敛……"

赵璠忙看向旁边的妻子："朝廷实行以银抵粮已经很久了，之前又不是没有托人办过盐引。"这样的银子一赚就是几千两，比什么都来得容易，有了这些银子就能置办新宅院，他是想等到风平浪静的时候，可……看到了银子，他就忍不住。

谁能料到，会是这样的结果。

天还没大亮，街道上是一片冷清，准备早起做买卖的人刚洗了脸，将一盆水泼在地上，京城的大门慢悠悠地打开了，等到城外的马车顿时迫不及待地驰进城内。

马车才安顿下来，就有下人四处打听消息。

本来准备过了年搬迁去凤阳的余家老小也在隆冬时起程，只留下余家长房在京中打理余下事宜。

望着余家马车出了京城，同在宣化府屯田的商贾顿时更加焦急起来。

京城里充斥着一股奇怪的气氛。

婉宁将焦无应叫来说话，焦无应将这些日子的账目仔仔细细地说了，然后躬身道："这段日子京里乱得很，小姐还是少出门。"

婉宁点点头，焦掌柜这话说得再明白不过，这股卖屯田的风潮是刮起来了。

盐商拿不到盐引迟早会闹出这样的事来，只不过是因为余家和沈家早一点到来。

"去宣化府的人走了没有？"

焦无应道："已经走了。"

"我们该怎么做就怎么做，明年春天要开始种地，所有一切都要筹备好。"

焦无应道："还有人上门来问我，"说着将手里的文书递上去，"宣化府的屯田，我们还收不收。"

这还真是越闹越厉害了。

到了年底，屯田不卖明年还种不种也是个问题，怪不得屯田的人家都会着急。

张氏每次回到家中，母亲都是眉开眼笑的模样，如今母亲却坐在贵妃榻上半天没有说话。

"母亲，"张氏忍不住先开口，"姐姐那边怎么样？总不会有什么事吧？"

京里闹腾得厉害，可朝廷里不是还没有文书下来。

张夫人看向女儿，不由得叹了口气："听你父亲说，刑部的证据是宜闻递上去的？你怎么也不拦着些，哪怕是晚个一两日，你父亲也有些准备。"

说到这个，张氏脸上顿时难看起来。

就在她的眼皮底下，老爷将姚婉宁买地的凭据递给了刑部的官员，这几天只要她提起婉宁的事，老爷就是一副"你不用管"的模样。

她是连话都说不上。

"母亲。"张氏抬起头来。

张夫人道："毕竟是你们家里的事，你父亲平日里也不好插手，你总要牢牢地把握住才是，你那继女屋子里的事，你怎么半点都没有察觉？"

看着母亲失望的神情，张氏心里如同被挖空了一块。

母亲没有像往常一样信任她。

"母亲……"

张氏还没说话，张瑜贞的声音传来，丫鬟来不及上前打帘，张瑜贞一阵风地进了屋："母亲。"张瑜贞眼睛通红，嘴唇苍白仿佛受了很大的惊吓。

张夫人吓了一跳，忙伸出手来："慢点说，慢点说，这是怎么了。"

张瑜贞哭哭啼啼："听我公公说，我们家老爷被弹劾，说是贿赂盐运使司，拿了明年的盐引。"

张氏听得一惊，呆呆地看着姐姐。

张夫人道："那，姑爷到底有没有贿赂，弹劾又有没有凭据，你说一说好让家里人去知会你父亲。"

张瑜贞愣在那里，嘴唇一开一合。

"到底有没有啊？"

母亲催促了一句，张瑜贞才点头："告发的是金家，是赵家的表亲，他们手里有老爷写给两淮盐运使司的信函……"

有了凭据，这可怎么办？除非在这些东西没有呈上去之前拦下来。

"是谁查的？东西在哪里？"

张瑜贞脸上一片茫然。

张家下人还没有将张戚程请回家，赵家就来了人。

赵家管事进门来不及行礼，就躬身禀告："亲家夫人，太太，老爷身边的小厮回家报的消息，老爷被刑部的人请走了。"

张瑜贞心脏猛跳两下，眼前顿时一阵眩晕。

陈文实穿戴好了站在院子里等着女婿一起去刑部。

李成茂是个不善言辞的人，陈文实唯恐女婿这次说错话，等到李成茂站在跟前，陈文实沉着脸问过去："教你的话都记住了？"

李成茂颔首："记住了，只是……岳父……这样问行不行？"

李成茂上了奏折，除了申辩自己的冤屈，还将朝中重臣、勋贵和盐运使司相互勾结，倒卖盐引的事具奏，边疆军屯不足，民屯再日衰，将来真的兴起战事，几十万大军要吃什么？没有军粮怎么和瓦剌对战，奏请朝廷整饬吏治，恢复运粮边防以换盐引的制度。

奏折递进了内阁一直没有消息，直到今天，刑部提审江仲，允许李成茂和江仲当面对质。

当面对质。

等于是朝廷给了李成茂翻案的机会。

江仲到底会不会说真话，谁也不知道，刑部提牢厅主事田允兴教了李成茂一个法子，让李成茂见到江仲，不要说案情而是换种法子问话。

陈文实道："你还有什么更好的办法不成？"

李成茂摇摇头。

"那就照做。"

只要做好了，就能洗脱冤屈，就看江仲到底能不能说实话。

江仲听着外面的声音。

狱卒拎着桶给犯人分饭，一勺子东西送进来，倒在破碗里，赶过去狼吞虎咽的是被关已久的犯人，不理不睬的是刚关进来的新犯。

"二哥，吃点吧！"

带着一些馊臭味道的碗到了鼻端，闻得久了竟然还觉得有淡淡的香甜。

"我们进来多久了？"大牢里不见天日，已经不知到底过了多少时间。

"有很久了，一个月了吧！"

"那没有，二十天？"

"谁知道……"

"为什么没有人提审我们？"

这就是江仲想要知道的，为什么没有人提审他，去沈家的时候他已经想好了，他不怕被抓，无论是被谁抓，他只要咬定李成茂，他死也要拖着李成茂一起死。

进了顺天府大牢，他们大吵大闹，自称自己有军功在身，将李成茂和陈老将军拉出来，摆着一副兵痞的模样，虽然沈敬元没死，他也能达到他想要的目的。

可是，自从五城兵马司将他送来刑部大牢之后，就再也没有人问过他，仿佛所有人都将他们忘记了，丢在这个阴暗的角落里，任他们自生自灭。

不定罪，不提审，他怎么陷害李成茂。

"二哥，我们是不是栽了？"

身边兄弟的声音又传来。

"那陈老将军是常胜将军，朝廷里总有些根基，用些银子就能替李成茂脱罪。"

这也正是江仲害怕的。

他怕他这样闹起来也扳不倒李成茂，江仲攥起了拳头。

"你们胆敢将我关在这里，我是朝廷正五品武将官，正经的勋贵子弟……"

熟悉的声音传来，江仲霍然站起身。

"赵大人，我们也是没有法子，请大人少安毋躁，等到弄清楚了就将大人放回去。"声音虽然客气，却仍旧拉开了牢门，然后传来推推搡搡的声音。

是赵璠，赵璠被关了进来。

赵璠被关，难不成是事情败露了？

江仲顿时感觉到彻骨的凉意遍布全身。

江仲怔愣着，牢门外传来脚步声响。

紧接着狱卒上前打开了牢门，有一个人弯腰走进来。

江仲想过很多次再见到李成茂时的情形，却没想过这一天到来了，他已经换了心境，从前他是断定他会赢，赢了之后拿着赵璠给的银子，再也不用回到边疆去。

赵璠也进了刑部大牢……

这一刻，他知道他输了。

再说什么都没有用。

"江仲，"李成茂道，"我对你们兄弟如何？你哥哥犯了军法，我还拿出自己的银子送与你哥哥的家眷。我可有亏待你们兄弟？"

若是之前，江仲定然会装作诧异的模样，反驳李成茂，在所有人面前说，他是听李大人的命令行事，他会跪在地上求李成茂救命。

而今……他做戏来又给谁看，李成茂既然能来到这里，朝廷定然是信了李成茂。

被关了这么久，早就磨光了他的耐心，听到赵璠被关的声音，他心里最后一线希望也破灭了。

事到如今，不如将他心底的话说个明白："我哥哥追随你那么多年，被你一句话违犯军纪，就地正法。我向你身边的人打听清楚，我哥哥不过是在军中赌了两把，你根本就是因为我哥哥曾冒犯你的官威……"

原来是因为这个。

李成茂看着江仲："你们兄弟都是糊涂人，你哥哥倒卖军粮被我抓个正着，看在他跟我多年立有军功，我虽然处置了他却在军中为他遮掩，我几次三番跟你说明，你却仍旧不信，想出这样的法子陷害我，你看看你身边的兄弟，就要因此丧命，若是你再杀了沈家人，为了你哥哥一条性命，你要害多少人？说是为了报仇，你可因此拿别人的银钱？"

江仲睁大了眼睛。

"说什么替兄长报仇，不过是贪些银钱，边疆毕竟是苦寒之地，"李成茂冷笑一声，"既然如此，你们兄弟一早就不该来投卫所，说什么大丈夫当精忠报国，血染疆场，说得简单，到头来不过是空话。"

"未杀敌、擒敌一人，就死在这里，也是你自己选的归路。"

江仲忽然回想起和哥哥一起去卫所见到李成茂时的情形，他从来没想过会落得这样的结果。

当时他们兄弟是真的想要驰骋疆场为国效命。

江仲眼看着李成茂要离开，从此之后他又要陷入无尽的黑暗里，不知道何时再有人听他说话。

不知从哪里来的勇气，江仲道："大人，赵参议赵璠不只是要害大人，还想要对付陈老将军，是我一时贪心被人利用……"这个时候，他应该说句实话。

李成茂一怔，耳边顿时传来赵璠刺耳的声音："江仲，你敢诬陷本官！"

"赵大人给我们的银子，我就放在老槐树胡同的那处宅子里。赵大人还说事成之后再给我们一千两，就算我们被五城兵马司抓住，赵家是勋贵，五城兵马司向来是勋贵兼任，赵家会想法子将我们兄弟弄出去，只要我们一口咬定是受李大人指使。"

"放屁。"

赵璠大喊大叫。

"我们只要下手杀了沈家人，御史言官就会递上去弹劾李大人的奏折，"江仲吞咽一口，

"我说的句句属实。"

一阵吵嚷声过后，崔奕廷站起身，阴暗的大牢里也亮起了灯。

江仲几个人眯起了眼睛，这才看到不远处的牢房里面站着的都是穿着官服的官员。

皇上命所有刑部的官员陪同审理此案，李成茂和江仲的话已经再清楚不过，加上暴跳如雷的赵璠。

这个案子也该落定了。

崔奕廷看向书办："写清楚，这可是要呈给皇上御览的。"

书办忙颔首称是。

李成茂终于舒了口气。

田允兴出的主意真好，他这样问江仲果然问出了江仲的心里话。

郑敏也跟着看向几位一起审案的大人："各位大人接下来我们该怎么办？"

既然江仲咬出了赵璠，接下来就该审赵璠。

郑敏道："我提议将李大人的案子和盐引案一同审理。"

听到这几个字，赵璠脚下一软差点坐在地上。

姚宜闻下了衙，匆匆忙忙地回去姚家。

听说赵璠的事，再想到张氏姐姐送来的那些礼物，姚宜闻心中就如同烧了一把火。

轿子就要拐进胡同，耳边传来一阵马蹄声响，紧接传来一阵笑声，隐隐约约有人道："杨先生是这样说的？"

姚宜闻忽然觉得这声音说不出的熟悉，忙掀开了帘子。

马车向前走两步拐进了胡同。

那是沈家的新宅院。

姚宜闻怔愣片刻，难不成方才那个说话的人是沈氏？不是说沈氏回到沈家之后去了家庵，怎么会在京城？

姚宜闻满腹心事地回到家中，张氏已经等在院外，看到姚宜闻立即迎上来。

两个人到了内室了，张氏迫不及待地问："老爷有没有听说我姐夫的事？"

姚宜闻颔首："你姐夫犯了事，进了刑部大牢。"

那传言都是真的了？朝廷就这样定了罪名？

张氏几乎忘记了给姚宜闻系扣子："老爷和妾身一起回公爵府吧，听听父亲怎么说，要怎么才能救姐夫。"

姚宜闻看向张氏："你姐夫倒卖盐引，两淮盐运使司从上到下都要押解进京，谁还能救他？"说着皱起眉头，"你有没有和你姐姐一起卖盐引？"

张氏没料到姚宜闻劈头盖脸问的就是这样一句话。

她有没有和姐姐一起卖盐引。

"老爷怎么能想得出来，"张氏惊讶地看着姚宜闻，"我姐姐、姐夫是不是被人陷害的还不知晓，老爷就径直说到妾身身上，妾身有没有倒卖盐引老爷会不知晓？"

张氏看着站在那里的姚宜闻，心中忽然有一股难言的委屈："就算妾身倒卖盐引，靠的也是老爷在官场上的关系……"

平日里温婉的张氏说出这样的话来，姚宜闻一愣："你胡说些什么？"一直以来都是大家闺秀般的张氏，怎么现在变成了这个模样。

张氏脱力坐在椅子上："到底是怎么回事，朝廷不是在查李成茂的案子，怎么会一下子变成了我姐夫进了大牢。"

"这到底是怎么回事。"

姚宜闻脸色阴沉，最近朝廷上的变动让他们都始料未及，本来以为李成茂获罪，陈文实必然跟着受牵连，吏部还商量若是要换宣化府总兵，要举荐谁。

谁知道忽然之间刑部传来公文，说江仲根本不是李成茂指使的，余家也没有受李成茂的威胁，再说买余家田地的并不是沈家而是姚家。

为此上峰特意将他叫过去询问情形，他还为刑部的郑敏作证，那些田地是姚家买来的。总不能说，女儿做主买的田地，他什么也不知晓。

在上峰面前，他哪能丢得起这样的脸。

仿佛他不知不觉中也被牵进这案子里，而且还是为李成茂说话。

李成茂的案子自然而然重新查起，谁知道余家的事又引起不小的风波，商贾开始打听消息，四处买明年的盐引。

明年的盐引买光了，粮食自然也就换不出盐引，所以有更多的商贾开始叫卖自己在边疆上的屯田。

悄无声息地倒卖盐引，一下子变得正大光明起来，而且还闹腾得惊天动地，让皇上也知晓了。

李成茂这些在边疆上打仗的武将再也坐不住了，站起来弹劾京里的重臣、勋贵，说他们倒卖盐引中饱私囊，将来的结果就是没有商贾再向边疆运粮、屯田，边疆没有粮食，要用什么来养活几十万大军？

瓦剌打过来之后，军粮难道要朝廷粮库来筹措。

就算粮库筹措到了粮食，要如何立即运到边疆。

等到粮食运到，瓦剌恐怕早已经攻破了大周朝的边疆重镇，宣化府一旦失守，瓦剌的军队刹那间就会来到京城。

那些武将的奏折，没有文官写的那么华丽，而是用最简单的话说得人心惊胆寒。

皇上命锦衣卫暗中查访，结果不费吹灰之力，就抓住了两淮盐运使司开的盐引白条。

一边是江仲驴头不对马嘴的供述，一边是证据确凿，皇上会相信谁？

指使江仲的人又是和两淮盐运使司狼狈为奸的赵璠。

有人翻出了吏部从前的公文，吏部曾举荐赵璠去宣化府任职，大家就不难想到，赵璠害李成茂是为了去宣化府。

本来是简简单单的弹劾李成茂，一下子变成了朝廷为了盐引的两派之争。

一派是要遵循太祖定下的祖制，商人要运粮到边疆才能换来盐引去卖盐。

一派是因为边疆已经稳定，以粮换盐引耗费人力物力，不如将粮食折成银子，用银子来换盐引。

用银子换盐引，才会有了倒卖盐引之事。

什么李成茂侵占民田，想要在边疆用盐引发财的根本就是赵璠这样的勋贵。

现在就算是整个内阁具保赵璠，赵璠也不可能安然无恙地回来。

姚宜闻看着张氏："我问你一句话，你要告诉我实情。"

张氏用帕子擦了擦眼角，在她印象里老爷只有说起沈家才会有这种避之不及的神情。

"我问你，你有没有在你姐姐那里听到些消息，你姐夫赵璠到底是不是陷害李成茂？"在姚宜闻心里，张氏但凡有事不会瞒着他，所谓的夫妻一体便是这个道理。

张氏怔愣片刻，然后是十分的惊讶，茫然地看着姚宜闻："老爷，妾身怎么会知道这种事，姐夫性子直率，行事也是光明正大，应该不会有这样的事啊。"

张氏是在瞒着他。

他记得张瑜贞不管有什么事都会和张氏商议，张氏这些日子回了几次娘家，难道半点风声也没有听到？

刑部官员找上门，张氏拦着他打听朝廷里的事，还让他凡事多和岳父商议。

姚宜闻目光中透出怀疑来："你真的半点也不知晓？你可知道你姐夫的事要牵连进去多少人？"

张氏想要强辩几句。

姚宜闻却已经道："这几日你不要去赵家，也少回娘家，让人将你姐姐送来的东西都退回去。"

姐夫还没有定罪，老爷就催着她将姐姐送来的东西退回去。

张氏顿时红了眼睛："姐夫被抓，赵家不知乱成什么模样，老爷这时候让我将东西退回去，这未免太不近人情，再怎么说，老爷和姐夫都是连襟，就算不在危难的时候鼎力相助，也不能落井下石，过年过节，我姐夫可都为老爷的上峰准备一份礼物送过去。"

姚宜闻耳边顿时响起婉宁说过的话。

"外面人都说，父亲是靠着继母才能有今日的官途。"

姚宜闻冷冷地看着张氏："你的意思是，没有岳父和你姐夫，我就不会进吏部。"

姚宜闻脸上出现了让张氏陌生的神情，带着十足的愤怒和狰狞。

张氏顿时愣在那里，她是想要拉着老爷回娘家想想办法，却怎么闹到这步田地，张氏张开嘴，想要解释两句，却又吞不下这口气。

姚宜闻冷哼一声，甩甩袖子，转身走了出去。

张氏望着被姚宜闻高高甩开的门帘，半晌才满腔委屈："他怎么能这样对我，我哪里说错了？"

田允兴一直笑得合不拢嘴。

"田头儿，今天您可是风光了，谁也没想到会审出这样的案子。"

本来一筹莫展的案子，一下子就有了眉目，江仲不但没有乱说一通，还咬出了赵璠。

田允兴目光中有几分的神秘。

田允兴审案的本事越来越高明，从之前的南直隶案子到现在，没有动用重刑就让犯人开了口。下属不禁觉得好奇："田头，快说说，这里有什么说道吗？"

这里面的说道……

他也是一筹莫展的时候，听了姚七小姐的话，这个江仲不管见到谁都急着说是被李大人指使，一副天不怕地不怕的模样，想要对付江仲这样的人，就是要对他不理不睬，让他达不到目的，这样他就会心慌。

果然如此。

为什么姚七小姐这样了解一个人的想法。

审问犯人不能只是严刑拷打，要找到诀窍才能顺利地结案。

"田主事。"郑敏快步走来。

田允兴忙迎上去，刑部将江仲的口供递上去，也不知道上面会怎么定案，到底会不会让他们审赵璠。

赵璠毕竟是勋贵之后，又是朝廷的正五品武将。

"大人，"田允兴道，"可有消息？"

"内阁有了批复，让我们彻查赵璠案。"

田允兴顿时笑起来，然后探头向左右看去："郑大人，那崔大人呢？崔大人会不会跟着一起审案。"

"崔大人让我们安心办案。"

田允兴摸摸脑袋："南直隶的案子结了之后，崔大人会不会留在刑部？"

这是很多人都想知道的。

崔大人毕竟不是科举出身，又不是勋贵，皇上又引为心腹重臣，将来到底会去哪里谁也不知道。

内侍重新换了两盆炭火，内阁的值房顿时被熏得暖和起来，翰林院的官员抄写完公文靠在一旁，有些昏昏欲睡。

陈阁老不禁咳嗽了一声，年轻的官员们立即睁开了眼睛。

"再去催催看，都察院、刑部那边公文递上来没有。"

南书房都彻夜不眠，他们哪敢休息，刑部也是熬夜审案，勋贵这次是触了雷霆。

"阁老，文书来了。"

刑部的文书被送进来。

陈阁老顿时站起身，这次的案子怎么定，就看这封文书了，陈阁老在文书上看到姚宜闻三个字不禁觉得诧异，赵璠和姚宜闻是连襟，姚宜闻怎么会为李成茂作证。

陈阁老还没将文书看完。

"阁老，皇上要御览。"内侍的声音传来。

皇上越过内阁看文书，陈阁老顿时觉得冷汗涔涔，皇上这是不信任内阁。

熬了一宿，眼看就是上朝的时辰，到底会怎么样，很快就会知晓。

张戚程刻意早一些到了宫门前。

刑部审出的结果早就在勋贵中间传开了，想要保住赵璠就要将他和所有勋贵的利益连在一起。

赵璠是勋贵之后，还在军中立过大功，现在只有靠勋贵才能保下赵璠，只要能留下性命哪怕是丢了官职，从城门卫做起，将来有机会再上战场立下军功还可能会官复原职。

这是张戚程最坏的打算。

他是怎么也没想到，短短几天之内，整个案子会翻转过来。

李成茂成了直言不讳的忠臣，赵璠会一下子被人捏在手里，再想起姚宜闻为李成茂作证，张戚程就觉得怒气撞向他的额头。

这个姚宜闻知不知道自己在做什么。

瑜珺怎么连姚宜闻也握不住。

文武百官陆续入殿。

皇上坐在龙椅上，开始听议朝政。

"赵参议年纪轻轻就军功赫赫……是本朝少有的将才……不能只因一个校尉的一面之词就因此定罪……"

"两淮盐运使司的案子还要详查……"

"户部今年收上的税银是去年的两倍，都是因以银抵粮换盐引之故……有了银子就可以拨赈灾款，就可以修河道，就可以筹备军需……太后娘娘的金塔也筹备了三年，终于可以动工了。"

张戚程不时地抬起头，皇上一动不动地坐着。

朝堂上吵闹的声音越来越大。

"照你这样说，不能以银抵粮，太后娘娘的金塔也建不成了？"威严的声音从头顶传来。

官员立即跪下来："微臣不是这个意思。"

皇帝站起身，慢慢地从玉阶上走下来："朕记得几日前，我们也是在朝堂上议李成茂的案子，众卿有没有说李成茂立下多少战功？"

朝堂上顿时一片安静。

"没有人提及，是不是因为李成茂是武状元出身，而赵璎是勋贵之后？"

"赵家是什么爵？"

礼部官员立即道："是忠义侯。"

皇帝板着脸："那就将忠义侯传来说话。"

文武百官顿时面面相觑，忠义侯已经战死，赵家还没有人承爵，皇上嘴里的忠义侯又是谁？

脚步声从背后传来，众人纷纷转过头去。

赵琦小小的身影跃入眼帘。

是忠义侯世子。

都说皇上要将年幼的赵琦立为忠义侯，难不成就是现在。张戚程皱起眉头，他是万万没想到，赵璎不但没有承爵，如今还性命难保。

几个月前，若是有人这样跟他说，他只会嗤之以鼻。

握着军功牌的赵璎，怎么可能不如一个幼子。

这盘棋，他到底是哪个棋子放错了，才会引来如今的局面。

赵琦上前规矩地行礼。

皇帝一步步走到赵琦跟前："朕问你，若是你叔父犯错该如何处置？"

赵琦稚嫩的声音传来："回禀皇上，应按大周律例处置。"

"你不为他求情？"

赵琦摇了摇头："父亲说，身为勋贵更加要如履薄冰，这样才能不丢了祖宗的颜面。"

皇帝阴沉的脸上有了淡淡的笑意，低下头目光落在赵琦身上："朕是天子，自然要一言九鼎，从今往后，大周朝就有了最年轻的勋贵，"说着看向礼部官员，"传我旨意，忠义侯世子赵琦承爵忠义侯，赵璎并两淮盐运使司严加审问，任何人再为赵璎求情，当同罪论处。"

朝堂上已经有人站立不住。

张戚程顿时觉得一阵心跳，耳边仿佛也响起赵璎凄惨的声音。

皇帝的声音清清楚楚地响彻在大殿上："陈文实任宣化府总兵，李成茂授骑都尉，九边重镇不得以银抵粮，仍旧遵循祖制以粮换盐引，但凡军屯立即清查，不得荒种，违者重判。"

张氏听着赵璠的消息仍旧没有缓过神来。

银桂在一旁劝着："您也不要太着急。"

不着急？姐夫会怎么样？姐姐会怎么样？

皇上已经在朝堂上说了那样的话，哪里还会有转圜的余地。

张氏攥起了帕子。

"太太，陈家来人递帖子了。"

管事妈妈的声音从张氏耳边传来，张氏木然地看着眼前红色的帖子。

陈家？是哪个陈家？

管事妈妈仿佛看出张氏心中所想："太太，是陈文实，陈老将军家里，说是……说是……庆贺外孙百日。"

陈文实给姚家送帖子。

张氏伸出手去将鲜红的帖子捏在手里，帖子在她指间颤抖，她缓缓地将帖子打开，脸上顿时浮起一丝自嘲般的笑容："请的是婉宁，陈家要请的是姚婉宁。"

宣化府总兵官，请姚婉宁过去赴宴。

她不过就是这帖子里的一个摆设，让人笑话的摆设。

婉宁穿了一件湛青色的褙子，鹅黄色宫裙，外面是粉色白貂领的氅衣。

童妈妈上前道："太太那边还没有消息。"

"车马都备好了？"婉宁问过去。

童妈妈点头："都在垂花门外等着呢。"

张氏准备了一整晚，还没有想好到底去不去这个宴席。

陈家能在这时候宴席也是在庆贺皇恩浩荡，京里不少的达官显贵都去庆贺。

张氏若是不去，会让人想起她和赵璠的关系，就算是去了，在宴席上也不知道要如何应付，回来又怎么跟张瑜贞交代。

无论怎么选择，张氏都不会觉得舒坦。

婉宁笑着看童妈妈："到了时辰我们就走，你去跟太太说一声，若是太太身子不舒服，我就将礼物送去陈家。"

一晚上没睡，张氏显得脸色铁青，用了许多宫粉也遮掩不住眼睛下的乌黑。

银桂道："太太不如穿得鲜艳些，脸色也显得好看。"

张氏皱起眉头："穿成那样出去宴席，让我姐姐知晓了，岂不是心中难受。"

如妈妈抿了抿嘴，为难地道："也是。"陈家真不该这时候送帖子来。

张氏从锦杌上站起身。

银桂快步走进来："太太，赵家来人了，说姨夫人病倒了，请太太过去看看。"

姐姐病倒了。

张氏眼睛顿时热起来，抬起头看向如妈妈，还没来得及和如妈妈说话。

门口的丫鬟道："太太，七小姐来了。"

说话间，帘子被掀开，婉宁脸上都是笑容："母亲，时辰到了，您准备好了没有？"

婉宁赶在这时候过来是要看她的笑话，张氏心里冷笑，再怎么样她也不会输给一个丫头，张氏看向婉宁："陈老将军家里我就不去了，你跟陈老太太说一声，我和长公主一早有约，如今是分身乏术，改日我再去恭贺。"

将嘉宁长公主抬了出来，这样就抬高了自己的颜面。

张氏又嘱咐如妈妈："好好照应七小姐，不要出什么差错。"

如妈妈应了一声。

婉宁向张氏告辞，带着童妈妈出了屋子。

看着婉宁粉色的氅衣，张氏脸上渐渐浮起恨意，她不知不觉中竟然让这个弃妇之女如此的风光。

"赵家那边怎么办？"银桂低声道。

"跟赵家的下人说，我去长公主那里，让姐姐千万要保重身子，等有了消息我就过去和姐姐说话。"

银桂点点头，这样一来，姨夫人那边也就知道太太是去长公主那里想办法，姨夫人不但不会怪太太，还会感激太太。

长公主最喜欢太太的性子，只要太太开口长公主多数都会帮忙。

等到婉宁走了，张氏带着人一路去了嘉宁长公主府。

"长公主病了，"公主府的管事上前道，"太医院的御史和郎中都来看过了，开了几服药都不见好转。"

张氏不禁心里一紧，长公主偏偏在这时候病倒了："我去看看长公主。"

下人将张氏引进内院，穿着青衣褙子的丫鬟若沁迎了上来："公主说让您去花厅等一会儿，公主要准备准备。"

张氏跟着若沁去了花厅，大约一刻钟的工夫，长公主身边的妈妈来请，张氏才去了长公主屋里。

海棠色的幔帐低垂，丫鬟正在屋子里熏香。

张氏不禁咳嗽了两声。

幔帐挽起来，张氏看到靠在秋香色引枕上的嘉宁长公主，长公主头发散落着，脸颊上有淡淡的红晕，头上的抹额显得她有几分的病容。

嘉宁长公主用帕子捂住鼻口，向张氏摇手："就在旁边坐着，别过来，我这病就是在顺妃娘娘宫里传上的。"

若沁搬来锦杌，张氏坐下来："您怎么也不说一声，别的我不会，熬药、端药还是能帮衬。"

"若是平日里也就叫你过来了，"嘉宁长公主叹口气，"我也知道你那边的事，我已经托人去宫里帮你去打听消息。"

听得这话张氏眼前一亮。

嘉宁长公主道："我听说淇国侯在皇上面前求了情，赵四老爷在瑞安立过大功，身上负过重伤，将功补过也不至于一死，今儿淇国侯那边应该会传出些消息。"

张氏满脸的感激："长公主病着还能想着我，这份恩情我们永远都不能忘。"

"别这样说，"嘉宁长公主道，"赵四太太也是个苦命的，如今你家里怎么样？"

说到姚家，张氏眼睛里不由得流露出几分难堪的神情，当着长公主的面她却不好发作，急忙沉下眼睛遮掩过去："姚家倒是没被波及。"

不但没被波及，陈家还来请她们过去宴席。

"姚七小姐，"嘉宁长公主顿了顿，"真的买了余家的土地？"

张氏颔首："是真的。"

嘉宁长公主不知道说什么才好："怎么你家的事总有姚七小姐在里面掺和，你可要小心些，我听说惠妃娘娘和皇后娘娘都很喜欢姚七小姐，这次陈家……免不了要念姚七小姐的好处。"

嘉宁长公主话音刚落，下人进来道："长公主，蒋小姐过来了。"

蒋小姐？

张氏一怔："长公主说的蒋小姐是……"

嘉宁长公主这才想起姚家和蒋家的渊源："还是听你说起过蒋小姐，有一身好医术，我这病吃了几日的药都不见好转，就想着不如请蒋小姐过来问问。"

蒋家的亲家贺家是治热病的。

嘉宁长公主的样子倒像是热病。

蒋姨娘为人温和又是姚宜之的生母，张氏一直喜欢蒋姨娘，没想到嘉宁长公主会提起蒋小姐。

张氏轻声道："蒋小姐带来了贺家的方子，我们老太爷的病情也见好转，说不定长公主吃了蒋小姐的药病也就好了。"

说着话，穿着鹅黄色氅衣的蒋静瑜走进来。

张氏站起身。

蒋静瑜上前行礼，见到张氏也是一脸的惊讶："姚三太太，您怎么也在这里。"

看到蒋静瑜漂亮的面孔，不知怎么的张氏想到了姚宜之，心里仿佛舒坦了许多，脸上的神情也更热络起来："快过来给长公主瞧瞧脉象，眼见就要过年了，总不好拖着病进年关。"

蒋静瑜应了一声，身边的丫鬟放下身上的药箱，将诊脉的春诊拿出来。

嘉宁长公主脸上是亲和的笑容："难为你了，一个柔弱的小姐，还要来给我诊病。"

张氏眼看着蒋静瑜坐下来诊脉，想及姚婉宁没有看过一本医书却装神弄鬼给人治病的模样，嘴边不禁浮起一丝的冷笑。

早晚有一天，姚婉宁的谎话会被戳破。

沈家如今不过是一时的太平。

婉宁在陈府的垂花门下了车。

陈家九小姐陈芷兮忙迎上来，只看到几个下人围着个穿着粉色氅衣的小姐，那位小姐生得容姿俏丽，脸上挂着一抹淡淡的笑容。

这就是姚七小姐，帮了姐夫和父亲的人。

姚七小姐看起来年纪比她还小，个子也不如她高，昭君套一戴就像大雪过后枝头上的梅花。

陈九小姐先上前行礼，婉宁还礼过去。

"好妹妹，我们可等你一会儿了。"

陈九小姐话音刚落，就听到余卿眉的声音："是婉宁来了吗？"

婉宁和余卿眉说了两句话就被陈九小姐拖着进了花厅。

花厅里满是笑意。

李成茂家中行三，妻子陈氏被称为李三奶奶，如今陈家摆席庆贺，来的客人一会儿"李三奶奶"一会儿又是"陈家姑奶奶"地喊着。

椅子上的李三奶奶是应接不暇。

陈九小姐领了婉宁过去，李三奶奶立即站起身，笑着拉住婉宁的手："早就听说了姚七小姐，只是还没见过，如今可算是见着了。"

说完话便看向身后的乳娘："快，将岩哥带过来给客人们瞧瞧。"

不一会儿工夫，小小的岩哥就出现在花厅里。

乳母将岩哥送进李三奶奶怀里，岩哥不舒服地挣扎了两下，顿时放声哭起来，声音洪亮得仿佛已经传出了陈府。

安怡郡主笑着道："不愧是将门之后，刚刚百日就有这样的威风。"

李三奶奶笑弯了眼睛："我只盼着将来别是个不管不顾的小霸王。"

婉宁低头看着岩哥，岩哥睁着水亮的眼睛也在看周围。

陈九小姐走上前逗着岩哥："叫姨母，叫姨母……"

引得李三奶奶笑出声，"现在能叫就怪了。"

陈家下人来请女眷们去看戏，等着人陆续离开花厅，李三奶奶看向婉宁低声道："外面的事我也不懂，我倒是知道，若是我们老爷获罪，我们家哪里是今天的光景，这件事还要谢谢七小姐。"

眼看李三奶奶要行礼，婉宁一把拉住："您是哪里的话，我也是实话实说罢了，没有帮上什么忙。"

李三奶奶感激地微笑："七小姐不说，我也记在心里。"

说完话，婉宁跟着陈九小姐去园子里。

"看看那是谁来了。"

陈家女眷嘀咕了一声，婉宁抬起头来，在长廊的尽头看到了几个人影。

被围在中间的人穿着大红色的官服，被人簇拥着向这边走过来。

阳光洒下来，映在那人的身上，大红色的官服纯正而鲜亮，腰上束着青玉锦带，长袍上清晰的纹理蔓延着伸展，衬着他的面容更加清晰，眉目清朗如出尘的明珠，散发着夺人的光芒。

人人都猜测，崔奕廷换下御史的官服会走文臣还是武将的路数，而今算是真相大白。

陈家几位年纪相仿的男子过去庆贺，崔奕廷在人群中微笑着拱手。

婉宁想起崔奕廷不认人的毛病，现在看来崔奕廷的嘴边含着一丝浅笑，是实打实的招牌，在他脑子里，恐怕是对眼前的面孔全然不识。

婉宁不由得笑出声。

不知是不是下人说话的声音引起了崔奕廷的注意，崔奕廷抬起头。

四目相对。

婉宁好奇地探究，这么多次的见面，崔奕廷也不知究竟认不认得她。

大约是看出她的意思，崔奕廷的目光忽然变得如古井般沉静，一眨不眨地望过来。

她本来只是带了几分的促狭，却豁然被那视线蜇了一下，她微微怔愣，他却挪过眼睛，脸上的笑意更深切了些。

这是什么意思，崔奕廷为什么那样看她。

"是锦衣卫的飞鱼服，崔大人在锦衣卫任职了？"

身上没有任何功名又不是勋贵子弟，却就这样进了锦衣卫。

也怪不得众人会惊讶。

崔奕廷的手指从袖口掠过，耳边的说话声源源不断地进了耳朵，他却仿佛只能听到远处的脚步声，人群中那抹粉色的身影。

婉宁跟着陈九小姐和余卿眉去了屋子里。

丫鬟们从花房摘了花，李三奶奶过来陪着她们一起往花斛里插花。

比起之前，陈九小姐仿佛显得有些安静，李三奶奶咳嗽了一声，陈九小姐才恍然从自己的思量中回过神。

脸颊上不禁带了几分略微尴尬的笑容。

婉宁只和余卿眉说话，当做没有瞧见。

来陈家之前，婉宁也有所耳闻，陈家退了崔奕廷的婚事，好像是因为舍不得将陈九小姐嫁给崔奕廷那个胡作非为的纨绔子弟。

大约是方才见到了崔奕廷，陈九小姐才会觉得有些尴尬。

李三奶奶低声说了两句，陈九小姐脸上有了几分的笑容，低声道："我去让小厨房准备糕点。"

陈九小姐撩开帘子出了门，吩咐了丫鬟几句，看着院子里发呆。

没想到会这样看到崔奕廷，她还记得第一次在庄子上看到崔奕廷，父亲正带着崔奕廷跑马，几个兄弟吓得站在旁边一言不发。

只要看到父亲牵着马，兄弟们都会吓得哭起来，她看到崔奕廷两条腿不住地发抖，却还挺着脊背坐在马背上，父亲下了马夸赞了一句："是个爷们儿。"

那时候崔奕廷七八岁。

他们的婚事就这样定下来。

再后来，他们都在长大，崔奕廷比她先明白什么叫婚约，开始给父亲写信，每年一封封信送过来，父亲看完就将信放起来，也不给旁人瞧，母亲却说，这门亲事恐怕要作罢。

崔奕廷到底写的什么，怎么就让父亲下定决心要悔婚。

她心里还是盼望着能嫁给崔奕廷，想知道他那样个倔强的人到底能长成什么模样，如今……再相见，看着崔奕廷，她顿时攥紧了帕子，心里一股酸涩的感觉冲进鼻子，这门亲事他为什么不答应，他到底会喜欢什么样的女子。

"奶奶，"下人刚端了糕点上来，管事妈妈就走过来低声道，"宫里来人了，一起过来的还有淇国侯和几位勋贵。"

是为了什么事？

李三奶奶刚刚放下的心又跳到嗓子口，她下意识地去看旁边的婉宁。

婉宁放下手里的茶碗。

屋子里顿时一片安静。

"还不知道是什么事，奴婢听到了消息就来禀告三奶奶。"

李三奶奶点点头。

希望不要有什么大事。

婉宁道："三奶奶安心，皇上才赏赐了陈老将军，这时候不会再出什么差错。"

朝局就算再瞬息万变，皇上也不是个让人捉摸不定的天子，若是相信勋贵，也就不会让崔奕廷进锦衣卫，就算要责罚陈家，也不会让内侍带着勋贵上门。

内侍吕大海上前道："李大人就委屈委屈和咱家进屋里一趟。"

李成茂刚喝了一碗酒，酒气正往上涌，看了一眼旁边的淇国侯，淇国侯神情复杂让人捉摸不透。

淇国侯皱起眉头："公公，皇上让我们来陈家到底是为什么事？"

吕大海笑道："咱家也是奉命办事。"

皇上的心思是越来越难以捉摸，淇国侯看向李成茂，这案子和勋贵的利益息息相关，保赵瑢也是他们投石问路，都察院和刑部早有默契，赵瑢能轻判，倒卖盐引的案子也就不必再仔细查问下去，若不然还不知要牵连到谁，趁着两淮盐运使司的官员还没押解进京，先将这件事压下来。

淇国侯想到这里看向吕大海。

吕大海道："侯爷先等一等，皇上有旨，还要等一个人。"

"还要等谁？"

这样进陈家已经是让人匪夷所思，现在还要等人，等的是什么人？

"还要等北镇抚司的上差过来。"

吕大海的声音刚落，淇国侯就看到了穿着飞鱼服的锦衣卫走过来，被人簇拥在前面的是崔奕廷。

淇国侯的心顿时沉下去，这是他们最不想见到的事，崔奕廷这样的人不好拉拢，又不讲情面，这样的人进了锦衣卫，可想而知会给他们带来多少的麻烦。

几个人进了屋。

吕大海道："皇上说，勋贵都将赵大人的军功写在奏折里，如今就请李大人也来验验伤，看看到底是李大人的伤多，还是赵大人的伤多。"

淇国侯顿时听得一身冷汗。

皇上将事情说得儿戏往往是动了大怒，天子让内侍和锦衣卫跟着验伤，这是从来没有的事，为的就是堵住他们这些勋贵的嘴。

看着一个男人宽衣解带，他还要跟着数伤疤，这样的事传出去他还有什么颜面在，淇国侯登时尴尬起来。

李成茂开始不客气地解开衣带，白色的中衣脱掉里面是大大小小几十处伤疤。

淇国侯想起勋贵们在一起商议对策，大家扯开衣襟露伤口的情形："谁敢定老子的罪，老子是带兵打仗立下军功受过伤的人。"

淇国侯顿时觉得嗓子发紧，说不出话来，脸上也是一片羞臊。

身上几个疤就大吵大闹。

像陈文实、李成茂这样的武将，谁又将伤疤看在眼里。

他们还以此来给赵瑢报功，早知道，他哪里有这样的脸去上奏折。

这样一闹再也没有人敢提赵瑢的军功，不论是勋贵还是盐运使司都要想办法自保。

婉宁从陈家出来径直去了沈家。

沈氏将女儿带进屋："你父亲有没有为难你？"

婉宁笑着摇头："母亲放心，父亲自己向刑部递交的证据，哪里能怪罪女儿。"

这样就算了？

沈氏仍旧不放心："张氏呢？张氏怎么样？"

"继母去了长公主府，没有去陈家，"婉宁并不在意，"这件事多多少少会牵连张家，张家要想办法去应付，哪里能顾得上女儿。"

婉宁真是变了，好像遇到什么事都不会发愁，脸上总是挂着笑容，让人觉得，她有十足的把握能自保，但那毕竟是张氏管着的内宅，稍有一点差错就会引来祸事。

"你要小心。"

婉宁在母亲面前十分认真地点头："母亲放心吧，和继母关系本就不好，这是家中尽人皆知的，干脆我也不遮掩，我的小厨房都是自己的人，大厨房做的东西我也不吃，我身边的下人不是从泰兴带来的就是我自己选的，身边人都能一心一意替我办事，我做什么虽然瞒不住张氏，张氏想算计我也是不易。"

这是实话，不过婉宁胆子也太大了，不声不响就牵扯进这样大的事当中。

看出沈氏所想，婉宁道："母亲，不是我们要自己牵扯进去，是有人一心要害沈家，从今往后沈家无论做什么都要小心，余家的田地我留下来，让流民和佃户去耕种，到了明年就将粮食交给舅舅，让舅舅收粮、运粮去换盐引。"

沈氏望着婉宁："你这都是为了你舅舅和沈家……"

"哪里，"婉宁道，"我做生意的本钱还不是舅舅和母亲给我留下的，否则我用什么开泰兴楼，又用什么去收茶，舅舅可是将手里最好的掌柜都留给了我……"

沈氏握着婉宁的手："那是想要留给你嫁人之后做倚仗，谁知道你倒反过来救了沈家。"

这真是她怎么也没料到的。

沈氏说到这里，沈四太太进门道："崔大人来了，拿了许多礼物，来请小姐过去。"

崔奕廷怎么会带礼物过来，还让下人正式来禀告。

从前就算是见面，也是私下里说一声。

婉宁看向沈氏，沈氏点点头："这次多亏了崔大人帮忙，我就和你一起过去看看。"

这样就勉强算是合乎礼数。

沈敬元将崔奕廷迎进堂屋。

沈氏带着婉宁坐在屏风后。

沈家下人恭敬地送上茶水，崔奕廷站起身，向着沈敬元弯腰下去。

沈敬元顿时吓得愣在那里。

"崔大人这是要做什么？"沈敬元半晌才回过神。

沈氏也有些诧异。

崔奕廷道："在泰兴时我让人送了两箱烧饼还沈家，那是因为我将沈家当做只顾利益的商贾。"

沈敬元不知道是该哭还是笑，这个礼他是真的不敢受，崔奕廷虽然让沈家难堪，但是更多时候都是要崔奕廷帮忙沈家才有今天。

婉宁也是崔奕廷从池塘里救起来的，他是从来没想过这样傲慢的人，会站在他面前鞠躬赔礼。

沈敬元全身的血液几乎都冲到脸上。

婉宁静静抬起眼睛来，隔着绣着花草的屏风看着崔奕廷，他仿佛就站在海棠枝下，细细碎碎的花瓣映着他的脸。

崔奕廷道："我不该随便下决断。"连道歉的话，说得也比别人光明正大。

沈敬元忙摇手："也不是……"

"从前我们又不常来往，有些误解也是在所难免，更何况有姚家在泰兴败坏沈家的名声。"

婉宁看着挺立在屏风后的崔奕廷，不知是不是因为特意穿了直裰，显得风仪端简。

他仿佛只是对着舅舅，却又这样瞧着她。

像是在向她道歉。

还他烧饼的人是她。

崔奕廷道："沈家对我有恩情，我帮忙也是应该，沈家不认识陈老将军，却也帮了陈家。"

崔奕廷笑着转头去看沈敬元。

沈敬元脸上的窘迫慢慢散开也变成了笑容："那都是从前的事了。"

"那时候四老爷让我叫四叔。"

清澈的声音又响起来。

沈敬元又有些诧异："这……我都忘记了。"那时候他也不知道眼前这个孩子是崔家的公子。

崔奕廷道："日后我就还叫四叔吧。"

婉宁看着屏风后手忙脚乱的舅舅，显然是无法应付崔奕廷突如其来的亲近，婉宁觉得奇怪，崔奕廷这是要做什么？

难不成是有什么事要沈家帮忙？

沈敬元和崔奕廷说话，婉宁就和母亲回到内宅里。

"母亲要帮我管着铺子。"婉宁靠在沈氏肩膀上。

沈氏看着厚厚一摞账目，想想在姚家时，想要看账却要躲躲闪闪，婉宁现在开茶铺又买田地，姚老太爷病倒在床也无法插手。

"好，"沈氏道，"这些年也不知道手生了没有。"

母亲的本事她再清楚不过，小时候就是母亲教她用算盘，舅舅前些日子还说，祖父说过母亲若是能生做儿郎，沈家的家业定然要传给母亲。

母亲是在姚家伤了心，才会就此沉寂下来。

从沈氏房里出来，婉宁准备去看昆哥，却在院子里遇到了崔奕廷身边的丫鬟半夏，半夏上前行礼，"七小姐，我们家二爷想跟你说几句话。"

崔奕廷在和舅舅喝酒，怎么会这么快脱身。

陈家的事算是告一段落，她也确实想听崔奕廷说说外面的情形。

婉宁点点头，半夏退出去一会儿，崔奕廷就走过来。

她尚穿着氅衣，崔奕廷只着了件深蓝色直裰，身上有淡淡的酒气，眼睛却仍旧亮如星辰。

不知道从什么时候开始，大约是记得她之后，崔奕廷的目光就和从前不太一样。

难不成就是因为识得了才会有这样的神情？

对崔奕廷来说，他的熟人还真的不多。

崔奕廷道："如果李成茂被陷害，陈老将军就去不了宣化府。"

婉宁仔细地听着，朝廷上的事她知道得不多，也就能从崔奕廷嘴里听到一些，认识陈家时间不长，但是她已经能看出陈家的为人。

怪不得陈老将军能让西北安稳那么多年。

崔奕廷说了两句朝政就停下来，整个小院子一时安静。

婉宁刚想要开口。

崔奕廷道："能不能将你在泰兴茶楼里唱的几句歌说给我听听？"

"那是我乳娘教的。"婉宁看向崔奕廷，崔奕廷怎么会对几句民谣那么感兴趣。

"七小姐，能不能说给我听听。"他抬起头来，屋檐遮住他半个脸颊，仿佛去了他脸上的棱角，让他显得温和无害。

"一个女儿坐在船头上，她顺流而下，要找她的家乡。

一个女儿坐在船头上，她托腮思量，要回到她的家乡……"

婉宁只是唱了两句。

崔奕廷转过头来，笑着道："后面呢？"

"没了。"她问过乳娘，也不知道后面几句是从哪里来的，乳娘教她的分明不是她记忆里的那几句。

崔奕廷半响才笑着点头："好听。"

张家，张氏坐在屋子里等父亲的消息。

"等到陈文实去了宣化府，姚婉宁在宣化府的田地就有了人照应，"张夫人道，"不管姚婉宁是为了沈家还是她自己，这笔账都算得精细。"

将余家介绍给沈家，本来是要算计沈家，却没想到现在姚婉宁不但买了田地，还帮了陈文实，真是好大的人情。

张氏道："长公主病了，只能托了淇国侯夫人帮忙。"

张氏话音刚落，张戚程走进屋。

"怎么样？"张大人忙迎过去问。

张戚程沉着脸摇头："皇上没有将勋贵的奏折驳回来，却让人跟着去给李成茂验伤，又将陈文实和李成茂的军功帖都找出来，明摆着是要堵勋贵的嘴。"

也就是说，这次皇上不会顾及勋贵的脸面。

张氏的心彻底沉下去。

"父亲，姐夫……会是什么样的罪名？"

张戚程板着脸："太祖时，驸马向盐运使司要了一张小盐引，这件事被太祖知道了，依大周律，判了斩立决。"

张夫人立即觉得额头上一片冰凉："爵爷可要再想想办法。"

"我见到了宜闻。"张戚程看向张氏。

张氏立即站起身："老爷怎么和父亲说的？"

"宜闻说，婉宁买地都没错，文书也齐全，赵瑢的事和婉宁、沈家没关系，两件事是凑巧撞在了一起。"

张氏脸上顿时浮起一丝冷笑。

这些话也就是骗骗那些不懂政局的人。

"宜闻现在怎么那么糊涂。"张戚程皱着眉头。

张氏用帕子擦擦眼角："我说什么老爷都不肯听，自从闹出了漕粮的事，老爷也不信老太爷，我让老爷来跟父亲商量商量，老爷不肯听。"既然不肯听她的话，她也不会让他舒坦，在父亲面前她也不必为他遮掩。

张夫人皱起眉头，他们当年怎么就选了姚宜闻这样的人做女婿。

张戚程淡淡地道："吏部尚书最讨厌商贾，宜闻也该受受教训，免得将婉宁宠上了天。"

张氏听了父亲这话，忽然觉得心里十分的痛快，她就是想要这样的结果。

一杯茶，姚宜闻端了三次给上峰。

却换来上峰一句询问："瑞辅家中有好茶，是不是吃不惯衙门里存下的旧茶。"

让他顿时脸上羞臊。

婉宁卖茶的事，仿佛一下子就在朝廷里传开了，所有人都对他指指点点。

下午见到岳父，岳父也是喝了口茶就将茶碗放在一边，临走之前让他好自为之。

京里做铺子的达官显贵不少，但是闹出这样动静的人并不多，更何况婉宁还是个内宅小姐。

姚宜闻觉得应该给婉宁找个女先生，他特意厚着脸皮去问了陈阁老。

"小姐呢？"姚宜闻进了家门，问向府里的管事。

"小姐，"管事目光闪烁，仿佛想说却又不好说出口，"大约是去了大老爷那里。"

婉宁每次出门，好像都是去姚宜州家中。

"您说的是二房的大老爷家？"门上的下人道，"七小姐没在那边，今天太太出去之前嘱咐，要将庄头送来的年货给大老爷那边送去一份，小的刚从那边回来，没见到七小姐。"

没在大哥那里，是去了什么地方？

上次在路上出了事，婉宁却还这样到处乱跑。

姚宜闻皱起眉头，一路去了张氏院子里，紫鹃迎上来行礼："老爷，太太去了公爵府还没有回来。"

张氏不在屋里。

姚宜闻想了想吩咐下人："去杨姨娘那里。"

杨姨娘在西院住着，离这边不远，姚宜闻几步就走了过去。

杨姨娘正在屋子里绣花，听到声音立即放下针线迎出来。

姚宜闻眉头紧锁，一言不发。

"老爷这是怎么了？"杨姨娘两只柔若无骨的手在姚宜闻肩膀上慢慢地揉捏着。

姚宜闻不说话。

杨姨娘目光闪烁，一副想要讨好的模样："老爷也别生气，不过就是住得近些，等到小姐回来，老爷跟小姐说一声，老爷……也是为了小姐的名声……这毕竟是京里，不比泰兴那会儿，就算有什么事，外面人也不会知晓……"

杨姨娘闪烁其词。

这个家里好像处处都有事瞒着他。

姚宜闻转过头："你在说些什么？"

杨姨娘吓了一跳，脸色顿时变得难看，半晌才结结巴巴："老爷……还不知道？都是妾身多嘴……"

"我问你，你这话到底是什么意思？"

感觉到姚宜闻的怒气，杨姨娘再也不敢隐瞒："是……沈家……听说，七小姐让人将沈氏接到了京里，就在离咱们家不远的地方住下，好像七小姐还说……她只有一个母亲……太太……不是她母亲。"

婉宁的意思是，只认沈氏不认张氏。

如果婉宁真的将沈氏从沈家接过来，那前几日他回家的路上听到的声音就是沈氏。

"哪有对出母还念念不忘的，"杨姨娘声音轻软，"怪不得太太会心里难过，今天听说七小姐又去了沈家，太太才带着八爷回去了公爵府。"

杨姨娘的意思很清楚，委屈的是张氏。

姚宜闻看向旁边的沙漏，这么晚了，张氏和婉宁都没有回来。

杨姨娘继续在姚宜闻后背推揉着："老爷的白发多了不少，是不是这些日子在衙门里太忙了。"

姚宜闻没有跟杨姨娘说话，却想起这些日子的事，家里出事，六弟被罚，衙门里在上峰面前又是战战兢兢，算得上是诸事不顺。

婉宁和张氏又是这样的情形，他只要想起来就一筹莫展，再怎么说，张氏自从进门之后就一直尽心尽力地服侍他，还生了欢哥。

就算对婉宁有亏欠，也确实不该就此冷落张氏。

可是赵璠这案子，姚宜闻想起来就皱眉头，皇上命都察院、刑部严办，皇上在南书房跟陈阁老说：都说商贾是一本万利，贩卖盐引的朝廷重臣，是无本万利，拿着朝廷的东西去换钱，拿着朕给的官职去换钱，将来是不是还能拿着整个大周朝去换钱。

谁还敢多说一句。

这时候谁也不能和赵璠有所牵连。

至于婉宁。

姚宜闻拿定主意，吩咐下人："等七小姐回来，就过来禀告。"

杨姨娘不动声色地站在一旁。

等到下人来道："七小姐回来了。"

姚宜闻站起身走出去，杨姨娘将人送到门口才算松了口气。

回到内室里，赵妈妈立即迎上来："姨娘，您这也算得上是帮了太太的忙。"

杨姨娘点点头。

赵妈妈低声道："七小姐也厉害，才回到家里多久，就让太太手忙脚乱，要知道这个家里，里里外外都是太太的眼线，七小姐却能在查检下人物件上动心思，一下子带进来十几个下人……姨娘也要小心些。"

杨姨娘笑道："毕竟是不同，七小姐再怎么厉害都离不开这个家，老爷永远是她的父亲，太太永远是她的嫡母，你没瞧见提起沈氏时老爷的脸色，在老爷心里，沈氏永远比不上太太，就算知道太太从前故意算计了七小姐，那也是年纪小不免犯了错，只要多看欢哥几眼，老爷的怒气也就散了。"

赵妈妈想了想："也是这个理。"

"太太多让老爷来我这里几次，"杨姨娘摸着自己的肚子，"将来我能生下个庶子……也就算有了依靠。"

赵妈妈看了看屋子里："就怕太太不肯答应，太太还想再生个子嗣。"

杨姨娘微微笑着："太太不想再生了，还答应我，定然让我生下庶子。"

赵妈妈不禁诧异："姨娘怎么知道太太不想再生了。"

杨姨娘这才发觉自己失言，望了赵妈妈一眼："太太这些年已经吃了太多的药，换做是谁也受不了。"太太生八爷之前，偷偷请了位大师父进来祈福，她正好听见那位大师父说，太太若是生了女儿，将来还能再有子嗣，若是生了子嗣，将来就不能再有一儿半女，那时候她还不信，现在看来果真如此。

这话她可谁也没说，否则被送去族里的就不是七小姐，说不定倒霉的已经变成了她。

赵妈妈叹口气："不管是太太还是姨娘，说到底最后能依靠的还是自己的肚子。"

婉宁在垂花门下了马车。

童妈妈吩咐人将从沈家拿过来的礼物搬回去。

落英跟着婉宁一起进了院子。

落雨立即迎过来低声道："老爷要过来跟小姐说话。"

婉宁并不觉得意外。

童妈妈有些担心："要不然我去知会一声，让他们别说我们从沈家回来。"

婉宁笑着看童妈妈："不用去说，也不用着急，"说着看向落雨，"太太呢？太太回来了没有？"

落雨摇摇头："带着八爷出去了，到现在还没回来。"

"知道了。"父亲不知不觉地替李成茂说了话，不免心里气急，在张氏面前又不能说明白，张氏怎么肯罢休，自然会向张戚程求助，父亲在官场上能顺风顺水全要依赖张家，如今张家生气，父亲的日子自然不会好过。

他们本来演的是夫唱妇随的一出戏，哪里能白白就被她拆了台，自然要卷土重来，这是她早已经料到的。

婉宁换了衣服，外面就传来落雨的声音："老爷来了。"

婉宁迎出去行礼。

姚宜闻坐在椅子上，皱着眉头看婉宁："你这是去哪里了？"

"去沈家，"婉宁道，"去沈家问问茶叶的事。"

在沈家铺面里卖茶叶，是父亲早就知道的，她也没什么可隐瞒。

姚宜闻沉着脸："你生母……毕竟已经被休……沈家已经算不得姻亲，你不要总过去说话。"

婉宁抬起头，"这是母亲的意思还是父亲的意思？"

姚宜闻道："都一样，都是为了你好。"

婉宁看看姚宜闻。

姚宜闻准备再说些话劝说婉宁。

没想到却看到婉宁点头："好，从明天开始，我就将买卖都停下。"

婉宁这样就答应下来。

姚宜闻不禁怔愣，半晌才露出了笑容："你答应就好，我已经给你找了女先生，过两日就让女先生上门教你读书写字。"

张氏从来没想过姐姐会变成这个样子。

披头散发，眼睛血红，从马车上下来就不管不顾地到了跟前，张嘴就提起一连串的名字："长公主怎么说？长公主不是一直跟你都很好吗？"

张氏道：“长公主请了淇国侯夫人帮忙。”

张瑜贞并不理睬："长公主能不能去找顺妃娘娘？"

张氏端茶上前，张瑜贞却差点将茶打翻，拉着张氏的手：“你带我去求求长公主。”张瑜贞的手力气很大，让张氏觉得手腕生疼。

"瑜贞，"张夫人不停地喊着，"你别着急，家里人都在帮你想法子。"

"两淮盐运使都已经死了，下一个是不是就轮到了老爷，"张瑜贞瞪着大大的眼睛，"我听说，两淮盐运使吊死在自家的马棚里。"

张瑜贞想想就觉得可怕。

一眨眼的工夫，这个家就变样了，老爷被抓，官府的人上门查抄，公公、婆婆吓得瑟瑟发抖，平日里对她恭恭敬敬的两个嫂子，也开始冷面相对，连着说要分家。

金家牢牢地攥着老爷不放，她想要出去打点，却发现值钱的细软早已经被抄走了。

"为什么会这样？"张瑜贞望着父母和妹妹，"之前还好端端的。"

"两淮盐运使的事都是传言，"张夫人觉得女儿的手冰凉，"都是假的，就算有了消息，一时半刻怎么能传到京城，都是大家乱说的。"

张瑜贞被按在椅子上，从前都是她听别人的坏消息，现在却轮到了她。

张瑜贞脸色阴沉，她不甘心，她怎么能甘心，一定还有别的法子，张瑜贞顿时想到了什么，脑子忽然一热："父亲，去求端王……"

张氏的脸色顿时变得铁青。

张戚程一贯从容的脸上出现了惊恐的神情："你胡说些什么。"

张瑜贞整个人开始发抖，手、脚、肩膀和头不住地抖动，嘴里念念有词："一定会帮忙，一定会帮忙……"

"还愣着做什么，"张戚程站起身看向张夫人，"快将瑜贞带去内室里歇着。"

"我不去，我不去……"张瑜贞团团转，"我要去找老爷，我要去……拿钱疏通……老爷……"

不等张夫人说话，张氏看向旁边的下人："快，拉住二姑奶奶，不准二姑奶奶出去。"

张家下人上前拉住张瑜贞，张瑜贞奋力挣扎起来，如同一个被抓住翅膀的野鸡，发出刺耳尖锐的喊叫声。

下人七手八脚地将张瑜贞抬去了内室。

张瑜贞在暖炕上抖成一团，张夫人坐在炕沿上去摸张瑜贞的脸："怎么这么烫……这可怎么得了，快……快去请郎中过来。"

下人不敢耽搁，急忙去喊郎中。

张夫人的眼泪不停地掉下来："我苦命的孩子，怎么会变成这样，赵家到底在做什么。"

张氏看着张瑜贞的嘴，看着她起伏不停的唇口轮廓，"端王"，姐姐说的好像是"端王"两个字。

张氏忽然觉得脊背上的汗毛都竖立起来，转身看向站在一旁的下人："还在等什么？快将幔帐都放下来，屋子里不要多留人，都出去……"

"跟赵家说，姐姐病在这里，今天晚上就不回去了。"

张氏说完话，一脸铁青的张戚程走进来。

"父亲，"张氏握着帕子，"姐姐没清醒之前，怎么也不能回赵家，父亲想方设法也要将姐姐留在家里。"

除非，姐姐不再喊那个名字。

汗，从张氏额头上掉下来。

"母亲，我母亲在屋子里吗？"

是欢哥在找她，张氏看向门外。

张戚程道："时辰不早了，你也该带着欢哥回去了，欢哥身子不好，常年不出家门，你怎么能带出来这么久。你姐姐的事自然有我，等到你姐姐病好些了我再让人将她送回赵家。"

只要想到张瑜贞的话被外面人听到，张氏就觉得头发都竖起来，姐姐的神志不清不楚万一在赵家说了端王的事，那可要怎么办。

张氏忽然想要见到欢哥，刚要去看看欢哥，姚家下人来道："太太，老爷让人来接太太回去。"

张氏嘴角浮起一丝冷笑，到底还是要接她们回去。

张氏看向姚家管事："七小姐回去了没有？"

管事的忙点头："回去了，老爷还去了七小姐屋里说了半天话，七小姐那边打听不出消息来，还是杨姨娘问了老爷，老爷说，七小姐答应了老爷，以后再也不做买卖。"

张氏有些惊讶："老爷怎么跟七小姐说的，怎么让七小姐就答应下来？"那丫头痛痛快快地答应了？

既然不做买卖，以后还有什么借口去沈家，更不能再明着养那些掌柜、伙计，做回一个闺阁小姐，看她还能有几分本事。

管事摇头，七小姐的院子谁能进得去。

张氏看向如妈妈："让门房准备马车，我们这就回去。"婉宁这样就答应下来，她总觉得这里有几分蹊跷。

屋子里传来张瑜贞哭泣的声音，张氏站了一会儿就觉得遍体生寒，心里如同有一块大石压在上面。

不论是余家还是沈家，这里面都有姚婉宁的影子，这笔账她总要和姚婉宁好好算算。

"六爷呢？六爷回来没有？"张氏问院子里的管事。

管事摇摇头："还没呢，好多时日不见六爷了，公爵爷气得不得了。"

弟弟整日里流连在外不肯回家，父亲说就因为弟弟不务正业，朝廷才会迟迟不封世子，为了这件事，家里闹得鸡飞狗跳，她也让人去找了弟弟几次，可是除了给弟弟还账，她连人也没见一面。

就连一直有荒唐名声的崔奕廷如今也做了锦衣卫，弟弟到底什么时候能回心转意。

张氏叹了口气："你跟他说，二姐夫恐怕是没救了，二姐病成这样，让他务必回家帮忙。"

管事应了一声。

张氏这才带着人坐车回到姚家。

欢哥蹦蹦跳跳进了屋门，将手里抱着的书放在桌子上，假装在一旁看公文的姚宜闻看着儿子红扑扑的小脸，忍不住咳嗽一声。

欢哥立即看到姚宜闻，脸上顿时多了几分的拘谨。

姚宜闻伸出手叫欢哥。

欢哥这才磨磨蹭蹭地走过去："父亲，您还生不生气？"

看着欢哥战战兢兢的神情，姚宜闻心里一软。

欢哥转头看向张氏，张氏用帕子擦眼角，恐怕被人看出端倪急忙转过身去。

"父亲别生气，欢哥会背千字文……"

欢哥说到这里，张氏拿起帕子捂住脸快步进了内室。

姚宜闻和欢哥说了几句话，这才去了内室，看到张氏躺在炕上一动不动。

"好了，"姚宜闻道，"赵璠的事岳父都帮不上忙，我们家又能怎么样？从前推荐赵璠去宣化府我也出过头，现在没被牵连已经是万幸，这还多亏婉宁买地。"

张氏忽然从炕上坐起来，满脸泪痕："老爷的意思我还要去谢谢婉宁不成？"

"我不是那个意思。"姚宜闻皱起眉头起身就要走，刚走了两步就觉得自己的衣衫被扯住，转过头发现是张氏。

张氏脸上都是辛酸和埋怨："六叔进了大牢我是如何着急，现在换成了二姐家里出事，老爷怎么就不能想想妾身心里有多难受。"

姚宜闻听着这话微微有些动容。

"妾身每次让老爷去找父亲商量朝廷上的事，还不是为了老爷着想，怕老爷吃亏，现在老爷都怪在妾身身上，外面人跟着嚼舌根，老爷也就跟着相信，以后要妾身怎么办？"

"妾身到底还是不是老爷明媒正娶进门的正妻，老爷去和婉宁说说，沈氏被休又不是妾身害的，为什么婉宁这样恨妾身。"

张氏想及这些年的委屈，呜呜哭起来。

看着张氏单薄的肩膀不停地起伏，姚宜闻一时心软："沈氏被休跟你有什么关系，哪里是你的事，婉宁……也不恨你……"

"在婉宁心里，我根本就不是她的母亲，"张氏哽咽着，"老爷，你不如也将妾身休了吧，免得妾身娘家有什么事还要牵连到老爷，老爷不休我，这个家我也是管不得了。"

姚宜闻想起杨姨娘说的那些话。

惩治了孙妈妈和丹桂，张氏威信大减。

"好了，"姚宜闻用手去拉扯张氏，将张氏拉进怀里，"这次不怪婉宁，我也跟婉宁说了，婉宁以后不会再在外面做买卖。"

婉宁真的答应了。

姚宜闻道："你们两个以后好好相处，没有沈家在中间，情形会慢慢好转。"

张氏将脸转到炕里去，肩膀仍旧耸动，姚宜闻不禁温声劝慰。

第二天张氏立即让人出去打听消息。

如妈妈进来道："沈家的茶叶铺真的没有开张。"

沈家的几家茶叶铺都关了门，挤在门前等着买茶的人四处打听的，好不容易等到了茶叶铺的伙计，大家立即围上去。

"眼见要过年了，什么时候开始卖茶啊？"

紫砂壶就不想了，京里的达官显贵都盯着，沈家铺子的紫砂壶十天半个月才能见一两只，来不及摆出来就被人买走了，只有茶叶，还算是能买到一些。

"不卖了。"

伙计的声音响起来，所有人吓了一跳："什么？"

"茶叶不卖了。"

沈家的茶叶不卖了，消息很快传了出去。

谁都知道茶叶是姚七小姐让人做出来的，难不成是茶叶出了问题，还是姚七小姐出了事。

婉宁坐在家里，短短一天时间就接到了三张帖子。

安怡郡主先让人送来帖子，然后陈老太太、李太太的帖子接踵而至，婉宁这边刚回信，镇国将军府上也来询问。

周阮如还写了信给她，询问她的情形。

童妈妈道："镇国将军府上怎么回？"

婉宁提起了笔："就跟之前一样，说我不做买卖了，准备跟着女先生学读书、写字。"

婉宁说完就给周阮如写起信来。

"那，宴席都不去？"

婉宁点点头："父亲不是交代了，先生马上要进门，不准我出去，太太那边忙着跑娘家，也没时间宴席，我只能留在家中。"

所有的宴席，她都推了，既然父亲让她留在家中读书写字，她就踏踏实实地留下来。

"多备些笔墨纸砚。"

童妈妈点点头。

婉宁笑道："别忘了看到好墨给昆哥备一份，好让昆哥送去给杨敬先生。"

童妈妈道："小姐不提我还忘了，以后沈家的墨小姐不用操心了，六爷跟奴婢说，娘子买了上好的老墨，六爷送去给杨先生，杨先生收下了。"

杨先生收下了沈家送去的墨？她可是让昆哥送了几次，杨敬先生都不肯收。

"小姐不是说过，这样一直送下去，杨先生总会收下的。"

心诚则灵，只要用心，就一定会有这样的结果。

"小姐，蒋小姐让人送东西来了。"

婉宁打开蒋家送来的盒子，里面是一颗颗药丸。

"又是健脾胃的药丸？"童妈妈笑着道，"蒋小姐还真是痴迷在医术上。"

说来也奇怪，半年时间她的个子长高了不少，却不见长肉，骨骼本就小，看起来更加纤细，蒋静瑜看了就放在心上，定然要帮她调养脾胃。

"蒋小姐说，您平日里放在荷包里，还嘱咐您要少吃些糖，让您有空去蒋家坐坐。"

婉宁道："蒋家那边怎么样了？"

童妈妈道："蒋小姐的祖父回到京里了，说是去了工部，将来要修河道。"

所以蒋静瑜来请她过去。

婉宁道："回礼过去，就说我最近恐怕没时间出门。"

"哪里都不去了？"崔映容看向周阮如。

周阮如点点头："不卖茶了，也不出门。"

崔映容冷笑一声："这是要做什么？姚七小姐又准备将婉宁关起来不成？"

听到周阮如说婉宁，崔奕廷微微抬起头，很快又接着端起茶来喝。

崔映容皱起眉头："明日我让人去问问，是不是张家将赵璠这笔账算到了婉宁头上，若是这样，我可不能眼看着不管。"

"姑姑先不要管，"崔奕廷道，"姚七小姐不会随便让张家得了便宜。"

这就是她的性子，不可能会任人欺压。

"婉宁说，在家里还做些什么？"崔映容问过去。

周阮如道："姚三老爷给婉宁找了位女先生，教婉宁读书写字。"

"听说陈阁老家和姚家有婚约，"崔映容说着顿了顿，"不知道是不是因为这件事。"

婚约？崔奕廷抬起了头。

周阮如有些诧异："婉宁才多大，怎么就……"

"和你表兄一样，是打小就定了的婚事，"崔映容说着叹口气，"陈阁老是有名的大儒，婉宁的性子……也不知道嫁进陈家会怎么样。"

以她的性子，不会随随便便嫁给一个人吧？更别提是从小定下的婚事。

周阮如道："婉宁会嫁过去？"

不等崔奕廷说话，崔映容接着道："也难说，季然也是个好孩子，小小年纪就中了举人，就算这次春闱没有把握，再过三年也定然入仕，算是一桩好亲事，也怪不得姚七小姐会留在家中读书。"

崔映容说完看向旁边的崔奕廷："你和季然常来往，可听季然说起？"

崔奕廷道："没有。"

阳光落下来，显得屋子里十分的安静，崔映容一边喝着茶一边看崔奕廷。

崔奕廷不一会儿工夫起身告辞。

"不等你姑父回来了？"崔映容问过去。

崔奕廷道："在衙门里能见到姑父。"

等到崔奕廷走出院子，崔映容才叹口气："这两个孩子不知道在做什么。"

周阮如听得不清不楚，转头问母亲："母亲说的是谁？"

崔映容颇有深意地一笑："小孩子不要打听。"

"母亲明明说的是表兄和婉宁。"周阮如试探着母亲的心思。

崔映容伸出手来刮女儿的鼻子："就你机灵，什么都知道。"

周阮如顿时来了精神："若是婉宁能嫁给表兄，那……岂不是一件好事。"

奕廷是对别人的事从来不上心的，从小到大都是别人追着他跑，想要让他规规矩矩做几件事比登天还难，现在真是情形变了，他追着别人跑，心里大约还不觉得。

"如果婉宁答应了陈家的婚事呢？"

听着女儿的询问，崔映容笑出了声："你啊，跟婉宁通信也有日子了，怎么连她什么性子都不知晓，你表兄都不着急，你跟着急什么？若是婉宁想要陈家这门亲，就不会关了茶铺，足不出户地读书，不会做那些看起来和她的心性背道而驰的事，人能委屈一时不能委屈一辈子，这个道理婉宁比谁都清楚，看一门亲事，是要真真切切地去衡量，所谓的门当户对，就是看将来彼此能不能相合，这样遮遮掩掩，我看婉宁根本就是不想姚三老爷再惦念着陈家，要用个一劳永逸的法子。"

"既然是这样，母亲怎么会还说出方才那些话，当着表兄的面夸赞陈季然。"

崔映容哭笑不得："那都是为了你那表兄。"看看他那么聪明的人，会不会被乱了心神。

"死了个盐运使，还有下面大大小小的官员十几人，正好将崔实荣案没有牵连到的户部官员都扯进去。"

"皇上命礼部侍郎暂管礼部，礼部尚书于大人明日开始就正式去户部。"

户部从尚书到员外郎几乎是连窝端起。

这是从太祖以来整顿吏治动作最大的一次。

崔奕廷看着手里的公文。

谢严纪侧头看过去，崔奕廷手里的公文还是停留在半个时辰前那一页。谢严纪不禁诧异，崔奕廷向来是边听他们说话边看公文，两不耽搁，今天这是怎么了？

这公文是关于锦衣卫内部拔擢的，崔奕廷如今是正六品的百户，看起来官职不大，实际上不但是内官还管着北镇抚司，下面的将军、校尉有不少，可即便如此，也应该没那么棘手吧。

谢严纪想要开口询问，旁边的幕僚赵蒲台急忙摆手。

屋子里静了好一会儿，崔奕廷抬起头来："说到哪里了？"

谢严纪差点就将嘴里的茶水吐出来，敢情这么长时间，崔奕廷真的没听到啊。

"今年的茶选怎么样了？"

谢严纪道："茶商正送茶上来，"说到这个，"沈家的茶铺怎么会在这时候关门不卖茶了？"

茶选是每年的大事，茶商都铆着劲送茶上来，茶马司看上了茶就会收买茶叶，谁不想将茶叶卖去茶马司，这样就成了收茶的大户。

就算不能赚多少银子，也会有个名声，将来卖茶就方便得多，沈家的铺子不是一直在扬名吗？

谢严纪顿了顿接着道："姚七小姐不会连这个也不知晓吧？"

听得谢严纪这话，一直抿着嘴的崔奕廷忽然笑出来。

广恩公府。

张夫人将安稳下来的张瑜贞送走，这才进了书房。

张戚程刚和幕僚说完话。

"赵家的事怎么样？"张夫人急着问过去。

张戚程摇摇头："不太好，赵瑢这次是不能脱身了，"说着看向张夫人，"你也小心着些，别让赵家的事牵连到我们。"

赵家和寿家不一样，寿家倒了不会有人想到广恩公府，赵瑢是他的女婿又是勋贵，若是有什么风吹草动，很容易让人想到他。

张夫人道："公爵爷没有亲自向盐运使司要过盐引，除非是姑爷将老爷说出来，可刑部那边也没有证据，姑爷也不会傻到这个地步，应该不会让人想到我们家，至少瑜珺那边还算太平。"

张夫人话音刚落，张家管事过来道："爵爷、夫人，华茗轩那边的掌柜来了。"

华茗轩的掌柜和赵瑢有些交情，怎么会找到这里。

张戚程皱起眉头："让他走吧。"只要和赵瑢有关，现在都要小心着点才好。

管事点点头，一会儿工夫又来回禀："华茗轩送来了茶叶，说是让爵爷和夫人尝尝，华茗轩的掌柜说，沈家铺子不卖茶了好像要卖回从前的锦缎，还好他们从沈家那边买过茶叶，今年的新茶就在这里了。"

是沈家那边一样的新茶？

姚七小姐忽然不卖茶了，谁知道她在做什么打算。

张夫人道："应该不会有什么事，每年都有茶商做新茶，沈家卖新茶，别的茶商也能照着模样做茶……"

张戚程看向管事："让华茗轩以后不用再来了，将送过来的礼物都拿回去。"

管事应了一声退下去。

等到屋子里没有了人，张夫人上来道："都是寻常的礼数，爵爷怎么这样小心。"

张戚程坐下来："姑爷的案子还没办好，最好不要和赵家有什么牵连。"

不过就是个茶庄，京里那么多达官显贵，谁还没有几个铺子孝敬，就算没有承爵之前，也不曾这样小心。

想到赵璠的事，张夫人还是一阵心跳："那就都听爵爷的。"

婉宁在屋子里见了焦无应。

焦无应道："铺子里好几日不卖茶了，大家也就相信了，七小姐是真的不做买卖了。不少茶庄找上门想要买我们手里剩下的茶叶，想方设法要带走我们做茶的师傅，茶就别说了，您的紫砂壶，也不少人惦记着。"

婉宁还在灯下画紫砂壶的样子，也怪不得大家会相信，现在正是茶马司征茶的时候。

"华茗轩呢？有什么动静？"

焦无应道："和别的茶庄一样，除了想买茶，还想要我们的师傅。"

沈家既然不卖茶了，留着那些做茶的师傅也没用。

"我们家做茶的师傅大多在京外，京里还闹成这样，可想而知会有多少商贾急着出京找人。"

焦无应接着道："我们卖茶的时候名声不小，现在不卖茶了，名声仿佛更大了似的。"

京里只要想要她手里茶叶的商贾，都在替她的新茶扬名。

"盯紧了张家。"

听到婉宁这样说，焦无应连连点头，旁边的贺大年道："小姐放心吧，这几日定然是跑不了。"

上次她遇袭张家就脱开了干系，如今赵璠被抓，张家若是仍旧想要置身事外，只怕就没那么容易了。

张氏在听银桂禀告。

银桂道："七小姐这些日子都在跟先生学认字，好像真的不管那边的事了。"

张氏点点头，那个叫焦无应的掌柜是把好手，在叫卖姚婉宁手里剩下的茶叶，定然能卖个好价钱。

除了那些茶叶，还有紫砂壶。

加上在京外的两处庄子，姚婉宁还新买了宣化府的土地，朝廷颁了盐政之后，姚婉宁在宣化府买的田地就跟着值钱了。

这样算起来，姚婉宁手里已经经有不少的财物。

紫鹃道："今天早些时候奴婢还遇到童妈妈，童妈妈比往日更趾高气扬起来，话里话外的意思将来七小姐会嫁给陈家三爷。"

陈季然中了举人，姚婉宁自然觉得这是门好亲事，沈氏用尽浑身解数就是想要婉宁嫁去陈阁老家。

张氏弯起嘴角："闹来闹去就是为自己算计门好亲事。"这样一想，就不难理解为什么老爷请陈阁老帮忙请来女先生，姚婉宁就这样乖乖地答应不做买卖改学读书写字。

"不光是七小姐，七小姐屋里的落雨、落英都在跟着学写字。"

以为这样将来就会讨好陈家，说到底再厉害也是个未出阁的小姐，心里想的也是嫁入高门。

这样也没枉费她在老爷耳边说起陈阁老。

如妈妈笑容可掬："这样看来，婚事定下来之前，七小姐至少都要装装样子，太太也就能松口气。"

张氏用帕子扫了扫膝头的裙子，那她要谢谢陈季然在这时候中了举人，这才被姚婉宁看上，她还要谢谢陈阁老，没有推了这门亲事。

如妈妈低声道："七小姐真的嫁过去，也会有个好前程。"

那可不一定，谁说要娶姚婉宁的人就是陈季然，陈家好几房，长房的孙子陈仲然不但没有功名，听说还是个喜欢看戏听曲儿的，从前是定好了亲事，前阵那家的闺女没有进门就得了重疾，陈大太太匆匆忙忙就退了那门亲事，陈大太太是个眼皮子浅的人，眼睛里能看到的只是钱财。

要不是这样，她也不会劝说老爷，在这时候跟陈阁老议亲。

陈季然不过是用来骗婉宁的，没想到姚婉宁还真的一心想要嫁给陈季然，想必是陈季然去泰兴的时候，姚婉宁偷偷见过。

陈季然一表人才也难怪婉宁会喜欢，以婉宁现在的处境，能嫁给陈季然就是偌大的福气。

张氏道："跟七小姐说，明日收收拾拾跟我一起去陈阁老家宴席。"

如妈妈应了一声。

婉宁推了那么多宴席，若不是在意陈家的婚事，就不会答应出门，既然如此她帮帮忙，将婉宁的婚事定下来，女人只要定了亲，就能看到以后会如何，再怎么样也不会跑出夫家的大天去。

一会儿工夫如妈妈进来道："七小姐答应了。"

张氏道："准备礼物，我们明日用了早饭就过去。"

陈阁老家里。

陈大太太躺在软榻上，让下人轻轻地捶着腿："大爷呢？"

管事余妈妈摇头："还没回来。"

陈大太太皱起眉头："不是一早就让人出去找了吗？"

余妈妈不知怎么说好："大爷喜欢的那个戏班子，去了武兴侯府，怎么也要等到宴席散了，大爷才能回来。"

陈大太太霍然支起身子："还是那个性子，就是因为传出他和那个戏子……才丢了亲事，老爷气得差点将他的腿打折了，他还不长记性，怪不得老太爷只喜欢季然这个孙子，提起他就皱眉头。"

余妈妈急忙劝道："您也消消气，自从上次……大爷也是头一次出去那么晚，武兴侯又是勋贵，既然请了大爷，大爷也不好不过去捧场。"

"我就说早早娶个媳妇回来，让他也收收性子，"说到这里陈大太太喘口气，"那个姚七小姐外面传得那么厉害，也不知将来进了门能不能听我的话。"

"不听您的听谁的。"

要不是看在姚婉宁手里的那些财物，她才不会去争这门亲事。

上次去姚家做客，不过扫了一眼姚三太太桌子上的账目，就吓了她一跳，厚厚的一摞账足有半尺高，姚三太太也不看径直让人送去给姚七小姐，那是姚七小姐自己管着的铺子。

真是厉害。

沈家不死不活的铺子卖了茶叶一下子就红火起来。

一转手就买了余家在宣化府的屯田。

京里达官显贵是不少，哪个内宅小姐有这么多的钱财，等到将来嫁了人，那些东西自然会跟着来到婆家。

别说姚七小姐是个全须全尾的，就算是个跛子她也愿意娶进门。

陈大太太正想着，陈仲然进了门，上前给母亲行了礼，就一屁股坐在椅子上，跷起了脚。

陈大太太脸上浮现出恨铁不成钢的神情："被你父亲知道了，定然打得你三日不能下地。"

陈仲然却不以为然，翘起了嘴："那算什么，有能耐就让我一辈子都不能出门。"

陈大太太抚着胸口："真是个冤孽，早知道我就不该生下你。"

"母亲现在后悔已经晚了，"陈仲然玩世不恭地笑着，"母亲只有我一个儿子，不生下我，将来要指望谁养老送终。"

说到这里，陈仲然抿了一口茶："母亲说的那个姚七小姐，真的有那么多的钱？长得如何？"

陈大太太看了儿子一眼："我听说长得也是水葱似的，是个漂亮的丫头。"

陈仲然并不在意："只要母亲看上就好，日后家里还要母亲操持。"

还没成家呢就将所有事都推给了她，陈大太太不禁在心里叹气："你也该跟着西席好好学学，你三弟都考中了举人……你呢？书也不读，怪不得你祖父不喜欢你。"

提起这个陈仲然就生气："都是因为祖父，要不是那时候祖父亏待母亲，我还有一个哥哥在，母亲小产伤了身子，才会将我养得先天不足，"说着冷哼一声，脸上露出几分的无赖模样，"母亲不用担心祖父不替我谋这门亲，不帮我娶个财貌双全的媳妇，将来我啃他的老骨头。"

陈大太太慌忙看向帘子外。

陈仲然仍旧得意洋洋地笑着，然后把弄腰间的大红汗巾。

"你也收敛着点，"陈大太太道，"你父亲可不吃你那一套。"

安静了片刻，陈仲然将胳膊撑在矮桌上，向陈大太太凑脸过去："母亲，陈季然会不会跟我争？"

陈大太太冷笑一声："他是个举人，眼界高着呢，要娶也得是门当户对家的小姐，姚三老爷虽然是官职不低，只有一个嫡女，可是姚七小姐闹出许多事来，搅和得家宅不宁，你婶子的性子是不会要这样的媳妇，陈季然事事听从父母，自然也不会说出什么来。"

也就是说，这门亲事成了。

"什么样的女人也不敢跟我闹腾，"陈仲然冷笑着撸起袖子，"不过就是有些银钱，嫁给了我，我定然将她收拾得服服帖帖，让她好好地侍奉我，服侍母亲，母亲就等着过好日子。"

陈大太太脸上也满是喜气："但愿有那一日，让我也省省心。"

"等我摆酒，"陈仲然道，"我让小梨花给我唱上个十天十夜。"

第二天婉宁跟着张氏去陈阁老家里做客。

童妈妈低声道:"太太准备了不少礼物,还嘱咐小姐,陈家规矩大,陈家的小姐平日里在客人面前也不怎么说话。"

张氏这是让她少张嘴。

婉宁笑着点点头:"我不说就是了,都听太太说。"

不一会儿工夫马车到了陈家,陈家下人上前来服侍张氏和婉宁进门。

进了长廊就听到有个爽朗的声音道:"姚三太太来了。"

张氏偏头看向婉宁:"这是陈大太太。"

婉宁上前行礼。

陈大太太将婉宁上上下下看了几眼,笑着道:"这孩子好,一直都是满脸的笑容,看着喜庆。"

姚婉宁从泰兴回来之后,不管什么时候脸上都挂着笑,张氏最恨的就是婉宁脸上的笑容。张氏笑道:"我们家七小姐就是性子好。"

几个人到了花厅里坐下,陈老太太笑着伸出拿着紫檀佛珠的手:"快过来让我瞧瞧,我记得上次见着的时候你才五六岁。"

那时候沈氏还没离开姚家,沈氏带着婉宁来做客,一转眼姚三老爷休妻再娶,婉宁也被送去泰兴,老太爷提起姚家的时候总要说这门亲事,早知道那时候就不和姚老太爷定下。

陈老太太端详着婉宁,这就是将姚家闹得天翻地覆的孩子,看着和普通的闺中小姐没什么两样,模样俊俏,水灵灵的眼睛透出几分的聪慧,要不是有休母在,又和沈家商贾有牵连,她说不定还真的答应让季然娶回来。

陈老太太道:"平日里都在家里做些什么?"

听着陈老太太询问的声音,婉宁抬起头:"之前卖茶,现在父亲请了女先生过来教我读书习字。"

张氏低头笑着。

在陈家这样的地方,姚婉宁还真的不加遮掩,在这样的书香门第却说商贾那些买卖。

陈老太太脸上没有特别的神情,和蔼地接着问过去:"都看些什么书?"

婉宁笑着道:"只要是能用得着的都会拿来看。"读书写字还不就是为了这个,陈家想让她顺着说《女诫》、《女论语》,难不成以后她这辈子都要看这样的书。

婉宁说完话看向屋子里的人。

陈老太太脸上有淡淡的失望。

下面的陈二太太提着帕子低头不语,转头看向陈大太太,陈大太太脸上倒是目光闪烁,脸上还透着一股的高兴。

陈季然是陈家二房的孙子,陈大太太身下的陈仲然她也让人打听得清清楚楚,陈阁老当年只是和祖父约好了两家结亲,并没有说要让哪个孙子来娶她。

张氏真以为她是看到了仪表堂堂的陈季然就一心想要谋算来陈家。

陈老太太道:"我家的几个孙女也是常读书的,一会儿你们去园子里下棋,只要相熟了就能常常走动。"

"可不是,"陈大太太笑着接口,"都是年纪相当的,聚在一起就能说上话。"

陈二太太一直不吭声,只是赔笑。

陈家陆续又来了客人,陈大太太站起身:"我带着婉宁和几位小姐去园子里。"

张氏站起身:"我也跟大太太过去。"

陈大太太笑着道："三太太还是留下来陪我们老太太说话，我们老太太常常提起您。"

张氏留在花厅里，陈大太太亲亲热热地拉起婉宁："前面也在摆宴席，我跟他们说好了，让他们不要过来园子里，你们就放心在亭子里玩。"

婉宁点点头。

陈大太太让下人去备茶，等到热腾腾的茶端上来，陈大太太想起一件事："这还是你做的茶叶，我尝了尝还真的顺口。"

她卖的茶叶却被陈大太太说成了做茶，这样一来仿佛就少了商贾之气。

"早知道大太太喜欢喝，我就多带些过来，"婉宁说着道，"明年就没有了，我也不让人再做茶了。"

陈大太太显得十分惊讶："怎么不做了？"婉宁不卖茶的事她已经听说了，不过是为了迎合这门亲事，等到婉宁嫁过来，卖不卖茶还不是她说了算。

婉宁笑道："父亲和母亲不喜欢我做茶。"

陈大太太顿时惋惜："那多可惜……京里都在传你做的茶叶。"

"原本不过就是喜欢这些东西才试着做来卖，而今……"婉宁说着顿了顿。

陈大太太没有听到后面的话，有意地靠过来。

"剩下的茶叶刚好够还沈家铺子钱和车脚钱，我也就不做了，我的那些做茶的师傅也被人招揽了过去……"

说到这里，婉宁才察觉自己失言："大太太若是喜欢，我还是能让人做些送过来。"

陈大太太的脸色变得有些难看。

她要娶婉宁，是因为婉宁有大笔的银钱，可是今天听起来，怎么好像都是沈家的。

婉宁接着道："至于紫砂壶……我也是想孝敬给父亲、母亲，母亲名下正好有铺子，做紫砂壶的师傅将来就去母亲那里，明儿我去跟母亲说一声，做出紫砂壶也给太太送来一只。"

陈大太太仿佛听到碎裂的声音从头顶传来。

茶叶给了沈家，紫砂壶留在姚家，那姚七小姐还有什么？

张氏和这个继女向来不和，这是想要利用陈家和姚家的婚事来算计姚七小姐。

陈大太太顿时觉得热血冲上了头，和蔼的目光顿时也去了大半，一下子站起身来："你们在园子里玩，我去花厅里。"

婉宁和陈家小姐应了一声。

陈大太太快步从园子里走出来，出了月亮门看到了等在那里的初九："去，跟少爷说，让他先不要来园子里。"

她原本的算计是要仲然不小心撞到姚七小姐，再将声势闹得大一些，老太爷让仲然娶姚七小姐也就顺理成章。

为了今天的事，她已经在外张扬，陈家这次请姚家过来宴席，就是为了姚七小姐的婚事。

只要她点头，仲然就能顺利娶了姚七小姐。

可是现在……知道了姚七小姐一无所有，她不可能让仲然娶二房不愿意要的休妇之女。

陈仲然正在园子里的假山石后等得不耐烦，初九急匆匆地将消息传过去："太太让您先别去……"

陈仲然皱起眉头："为什么？"

初九摇摇头："太太脸色不好，好像是听说了什么事。"

陈仲然刚要接着和初九说话，管事的过来道："大爷，崔家二爷来了，三爷请您过去说话呢。"

　　崔奕廷来了，前面的宴席也快开了。

　　想到了陈老太爷拿出来的好酒，陈仲然就将眼前的事抛在脑后，转身大步去了前院。

　　前院里，陈季然正和崔奕廷说话："都说是两家的婚约，长辈还没说，要将亲事定给谁。"

　　崔奕廷没有说话。

　　陈季然道："你在姚家也见过姚七小姐，姚七小姐还跟着你的船到了京城，你觉得她怎么样？"

　　崔奕廷抬起头："你觉得呢？"

　　陈季然抿了抿嘴道："我刚考中了秋闱，来年定要上杏榜，这时候提起婚事也不知道好不好。"说完这话，他抬起头来，不知怎么的看到崔奕廷眼角如同覆了一层冰霜。

　　陈季然不禁打了个冷战糊里糊涂地解释起来："我听说姚七小姐跟出母娘家还有来往，这次陈老将军的事，她还被牵扯进去，我也只是胡乱说说，还要听长辈的。"

　　"父母之命媒妁之言，当然要听父母长辈的。"陈仲然撩开帘子接话过去。

　　陈季然站起身来："大哥。"

　　下人才退下去，陈仲然笑道："不过就是一个女人，将你愁成这样，她岂能配得上你？你是举人，将来就是进士，不知道有多少人家想要将女儿配过来，就那个姚七小姐……"

　　陈仲然在月亮门等了好久，终于等到母亲那边的消息，姚七小姐手里根本没有多少财物，卖茶赚的钱买了宣化府的破地，剩下的留在了沈家，会做紫砂壶的师傅就给了姚三太太，这样算起来，根本就是两手空空。

　　若是正经的大家闺秀也就罢了，这样的人竟然敢来攀陈家。

　　陈仲然一脸的怒气："亲生母亲被休，光凭这个也知道不会有什么好品行，若是通情达理，进退得宜也不会被父亲扔去族里，虽说关掉灯什么女人都差不多，也不能太差，怎么也要得一个清清白白，正正经经的千金。"

　　陈季然一脸的尴尬。

　　陈仲然弯嘴轻笑，他这个弟弟就是个十足的书呆子，什么话也不懂得，哪里像他们聚在一起，几杯酒下去荤话就来了，这些算得了什么？他已经碍在家收敛了不少。

　　崔奕廷名声在外，定然去过花船，见过场合，陈仲然看向崔奕廷："崔兄，你说是也不是？"

　　"以我们陈家，想要什么样的婚事没有，这样不要脸面贴上来的……这样的人别说给季然，就算是给我，我也不要。"陈仲然觍着脸贴过去，压低声音想要和崔奕廷多说几句。

　　他差点就娶了那个什么姚七小姐。

　　因为这个他也要泄愤出去。

　　"除非有个好身段……懂得伺候人……"陈仲然向前靠着，脸上显出几分狎弄的神情。

　　话还没说完，陈仲然只觉得被崔奕廷抬起头看了他一眼，陈仲然顿时感觉到那双黑如墨的眼睛里，有股泰山压顶般的威势，重重地落在他身上。

　　他顿时喘不过气来。

　　还没等他回过神，眼前一片翻天覆地，耳边传来一阵的清脆声响，他身上的骨头仿佛断裂成了几块，他整个身子向后退了几步，不自主地摔在地上。

　　汹涌而来的疼痛，让陈仲然哀叫了两声，就倒在那里。

　　陈季然张大了嘴站起身看着崔奕廷。

"表哥，你……你怎么打我大哥。"

陈仲然脸色煞白，头歪在一旁不停地呕着，仿佛要将身体里所有的东西都吐出来，冷汗沿着额头滑下，脸上是惊恐的神情。

陈季然愣在那里，大哥从小就是混不吝，祖父、大伯都奈何不了他，在京城也算是名声在外，达官显贵子弟中的一霸，他自从记事开始，就从来没见过大哥受过这样的委屈。

崔表哥平日里最多只是不太说话，身姿挺拔地站在那里，应付的时候脸上多有淡淡的笑意，冷静又从容不迫。

可是今天……

这是怎么了？

大哥方才在崔表哥耳边说了些什么会有这样的结果？

陈家的书房顿时乱成一团。

好半天陈仲然才晃晃悠悠地站起身，伸出手向崔奕廷抓过去，手臂上用足了力气，抓在崔奕廷肩膀上，想要将崔奕廷拽起来，崔奕廷却纹丝不动。

一个文官家的子弟能有几分的力气，就像是三弟，他一只手就能随随便便将他甩开，陈仲然大喊一声，几乎将吃奶的力气都用过，却被崔奕廷反手抓住了手腕，整个人又被扔在一旁。

仰着头摔在地上，陈仲然仿佛整个人都散了架。

陈家的下人听到响动进了门。

陈季然还愣在那里，不知该怎么劝说才好。

立即就有人大呼小叫地道："打起来了，表少爷和大爷打起来了。"

崔奕廷走几步到陈仲然跟前，低下头："你在京郊小院里藏了什么人？"

他在京郊小院……

藏了从晋郡王府里跑出来的花官，晋郡王府因为花官在京里到处翻找，还一早就放出话，只要抓住花官定然要将这个忘恩负义的东西大卸八块，花官吓得不得了，有一阵子只有他在身边才能睡得着。

陈仲然不禁惊惧。

崔奕廷微笑，凝视着陈仲然。

陈仲然打了个哆嗦，他为了花官做什么都愿意，可若是崔奕廷将花官的事说出去，花官就完了，他也完了……

这么隐秘的事崔奕廷是怎么知道的？

"大爷，大爷您这是怎么了？"

陈家的下人转眼之间就到了屋里，几个人上前搀扶着陈仲然。

望着崔奕廷，陈仲然摸了摸被牙磕得鲜血直流的嘴唇："没事，没事，我和崔二爷闹着玩呢。"

大爷被打得口鼻出血，眼睛也肿起来，说是跟崔二爷闹着玩的？

有这样闹着玩的吗？

下人们看向站在一旁的陈季然，陈季然一脸的茫然，大哥说姚七小姐的那些话他不能说，崔奕廷将大哥打得满地打滚，他也不好说。

怎么会有这样的事？

好像就是因为大哥那样说姚七小姐。

想及方才崔奕廷的模样，陈季然心里一片冰凉，崔奕廷的目光，怎么那样的骇人，陈季然忽然觉得，陈姚两家的亲事就算能做成，嫁进陈家的也不会是姚七小姐。

之前他还在为娶不娶姚七小姐发愁，而今他却觉得……姚七小姐不会嫁给他，不会嫁进陈家。

"我们家仲然不能娶。"

陈大太太在陈老太太面前抹着眼泪："我们家仲然退亲的时候娘说将来定然要为仲然寻一门好亲事，现在是二房不想要的婚事，为什么就要落在我们仲然身上。"

陈老太太不禁惊诧，想要娶姚七小姐，是大媳妇的主意，现在到了这个时候，大媳妇却变了卦。

陈老太太皱起眉头："之前不是说好了？"

话音刚落，陈家下人快步走进门："老太太，门口有人叫喊，说要见姚七小姐。"

找姚七小姐的人怎么会到了陈家？

花厅里，张氏正笑着和陈家的女眷说话，戏台上的武生刚亮了一嗓子，却顿时被打断。

"七小姐，"一个哭哭啼啼的声音从台上响起来，"七小姐，我是桂娘，您快救救我爹吧！"

张氏的笑容顿时僵在脸上。

台上扮着戏的丫头跪在那里，已经哭花了脸，班主正让人来将那丫头拉扯下去，那丫头却死死地扒着台子，眼泪汪汪地看着婉宁。

婉宁站起身来。

花厅里一片安静，所有人都诧异地看着台上的桂娘和站起身的婉宁。

这是怎么回事？

眼见桂娘就要被拖下去。

婉宁道："等一等，这是我请的做紫砂壶师傅家的女儿。"

戏班子里的人这才松了口气，班主不知道怎么办才好，不住地弯腰赔礼。

花厅里的女眷谁也不会在意戏班班主，而是目光闪烁地看着桂娘。

桂娘已经泣不成声，半晌才缓了口气："七小姐，这几日有茶庄来家里，定然要我父亲做出和在沈家铺子里摆着一模一样的紫砂壶来，我父亲在赌坊写下了一百两银子的欠条不得脱身，没有脸面去求焦掌柜，我就想着，来求求七小姐，可是姚家大门紧闭，怎么也不肯帮我通传，我在姚家门口等了几天，听说七小姐今天要来陈家，正好我爹认识戏班子的班主，我求班主找些打杂的活计，这才跟了进来。"

"七小姐，求求您了，我爹爹从来不好赌，被朋友拉扯着才去玩了一把，哪里能欠下那么多钱，都是中了别人的圈套。"

桂娘边说边向婉宁磕头。

"我父亲说了，只给七小姐做壶……那些人就是不肯听，还说，七小姐如今也是自身难保，日后都不可能再做买卖，让我父亲识相些，只要做好了壶，工钱是少不了的。"

桂娘哽咽着："我父亲没法子，做了一把壶给他们又凑了几十两银子当还债，可他们不肯罢休，昨儿晚上那些人闯进我们家中，放了一尊玉菩萨在我们屋子里，说是失窃之物，不但要让我父亲还钱，还要告我父亲串通贼匪，要将我父亲关进大牢。"

桂娘悲戚的声音从戏台子上传出去，回荡在整个院落里。

在陈家做客的女眷互相看看，都不说话。京里盛行紫砂壶，如今姚七小姐不做买卖了，就有人将目光算计到了姚七小姐手里的紫砂壶师傅身上。

显然是为了夺财。

桂娘哭道:"小姐为什么不做紫砂壶了?那么多人不日不夜才做出来,小姐砸了多少好壶才能出那一把……小姐不知道,有一次小姐砸壶,我父亲抱着碎壶哭了一晚上,说再也不给小姐做壶了,小姐就是糟蹋物件。"

"那么辛苦才会有今天,怎么说不要就不要了。"

既然是这样费劲才做出了紫砂壶,谁肯这样轻易放手。

想起外面的传言,大家目光闪烁地看向张氏,都说姚三老爷嫌弃长女在外做买卖,八成是姚家这样安排。

陈大太太扶着陈老太太走过来。

等到陈老太太坐稳了,陈大太太忍不住插嘴:"紫砂壶不是还要做吗?姚七小姐方才还跟我说,要将做紫砂壶的师傅留下来,做好的紫砂壶在姚三太太的铺子上卖。"

张氏只觉得很多视线落在她身上。

这话是什么意思?

陈大太太为什么会这样说?

张氏惊讶地看向婉宁:"婉宁并未跟我说过这些,婉宁,什么紫砂壶的师傅?"将做紫砂壶的师傅留给她,那是不可能的。

姚婉宁不可能会这样做。

张氏看过去,婉宁自然而然地抬起头:"我还没跟母亲仔细说,我以为都是自家的事将来慢慢安排也就是了。"

姚婉宁什么时候跟她提过紫砂壶,什么时候提过要将东西做出来在她的铺子上卖。

婉宁在人前说得冠冕堂皇。

如果她立即开口反驳,立即就会被人看出他们母女不和。

如果她什么都不说,就仿佛是她故意要贪婉宁的钱财。

这么一大笔财物放在眼前,不管要不要仿佛都是口是心非。

姚婉宁这是要陷害她,陷害是她觊觎那些财物。

今天这桂娘,也是姚婉宁安排的。

在陈家这样的地方,众目睽睽之下,唱出这样的戏来,让所有人都知晓,姚七小姐被人算计。

不过是片刻间的犹豫,陈大太太脸上都显出一丝冷笑。

张氏咬紧牙关,差点就从椅子上站起身。

她带婉宁来陈家是来定下婚事,姚婉宁却借着这样的场合来陷害她。

她是让杨姨娘挑拨老爷管束姚婉宁没错,却没有插手姚婉宁那些茶叶的事,她只是利用陈家的婚事静观其变,将来不费吹灰之力就能坐收渔利,她就不信,姚婉宁怎么能借着一个小小的伙计,将这些事都赖在她头上。

婉宁看着桂娘:"你别着急慢慢说,胁迫你父亲的茶庄是哪个?"

桂娘吞咽了一口:"是华茗轩。"

听到华茗轩这几个字,张氏心里顿时一颤,姚婉宁卖茶的时候,二姐帮她找来了华茗轩,让华茗轩仿制了姚婉宁的新茶。

姚婉宁绝不会随随便便提起华茗轩。

"母亲，"婉宁的声音响起来，"上次仿造我新茶的茶铺就是华茗轩，之前我在母亲屋里看到过华茗轩的锦盒，您熟不熟悉那家茶铺？"

果然就扯到了那件事上。

看着姚婉宁那双眼睛，张氏怔愣了片刻，众目睽睽之下露出茫然的神情："那家华茗轩，是京里的老茶铺，我们家里之前一直用他们家的茶叶，"说着看向花厅里的女眷，"从来没听说过华茗轩会出这样的事。"

婉宁慢慢走向戏台，亲手将地上的桂娘扶起来："你别着急，不管是谁，若是冤枉了你父亲，我定会让他还你父亲的清白。"

这话说得满满的，仿佛十分的自信。

姚婉宁定然是拿住了华茗轩的把柄，若是牵连到了二姐，就等于牵连到了她。

张氏的脸色顿时难看。

婉宁将桂娘带下戏台。

陈老太太和几位女眷低声说了两句然后抬起头来："若这事果然如此，还真是可怜见的。"

婉宁向陈老太太行礼："老太太好心请我们来做客，却给老太太添了麻烦。"

"哪里的话，"陈老太太笑着道，"你也不知晓这些。"

婉宁看向陈大太太："陈大太太方才跟我提起紫砂壶，若是桂娘的爹能没事，我让他做把好壶给陈大太太送过来。"

陈大太太想跟着笑一声应付，却看到姚七小姐清亮的眼睛，不由得一怔，仿佛自己的心事已经被人看穿。

难不成姚七小姐已经知道，就算是陈姚两家结亲，要去娶姚七小姐的也是仲然？可她不过就是对姚七小姐亲和了些，还问了问姚七小姐手里的茶叶和紫砂壶罢了。

婉宁向陈老太太福了个身："家中有事我也不便久留，改日再来跟老太太说话。"

陈老太太颔首："那我就不留你。"

陈大太太还要说话，陈老太太看过去："让人备好马车，将姚三太太和七小姐送回去。"

不过短短半个时辰，一旁坐着的陈二太太已经汗湿了手心。

见张氏和婉宁被送上车，花厅里的女眷也纷纷告辞，陈老太太让陈大太太、二太太扶着回到屋中。

刚坐下来，陈大太太忙开口："老太太，今天的事怎么算？这亲事还提不提？"

"成事不足败事有余，"陈老太太冷笑一声，"你要求娶姚七小姐真是看上了姚七小姐的品行？"

陈大太太想要说话，却在陈老太太的目光下哑口无言。

"姚七小姐都看出来了，在花厅里跟你提紫砂壶，你还当做是好事？"陈老太太道，"我原本以为姚七小姐不过就是有几分做生意的聪明，而今看来，我们是小瞧了人家，还想要指鹿为马……不嫌丢了脸面，这要是让老太爷知晓了，别说你们，我都要被训斥。"

说到这里，陈老太太看向陈大太太："你可在外面说了些什么？"

陈大太太吞咽一口："也没说什么，只是在宾客面前夸赞了姚七小姐几句。"

京里只要有半点风声都会传得满城风雨，不出几日就会有传言说，陈家长房想要结亲是因为看上了姚七小姐的嫁妆。

陈家今天是颜面扫地。

"老太太,"陈大太太道,"这门亲事我们可以不做,就说我们没看上姚七小姐。"

陈老太太冷笑一声:"没看上姚七小姐,你要将宴席的事闹得尽人皆知?"

陈大太太不知说什么才好。

陈老太太垂下眼睛:"你就等着,等着姚家那边传出消息,好好打打你的脸。"

陈老太太话音刚落,门口的管事妈妈抿着嘴上前:"大太太,您去看看吧,大爷被崔二爷打了,前面已经请了郎中。"

陈大太太诧异地说不出话来:"在我们家里……将仲然打了?这像什么样子,崔奕廷怎么敢这样动手。"

陈老太太也皱起眉头:"到底是为什么?"

下人摇摇头:"当时大爷、三爷都在屋子里,大老爷过去问了,两位爷谁也不肯说。"

陈大太太捂住胸口,她是怎么得罪了这座瘟神。

回到姚家,张氏立即吩咐人去打听:"去问问外面的消息。"

然后吩咐如妈妈:"快去赵家问问,那个华茗轩和赵家有多少关系。"

如妈妈忙道:"您别急,奴婢看七小姐不过是虚张声势,就算查到华茗轩也不关太太的事。"

张氏一个字都听不进去。

等到如妈妈出门,银桂匆匆忙忙上前道:"太太,听说七小姐那边让人写了状纸,要将华茗轩告上衙门。"

这个姚婉宁是要动手了。

不过是两日,外面的传言就沸沸扬扬,哪家达官显贵纳妾,哪家后宅不宁,显然都压不过继母要夺嫡女财物的传闻。

"都说什么?"

张氏看着如妈妈。

如妈妈不敢说。

"说,你不说,外面那些人也会说。"

如妈妈这才吞吞吐吐:"都说,公爵爷才承了爵位,家中其实是外强中干,太太这才向继女下手,想要趁着这次谈婚事,将继女的财物握在手里。"

张氏的手指颤抖:"还有呢?"

如妈妈道:"太太别听了,都是别人嚼舌根罢了,那些人……混在市井,嘴上没有把门的,特别是七小姐身边又有运茶的商队,他们自然要帮着七小姐说话。"

所以他们也放出不少话,却都淹没在这些闲言碎语里。

"我问你,还有什么?"张氏瞪圆了眼睛。

如妈妈道:"还说,老爷也是向着太太,之前从沈家身上剥一笔,现在又要在七小姐身上剥一笔,太太和陈大太太也有了约定,要将七小姐许配给陈家大爷,谁都知道陈家大爷在外胡作非为,每日都喝得醉醺醺的,翰林院家的女儿就是因此托病退亲。"

"外面的茶商请人做了紫砂壶,可是邪门得很,谁也做不出七小姐那般模样,加上这次的事,七小姐手里的紫砂壶价格一涨再涨……"

听得这话,张氏顿时觉得从头到脚一阵寒意。

"还有……说七小姐这次买了宣化府的地坏了赵四老爷的好事,因此得罪了太太和张家……所以才会被算计。"

"够了，"张氏凶狠地看向如妈妈，"你这是要气死我。"

如妈妈吓了一跳忙弯腰赔罪："都是奴婢的错，太太千万不要动气。"

姚宜闻心不在焉地下了轿子，远远的就看到一个人影，那么的熟悉，他却一时又喊不出名字来，四目相对，想了半天，姚宜闻才道："这是，宜先？"

姚宜先走上前向姚宜闻行礼："三哥。"

"你什么时候到京里来的？"姚宜闻笑道，"怎么来了也不进家门？"

"到京里已经有十几日了。"姚宜先道。

十几日，却没有说一声。

"走，先回家再说，"姚宜闻吩咐小厮，"去跟太太说一声，族里的兄弟来了，让她准备饭菜。"

姚宜先却没有动："我就不进去了。"

姚宜闻皱起眉头，明明到了门口却不进门是什么意思？

姚宜先看向身后几个人："我们都是来等婉宁的，让婉宁重新开铺子。"

来等婉宁开茶叶铺子？

这么多人过来，还有姚宜先。

姚宜闻道："是大哥让你来的？"

姚宜先摇摇头："三哥不知道，我已经跟着婉宁做茶叶了，这次来京里为的就是这个，却没想到听婉宁说不开茶铺了，京里的茶商都想方设法从婉宁手里挖人，还闹出了官司。"

姚宜闻阴沉着脸："不是有祖产在泰兴？"

"我们这些旁系族人早就两手空空，"姚宜先道，"我本也没有这个心思，是婉宁从家庵里救出了婉慧，我才打定主意，与其坐吃山空，不如出来找条路。"

"我们在泉州府买了茶园，大家进京就是和婉宁商量明年的茶叶要怎么做。"

姚宜闻听着怔愣。

说完这些，姚宜先声音微沉："是三哥不想让婉宁做茶叶生意？"

姚宜闻咬了咬牙，张不开嘴，自从他不让婉宁做茶叶生意，家里家外不知道出了多少事。

他在衙门里也被人指指点点。

甚至还有同僚问他，姚家卖紫砂壶的铺子什么时候开张，络绎不绝的人开始向他打听紫砂壶，有人似笑非笑地夸他有福气，从前娶过沈氏，如今有会做生意的女儿在家中。

如今竟然连姚家的旁支也要跟着婉宁种茶卖茶……

十几双眼睛看着他，等他说话，等着反驳他。

姚宜闻皱起眉头，他原本想着不过是家宅的事，谁知道会弄到这般地步，婉宁就是个十几岁的孩子，外面那些伙计信她，现在连姚家的族人也信她。

"有什么话我们进去再说。"

姚宜先转过身："还有这么多人等着，我怎么好跟着三哥进门，我们大家都在等，等华茗轩的案子判下来。"

姚宜先这话说出来，姚宜闻豁然明白，这些人包括姚宜先在内，不是来上门和他说话的，而是在门外等消息。

生怕婉宁会吃了亏，他们这些人就守在这里。

"这是姚三老爷？"

姚宜闻下意识地转过头。

一个吏员打扮的人立即走过来，上前行礼："姚大人，华茗轩的案子您可知晓，如今要传您府上的下人过去问话。"

华茗轩的案子却要传他家中的人？

"要传谁？"

吏员道："就是三太太身边的孙刘氏。"

孙刘氏，那不是……孙妈妈……

被他赶出家门，却又让张氏留在庄子上的孙妈妈。

姚宜闻如一阵风似的冲进张氏屋子，劈头盖脸就问下来："那个华茗轩你二姐投了一半的银钱在里面，你知不知道？"

张氏愣在那里，她是听二姐说过想要做茶叶生意，却没成想还在华茗轩里投了银子。

"去安怡郡主府上之前，孙妈妈有没有从张家拿了一盒茶叶给你，华茗轩的掌柜招认了，这些事都是你二姐安排的，现在赵家乱成一团，你二姐又病在床上，这次的事是谁指使？"

张氏惊讶地看着姚宜闻："老爷，您该不会是觉得，这件事跟妾身有关？"

不是他觉得，而是赵四太太和婉宁无冤无仇，为何要对付婉宁，还不是因为张氏，想到这里他又想起张氏在耳边说的那些话。

让婉宁远离沈家，处处为婉宁着想。

姚宜闻嘴边浮起一丝的冷笑："赵璠的事本来和我无关，今日刑部却查问我几年前的公文，徐以名从五品升为两浙盐运使，当年是由我做功考文书，这里面若是有半点的差错，我都会和赵璠一样。"

张氏满脸诧异。

"朝廷上已经有弹劾你父亲的奏折，说你父亲纵容赵璠，"姚宜闻沉着眼睛看张氏，"你也好自为之。"

张氏嘶声道："老爷也会相信，外面那些话，婉宁的话老爷都放在心里，妾身的话呢？老爷什么时候听过！"

姚宜闻不说话，转身掀开琉璃帘子走出去，张氏怔愣地坐在那里，直到脸上爬满了泪痕，她张开嘴："我这些年的名声是不是都完了。"

她在外的贤良名声，就因为这个茶铺，全都毁之一旦。

蒋姨娘侍奉姚老太爷睡下后，沿着园子向西，进了里面的小院。

姚宜之还在灯下看书。

下人看到蒋姨娘上前行礼："姨奶奶来送甜汤？"

蒋姨娘笑着颔首："五老爷就爱喝这个，我给他送点儿来，盼着来年他好杏榜有名。"

下人点点头，将蒋姨娘送进屋子。

屋子里放着两盆炭火，很是暖和。

蒋姨娘脱下身上的披风，将甜汤放在桌子上。

姚宜之这才抬起头，看到是蒋姨娘忙起身让她坐下。

蒋姨娘道："家里的事你都听说了？"

姚宜之点点头："听说了。"

桌子上放着一只炖盅，显然是有人来过。

蒋姨娘叹口气："你虽说是因为方便才在你三哥府上住下，可有些事也不能不在意，如今家里更是来了不少的人，可不似从前了，就算是教欢哥，也要避着些，这个家可经不起大变动了。"

姚宜之点点头："姨娘说的我都记住了。"

"三太太那边又出事了，从前给她办事的孙妈妈被传去了衙门，还不知会问出什么话来，"蒋姨娘说着叹口气，"这些事我都不该问，就是担心你。"

姚宜之脸上是温雅的笑容："您放心，我就是一心读书，没有别的事。"

蒋姨娘的目光仍旧落在那炖盅上。

炖盅应该是大厨房送来的，蒋姨娘伸手碰了碰好像还温着。

"可要小心些。"

坐了一会儿，蒋姨娘就起身离开。

等到蒋姨娘走远，躲在院子里的紫鹃这才推门进屋："大厨房让我来收炖盅。"

姚宜之放下手里的书笑着点点头。

紫鹃不由得怦怦心跳，忙低下头来："五老爷明日一早就要去国子监吗？"

姚宜之道："不去了，从明天开始一直到春闱我都留在家中读书。"

"太太说，请您去教教八爷，八爷这些日子课业又有些松懈。"

光影下，姚宜之显得有些迟疑，却还是垂下眼睛："我知道了，明日我会抽空过去看欢哥。"

紫鹃欢欢喜喜地行礼，然后端了炖盅退了出去。

姚宜之转头看向窗外，一轮明月高高地挂在天边。

崔奕廷翻身下马，等在一旁的吴照立即迎上去："夫人让人过来说，明日就请二爷搬回去住，咱们院子里的东西，都被夫人搬走了。"

崔奕廷一直自己住在别院。

崔奕廷点点头，吴照边走边道："那位蒋小姐好像要在京里开药铺，听说蒋家的情形不太好，蒋老太爷被召回京，住的院子都是租下的，看样子蒋家是想要靠着药铺赚些花销。"

崔奕廷没说话。

吴照有些摸不透崔奕廷的意思："二爷，您还准不准备去看看那个蒋小姐。"

第十九章　动心

从崔家出来之后，二爷就让他打听蒋小姐的事，他们是从开始没头没脑到寻找点眉目，不知找了多少人家的小姐，到了二爷那里都是不对头。

扬州的蒋小姐，之前是因为住在外祖母家他们才没查清楚，现在能找到也是费了好大的力气。

怎么好不容易找到人之后，二爷反而不像往常一样着急去看了。

崔奕廷坐下来低头喝了口茶，想起姚婉宁那双在他肩膀上穿梭的手，立在人前永远挂在脸上的笑容。

姚七小姐和他记忆中的那个人不甚相同，却在他脑海里慢慢重叠在一起。

如果他只是单单找一个姓蒋的小姐，何必要这样大费周章，他要找的是他心里的那个人。

"夫人。"

门外传来下人的声音。

青色的帘子被掀开，崔夫人跟着走进来。

崔奕廷站起身将母亲迎进屋里坐下。

崔夫人看着屋子里简陋的摆设，桌子上放着一堆公文，连个端茶送水的都没有，哪家的少爷、公子是这般，想及这里心头的怒气也消了些。

"你怎么将陈家大爷打成那个模样？"

听说陈家大爷被奕廷打了，她匆匆忙忙赶去陈家赔不是，她以为不过是误伤，谁知道陈家大爷眼睛青紫，脸也肿起来，整个人靠在软榻上不能起身，着实将她吓了一跳，她要上前询问，陈家大爷却是一脸的惧怕，连连说跟奕廷无关。

崔夫人看着儿子："也就是我，若是换了旁人，早就被你气死了。"

今天衙门里本还有事，陈季然让小厮来找他，他就跟了过去，他心里知道姚七小姐不可能嫁过去。

陈老太爷和陈二老爷一心想要娶个书香门第的小姐，如今陈季然又考上了举人，再中进士就可以走仕途。

在寻常人看来已经是极好的婚配，陈季然那软弱的性子，在姚七小姐眼里却不值一提。

他到了陈家，才坐下来，陈仲然就闯进屋，说了姚七小姐那些话。

他听到一句，"除非她有好身段……"转身一拳就挥了出去。

那时候他才知道，他心里已经那么在意姚七小姐。

从开始他看不起商贾，到后来和她一起进京，他并没有立即记住她的模样，却只要想到她，就是那一脸的笑容，天不怕地不怕的性子。

什么样的女子才有这样的性子。

那个他要寻找的人，一直在他梦里的人，也是这样的性子，在混乱的军营中，不论看到什么样的伤患都不害怕，满身是污血却不以为然。

在寒冬腊月，穿着一身的粗布衫，带着人搓药粉，教人晒带孔的煤球，寻常女子烧伤了容貌都会自卑、难过，她却毫不在意，经常撩开幕篱见人，用低沉嘶哑的声音说话。

在那个真如同现实的梦境里，他听过她的笑声，唯独没有听过她的哭声。

他见过她站在城墙上向下张望，问他瓦剌都在什么地方，风将她的衣衫吹得呼啦呼啦的响，手里提着的灯忽闪忽灭，她并不害怕，有的只是一脸的笑容。

这世上不会有两个这样的女子。

他不会错。

要么他心里的那个人就是她，要么她变成了他心里的那个人。

结果，都是一样，因为他相信不管到什么时候他心里都是那一个人。

不管她姓姚还是姓蒋。

"母亲，"崔奕廷抬起头看崔夫人，"如果孩儿有喜欢的女子要怎么办？"

崔夫人一怔，半晌才道："那就……跟母亲说说是哪家的女子，若是般配，我就寻保山上门说亲。"

崔奕廷仿佛没有听到："我应该尽我所能，让她喜欢上我。"

婉宁一早去了忠义侯府。

赵太夫人带着赵茹茵等在垂花门，见到婉宁赵茹茵立即将手臂缠上来。

赵太夫人笑道："平日里都是书信往来，如今可算是见到了。"

礼部送还了丹书铁券，如今赵琦是正经的忠义侯，老忠义侯去世已久，现在忠义侯府才算重新有了喜气。

几个人进了堂屋，赵太夫人低声道："赵璠被定了死罪，家里也被查抄了，还有那个华茗轩里找到了一箱子从你那里偷来的茶叶，跟沈家铺子里的伙计说的一样。"

"张家这次也被波及，我听说，你继母手底下的铺子都被盘查了。"

婉宁点点头。

赵茹茵道："那你继母有没有欺负你？"

张氏倒是想，婉宁笑着道："没事，这些我还能应付。"

"也就是你，"赵太夫人叹口气，"换做了旁人，早被吃得连骨头渣也不剩，你继母从前可是名声在外，如今，谁都在说她想要霸占继女手里的财物。"

她早已经抓住华茗轩的把柄，就是要等到合适的时机拿出来，达到最好的效果，以后在姚家，张氏再也不敢随便算计她。

赵太夫人低声道："陈家的亲事呢？"

陈家收手快，为了不闹得满城风雨，特意就将张家和华茗轩的事传出来，所以知道怎么回事的只有陈姚两家的长辈。

她在父亲面前已经说得很清楚，打听她嫁妆有几何的人家她不可能嫁过去。

赵太夫人道："听说了你不卖茶叶了，我还真是吓了一跳，多亏是峰回路转……"

要是没有华茗轩想方设法的算计，她的茶叶还不会接二连三地名气大涨。

说着话，外面的婆子道："侯爷和沈六爷过来了。"

赵琦穿着一件宝蓝色短打和昆哥一前一后进了门。

婉宁站起身向赵琦行礼。

赵琦有些羞臊，却又碍着礼数只能红着脸受了。

"侯爷和六爷这是去做什么了？"赵太夫人道，"怎么弄得满身是汗。"

赵琦道："在后院跟着永安侯练了一会儿弓箭。"

昆哥坐在婉宁身边，婉宁侧头看过去，这些日子昆哥长了不少，用不了多久就要比她高了。

赵琦有几分得意，昆哥看起来去有些神情恢恢，婉宁低声道："你练得不多，难免会差一些。"

昆哥点点头："永安侯爷说，等一会儿再教教我。"

婉宁有意让昆哥学些骑射，她和舅舅想的不一样，在这样的时代男孩子除了学做文章，还应该学学武将那些东西。

让她没想到的是，昆哥来到忠义侯府就和赵琦脾性相投，两个人一起练起骑射来，教他们的还是裴明诏。

"侯爷可厉害了，"昆哥低声道，"赵琦只比我强一点。"

男孩子不知不觉就能较起劲来，所以开始她才会将昆哥标注好的书给赵琦看。

昆哥惦记着去园子里和裴明诏说话，赵琦倒是想要再说一会儿话："姚姐姐的茶铺要准备什么时候开张？"

婉宁道："再过两日。"货断一阵子，就会卖得更好，她要让焦掌柜趁着这时候，将"福昇园"茶铺彻底做起来。

得到了满意的答案，赵琦脸上浮起了笑容，好像一下子将所有的烦心事都放下，这才站起身跟着昆哥走出去。

"我进宫去谢恩，"赵太夫人带着婉宁去侧室里说话，"你知道谁问起茶叶的事？"

婉宁摇摇头。

"皇后娘娘，"赵太夫人说着顿了顿，"你做的紫砂壶，被安怡郡主送进宫去了，还说起你不卖茶的事。"

"皇后娘娘问我，你的茶叶是不是已经不卖了，我就将华茗轩的事说了大概，"赵太夫人道，"你心里要有个准备。"

华茗轩跟赵璠有关，所以皇后娘娘会问赵太夫人。

婉宁点点头。

赵太夫人道："我想是因为赶在朝廷征茶这时候，宫里才会关切茶叶的事。"

对她来说，关切是好事。

赵家下人来禀告，又来了宾客，赵夫人起身去相迎，婉宁就和赵茹茵去后院看赵琦和昆哥射箭。

远远地，婉宁就看到了裴明诏。

板着脸，凤眼微扬，标标准准的严师。

婉宁和赵茹茵站在一旁笑。

不论是赵琦还是昆哥，都一丝不苟地摆弄着手里的弓。

昆哥细细的胳膊在空中发抖。

"是你让昆哥学弓箭看兵法的书？"大约是看得入迷，耳边裴明诏的声音忽然响起来，婉宁吓了一跳，转脸看过去。

阳光正好直射下来，她不由得眯起眼睛，然后自动绕到他的左边和他说话。

裴明诏看过去，姚七小姐放松的脸上带着无拘无束的表情，眼睛微眯着，眉眼都带着放松的笑容："是我让昆哥学的，没想到正好遇到了侯爷。"

婉宁低身行礼："多谢侯爷能帮忙教昆哥。"

裴明诏道："昆哥跟着杨敬先生，将来必定是要科举入仕。"

婉宁点点头："不管是骑射还是兵法，将来都不一定用得上，但是不用是不用，一定要懂才行。"读书是知政局，学武就知道军事，就算不入仕，也要清楚地知道自己生活在什么样的环境。

如果是普通女子说出这样的话，他会诧异，可是放在姚七小姐身上，他却觉得顺理成章。

"还没谢侯爷帮我抓了华茗轩的人。"婉宁福身过去。

"你帮我审的那些死士有了眉目。"裴明诏低下头看到姚七小姐头顶上那只玉蝴蝶，颤颤巍巍仿佛展翅欲飞。

婉宁知道，自从赵琦的事之后，裴明诏就一直在查那些死士。

这样的死士不好养出来，不可能单单为了一个忠义侯。

裴明诏接着道："我让人暗中查那些死士，到了福建就没了消息，福建巡抚是先帝时的老臣，深受两朝重用，想要在福建接着查，恐怕要费些功夫。"

婉宁点点头，按理说裴明诏可以不将这些话告诉她，她记得张氏的父亲广恩公在福建立过大功，福建倭寇盛行，赵璠也是在福建拿下军功。

看着姚七小姐微微思量，裴明诏道："七小姐是想到了什么？"

婉宁摇摇头："侯爷说起了福建，我就想到了海盗和倭寇，侯爷说的福建巡抚应该就是赫赫有名的谭平谭大人。"

连福建巡抚都知道，他不过提了一句，她却能顺着说到了海盗和倭寇。

皇上信任谭平就是因为谭平在福建抗海盗，还因此赔上了全家老小十几条性命。

裴明诏很好奇："你是听姚大人说起来？"

婉宁笑道："只是看到了地方府志，就记下来一些。"

哪有闺阁中的小姐看地方府志的，看着姚七小姐的眼睛，让他想起夏天里涓涓流淌的溪流，在阳光下闪闪发光。

"侯爷，"赵琦和昆哥跑过来缠着裴明诏，"再教教我们骑马吧！侯爷比武功师傅教得好。"

赵琦和昆哥一左一右地拉扯着裴明诏，裴明诏只好答应。

婉宁回到堂屋里，赵太夫人已经将花厅里的客人送走，就跟婉宁说话："虽然侯爷除了服，家里也不能大摆宴席，你们姐弟却不能走，我已经让人备好了饭菜，一会儿七小姐就陪着我这个老太婆吃顿饭。"

婉宁点点头："那就听太夫人的。"

赵太夫人吩咐下人："去看着点侯爷，让他别缠着永安侯，永安侯连水都没来得及喝一口。"

下人应了一声退下去。

"永安侯面冷心热，勋贵里有不少人喜欢和他结交，开始的时候我还以为他不会管我们家的事，没想到他却一口答应了。"

说起这件事赵太夫人不由自主想起从前的处境，将手里的帕子攥得更紧了些："再怎么说，我们侯爷也是好命的，能遇到永安侯，又遇到七小姐。"

赵茹茵不禁埋怨："母亲又来了，大好的日子，七小姐本是来做客的，母亲提起这些事做什么。"

赵太夫人忙道："都是我不好，就是在前面听说永安侯的婚事恐怕出了差错，我这才……"

以裴明诏的年纪，确实是到了该成亲的时候。

"孙家的大小姐，偏偏这时候病了，听说连婚期都要改了。"

赵茹茵侧头听着。

赵太夫人笑着看过去："说这些事，你就爱听了。"

赵茹茵笑着和婉宁对视一眼，然后轻轻地吐了吐舌头。

"这也快了，马上就要轮到你们两个……"

裴明诏将赵琦送回忠义侯府，这才回到家中。

裴太夫人已经等在屋子里，"忠义侯府不是不摆宴席，怎么这么晚才回来。"

"妹妹怎么样了？"裴明诏换了衣服出来，坐在母亲旁边。

裴太夫人叹了口气："比前几日好多了，今天跟我说，愿意嫁到邓家去，这样一来你的婚事也好办了。"

裴明诏刚刚端起的茶顿时又放在矮桌上："母亲明知道邓七吃喝嫖赌无所不为,还要将妹妹嫁过去。"

看着平日里对自己谦和的儿子,忽然之间满脸的怒气,裴太夫人心里油然生出一股委屈："我愿意看着自己的女儿嫁个中山狼?你和孙家的婚事,你妹妹和邓家的婚事,那都是你父亲早早就定下来的。"

"小时候那邓七看着是个好孩子,你父亲才将你妹妹许配给他,谁知道这才几年……邓家竟然将他养成那般模样。"裴太夫人拿起帕子擦眼角。

"母亲不是想过要退掉这门亲?"裴明诏道,"是不是因为我的婚事,才要将妹妹嫁过去?"

裴太夫人不禁一怔。

她本是要瞒着儿子,谁知道却这样就被看透。

裴太夫人道:"孙家是少有的名门望族,不免规矩要大一些,听说我们家要退了邓家的婚事,就让人问过来……邓七从小就喜欢你妹妹……"

裴太夫人尽可能想要将话说得婉转些:"等你妹妹嫁过去,劝劝邓七,说不定他就能收敛。"

裴明诏沉着眼睛:"母亲真的以为一个收了三房妾室,在外拈花惹草的人,会因为成了亲就留在家中?"

裴太夫人不知道怎么回答儿子的话。

裴明诏站起身:"我不娶广东按察使的女儿将来也会有个好前程,既然孙家不愿意,母亲就连父亲定下的两桩婚事一起退了,与其让我娶个名声在外的小姐,不如娶个愿意帮母亲好好管家,一心一意为裴家的女子。"

将两桩婚事一起退了。

裴太夫人想到这里就眼前发黑,还没有说话,就看到管事妈妈匆忙过来道:"太夫人,不好了,小姐想不开投缳自尽了。"

裴太夫人睁大了眼睛,裴明诏已经先她一步走了出去。

裴家乱成一团。

裴太夫人让人搀扶着进了屋,藕色的床铺上,裴二小姐睁着眼睛躺在那里,任凭身边人怎么叫喊却不肯出声,只是慢慢地淌着眼泪。

裴太夫人急忙坐过去:"你这孩子……你若是不肯嫁我们再商量。"

床上的裴二小姐依旧动也不动。

裴太夫人顿时觉得胸口一阵刺痛:"快请郎中……请郎中过来……"

"太夫人,侯爷已经去请了。"

裴太夫人点了点头,想要起身却一下子摔在地上。

"怎么说?"

沈家茶铺的掌柜都等在焦无应的院子里,等着焦无应从姚家回来。

焦无应脚还没有站稳,大家一起七嘴八舌地问起来。

"答应了,"焦无应笑着道,"七小姐说了,收拾收拾铺子,准备过几日重新开张。"

屋子里顿时发出一阵欢呼声。

沈家的铺子里热闹成一片。

张戚程却面色阴沉地坐在书房,听着幕僚说御史言官的奏折:"皇上没有让人查问之前,爵爷这时候不能为自己申辩,那些御史言官,都是见血眼红的,他们怕的就是爵爷不将弹劾放在眼里,只要爵爷不出头,皇上也不责问,他们这出戏也就唱不下去。"

前提是,他不去管赵瑶的事,也不理会外面对姚家和张家的那些传言。

一个姚婉宁,竟然会引来这样的风波。

张戚程挥手让幕僚退下去,张夫人这才进了书房:"老爷,瑜珺又让人来问了。"

张戚程顿时一阵烦躁:"姚家的家事让她自己去打理。"

老爷这是不想插手了?

张夫人抿起嘴:"那华茗轩是瑜贞做出来的事,姚婉宁却怪在了瑜珺身上,如今外面那些闲言碎语说得难听……哪家的小姐像姚婉宁一样,怎么说瑜珺也是姚宜闻的正妻,怎么就管教不得了。"

哪家的小姐也没有那么多的银钱傍身。

没有将京里的茶市闹出这样的动静。

早知如此还不如将姚婉宁留在京城,这样姚婉宁就不会弄出泰兴楼,就不会借着崔奕廷的船运进京里那么多茶叶。

一个内宅中的小姐,根本就是他看不上眼的,却给他找了这样多的麻烦。

他插手去管,就是纵容女儿,最重要的是江仲招认赵瑶指使他去杀沈敬元,姚七小姐这样一闹,沈家和李成茂彻底没了关系,赵瑶利用沈家,是因为看上了姚七小姐的茶叶,杀了沈敬元,姚七小姐就少了人帮忙。

张夫人道:"我听瑜珺说,姚婉宁要在自家另立账房,另用管事。"

另立账房和管事。

难不成将来还要掌管姚家?

这将瑜珺摆在什么位置上。

可若是他不答应,他插手去管,外面不会觉得姚婉宁不合礼数,而是会传他们想方设法动手陷害。

在这时候想要对付姚婉宁,已经不像从前那么简单。

"姚家会不会乱,"张夫人道,"欢哥的事,会不会被姚婉宁发觉?"

他一日一夜没有合眼,不是为了朝廷大事,而是因为这个未及笄的小姐,真是可笑,张戚程觉得仿佛胸口憋了一口气,脸上浮起阴鸷的神情:"若是被她发现,她的死期也就到了。"

姚宜闻一早去了早朝。

张氏命人收拾好小书房和院子。

屋子里用淡淡的桃花香熏了两遍,所有的物件都擦得一尘不染,张氏换了桃红色的褙子,坐在镜子前。

几日的不眠不休让她看起来十分憔悴,整个人仿佛瘦了一大圈,无论是低头还是蹙眉都显得我见犹怜。

"来了吗?"

张氏问向银桂。

银桂点点头:"在小书房里呢,五老爷在给八爷温书。"

张氏顿时觉得心里踏实了许多,从陈阁老家回来之后,她第一次将姚婉宁抛到脑后。

"让小厨房准备点心,别人笨手笨脚的我不放心,你过去伺候五老爷和欢哥,院子里也不要站那么多的人，免得让欢哥分神。"

银桂道："奴婢去准备。"

一会儿工夫，小书房外面就静下来。

紫鹃端了点心，张氏接手过去："差不多了，我过去看看。"

从假山石走过去，上几个台阶，就到了山坡上的小书房，这里原来是老爷用来藏书的，张氏特意要来给了欢哥。

张氏准备上台阶，转头吩咐紫鹃："守着，不准让任何人过来。"

张氏提着裙子一步步上了台阶。

她恍惚回到了多年前，在姚家遇到姚宜之时的情形，所有的女眷躲在屏风后，她顺着屏风的缝隙向外看了一眼，就看到了如芝兰玉树般的姚宜之。

那时候端王还没获罪，父亲不过是个小小的武官，为了有个好前程父亲向端王靠拢，她也牢牢地抓住长公主不放，想着早晚有一日进端王府，不可能有第二个心思。

张氏垂下眼睛，终究是人算不如天算，几年的工夫，端王获罪，她为了生下欢哥嫁给姚宜闻。

欢哥才五岁，她却觉得过了一辈子那么久。

在这个家里，事事帮衬她，照应她，为她着想的人不是姚宜闻，而是姚宜之。

听着屋子里欢哥的读书声，张氏停下来一直等到乳娘过来带走了欢哥，张氏这才走进了书房。

姚宜之负手站在窗前见到张氏抬起眼睛。

不知怎么的，张氏的眼睛顿时红了，忍不住小声抽泣起来。

"三嫂这是怎么了？"姚宜之轻柔的声音响起。

张氏哭得更加厉害："这个……家……就快容不下我了……日后我可怎么办。"

姚宜之那文雅安静的脸上忽然一闪慌张，然后就像是哄孩子般："别哭，别哭，凡事总有个解决的法子，等三哥回来，我试着跟三哥说说。"

到了这个时候。

姚宜闻一味地责怪她，老太爷碎碎叨叨唾沫横飞说的都是自己的委屈，剩下的人不是明哲保身就是隔岸观火。

只有姚宜之还这样劝慰她，也就只有他还会帮着她想法子。

张氏拉紧了衣衫，桃红色是姚宜之喜欢的颜色，她抿抿嘴唇想让嘴唇明艳些，看着姚宜之走过来。

她的手在袖子里轻轻地抖着。

数着姚宜之的步子。

她的心脏仿佛要跃出胸口。

紫鹃站在翠竹夹道上四处张望。

若是往常她还不会这样紧张，七小姐回到家里之后带过来不少的人，从管事到小丫头，这么多只眼睛都要想法子避开。

还好七小姐一早就去了大老爷院子里和族里几位老爷商量种茶叶的事，童妈妈和落雨都跟着出了门，她们只要看着落英就好。

庄子今天上来交年奉，府里的管事就派出去一些，七小姐那边因有小厨房也派了活计，落英和几个管事妈妈生怕七小姐那边有什么闪失带了不少人过去点数，所以后院也就清静下来。

紫鹃松口气，在旁边的亭子里坐下来。

刚歇了一会儿，正要再站起身去转一转，忽然看到身边人影一闪，她刚要惊呼出声，就有人捂住了她的嘴。

紫鹃瞪大了眼睛，看到了走过来的老爷。

完了，完了，八爷已经让乳娘带走，若是老爷去书房，里面只有五老爷和太太在。

被老爷发现可就全完了。

眼看着老爷一步步地上了台阶，紫鹃只觉得一团火烧到了头顶。

她奋力去扭动着身子，用尽所有力气推开旁边的婆子，嘶喊着："老爷……"

"老爷……"

紫鹃的叫喊，传到屋子里，张氏眼前顿时一片空白，老爷……

老爷……

张氏僵立在那里，动弹不得，慌张地看着不远处的姚宜之。

老爷怎么会在这时候回家？

不可能，根本不可能。

怎么会发生这样的事？

是谁在背后推了她一把，张氏眼前霍然浮现出姚婉宁的脸。

姚婉宁去了大老爷那里。

是不是姚婉宁捣的鬼，到底是不是姚婉宁？

她现在要怎么办才好？

她要怎么办？

半晌张氏才反应过来，想要向外走，人刚动了一步，帘子霍然被掀开，姚宜闻大步跨进屋。

看着姚宜闻愤怒、诧异的脸。

张氏愣在那里，身体禁不住颤抖。

真的是老爷。

老爷明明去衙门了，怎么会在这时候回家？

紫鹃为什么等到老爷到了跟前才出声？

到底发生了什么事？

姚宜闻看着屋子里的姚宜之和张氏，下人来说他还不肯相信，进了院子就看到等在那里的紫鹃，悄悄走上台阶，撩起帘子看到的就是这一幕。

张氏和五弟。

张氏和五弟两个人在屋子里。

姚宜闻眼睛里要冒出火来："你们这是在做什么？"

张氏说不出话，平日里那双大大的眼睛，如今是一片死灰色。

下人说的没错，张氏和五弟两个人在这里私会。

真是天大的家丑。

他怎么也没想到五弟能做出这样的事来，张氏会这样不守妇道。

愤怒让姚宜闻的汗毛根根竖立，张氏身上的熏香飘进他的鼻子里，让他觉得有一股说不出的恶心。

233

他记得他第一次看到张氏的时候，张氏手里提着个琉璃灯，他觉得张氏是个比琉璃还清透的人，后来父亲将张氏的生辰贴递给他，他觉得这辈子足够了，那一刻他听了父亲的话休了沈氏。

现在这个站在他眼前的还是那个知书达理，干干净净的张氏吗？她怎么敢做这样不要脸的下贱事。

他休了沈氏是父亲嫌弃沈氏身上有商贾的铜臭气，后来想方设法地求娶张氏，就是因为张氏名声在外。

他错了吗？

姚宜闻浑身的血液都要从脑子里迸开。

"张氏……"

姚宜闻一声怒吼，张氏几乎站立不住要摔在地上。

"三哥你误会了，嫂子来找我是因为我的事，方才我是在教欢哥识字，不信三哥可以去问欢哥身边的乳母，三哥误会了我不要紧，不要误会嫂子。"

姚宜闻转过头去和姚宜之四目相对。

若是往常，听到五弟这样说，他定然会相信，如今眼见为实，姚宜闻冷笑一声："说什么事屋子里连个下人也没有？"

什么事要这样的说法。

张氏亲自来跟五弟说，他这个哥哥还没死呢。

姚宜之温文尔雅的脸上满是羞惭的神情，低下头，半响才张开嘴："是我做了见不得人的事，三嫂想替我遮掩。"

张氏差点惊呼出声，姚宜之这是想要怎么解释？

屋子里瞬间安静下来。

看着垂头的弟弟，姚宜闻咬牙切齿："我今天倒要听听，你做了什么见不得人的事。"

若不是手扶在矮桌上，张氏整个人就要倒下去。

姚宜之道："我和嘉宁长公主在一起被三嫂撞见了，三嫂不想让人知道，偷偷地过来问我。"

张氏惊讶地愣在那里，为了护着她，姚宜之把自己推给了嘉宁长公主。

姚宜闻显然也没有想到，瞪着眼睛看着弟弟。

这怎么可能。

姚宜闻要上前问清楚，脚底下差点碰到炭盆，不禁踉跄两步，姚宜之忙上前搀扶，看着秀美多姿的弟弟，姚宜闻挥手一巴掌打在姚宜之脸上。

张氏吓得捂住了嘴。

姚宜闻怒吼："你疯了不成？"

姚宜之被打得侧过头去，白皙的脸上清晰地浮起了五个指痕，然后自嘲地一笑："哥哥知道了一定会动怒，三嫂就是这样才没有告诉哥哥。"

说着向张氏躬身过去："三嫂，弟弟谢你帮我这样，可是这样的事，眼见是遮掩不过去，早晚要被别人知道。"

姚宜闻手忍不住地颤抖："你知不知道你惹了多大的祸。"

"父亲回到家之后去衙门了吗？"婉宁问童妈妈。

童妈妈摇头："没有，老爷一直都在府里。"

婉宁微微一笑，那就是看到了什么。

童妈妈低声道："三太太怎么敢和五老爷做出那样的事，怪不得五老爷总是去带八爷，原来是……奴婢还当是因为五太太和肚子里的孩子一起没了，五老爷心里难过，喜欢八爷也权当是心里慰藉。"

所有人都这样想，所以才没有人注意五叔和张氏。

这下不管怎么样，至少都能在家里掀起波澜。

婉宁道："家里的事不要去打听了，我们回去就能听到只言片语。"随便听到些什么，她就能猜到结果。

说完话婉宁去了姚宜州屋里和姚宜先几位叔伯说了话，茶叶是照种，之前有了底子，用的还是从前的茶农，不用太操心，就等着收了茶叶送去给做茶的师傅，然后运到京里。

族里来了人，姚宜州的院子顿时热闹起来。

族里的婶子拉着婉宁说话，童妈妈站在一旁笑弯了眼睛，从前小姐是被扔在绣楼里不理不睬的，如今可是不一样，族里的人都要来找小姐帮忙，这样一来谁还敢随便欺负小姐。

一直到了下午，婉宁才去了沈家铺子上看茶叶，看到焦无应都准备妥当，她这才放心，吩咐童妈妈带了几包茶叶上了马车。

马车慢慢地向前走着，刚走过了热闹的街道进了胡同忽然就停下来。

婉宁看一眼童妈妈，童妈妈刚要询问，外面的贺大年就赶上来道："小姐，是崔二爷。"

是崔奕廷？

是不是因为华茗轩的事？

婉宁掀开了帘子，一眼看到前面不远处的崔奕廷。

崔奕廷跨在马上，微低着眼睛在看她，婉宁用帘子遮着阳光，正要让童妈妈去问，崔奕廷已经轻轻催着马，慢慢地走了过来。

不知怎么的，婉宁忽然觉得今天的崔奕廷看起来和往常有些不同，脸上依旧挂着肆意的光彩，眉眼中却多了几分的明艳，专心致志地看着她。

她歪着头，掀开了一角青花帘子。

目光有些迷茫和费解，整个人却是那么的明亮，阳光下的脸庞如同羊脂玉般，再也没有了被烧灼后的痕迹，脸上的笑意自然而然地绽放着，如同清晨叶子上的那滴露珠。

相隔那么近。

他从没想过，他们还能离得这样近。

没有任何打扰，没有战事纷争，他可以这样静静地瞧着她，看她脸上每一丝的神情，细细密密地在他眼前。

她一定不知道，在那个时候，他们有那么多的事发生。

马儿轻踢蹄子，风轻轻地吹过他的衣袍。

她轻仰着头静静地和他对视，仿佛想要看出他眼睛中透出的意思。

他不想让她仰着头看他，崔奕廷翻身从马背上跳下来。

这下子她可以直视他。

他一直想着有一天，她这样看着他。

离他这样近，让他一步步慢慢地走过去。

或许他不想再看着旁人随便许她一桩婚事，又或许他已经等了太长的时间，任何事都可以小心翼翼的算计、博弈，唯有这件事不可以，经过了那么久的等待，对他来说已经没什么好遮掩，没什么好顾忌。

他要做的只是倾尽全力。

他只需让她知道，从此之后他会倾尽全力。

崔奕廷解下身上的斗篷，将佩剑扔给陈宝，一步步走过去。

脱下斗篷的崔奕廷，身上只简简单单穿了一件青色的长袍，腰间甚至只系了一根青色的衣带，加上头上没有戴玉冠，一下子仿佛脱掉了所有的锐气，变成了个英俊单纯的少年郎。

婉宁一时看不清楚，崔奕廷这是要做什么？

站在马车前，崔奕廷脸上浮起了笑容，温和中甚至带了些许傻气，不似往常那般应酬般的微笑。

他早就想这样走过来。

看着她，就这样脱掉所有的负重，走过来。

他无数次想过，他就这样干干净净地站在她面前，冲着她笑，也许不够从容不迫，不够高深莫测，表情不是特别的好看，甚至还带着些傻气，也许太过唐突，没有精心设计，但是就这样，纯粹地，用尽他所有的力气，轻轻地说一句："我喜欢你，你不要嫁给别人，嫁给我好不好？"

婉宁觉得自己仿佛没有听清楚，怔愣在那里，他脸上是真真切切的神情，那么的干净又那么的专注，就好像变成了她头顶的那抹阳光，照得整片天都亮起来。

"我喜欢你，你不要嫁给别人，嫁给我好不好？"

他执拗地说着，一丝不苟，用尽所有的力气，让她一时恍惚。

每个字都说得那么的沉，那么认真，目光清亮，仔仔细细地看着她。

微风吹过她的脸颊，那么的温和，一瞬间让她想不起来自己到底在做什么，差点就顺着他的目光点头。

"我没想过。"

她从来没想过，崔奕廷会站在这里和她说这些话，从来没想过会在这时候看到他那么纯粹的神情。

从来都没想过。

她没有恼意，而是一瞬间的迷惘，然后清晰地说出几个字："我没想过。"

没有答应而是清楚的拒绝。

让他将表情僵在脸上，可是一瞬间却因为她眼角的歉意化开来，变成了欢快的笑意。

没有答应，至少没有厌恶。

被喜欢的人拒绝，被一下子推开，很少有人还能就这般笑起来。

他的笑容里有几分的思念，几分的倾慕，没有因为她的话受挫，依旧温和地看着她："还有的是时间慢慢想。"

还有的是时间，可以慢慢来，慢慢的慢慢的，直到她喜欢，直到她点头心甘情愿地嫁给他。

婉宁摇摇头："我不是这个意思。"

她不是那个意思，她是没想过要嫁给崔奕廷，至少在她心里，从来没有冒出这样的想法，开始是对抗他的傲气，后来是互相利用，心里没有动过别的心思。

他让她觉得熟悉，几次相处下来难得的自在，每次见到崔奕廷就好像早就相识般，这应该是对朋友的感觉。

所以他突然说出这样的话，让她怔愣。

崔奕廷仍旧笑着："我知道。"

以崔奕廷倨傲的性子，说出这样的话被拒绝应该会转头离开，再也不提。他却依然站在那里，笑着看她，仿佛无论她说出什么样的话他都不会生气，也不会放手。

婉宁松开帘子，重新坐好。

崔奕廷牵开马，笑着听她吩咐童妈妈让马车前行，看着她的车越走越远。

陈宝低着头不敢去看二爷，他怎么也没想到二爷一张嘴就被姚七小姐回绝，二爷和姚七小姐不应该是天造地设的一对吗？

按照戏台上演的那样，二爷提亲，姚七小姐欢欢喜喜地嫁过来，成了他的主母，却没想到……二爷这可是丢尽了脸面。

以二爷的性子，以后他可不能再在二爷面前提起姚七小姐。

"跟吴照几个说一声，让他们不用再去庄子上，在扬州的人手也都调回来。"

吴照和扬州的人是在找二爷说的蒋小姐，二爷的意思是……

"让吴照带着人，照应着姚七小姐，只是暗中护卫不要打听她的私事。"

陈宝愣在那里，二爷怎么还要照应姚七小姐啊。

婉宁不知道自己都想了些什么，只觉得眨眼之间就到了姚家。

童妈妈将婉宁从马车上扶下来。

"小姐，"落英已经等在垂花门，迎着婉宁走了几步才低声道，"家里出事了，太太病了，正让郎中过来看呢。"

落英说完话看向七小姐，七小姐不知道在想些什么半响才回过神："是在小书房？"

落英点点头。

不用问婉宁也知道，父亲定然是将五叔和张氏堵了小书房，否则不可能闹出这样的动静，张氏也不会一下子"病倒"了。

"父亲呢？"婉宁问过去。

落英道："老爷和五老爷在前面书房说话呢，小姐交代了不让奴婢刻意去打听，奴婢也就没问。"

落英做事稳重，所以她才会经常将落英留在家中照应。

婉宁道："将账房叫过来。"趁着张氏病了，她正好接着立她的账房。

姚宜闻看着弟弟："到底是什么时候的事？"

姚宜之道："有一次嘉宁长公主过来和三嫂说话，三嫂将欢哥叫去背书，欢哥就说起来课业都是我教的，嘉宁长公主就托三嫂，让我帮忙给嘉宁长公主的侄儿找几本启蒙的书，我就将我小时候的书送了过去。"

姚宜闻的脸色铁青："你知不知道嘉宁长公主孀居在家？"

姚宜之点头："知道。"

"知道你还做出这种事来，之前怎么不告诉我一声？"姚宜闻额头两侧青筋浮动，"你要让姚家丢尽脸面不成？"

姚宜之目光惨淡："三哥，现在说这些已经没用了，就算是弟弟后悔也来不及了。"

不等姚宜之说完话，姚宜闻道："趁着还没嚷嚷出去，以后就不要再登门……"

姚宜之摇摇头："三哥，那是长公主。"

长公主和别人不一样，不是他们想怎么样就能怎么样，姚宜闻觉得自己的头已经变成两个大，这是要闹出笑话了，退也不是，进也不是，让宗室知道怎么办？皇上知晓怎么办？

姚宜闻一下子坐在椅子上。

"父亲知不知道？"姚宜闻声音沙哑。

"我已经跟姨娘说了，让姨娘告诉父亲，出了这样的大事，我不能再瞒着父亲和哥哥。"姚宜之放在膝盖上的手微收。

姚宜之话音刚落，下人过来道："三老爷、五老爷，老太爷请你们过去。"

姚宜之先站起身："三哥，我们走吧！"

两个人一前一后地进了姚老太爷屋里，姚老太爷坐在炕上，看起来仿佛很有精神。

"父亲，"姚宜之跪在地上，"都是儿子不孝惹下了祸事。"

屋子里的下人都退了出去。

"你……准备……要怎么办……"姚老太爷瞪圆了眼睛，看着地上的姚宜之。

姚宜之想了半晌，才鼓起勇气："父亲、三哥，我想好了，既然已经出了事，就不能不了了之，我想要尚主。"

姚宜闻只觉得身上的血一下子冲开了天灵盖："你说什么？"

姚宜之抬起头："我说，我想要尚主。"

姚老太爷也愣在那里，半晌松了口气，脸上的神情，又是惊讶又是惊喜，"好……好……好……我就知道……我儿……有志气……老三，你不能不帮你弟弟……不能眼看着你弟弟……不帮忙。"

张氏坐在炕上，半晌也没缓过神来。

如妈妈拿了手炉上前伺候张氏："太太，太太，您可别着急，"说着话去摸张氏的手，"太太，您的手怎么这样凉。"

张氏任由如妈妈张罗着用巾子擦脸、换衣服、盖被子，她却一动也不动。

这是怎么回事？

为什么姚宜之会说嘉宁长公主？

是真的和长公主有什么，还是为了救她？

一定是为了救她，怕她名声不保，怕她被休回张家，张氏的眼泪不停地淌下来，他可真傻，真傻。

不知道过了多久，张氏抬起眼睛，哆嗦着道："外面……怎么……样了？"

如妈妈低声道："老爷和五老爷去了老太爷那里，到底说了些什么，外面也听得不是那么清楚，奴婢就去找了蒋姨奶奶，蒋姨奶奶说，五老爷还在老太爷屋子里跪着呢。"

姚宜闻不可能放过姚宜之。

都怪她。

都怪她。

张氏的嘴唇颤抖着，都是她因为心里委屈才会让人去叫姚宜之，才会安排和姚宜之见面，如果不是她，根本不可能会被老爷撞见。

"太太，"如妈妈不知道该不该说，想了想还是低声道，"听蒋姨奶奶说，三老爷逼着五老爷将和嘉宁长公主的事说清楚，几个人在屋子里说了半天，结果五老爷说要尚主。"

张氏的眼睛一下子睁开，眼角几乎眦裂，要尚主，姚宜之想要尚嘉宁长公主。

张氏耳边响起姚宜之的温声软语，为什么会这样。

老天为什么会这样安排。

为了骗姚宜闻，姚宜之说出嘉宁长公主，谎话一直说下去，会不会到一发不可收拾的地步。

姚宜之和嘉宁长公主这里面到底有多少是真的。

嘉宁长公主从来没跟她提起过姚宜之。

如果是真的，姚宜之真的会尚主？

如果是假的，姚宜之要怎么办才好？

张氏想要挣扎着起身，却身子抬起一半，顿时觉得喘不过气来，整个人如同棉絮一样霍然倒下去。

"太太，太太。"如妈妈顿时慌张地呼喊起来。

"太太急病了。"如妈妈擦了擦眼角向姚宜闻禀告。

姚宜闻沉着脸，想起穿着桃红色褙子的张氏。

屋子里只有张氏和五弟两个人，不管出什么事，张氏都不应该这样安排，一个知书达理的大家闺秀怎么能做出这种事。

是他平日里太纵容张氏，才让张氏这样不顾礼数。

"找个郎中来看病，"姚宜闻沉着脸道，"这些日子不要让太太见客，公爵府过来问就说太太伤风不能见人。"

如妈妈登时愣住，老爷这次是真的动了气，否则不会将太太禁足在屋里，连娘家人都不准见。

"听到了没有？"姚宜闻皱起眉头。

如妈妈连忙道："老爷，您去看看太太吧，太太也是一时急昏了头，家里从上到下还要太太操持才行啊……"

"将七小姐叫过来，"姚宜闻吩咐旁边的管事，"太太病了，让七小姐帮衬打理内宅。"

"让谁帮着管家？"姚老太爷眼睛要瞪出来。

"是七小姐。"管事妈妈低声道。

蒋姨娘不禁埋怨地看了一眼管事，然后立即去扶姚老太爷："老太爷就别管了，婉宁也是个好孩子，不过是帮衬两日，等三太太好了，自然就……"

"你懂……什么……"姚老太爷瞪眼过去，蒋姨娘吓了一跳。

"将老三给我叫过来……"姚老太爷手哆嗦着，"喊他过来……我看他敢让七丫头管家。"

姚宜闻皱着眉头坐在屋里，管事妈妈低头问："老爷，老太爷那边怎么回？"

"父亲，"婉宁站起身，"要不然这账目我就不管了，照祖父的意思交给别人，父亲后院不是还有几个姨娘在吗？"

不等姚宜闻说话旁边的姚六太太寿氏忙道："那怎么行，家里有嫡女怎么好用姨娘，再说婉宁院子里还有小厨房，现在又立了账房，管起内宅来也是得心应手，"说着顿了顿，"眼下到了年根，三嫂又病了，家里这时候不能乱起来，还是交给婉宁放心。"

寿氏说完低下头，老太爷让她来探风，经过了寿家的事她若是还不帮着婉宁说话就是个傻子。

姚宜闻看向婉宁："你就管着,你祖父那边自有我去说话。"

婉宁也就不再推辞,转头利落地吩咐童妈妈："将家里的管事都叫去鹿顶的房子。"

从婉宁屋里出来,段妈妈跟着寿氏到了僻静处才低声道："太太怎么帮着七小姐说话,这若是传出去了……"

寿氏哂然一笑："传出去怎么样?谁还能管我们不成?在家里这么长时间了谁问过我们生死,从前我都是听张氏的,落得这样的下场,张氏不但不管还将害婉宁的事算在我头上,路走到现在我若是再不换条路,将来真的要死无葬身之地了。"

段妈妈忙道："太太,您这是说什么啊。"

寿氏摸着手里的佛珠："如今寿家这样,老爷又被流放,若说善恶到头终有报,我也信了。"

"再说,"寿氏道,"这件事,也算不得我帮忙,婉宁这才几天就立了自己的账房,底下有了给自己办事的下人,就算是从前的沈氏也没有这样的手段,她若是不能帮着管内宅,谁还能插手?"

段妈妈点点头："太太说得是,从前咱们怎么没看出来七小姐这样厉害。"

是啊,她真没想过婉宁会有今天。

"长公主已经病了有些日子,"蒋姨娘道,"我也是听我娘家人说的,长公主将静瑜叫过去看脉。"

姚老太爷一下子来了精神："长公主……是不是也有……这个意思,想要……召宜之做驸马?"

要不然怎么会叫蒋家人过去,分明是知道了宜之是蒋氏所出。

"老爷,这到底能行吗?"蒋姨娘有些担心,"长公主能再嫁吗?宜之毕竟是庶子,从前又丧过正妻。"

如果没有几分把握,宜之也不会说出这样的话,可是要怎么才能尚到公主。

姚老太爷想了想："庶子……有什么大不了……将……宜之记在丁氏名下也就是了。"

丁氏是正室,将庶子记在正室名下,那要正室身下无所出才是,嫡、庶有别不是随意就能更改的。

蒋姨娘低下头："太太为老太爷生了三个子嗣,怎么还能将庶子记在名下,说出去了也不会有人信服,族里更不会答应,老太爷是有这个心,只怕是难办成这样的事。"

姚老太爷靠在引枕上,从前在族里是他说了算,如今姚宜州处处和他作对。

一个公主不可能会下嫁庶子。

这要怎么办。

"过继,那就……过继,"姚老太爷忽然想起来,"将宜之……过继出去,只要能做……嫡子……我就答应……"

蒋姨娘惊讶地看着姚老太爷："老太爷……能舍得?"

姚老太爷看向桌子上姚宜之送来的药碗,从他病了之后,姚宜之只要有时间就会来侍奉他吃药。

他最喜欢的儿子要过继出去他心里定然不是滋味,可是只要想想将来他能尚主,做大周朝的驸马爷,他就狠下心来。

姚老太爷道："不管……过继……去哪里……都是我……的儿子……"

他要让族里的人看看，他姚广胜的儿子要尚主。

看到姚老太爷坚定的目光，蒋姨娘偷偷地松了口气。

将姚老太爷服侍睡了，蒋姨娘才回去自己屋子，刚走到穿堂就看到等在那里的姚宜之。

"你这孩子，外面这么冷，等在这里做什么。"蒋姨娘不禁埋怨。

母子两个进了屋，姚宜之坐下来，蒋姨娘端了杯热茶过去："老太爷答应了，答应要将你过继给族人，至少让你能做嫡子，"说着叹口气，"这样一来，等到将来宗室下来查，也能有个好身份。"

姚宜之握着手："只是难为了母亲……"

"哪有这样的话，"蒋姨娘笑着道，"就算你留在这里，我也只是你的姨娘，你也不能在外人面前喊我母亲，就是因为这样当年我才不愿意委身做妾，现在虽然我不能出去，可你毕竟做了嫡子。"

第二天一大早不等姚宜闻上朝，姚宜之就让人备了马。

出了胡同，姚宜之身边的下人跟上来："五老爷，三老爷房里传出话来，三太太这次病得不轻，咋儿晚上就热起来，今天一早也没有起身，七小姐早早就坐在鹿顶房子里，让家中的管事将去年庄子上的账目都拿来看，要和今年的年奉对个大概。"

姚婉宁开过铺子，手底下有掌柜和伙计，账目上的东西难不倒她，张氏管家这么多年，恐怕只是病这几天就会让姚婉宁从里到外摸个清清楚楚，姚宜之想到这里垂下眼睛。

盐引的事看起来好像没有波及张家。

皇上比谁都清楚，光凭一个赵瑶没有本事做出这样的事，所以御史言官才敢弹劾张戚程。

"别跟着了，"姚宜之吩咐下人，"你去买好了笔墨纸砚，到这里来等我。"

下人应了一声。

姚宜之催马向前。

城门大开之后，姚宜之骑马出城转了一圈，又回到城里，最终在一处小院落前勒了马。

轻轻敲了大门。

不一会儿工夫就有下人来应门，看到是姚宜之，下人立即笑弯了眼睛："您来了。"

姚宜之跟着下人走进院子。

到了月亮门，姚宜之再也不肯上前，只将手里的东西交给下人，是几盒点心和小孩子玩的响球。

姚宜之道："是太和楼新出的点心。"

太和楼是京里最大的酒楼，里面的点心不是光用银子就能买到的。

送上了东西，姚宜之从院子里退出来。

半晌下人过来道："少爷很喜欢您送来的响球，我们太太说，您费心了。"

姚宜之压低声音："我们家里的欢哥也喜欢，四五岁的孩子，就兴玩儿这个。"

下人点点头，谨慎地将门关好。

眼看着院子的大门关上，姚宜之脸上露出一丝笑容，张戚程还以为只有靠着张家他才能有好前程。

婉宁才回到姚家，张氏就彻底乱了。

一个崔奕廷就牵制住了勋贵，往后的日子还要靠他才能算无遗策。

"真是反了他了，"张戚程一掌拍在桌子上，"瑜珺病了，还不准我们家里的人过去看看，他想要做什么？"

张夫人目光闪烁："是不是家里出了什么事。"

能出什么事，张戚程皱起眉头："遣人过去不肯让见，明日你就亲自去一趟，谁敢将你挡在门外。"

张戚程话音刚落，旁边的管事妈妈立即道："奴婢去姚家，听说现在是七小姐帮着管家，姚氏族里还有人上门做客。"

张戚程觉得奇怪："姚氏一族不是在泰兴，怎么会来京里？"

"公爵爷您不知道，姚氏一族很多人都跟着姚七小姐买了茶园，将来要将茶叶卖给姚七小姐的茶铺呢。"

就这样买了姚家上下高兴。

这个姚婉宁，张戚程嘴边的胡子顿时一翘，一个小小的内宅小姐，竟然笼络了这么多族人。

永寿宫里，皇后在听身边的女官说话。

"上次镇国将军夫人进宫也提起了这件事，外面都在说这个紫砂壶，不过是新兴起来的物件儿，我们宫里还没有。"

皇后让人揉捏着膝盖，半晌才觉得酸疼少了许多，她倒是不在意什么紫砂壶，听说民间有了新茶也没觉得怎么好奇。

不管是什么东西，总是新旧交替。

她好奇的是为了一个新茶闹出这样大的动静，陈阁老家里都被推到了风口浪尖，只要进宫的夫人都会说起紫砂壶和新茶。

真是新鲜，这样的事最近可是少有。

"本宫就是好奇，姚七小姐做出的新茶和紫砂壶到底有多么不一般。"

女官低声道："上次娘娘就想要将姚七小姐传过来说话。只不过那时姚七小姐第一次入宫，恐怕不懂得礼数，也就没有叫过来，这次娘娘想要知道那些茶叶，不如就将正主儿叫过来问问。"

皇后点了点头："眼见就要过年了，是要叫些人进来说说话。"

"娘娘，嘉宁长公主来看您了。"内侍低声道。

皇后有些惊讶："长公主不是病了？我正想要再遣人过去看看，怎么倒来看我，"说着看向女官，"让长公主过来和本宫说话。"

女官应了一声迎出去。

琉璃帘子掀开，嘉宁长公主走进来行礼。

皇后笑着道："早晨的时候本宫还说起长公主，没想到这就见到了。"

嘉宁长公主脸上虽然施了粉看起来却十分憔悴，整个人藏在宽大的褙子里，仿佛一阵风就要吹倒似的。

"怎么不在府里好好养着。"皇后脸上带着关切和埋怨。

嘉宁长公主笑着道："病了好些日子，总算是好了，就想着来看看娘娘。"

皇后仔细地端详嘉宁长公主："本宫这里有不少皇上赏下来的药，一会儿给你带些回去，病虽然好了，身子要养起来。"

嘉宁长公主应了一声，从怀里拿出了荷包递给皇后："娘娘喜欢臣妹戴着的荷包，臣妹就让人又做了一只给娘娘。"

女官将荷包接过去放在皇后手里，皇后握在手里笑着和嘉宁长公主话起家常来："顺妃的病还没好，前儿本宫让人去看了，燎了一嘴的泡，头疼得厉害，说是热病，也吃了不少的药怎么就不见好呢。"

嘉宁长公主道："热病也是不好治的。"

皇后点点头，端起茶来喝了一口："你这病倒是好得快。"

嘉宁长公主笑道："是用的民间的方子，没想到吃了几次真的好了，这次进宫臣妹还想着，若是顺妃娘娘的病还不好，倒不如将给臣妹治病的人带进宫给顺妃娘娘看看。"

如果民间的方子能将病治好那是再好不过。

眼见就要过年了，总不能将病拖到明年去。

皇后道："本宫也没精神管宫里的事，你去问问惠妃，让惠妃安排时间，"说着看向嘉宁长公主，"那人可靠不可靠？"

嘉宁长公主笑起来："看病的是个内阁中的小姐，学的是贺家的医术，贺家治热病有名，太医院的何太医年轻的时候还去贺家求学过。"

内阁中的小姐。

皇后忽然想起姚七小姐来："莫不是那个姚七小姐？"

嘉宁长公主一怔："不是，是蒋家的一位小姐。"

不是同一个人，却都会治病，皇后道："现在内阁中的小姐也是不一般，一个个不知道都是从哪里学来的本事，想想本宫那时候，也就是学学下棋和女红，别的一概不知。"

嘉宁长公主低下头，看自己的裙摆："臣妹倒是学会了不少东西，都是成亲之后学的，过些日子说不定还会跟着家里的绣娘学刺绣……"

说着目光微深不知道在想些什么，忽然就咳嗽起来。

皇后看着虚弱的嘉宁长公主，想起她第一次见长公主时的情形，那时候嘉宁长公主还没有出嫁，红彤彤的脸颊，目光清澈，整个人就如同一朵刚要绽开的芙蓉花，先皇格外喜欢这个女儿，精挑细选才找了翰林院学士刘家，谁能想到驸马爷成亲时还很好，不到一年的工夫却得了急病死了。

嘉宁长公主一个人撑着长公主府，不知道过了多少的日日夜夜。

皇后心里不禁叹口气。

可怜长公主小小的年纪，还要熬多少年。

她是眼看着长公主越来越憔悴。

嘉宁长公主沉默片刻，抬起头来，目光中仿佛有泪光："娘娘福气好，臣妹进宫也是想要沾沾娘娘的福气。"

"这是怎么了？"皇后放下手里的暖炉，低头看过去。

嘉宁长公主不作声。

皇后看向旁边的女官，女官立即退下去。

"快过来，"皇后向嘉宁长公主伸出手来，"跟我说说。"她嫁到皇家来之后，不到两个月就怀上了孩子，那时候嘉宁长公主就围前围后地侍奉她，那时候先皇还没有决定立皇上还是端王为嗣，也是她太急躁，急于为皇上生下子嗣也好讨得先皇欢心，没想到却因此小产，她小产之后身子不好，也是嘉宁长公主照顾她。

所以她心里格外喜欢这个皇妹。

"跟本宫说说。"皇后轻声道,"在本宫面前你还有什么不能开口的。"

嘉宁长公主攥着手里的帕子,仿佛要将手帕撕碎了一般。

"皇后娘娘,"嘉宁长公主眼泪掉在黄缎褥子上,"臣妹这辈子难不成都要这样了?"

皇后一怔,没想到嘉宁长公主会说出这样的话。

从前皇上想要嘉宁长公主改嫁,可是嘉宁长公主没有答应,现在……

"不会的,"皇后劝慰着长公主,"慢慢来……总会好的,前些日子皇上还在本宫这里说,最放心不下的就是你,你在外顶着一个公主府,有多么辛苦皇上都知晓,若不然……本宫跟皇上说说选个俊才,让你改嫁。"

听得这话,嘉宁长公主抬起头来,很快却害怕地皱起眉头:"娘娘,臣妹不敢……"

皇后低声道:"你心里有没有人?"

嘉宁长公主脸上顿时闪过一抹红晕,很快却遮掩过去:"没……没有……"

看着嘉宁长公主的模样,皇后娘娘点点头:"本宫知道了,本宫会替你做主……"

说了会儿话,嘉宁长公主要去看顺妃,带着人出了大殿。

皇后沉着眼睛:"长公主近来好像和从前不太一样。"

女官跟着颔首:"好像更加不爱笑了。"

先皇如今只剩下一个女儿在世,皇上又喜欢这个妹妹,皇后一直将嘉宁长公主的事放在心上,从前看着长公主还算好,她也就没多过问,如今看到长公主这样的情形,她怎么也不能眼看着不管。

婉宁交代好了家里的事坐车去了沈家。

两家离得近,来来往往方便了很多,现在她是明着和沈家做生意,就算有人阻拦,她也能大大方方地回过去。

沈氏过来接婉宁,笑着道:"听说如今家里让你管着了?"

婉宁点点头。

沈氏的手不禁收紧了些:"总算是熬到这一天了。"她还以为只要有张氏在,婉宁永远也不能出头。

"张氏真的是病了?"沈四太太也想要知晓。

张氏的事外面人知晓的并不多,婉宁也是点到为止。

沈氏听了有些惊讶:"你五叔怎么能不顾礼数。"

一个是在国子监读书的人,一个是出身于勋贵家,哪个能不懂得礼数做出这样的事来,就算五叔用嘉宁长公主遮掩过去,在父亲那里也结了一个大大的疙瘩,所以张氏才会病倒。

张氏病倒之后,父亲就将家里的事交给她,不是因为真的知道她能干,而是心里气张氏。

婉宁去看昆哥最近学的书,昆哥学得很快,一本书都被翻了很多遍,注解也写满了书本。

沈四太太笑着道:"昆哥央求着你舅舅买马呢。"

没想到昆哥跟着裴明诏还真的学出了兴趣。

说了一会儿话,沈氏去小厨房做点心,婉宁也跟脚过去,看着沈氏在小厨房里忙碌,婉宁觉得心里说不出的暖和。

小时候她想吃点心的时候,母亲就这样忙碌。

点心装了一盒子,都是她爱吃的,沈氏交给童妈妈,嘱咐童妈妈:"不能让小姐多吃。"

她就喜欢吃甜食,母亲做的点心都比外面买来的要甜很多,就是不能多吃,否则胃就会不舒服。

厨娘笑着道："剩下的奴婢明日一早做出来。"

沈氏道："还是等我过来做，赶在六爷去杨先生那里做好就是了。"

厨娘点点头。

跟着沈氏从小厨房里出来，婉宁道："杨先生肯吃我们送去的点心？"

沈氏点点头："开始还让昆哥拿回来，后来我觉得厨娘做得不好，就亲手做了让昆哥送去，没想到杨先生会收下。"

"明日我跟昆哥一起去杨先生那里，"婉宁道，"眼见就要过年了，舅舅送去的东西定然不少，我也想尽尽心，送一份礼物过去。"

"去吧，"沈氏道，"你舅舅正愁没有人跟他一起去杨先生哪里送年礼呢，杨敬先生脾气不好，你可别说太多话，尤其不能提扬州的事，免得他心里不舒服。"

婉宁不由得一怔，母亲怎么会知道杨敬先生不喜欢提起扬州。

看到婉宁疑惑的目光，沈氏笑道："我也是在扬州听说了些传言。"

原来母亲早就知道杨敬先生。

第二天一大早婉宁就跟昆哥去了杨敬先生住的院子。

青衣小童过来开门，昆哥规规矩矩地走进去。

婉宁还没有说话，青衣小童低声道："今天先生不高兴，姚七小姐还是改日再来吧！"

不知道是因为什么事。

婉宁抬起眼睛，就看到院子里笔挺地跪着一个人。

然后杨敬先生的声音传过来："快回去吧，我可经不住你这一跪，你是谁啊？在锦衣卫谋了官职，我不过是一介草民。"

昆哥转头看向婉宁，婉宁点了点头，昆哥轻手轻脚地走到堂屋里，站在门口不敢去看院子里的人，只是低声道："先生，学生来了。"

"小姐，"童妈妈在旁边道，"要不然我们先回去，今天……不太好吧！"

婉宁没有挪动脚步，吩咐童妈妈："拿着帖子正式通禀一声，就说舅舅和我过来拜见先生。"

既然走到了门口，没有转身就离开的道理。

杨敬先生不请他们进来是一码事，他们转身就走是另一码事。

童妈妈进去递帖子，不多时候，下人过来道："沈四老爷、姚七小姐，我们先生说知道了，年礼就放下来，两位请回去吧！"

沈敬元没想到事情会这样好办，笑着看了一眼婉宁："让管事将东西送进去。"没有哪家的先生脾气这样大，知道人来送年礼见也不见一面，可是对于杨敬先生来说，这样说话已经很客气。

毕竟杨敬是连国子监都请不动的人。

光是昆哥在这里读书，不知道多少人羡慕。

更何况今天可能真不是好时候，崔奕廷在院子里，他们总不好听着杨敬先生责骂崔奕廷。

沈敬元刚要转身，婉宁道："从家里带过来的点心恐怕厨房不会热来给先生吃，我怎么也要交代一声。"

下人点点头，又蹲身行礼："那奴婢再去向先生禀告。"

沈敬元看向婉宁："你母亲不是已经将点心做好了吗？怎么还要做。"

婉宁微微一笑:"舅舅不知道这些事,点心怎么能提前做好,送到了也是冷的,还是昆哥说,明日是下元节,先生没有回乡只能在院子里祭祖先,我们就将祭品、斋品提前准备好,免得先生这里人手不足。"

婉宁说完话看了一眼院子里的崔奕廷。

这么长时间他仿佛都没有动过,昆哥说过,杨敬先生从前教过一个学生,明明能科举入仕却不肯走了祖荫,因此将杨敬先生气得大病一场。

那个人就是崔奕廷?

"七小姐,"下人过来道,"那就劳烦您去吩咐厨娘。"

婉宁带着童妈妈几个一起去了小厨房。

杨敬听着昆哥背书,书童送来热茶,茶盖上挂着几滴水珠,书童急忙低声告罪:"外面下雪了,从堂屋端过来,没想到就沾了雪花。"

杨敬皱起眉头,外面下雪了?

书童说完话,下人又端来了一只火盆。

屋子里热气腾腾,崔奕廷却跪在外面。

"先生。"昆哥叫了两声杨敬才回过神来。

"接着背。"杨敬吩咐。

"先生,学生已经背完了。"

杨敬看了一眼旁边的沙漏,已经到了该用饭的时辰。

"让人摆饭吧!"

杨敬淡淡地吩咐。

下人立即去了小厨房。

片刻的工夫,就有人陆续端了饭菜上来,热腾腾的饭菜向外溢着香气,一看就不是自家厨娘准备的。

杨敬看向站在旁边的昆哥。

"沈四老爷走了没有?"

管事立即上来道:"还没有呢,在等着姚七小姐。"

姚七小姐是沈氏的女儿,有昆哥在这里读书,杨敬对沈家的事也有所耳闻,姚七小姐不但救了沈家的铺子,还在宣化府买了田地。

多么聪慧的人才能做到这些。

若是别人有了这样的本事,定然不会去厨房亲手给他准备点心,说到底他也不过就是个西席罢了。

不骄不躁,难得有这样的品性,因为姚七小姐,他也对沈家多有几分好感,沈家送过来的东西也不是金银细软,大多只是重在心意,这样一来他也不好三番两次的推辞。

这样想一想,杨敬道:"将沈四老爷请过来吧,大冷天,外面又下着雪,难得沈四老爷一直等着没有走。"

沈敬元看向婉宁:"我进去要怎么说?"

面对杨敬,沈敬元多少有些谨小慎微,生怕哪句话说得不对惹怒了杨敬先生。

"舅舅就是随便闲谈,既然杨敬先生留您下来,就不会在意这些。"

又不是论学问，舅舅有些太小心了。

沈敬元看了一眼院子里的崔奕廷："崔大人怎么办？"

厨房里没有旁人，婉宁看着锅里的滚汤："舅舅想不想帮崔大人？"

崔奕廷帮了沈家那么多，平日里也用不着他帮忙，现在遇到了，他又不知道从何帮起，沈敬元道："不知道怎么说。"

婉宁笑着道："舅舅也别提崔大人，只说我们沈家的事。"

"你是说，我们家被人陷害的事？"

婉宁点点头："只要说了这些，舅舅就可以顺理成章地提起崔大人。"

没有崔奕廷的帮忙，江仲也没有那么顺利被抓住，刑部也不会仔细审江仲，杨敬先生是气崔奕廷没有蟾宫折桂，越是生气越是在意崔奕廷这个学生。

听到自己学生做了那么多事，杨敬先生心里只会高兴。

将自己叔父送进大牢，查了南直隶和户部贪墨，如今又救了陈文实老将军，这些费力不讨好的差事却推动了朝廷整饬吏治。

就算是考上进士又如何？

最多是进翰林院，什么时候能做成这样的事。

大周朝从不缺进士，但是却缺崔奕廷这样的官员。

"我们家是商贾，今年大旱却还能在南直隶看到结余的粮食，都是朝廷查了贪墨之功，舅舅就顺着这些话说下去，若是杨敬先生问起是不是替崔奕廷说话，舅舅就说，崔奕廷走的是武将的路子，这样在外面跪下去，只怕留下伤患，崔奕廷本来就帮过沈家，知恩图报又不是什么坏事，能说几句话为什么不说。"

眼看着舅舅离开，婉宁将手缩在暖套中。

童妈妈道："杨敬先生也是跟着咱们的船来到京里的，那时候我们都没瞧出来崔大人就是杨敬先生的学生。"

可见杨敬先生对崔奕廷期望多大，期望他能在科举上一鸣惊人，没想到崔奕廷却自己谋了官职。

从泰兴到京里，崔奕廷定然是没少向杨敬先生赔礼。

对自己叔父那般，对教自己的先生却又是这样重情义，大雪天跪在小院子里看起来有些卑微，却反而让她觉得有几分的从容。

不管怎么样崔奕廷总是坚持自己的道理。

听着沈敬元说话，杨敬慢慢皱起眉头，明知道沈四老爷是来说项，听到崔奕廷做成的那些事，他却没有开口打断沈敬元。

"杨先生那么大的学问，不是也没有去国子监吗？"

杨敬哭笑不得，一个商贾也能说出这样的话。

"考中进士不一定能做成这样的事，"沈敬元道，"说到这个，我还觉得对不住先生，方才听说崔大人没有下场科举，我还觉得庆幸，否则我们沈家和南直隶的商贾还不知要落得什么下场。"

说完这些，沈敬元又说起自己的伤病来。

"年轻时走伤冻了膝盖，只要到了冬天就要一瘸一拐地走路，年纪越大就越厉害，家里才学会了做护膝，昆哥说先生腿也常常疼，这才送了护膝过来。"

杨敬没有说话。

昆哥看了一眼书童,书童硬着头皮上来道:"先生,既然沈四老爷和崔二爷相识,不如将崔二爷也请进来。"

昆哥忙去搬锦杌。

杨敬没有出声。

书童脸上露出几分惊喜:"那……小的去请了。"

书童三步并作两步将消息传给崔奕廷,崔奕廷慢慢地站起身来,低声和书童说了两句,书童忙先去屋子里伺候。

崔奕廷踩着雪进了小厨房。

撩开帘子,站在屋里的婉宁转过头去,看到了那一袭青衣,婉宁不禁有些诧异。

厨娘忙迎上前。

"准备一杯热茶,我要端给杨先生。"

厨娘眼珠一挪,崔奕廷的目光就落在婉宁身上,大家都不在意时,他弯腰行了谢礼。

锅里的汤"咕噜噜"地翻滚着。

柴火在灶里不时地"噼啪"声响。

整个屋子吵闹却又静谧。

蒸腾的热气染上他的须眉,让他的眼睛更加明亮,他的目光十分专注,甚至有些孩子气,看着婉宁微笑轻点头,他的笑意便更深了,刚着了热气有些发红的脸颊,让他染了几分的艳丽。

厨娘倒茶的工夫,他就这样看着她,让她觉得这个屋子里仿佛只有她一人。

直到厨娘走过来,他才自然而然地挪开眼睛,端着茶规规矩矩地退了出去。

"小姐,"童妈妈低声道,"崔大人好像知道是小姐帮忙。"

进了杨家之后,她连厨房都没出过,崔奕廷也应该不知道屋子里都说了些什么话,却怎么能认定就是她在帮忙,怎么说崔奕廷也帮过沈家,她不能因为避嫌就不理不睬,可是她已经尽量做到不留痕迹。

没想到崔奕廷却径直找过来。

准备好了饭菜,婉宁带着童妈妈回到姚家。

刚进门,落英过来道:"小姐,余小姐来信了,想要约您一起出去,还送来了帖子。"

婉宁走进屋坐下,打开余卿眉的信看了看。

童妈妈道:"不知是什么事。"

"余卿眉之前跟我提的表姐,说是病得厉害,求我跟她一起过去看看。"

婉宁说着打开了帖子,帖子上写的是:永安侯府。

没想到余卿眉的表姐是裴家人。

婉宁刚刚放下帖子,外面管事妈妈快步进来道:"小姐,咱们府里来了内侍,听说太太病了,请小姐过去说话。"

婉宁忙看向童妈妈:"将我的那件鹅黄色的褂子拿出来。"

张氏迷迷糊糊地听到如妈妈说话的声音。

"七小姐现在可和从前不一样了,安怡郡主那边刚送来了帖子,宫里又来了人。"

如妈妈说着看向床上的张氏。

不过两日，太太的脸色就变得蜡黄，仿佛一下子老了十几岁，这样下去可怎么得了。

如妈妈正想着，张氏慢慢睁开了眼睛。

"太太，"如妈妈惊喜地喊了一声，"您醒了，是不是渴了，奴婢去拿水。"

张氏摇了摇头，没精打采地撑着眼皮："你说，谁……谁来了？"

如妈妈不禁怔愣，半晌才低声道："是宫里来人了，正在前面见七小姐。"

宫里来人了却没人告诉她。

张氏挣扎着要起身："给我……换衣服……我去看看……"她才是当家主母，姚婉宁算什么，宫里的内侍怎么能跟姚婉宁说话。

如妈妈忙上前搀扶张氏："太太，宫里的内侍知道太太病了，这才没有打扰，太太现在养好身子最要紧。"

张氏只觉得头昏脑涨，浑身酸软说不出的难受："不行……我得过去……"硬拉着如妈妈才站起来。

如妈妈立即道："快……快让人去看看，宫里的内侍走了没有？"

一盏茶的工夫，小丫鬟跑过来："太太，内侍见了七小姐已经走了，听说是皇后娘娘要召见七小姐。"

张氏睁大了眼睛，干燥的嘴唇一张一合："她怎么敢绕开我……就……她还以为这个家里真是……她管不成？"

张氏喘着气："将她给我叫来，我要教教她……什么是规矩……"

如妈妈不知道该怎么办。

老爷将家交给七小姐，宫里来的人也是讲明了要见七小姐，太太说要跟七小姐讲规矩，那不过就是气话，七小姐那伶牙俐齿，过来了也是给太太添堵。

"太太……"如妈妈想要劝说。

就听外面道："亲家夫人来了。"

母亲来了。

张氏的眼泪不由自主地掉下来，挣扎着要去见张夫人，还没有走两步，张夫人已经进了门，见到张氏的模样，张夫人顿时惊诧："怎么弄成这个样子。"

张氏泣不成声。

如妈妈将下人带出去，张夫人才道："姑爷说你穿着鲜艳的褙子在小书房里和五老爷单独见面，你还哭了，可有这样的事？"

看着母亲锐利的目光，张氏低下头。

"你啊，"张夫人皱起眉头，"怎么做出这种事，就算是有话要说也得带几个下人跟着，更要穿得规规矩矩，你连这个也不懂得了？"

"女儿没想那么多，只是听说……"

"是嘉宁长公主的事？"张夫人低声道，"姚五老爷已经去了我们家向你父亲赔罪。"

张氏的手不禁一颤。

姚宜之还去了父亲那里赔罪，只要想想姚宜之的好处，她的胸口就涌出滔天的恨意，为什么她嫁的是姚宜闻不是姚宜之。

张夫人接着道："你父亲觉得姚宜之尚主也不是坏事，这门亲事做成了，你和嘉宁长公主多了层关系，姑爷再也不能拿这件事说你。"嘉宁长公主进了姚家，难道还不能压制姚婉宁？张夫人越来越觉得这件事好，不但解了女儿眼前之忧，将来行事也会容易很多。

所以公爵爷的意思是，想扳回脸面，为了日后打算，就要设法帮姚宜之。

张氏愣在那里，父亲也要帮姚宜之尚主？

张夫人道："我这两日去趟长公主府，透透口风，等到春闱姚五老爷榜上有名，这亲事也就好办了，万一长公主来看你，问起你来，你就要劝说长公主，让长公主拿定主意，嫁给姚宜之。"

竟然还要她劝说长公主。

张氏胸口如同被压了大石，让她呼吸不得。

那是她喜欢的人，她怎么能去劝说让长公主嫁给他。

姚宜之将来尚了主，就不可能再来她这里，不可能再教欢哥。

他们再也不能私下见面。

听着张夫人的话，张氏抬起眼睛，目光迷惘，半晌才颤声道："若是，姚宜之没有考上呢？"

就像当年她没能嫁成姚宜之那样，姚宜之万一没有考上这门亲事也就说不成了。

张夫人看了女儿一眼："长公主有这个心思，姚宜之就不会考不上，春闱不说了，定然能取上，接下来就是殿试，殿试是由皇上亲自主持，为了皇家脸面上好看，就算不点个状元，也是个榜眼、探花，身为驸马又是状元及第，将来不论做什么事都容易些，你别忘了还有欢哥。"

张氏吞咽一口。

张夫人伸出手来让张氏躺好，低下头在张氏耳边："该忍时就要忍，忍一时之气图的是将来，皇上只有个羸弱的大皇子，明面上端王又没有子嗣，将来端王放出来，你说，欢哥会怎么样？"

张氏紧紧地攥着锦缎褥面。

"养好身子要紧，你的富贵还在后头。"

张氏红着眼睛："女儿就是不甘心……不甘心被人算计……"

女儿说的是姚婉宁。

张夫人点头："不光是你一个人气她，盐引出了差错，勋贵都受牵连，自然有人帮你整治她。"

"娘娘，殿里还加炭盆吗？"

躺在软榻上的顺妃摇了摇头："我父亲那边有没有消息？"

女官低声道："这次两淮闹盐引，没有牵连到大人，可是陈文实去了宣化府，没有选老爷一起过去。"

她真是白"病"了一场，病在宫里，她是为了避开锋芒，免得陈文实出事，父亲跟着邓嗣昌高升，这笔账会被人算到她头上。

却没想到陈文实没有算计成，赵瑄因此倒了，还牵扯到了盐引。

她这场"病"生得不但没有任何意思，还将皇上推走了好几次。

"这辣椒娘娘还吃不吃？"

看着辣椒罐子，顺妃只觉得嘴上的大泡火烧火燎地疼起来。

女官低声劝道："嘉宁长公主就要带着那个蒋小姐进宫给娘娘治病了，娘娘的病也该慢慢好起来，娘娘就别再吃这个苦。"

顺妃闭上眼睛点点头："皇后那边有什么动静？"

"听说叫了姚宜闻家的小姐进宫。"

顺妃脸上浮起一丝冷笑:"就是那个买了余家田地的姚七小姐?"上次她见过,没想到就是那个伶牙俐齿的丫头坏了她的好事。

眼见就要过年了,父亲、母亲不但没能进京来,还要担惊受怕地上下打点,这件事她会牢牢记在心上。

婉宁笑着看童妈妈学着宫里的礼数。

"到底是小姐记性好,奴婢也看着宫里的嬷嬷教,怎么就总是忘呢。"

童妈妈话音刚落,就听婆子在外面道:"跟小姐说一声,蒋姨娘来了。"

婉宁没有放下手里的针线,听着下人进来禀告,半晌抬起头:"将蒋姨奶奶请进来。"蒋姨娘将青色的斗篷递给下人,在炭盆旁暖了暖身子才进了内室。

"七小姐,"蒋姨娘脸上满是笑容,"本不想打扰七小姐,走过的时候看到屋子里的灯是亮的,就请人问了一声,听说七小姐没睡才过来。"

说完这话,蒋姨娘看着婉宁,吞吞吐吐起来:"我是有件事想要求七小姐。"

婉宁道:"也不知我有什么能帮忙。"

"是为了我娘家的侄女,"蒋姨娘抿了抿嘴,脸上满是担忧,"宫里的顺妃娘娘病了,嘉宁长公主要带着我们静瑜进宫给顺妃娘娘诊脉。"

蒋姨娘说到这里,脸色有些难看:"七小姐是进过宫的,那宫里……规矩大,静瑜不像七小姐那么伶俐,我就怕她进宫会闹出什么笑话来。"

"我听到了消息是坐立难安,"蒋姨娘抬起脸,"七小姐,您能不能教教静瑜礼数,给静瑜讲讲宫里的事。"

婉宁奇怪地看向蒋姨娘:"但凡要进宫的人都有嬷嬷来教礼数,蒋小姐跟着嬷嬷学也就是了,不瞒蒋姨奶奶,我虽然进了一次宫,却也是迷迷糊糊过来的。"

蒋姨娘笑道:"七小姐说得是,只是静瑜在家中念着七小姐,说什么明日也要来跟七小姐说话。"

婉宁道:"那就请她过来吧!"她也想知道蒋静瑜心里到底都想些什么。

都是同一天领牌子进宫。

蒋静瑜先上了嘉宁长公主派来的马车。

上车之前蒋静瑜拉着婉宁不肯松开:"也不知道在宫里能不能见到。"

宫里那么大,她们又去的地方不一样,一般是见不到的。

婉宁看向马车:"快上车吧,别耽搁了时辰。"

两辆马车一先一后到了宫门口。

看着蒋静瑜上了轿子,婉宁正准备和内侍说话,就听到裴太夫人的声音:"姚七小姐,是不是姚七小姐。"

婉宁转过头看到了一脸惊喜的裴太夫人。

裴太夫人比往常要热络许多,弯着眼睛看婉宁:"昨儿余家小姐过来了说你要进宫,我想着是不是就是这两日,果不其然就遇到了。"

婉宁行了礼,想起裴家小姐的病:"家里的小姐怎么样了?病可有好转?"

想到躺在床上不哭不笑的女儿,裴太夫人眼睛顿时红了:"说到这个我还有事求姚七小姐，请姚七小姐去看看我家女儿，御医说，这样下去，恐怕是……连年关都过不去了。"

第二十章　进宫

婉宁安慰裴太夫人："吉人自有天相，府里的小姐定然会没事。"

裴太夫人点点头，她也是没有办法才来问姚七小姐，她亲眼看到忠义侯从一个被吓坏了的孩子变成如今的模样。

明诏带着赵琦去骑马，回来的时候赵琦特意将打来的猎物给她送过来，还眉开眼笑地跟她讲笑话，逗她开心。

内侍慢慢走上前来，裴太夫人不好再说什么，就和婉宁一起上了轿子，轿子在内宫门停下来，裴太夫人和婉宁一起踏进永寿宫。

"皇后娘娘。"

女官轻喊一声："永安侯太夫人和姚七小姐到了。"

皇后点点头，裴太夫人和姚婉宁进了内殿行礼。

女官摆了锦杌，婉宁和裴太夫人谢恩之后坐下来，皇后握着手炉看向下面坐着的姚七小姐，模样长得水灵，是个美人坯子，端坐在那里没有慌张也没有害怕，举手投足间透着大家闺秀的知书达礼，这样的小姐按理说应该得长辈的喜欢。

女官将婉宁送来的新茶和紫砂壶端过来，皇后娘娘看过去："这就是京里盛行的新茶？"

裴太夫人笑着道："可不是吗，"说着看那紫砂壶，"那可是紫砂壶？也就在娘娘这里得见。"

婉宁站起身行礼："臣女斗胆将茶带进来，也不知道能不能进献给皇后娘娘。"

内侍来到姚家，提了一句她的新茶，否则她也不会这样冒失地将茶和紫砂壶拿进宫。

到了永寿宫，女官只是问了一句就将茶端走，她就更加确定皇后娘娘也想看看她做的新茶。

皇后笑着看婉宁："本宫也是听安怡郡主说起来。"

女官端了热水，婉宁走过去冲泡茶叶，精挑细选出来的茶叶泡好，立即就有内侍和女官上来尝茶，最后才送到皇后娘娘手里。

婉宁道："从前盛行的大多是生茶，这是熟茶，熟茶益阴养胃，适合在秋冬时饮用。"

女官端了一杯给裴太夫人，裴太夫人尝了一口笑弯了眼睛："这可比我让人泡来的好喝。"

皇后娘娘尝了一口新茶放在桌子上。

她不是一个爱喝茶的人，这茶喝起来却和平日里尝到的不一样，味道有些奇怪，回味起来有一种淡淡的兰花香气。

茶商互相抢夺的就是这样的茶。

桌子上的紫砂壶也做得别致。

新奇的东西她见过不少，不过都经不起推敲，姚七小姐带来的东西好像也不止是"卖个'巧'。"

皇后抬起眼睛问过去："怎么想到做这样的茶？"

皇后娘娘不会对一杯茶感兴趣，娘娘想知晓的是为什么那么多茶商想要从她手里拿到制茶的方子。

"回娘娘，"婉宁道，"在泰兴的时候，一个和我家常来常往的茶商的下人来投奔，那家商贾的茶都受了潮不堪用了，家中钱财赔了精光又被催债，弄了个家破人亡，今年福建阴雨不断，不少茶庄都是如此，我家的一个下人就提起了砖茶的做法，我便吩咐掌柜找了做茶的师傅试着做茶庄囤下的茶，这样的茶还有个好处就是不怕长途跋涉的运输，放置年久又不会失茶香，虽说像砖茶，却又不同，没有那种苦涩、松烟的味道，用好了茶叶，反而会多了淡淡的花果香。"

难得一个十几岁的孩子能想出这样的法子，是真的费了心思让做茶的师傅去做，所以做出来的新茶会在京里卖得好。

皇后娘娘脸上浮起一丝笑容："难得你有这样的心思，茶就留着吧，本宫没事时尝一尝。"

裴太夫人不禁眼前一亮，皇后娘娘难得会说这么多话，可见对姚七小姐有了几分的喜欢。

婉宁上前谢恩，话音刚落就听外面的宫人道："大皇子来了。"

裴太夫人忙跟着起身。

婉宁抬头看过去，皇后娘娘脸上闪过一丝欣慰的神情，眉眼上扬显然又是高兴又是喜欢。

"皇后娘娘。"裴太夫人准备告退。

皇后却吩咐宫人："将大皇子请进来吧！"

皇后一直没有子嗣，身边的宫人为皇上生下了大皇子，按照规矩皇上会母凭子贵晋封那宫人，这件事却因为皇后娘娘生病压了下来，皇后娘娘的病刚有所好转，那宫人却得了急病死了，大皇子自然而然就留在皇后娘娘身边。

婉宁进宫之前让童妈妈将皇后娘娘宫里的传言都打听了一些。

外面都说皇后娘娘借着生病惩办了宫人。

可是以皇后娘娘的年纪，也并非没有机会生养，按理说不会下这样的狠手留下大皇子在身边，既然那宫人出自永寿宫，皇后娘娘可以笼络那宫人，恩威并济，不但收拢了那母子，还能博得贤惠的名声。

婉宁正想着，一个三四岁的孩童走进来，婉宁趁机睃了一眼，大皇子紧抿着嘴唇，脸上没有太多的神情，就算是宫里多了两个人，不过是好奇地看了一眼立即就收回目光。

根本不像一个三四岁的孩子。

皇后娘娘已经笑着让大皇子起身。

比起皇后娘娘，大皇子这个年纪的小孩子显得更加的规矩，眼睛里有几分的怯意，脚下意识地向旁边的宫人靠过去。

大皇子害怕皇后娘娘。

皇后娘娘则有些无可奈何，招手让大皇子过来坐。

大皇子磨磨蹭蹭地走过去，然后将手放在膝盖上，没有半点的孺慕之情。

皇后娘娘目光中有几分的黯然，却不忘了问宫人："大皇子身子怎么样？这些日子可有咳嗽?"

宫人规矩地道:"好多了,昨儿只咳嗽了两声。"

"不能大意,药还得按时吃,"皇后娘娘拉起大皇子的手,"今天吃药了没有?"

大皇子有些心虚地点头:"吃了一些。"

皇后娘娘忍不住叮嘱:"要照太医说的吃。"

大皇子的头低得更深了些:"药苦……"

"苦也要吃。"

婉宁忽然觉得自己是在看一对问题母子,望子成龙的母亲和惧怕、并不理解母亲的儿子。

大皇子才三四岁大,这样下去,这对母子要怎么相处?

一个小孩子不会有这样大的抵触,是别人刻意灌输才会有这样的结果,目的就是想要大皇子和皇后娘娘离心离德。

若是皇后娘娘不能生育,等到皇上想要立储君,就会有人利用这样的母子关系来争斗。

婉宁想着低下了头。

宫里的争斗和她并无关系,她只要谨小慎微做好自己的事。

"那是什么?"大皇子忽然指着桌子上用紫砂做成的麒麟。

皇后娘娘看向婉宁,婉宁行礼道:"禀大皇子,那是茶宠。"

"什么是茶宠?"到底是三四岁的孩子,对桌子上胖胖的小东西十分好奇。

婉宁道:"就是用茶来滋养的物件儿,时间一久,浇的茶多了,就会变得更漂亮还有一股淡淡的茶香。"

大皇子小手紧紧攥着,很是好奇,耸了两次肩膀想要抬起手臂却又放下。

"这只茶宠是用冷水养过的,遇到热茶就会吐水。"她原本没想在皇后娘娘面前演示,皇后娘娘不会在意这种小把戏。

大皇子眼睛清亮,好奇起来:"那……会吐水?"说着小心翼翼地看了皇后娘娘一眼。

皇后娘娘笑起来:"那就试试看,看它到底会不会吐水。"

宫人立即去沏茶,大皇子即便是很好奇,也恭谨地坐着,不敢去催促宫人。

热茶浇下来,小小的麒麟慢慢地吐出水。

"吐水了,吐水了……"

大皇子一时惊喜,张开了两只手臂。

皇后娘娘也有些惊讶:"还真的吐水了。"

听到皇后娘娘的声音,大皇子立即坐好,眼睛却从茶宠上挪不开。

"将这个拿去玩吧!"皇后娘娘吩咐宫人,"拿到大皇子那里去。"

婉宁低头道:"总是浇热茶就不灵了,要等到茶宠冷下来再浇灌,平日里一定要用臣女送上来的新茶来养,这样才会越养越光亮。"

拿到了自己喜欢的东西,大皇子才有了些小孩子的模样,自己认认真真地将婉宁的话记了一遍,又嘱咐宫人:"记好了。"

宫人上前向婉宁问清楚,茶宠应该怎么养,平日里都要注意些什么。

看着那小小的茶宠,婉宁一时失神,来之前她还在想到底要不要拿这紫砂麒麟,拿过来是因为能让紫砂壶和茶具看起来更漂亮,却没想到会被大皇子看上。

真是无心插柳柳成荫。

在皇后娘娘宫里时间久了，裴太夫人和婉宁起身告退。

两个人上了轿子一直到了宫门前，裴太夫人走过来："时辰尚早，也不知姚七小姐能不能去我们家中坐坐。"

这已经是裴太夫人第三次相请，婉宁不好拒绝，跟着裴太夫人一起上了裴家的马车。

马车在永安侯府停下，裴太夫人先下了车带着婉宁去堂屋里坐了一会儿。

婉宁站起身来："我跟着夫人去看看姐姐。"

裴太夫人感激地道："那就劳烦七小姐了。"

蓝色撒花缎子半帘撩开，眼前顿时暗下来，屋子里有淡淡的熏香味道，外面两层幔帐挽着，婉宁向前走了两步看到了床上的裴二小姐。

"明慧，你看谁来了。"

裴太夫人坐在床边低声道。

裴明慧没有睁开眼睛，仍旧一声不响地躺在床上。

"这可怎么办呢？"裴太夫人想到平日里女儿欢笑的模样一时泪凝于睫。

婉宁转头看向屋子里的下人，丫鬟、婆子都侍奉在一旁，端茶过来的大丫鬟偷偷地看了她一眼。

余卿眉和她说过一些裴明慧的事，裴明慧明年就要出嫁了，现在却病起来，也不知道这门亲事到底能不能成。

婉宁看一眼裴太夫人："太夫人，让我和二小姐单独说几句话。"

裴太夫人点点头，用帕子擦了擦眼泪。

眼看着裴太夫人和下人一起出去，婉宁用手摸了摸裴明慧的手，手心很暖和，闭着的眼睛微微眨动。

"裴二小姐。"婉宁喊了两声，裴明慧的嘴角有一丝抽动。

"我是姚婉宁，我听余卿眉说起过你。"

裴明慧脸上显现出为难的神情。

婉宁豁然笑起来："你这样骗裴太夫人没关系，可别真的饿着了自己。"

床上的裴明慧忽然睁开了眼睛，惊讶地看着婉宁，半响才道："你……怎么会知道。"

她怎么会知道。

她见过忧郁症患者的面容，一心想要将自己饿死的人必然是万念俱灰，对外面什么事都充耳不闻，处于自我封闭的状态。

裴太夫人不在屋子里，裴二小姐有所放松，想要看她却又不敢睁开眼睛，脸上又迟疑的神情，她突然去拉裴二小姐的手，裴二小姐有些惊讶，甚至还微微抽动她的手指，她提起余卿眉，裴二小姐才真的为难了，不知是不是该跟她说话。

思维这样的清楚，完全知道自己在做什么，只有一个解释，这个人是装成要自绝。

裴明慧抿了抿嘴唇："余卿眉就说你厉害，你是真的厉害。"

婉宁笑道："你是不想要成亲？"

裴明慧点了点头："我听说你和陈阁老家的婚事，你也不肯答应嫁进陈家。"

裴明慧听说了这些事所以才会跟她说实话。

婉宁道："你家里人都不知道实情？"

裴明慧看了看外面，摇了摇头："都不知晓，我也不知道该怎么办，我是真的不想嫁给邓家七爷，我已经让人去打听，邓家七爷是个无恶不作的，去年来到我们家，他又对我多有轻薄之意。"

不知怎么的，她总觉得姚七小姐什么都知道，她遮掩都是徒劳无功，还不如就说出来，憋在心里的话，总想要和人倾诉。

婉宁打量着裴明慧，裴明慧目光坚定，弯起的嘴唇透着一股倔强，是个直心肠又懂得为自己抗争的人。

裴明慧道："我现在做这些是想要母亲毁了这门亲，万一不能如愿……我就是死也不嫁过去。"

想想邓七看她的目光，就像一条滑溜溜的蛇，将她从头到脚看了一遍，目光鄙陋庸俗，哪里像哥哥平日里看人时的模样。

根本就不是个正人君子。

她怎么能嫁给这样的人。

气就气在邓七非要娶她，这件事还闹去了孙家，孙家高门大户看中规矩礼仪，若是她这边闹出什么不合时宜的事，就不准孙家小姐嫁过来。

孙家姐姐是个很好的人，她也不想哥哥不能迎娶她。

她既想要为自己抗争，心里却又因为哥哥觉得几分为难，否则她就算将家里闹个天翻地覆，也决计不出嫁。

婉宁低声问道："你跟邓家的婚事到了哪一步？"

"父亲在世的时候就已经让人看过庚帖，那是祖父和父亲一起定下的，现在就是要换婚书，邓家要在今年换婚书……"想到这个，裴明慧皱起眉头。

若是老永安侯在世，这件事还好办，现在老永安侯没了，永安侯太夫人要毁掉这门亲，就等于违背了亡夫和长辈的意思，这样的做法在古代也属于不敬不孝，更何况和邓家的婚事还牵扯到永安侯。

裴明慧恍然一笑，让双腿弯起来："也许将来，我只有死路一条了。"

婉宁看着满脸泪痕的裴明慧："命只有一条，尤其是自己的性命，不能轻易就放弃，你自己都舍弃了，别人要如何待你？"

裴明慧哽咽着："哥哥也是这样说，哥哥说，不要和孙家的婚事，也不能让我嫁给一个中山狼。"

婉宁眼前浮起裴明诏的模样，裴明诏是个能承担责任的人，所以不会牺牲妹妹来换取自己的前程。

裴明慧拉起婉宁的手："七小姐，让你为难了，我也没想到母亲会将你请过来，母亲还以为七小姐能治好我的病，并不知道我其实并没有病。"她已经横下心，抗争无果，她就死在这里，也算是给了邓家一个交代。

难受了半晌，裴明慧想起了什么，忙掀开被子一角露出个小巧的盒子来，打开盒子里面是各式各样的小点心，裴明慧脸上浮起难得的笑容："都是丫鬟偷偷给我拿来的，我母亲只当我病重了，没有心思招待妹妹，妹妹就尝尝我家厨娘做的点心，很好吃。"

小巧的点心做得一口一个，匆匆忙忙吃掉也不会被人发现。

难得裴明慧想到这样的法子。

"反正现在还没到成亲的时候，该高兴一天就高兴一天，难得妹妹过来，我又喜欢妹妹的脾气，我们就说些高兴的事，"裴明慧说着低下头，"等母亲来了，我又要装作不死不活的模样。"

婉宁喜欢裴明慧的性子，眉眼中都没有隐藏的情绪，为人很率真，这样的人不应该走到绝路上。

　　"我哥哥买了一套茶具，我看着有意思，就求母亲也买了一套给我，我哥哥倒是会用了，我就弄不清楚这些东西到底是怎么回事，妹妹在这里，我求妹妹给我讲一讲，免得让我躺在床上乱思量。"

　　裴明慧说着就要下床。

　　外面的丫鬟却咳嗽一声，裴明慧立即又躺回了床上。

　　裴太夫人让人搀扶着走进来，看到婉宁皱着眉头坐在锦杌上，心里顿时凉了一半，低声道："七小姐，我儿这病可怎么办？"

　　婉宁皱起眉头，正色道："裴二小姐是心疾，恐怕不好医治。"

　　裴太夫人神情黯然，她如何不知道，只是心里没有了算计，才抱着一线希望。

　　裴明慧的小食盒有一角露出了被子，婉宁挡过去看向裴太夫人："太夫人，我们去外面坐坐，让二小姐也好休息。"

　　裴太夫人叹口气点了点头。

　　裴太夫人先走，婉宁转过头来看裴明慧，裴明慧偷偷地睁开眼睛，目光中满是感激。

　　从裴明慧屋子里出来，裴太夫人和婉宁去堂屋里说话。

　　不多时候，下人过来禀告："太夫人，侯爷回来了。"

　　裴太夫人点点头："我和姚七小姐在说话，让侯爷过一会儿再来请安。"

　　下人去月亮门禀告了裴明诏："姚七小姐来了，正和太夫人说话。"

　　她来了。

　　裴明诏眼前浮现出那个眼睛清亮，神情从容的姚七小姐。

　　"姚七小姐来看二小姐？"裴明诏问过去。

　　下人点点头。

　　裴明诏看了看堂屋的方向，他很想去见见姚七小姐，对每件事她总是很有远见。

　　裴明诏半晌才挪动脚步向裴明慧的院子走去，进了妹妹的屋子，下人都退了下去，裴明诏坐下来，正想要和妹妹说两句话，床上的妹妹却睁开了眼睛。

　　裴明慧将手指放在嘴边"嘘"了一声，才道："哥，我不想再骗你，我是装出来的。"

　　广恩公府的大门开着，有人骑着马径直到了府前，不等下人和门口的管事说清楚，就大摇大摆地走进去。

　　"公爵爷在不在，快进去禀告，就说侄儿邓俊堂前来拜见。"

　　邓家的下人忙跟了上去。

　　邓俊堂满是笑容，让人引着去了堂屋，张威程眼看着邓家人不停地向院子里搬礼物，不由得微微皱起眉头。

　　邓俊堂笑道："伯父，父亲有交代，只要我进了京，必要先来拜见伯父，我这半路耽搁了些时日，总算是赶在过年之前将东西送到了。"

　　京里出了大事，恐怕邓七尚不知晓。

　　将邓俊堂迎进屋子，张威程叹了口气："贤侄还不知道，京里出事了，我那女婿赵璠进了大牢不说，恐怕性命也是难保，两淮盐运使司上下官员都被押送进京候审，如今我正是焦头烂额，不知道怎么办才好。"

邓俊堂听得这话愣在那里，脸上的笑容也消失殆尽："怎么会出这样的事，赵璠兄前些日子还送了上好的弓箭给我，我……给他准备了一匹好马，还没有送过去。"

张戚程摇摇手，一脸悲戚："赵璠恐怕是用不上了。"

什么事会连广恩公都帮不上忙，要眼看着女婿送命。

邓俊堂想起一件事："那李成茂呢？陈文实现在怎么样？"

张戚程道："陈文实已经去宣化府上任了，朝廷授的总兵，李成茂升了骑都尉。"

邓俊堂半晌才眨了眨眼睛，怎么会这样，这和他们之前说的完全不同，李成茂应该获罪，陈文实被牵连，父亲从福建调任宣化府总兵，他们全家搬到京城来，他听父亲说，广恩公这边已经选好了一个商贾，将来父亲也好利用这个商贾来办事。

明明都是算计好的事……

邓俊堂道："是谁从中作梗？"

张戚程将余家、沈家、姚家的一些事说给邓俊堂听。

"余家已经离京，沈家也没有买宣化府的土地，皇上有下令以后边陲重镇的盐引不得用现银来换，这下子李成茂、陈文实这些坚持祖制的人算是得了利。"

邓俊堂怎么也没想到会是这样的结果，他高高兴兴地到京里来，如今被人当头一棒。

崔奕廷的事邓俊堂还听过，不过姚家怎么会买地，姚七小姐这个闺阁中的大小姐，会有多厉害，张戚程的女儿是她的继母，一个继母还不能管束身下的小姐。

就算是皇后娘娘奖赏过姚七小姐，皇后娘娘喜欢的小姐多得去了，不见得她就有多特别，想要对付一个女人，不论是从名声上，还是从婚姻上，都有很多种法子，还奈何不了她不成。

张戚程道："那不是大门不出的闺阁小姐，她在泰兴的时候就亲手将自己的叔叔送给了官府，来到京里又气病了祖父，现在卖起新茶来，京里的茶叶铺子都在卖她的茶和紫砂壶，还将新茶送进了宫。"

邓俊堂冷笑一声："真是自不量力的女人。"

张戚程眯着眼睛看了一眼邓俊堂。

姚婉宁的错在于不应该维护沈家，既然在姚家站稳了脚跟就应该想方设法将自己嫁出去，沈家是大商贾，这些年在外经商和南直隶的商贾有千丝万缕的关系，稍有个差池就会祸及满门。

聪明人，就应该借用沈家的银钱翻身之后立即和沈家保持距离，而不是靠一己之力螳臂当车。

为了沈家，姚婉宁还卖起了茶叶。

没有官职护着，不管是多大的商贾也是任人揉捏，别以为不做盐商卖茶叶就没事了，茶叶也是一样要涉及茶政。

一个内宅中的小姐，跟庙堂上有了干系，就不是谁能护得住她的。

现在瑜珺虽然被她算计了，不过是一时之失，早晚要翻过身来，姚婉宁能有多少依靠，关键时刻姚宜闻只会保住自己的官声。

张戚程想起一件事："贤侄和永安侯府的婚事怎么样了？"

说到这个，邓俊堂眉毛又扬起来："明年开春我父亲就会让保山送婚帖过来。"

张戚程笑道："永安侯管着五城兵马司，深得皇上信任，如今你们两家结了亲，将来无论做什么都会方便很多。"

邓俊堂想起裴明慧，去年他去裴家，听说裴明慧在园子里，他就悄悄地溜了过去，没想到被裴明慧发现大吵大闹起来，说他不够规矩，还要推掉这门亲事，当时他就发狠，非要将这个女人娶到手，骑在身下，让她哭着喊着哀求她，将他的脸面全都找回来。

却没想到眼见婚期到了，裴明慧却病了。

病了又怎么样？只要还有一口气，就要嫁到邓家。

说到这里，邓俊堂看了看外面："怎么不见传凌兄。"

张传凌是张戚程的独子，平日里是神龙见首不见尾……

提起这个儿子，张戚程的神情阴沉起来。

婉宁看着母亲手里的针，针走得那么快她看了半天只觉得眼睛发酸。

"会了没有？"

婉宁一头雾水，摇了摇头。

绣花这东西她怎么就学不会呢，也是一针一线地弄，不一会儿线就缠在一起，正面还能看，背面是乱糟糟的一团。

沈氏不由得叹气："你这么聪明，怎么针线就不行呢？将来做嫁妆的时候可怎么办才好？"

婉宁忽然想起崔奕廷的那些话，她始终没觉得自己到了能出嫁的年纪，她才十三岁啊，谁能在十三岁的时候想这些。

婉宁将针线接过来在母亲指导下一针一线地绣起来，绣了一会儿就觉得线走得乱七八糟，没有母亲绣得平整，婉宁将头靠在母亲肩膀上。

母亲的肩膀很暖和，软软的貂毛贴着她的脸颊："母亲，我还是别学了。"有这个工夫她还不如多看些书，多画几张图。

"你啊，"沈氏无可奈何，"怎么也要学会，将来嫁了人，你夫君的衣服你还要下人来做不成？"

婉宁笑着不说话。

沈氏看了一眼沙漏："今天没事了？不着急回去？"

"不着急，我在母亲这里睡一会儿再走。"

在母亲身边她就睡得安稳。

婉宁刚放下针线，外面传来昆哥的声音："姐姐来了？"

落雨道："来了，在屋子里呢。"

下人掀开帘子，昆哥快步走进内室，看到沈氏和婉宁，昆哥笑着行了礼，然后坐下来和沈氏、婉宁说话。

沈氏笑着看昆哥："这么早就回来了？"

昆哥点点头："先生这两日有事，让我过阵子再去读书。"

就算是下元节，杨敬先生才让昆哥休息了半日，现在却好几天不能去读书，婉宁看向昆哥："有没有听说什么事？"

昆哥点点头："先生同榜的旧友来拜见，一起来的还有穿着官服的一位大人，先生过去说了几句话，就亲自吩咐我先回家。"

见一个朋友，用不着好几天不上课，杨敬先生这次是有事才进京，不知道是不是和那件事有关。

杨敬先生比寻常的先生要严厉许多，昆哥的课业一刻都不敢放松，只要有半点的怠慢就会被责罚，婉宁听昆哥说过，前些日子因为江仲的事，昆哥分了心，结果被杨敬先生责骂。

杨敬先生说，学就要专心学，这才对得起书本，要么就不要学随便去玩，也用不着他那样费心地教。

昆哥想了想抬起头："姑母、姐姐，你们说杨敬先生不会不教我了吧？杨敬先生对我那么好，我真不想换先生。"先生对他打是打，骂是骂，却会将最好的饭菜留给他吃，书本上他有什么地方不懂，先生总是会变着法地讲给他听，从前他害怕先生，现在却离不开先生了。

沈氏有些惊讶，轻声安慰昆哥："既然先生收下了你，过几日就会让你去读书了。"

昆哥点点头，却还有些心不在焉。

昆哥坐了一会儿就回去看书，沈氏不禁叹口气："比谁都喜欢读书，还在学骑马、射箭，也不知将来要走哪条路。"

让昆哥这样一打扰，婉宁没有了困意，跟着母亲一起看了看账本，然后坐车回了姚家。

上了马车，婉宁吩咐童妈妈："跟舅母说一声，杨敬先生那边有什么消息，就打发人来告诉我。"昆哥看起来好像是过于担忧，但……这也正是她害怕的。

童妈妈点点头。

张氏听欢哥背诵《千字文》，目光中渐渐地泛起了泪光。

"太太，您歇一歇吧！"如妈妈上前来扶张氏，张氏却摇了摇手。

"先生就教到这里。"欢哥眨着眼睛。

张氏蜡黄的脸上露出一丝笑容："去吧，再去……看看书……这些日子……多跟先生学学。"

欢哥道："学完了……我能去园子里玩雪吗？"

张氏沉下脸来，摇了摇头："不行，这么冷的天怎么能玩雪。"

欢哥失望地低下头。

乳娘忙道："八爷若是喜欢，就让人将雪端进屋子里看一看。"

张氏点点头，哑着嗓子："只是看看，不许用手去碰，"说着顿了顿，"让范妈妈在一旁陪着玩。"

范妈妈的规矩多，听到张氏这样说，欢哥刚刚扬起的眉毛顿时又落下去。

乳娘将欢哥带走，张氏才躺下来，如妈妈伺候着张氏，低声道："方才公爵府那边的妈妈来看太太了，听说太太睡着了，就不让奴婢吵醒太太。"

"有没有什么事？"张氏显得很疲惫。

如妈妈道："听说那位杨敬先生不能再教沈四老爷的儿子。"

张氏的眼睛顿时亮起来。

那是她托人给欢哥找的先生，没想到却在泰兴时被沈敬元捷足先登，她心里一直愤愤不平，现在好了，杨敬不能再教沈家人。

张氏喘了一口气："商贾，就是商贾，也配学着别人读书。"想想沈家，想想沈氏和姚婉宁，她胸口就像要裂开一样。

她病在床上，沈氏听到这样的消息定然十分得意。

张氏眼睛里要冒出火来："好……好……我请不来的人……别人也休想请过去。"

"七小姐那边有没有什么消息？"张氏问过去。

如妈妈不知道该怎么说。

沈家的几个茶铺都十分的热闹，本以为过些时日生意也就淡了，谁知道……还是有不少人等着买茶。

如妈妈低声劝说张氏："太太现在是要养好身子，别的……以后再说。"

张氏缓缓地喘着气，眼前是姚婉宁的笑容，如妈妈说得没错，她要养好病，病好了再慢慢和姚婉宁计较。

"太太，嘉宁长公主来了。"紫鹃快步走进屋子禀告。

长公主来了。

张氏顿时感觉到又是欣喜又是辛酸，还有一种说不清的难受，从前她最喜欢见的人，如今却像一座大山死死地压在她心头。

张氏抿了抿嘴："快……将长公主请进来……"

前些日子她才去了长公主府探病，转眼之间，病的人成了她。

外面传来脚步声响，张氏抬起眼睛看过去。

嘉宁长公主带着人走进内室。

长公主白皙的脸上带着一抹红晕，眉眼中是勃勃生机，整个人突然之间明亮起来。

嘉宁长公主脸上的光彩让张氏觉得刺眼。

"你的病怎么样了？"

张氏要起身行礼，嘉宁长公主软软的手将张氏按下来："枉我还来看你，你却跟我讲起礼数来了。"

张氏向嘉宁长公主露出微笑，就像当年她明明不喜欢端王，却要坐在椅子上，一边和嘉宁长公主说话，一边任由端王偷偷打量。

嘉宁长公主身上有淡淡的熏香味道，一件粉色的小袄隐隐约约从褙子里露出来。

常年寡居的人一般都穿得素淡，嘉宁长公主从前就连身上带着的荷包也选青色的线打络子。

真是不一样了。

张氏眼皮重重一跳。

真是不一样了。

就因为一个人，全都变了，她之前还抱着期望，嘉宁长公主说不定已经习惯了寡居的日子，不愿意嫁给姚宜之。

如今她最后的希望也破灭了。

嘉宁长公主若是不愿意不会穿成这样来姚家，嘉宁长公主是在暗示姚家，她愿意嫁给姚宜之。

有些事，有些话不必说出口。

为什么这样不公平。

宗室的女子就可以依照喜好再嫁，她就要委曲求全，为了整个公爵府，为了欢哥，她一忍再忍，最终落得这样的境地。

嘉宁长公主叹了口气，张氏的父亲张戚程承爵的时候她还送了份礼物过来，那时候的张氏眉眼中都透着一股的欢喜，她还笑张氏说，如今她是事事如意。

嘉宁长公主拉起张氏的手："三老爷怎么说？"

张氏摇了摇头，姚宜闻如今彻底变了个样，仿佛已经像厌恶沈氏一样厌恶她，母亲还劝她要给姚宜闻修好，若是她先服了软，这个家就真的是姚宜闻父女的了。

"这件事，是三老爷不对，这些年你在姚家，没有功劳也有苦劳。"嘉宁长公主看向张氏的手，多少年了她十指纤纤还那么漂亮，就算在病中，好像从指间也能散发一股香气，想一想，这些话都是六皇兄说过的。

六皇兄端王喜欢张氏，央求她找机会就将张氏带回家，这样也好方便见一面，那时候端王已经有了正妃，万妃娘娘特意求父皇为端王娶了江南有名的大儒之女，端王妃为人规矩、刻板，不合端王的心意，唯有张氏，是端王自己看上的。

那时张戚程虽是个武将，也不能就将嫡女做媵妾，更何况端王已经有了两个媵妾在身边，端王承诺将张氏抬过去之后，只要生下儿子就封淑人，没想到后来端王却出了事。

只要想想那时候的事，嘉宁长公主就觉得害怕，不知道张戚程到底是怎么想的，大约是怕被端王连累，张戚程很快就将张氏嫁给了姚宜闻。

谁都当做端王已经被皇上处死，其实她知道，皇上偷偷地将端王圈禁，端王没有子嗣，常年被关着不过就是活一口气罢了，威胁不到皇上的皇位。

皇家的兄弟姐妹和寻常人家的不同，先皇生了六个皇子，三个公主，现在剩下的只是皇上、她和被弄得不死不活的端王而已。

她想要再嫁，皇上看在先皇的分上也会答应她。

"慈宁宫里放出了老宫人，"嘉宁长公主说着顿了顿，"我向太后娘娘要了两个，一个我留下，另一个你若是愿意就留下来侍奉你，别的不说，熬汤、煎药那是谁都及不上的。"

能将一个老宫人留在身边，那是谁也求不来的事。

张氏感激地看向嘉宁长公主："如今我这样病着，是少个人在身边帮衬出主意，也就长公主还惦记着我。"

嘉宁长公主道："我也是借花献佛，都是太后娘娘的恩德。"

两个人正坐着说话，欢哥跑着进了屋。

嘉宁长公主笑着看欢哥，张氏忙吩咐欢哥："快给长公主行礼。"

不知怎么的，嘉宁长公主从心底里觉得欢哥亲切，转头向下人要了一包糖果打开之后笑眯眯地让欢哥过来拿。

张氏点了点头，欢哥才去拿了一颗放在嘴里。

"没规矩。"

张氏低声埋怨了一句，嘉宁长公主的脸先沉下来："当着我的面训斥欢哥，我可不依。"

张氏看看欢哥又看看嘉宁长公主，也许同是一个血脉，自然而然就亲和许多。

欢哥在嘉宁长公主身边坐下。

几个人亲切地说了会儿话，嘉宁长公主才站起身准备离开。

人还没出门，下人进来道："蒋小姐来了。"

嘉宁长公主停下脚步："是静瑜？"

下人点点头。

嘉宁长公主笑道："那我就再坐一会儿，"眉毛扬起来，"顺妃娘娘吃了静瑜的药病已经好多了，如今静瑜在宫里是有了不小的名气，若是个男子，定然要进太医院。"

蒋静瑜进了门，见到嘉宁长公主顿时惊讶，上前行了礼才道："听说三太太病了，我送些药材来，不想打扰三太太，就径直去了婉宁那里，谁知婉宁不在家中。"

姚婉宁如今仗着族里旁系都听她的，就家里家外来回走动，给她办事的下人，气不过婉宁管家，手上做活愈慢了些，婉宁就请了族里的婶子过来帮忙，姚婉宁不知道在泰兴怎么练就的本事，好像背后都长了双眼睛。

"听说你想要开药铺。"嘉宁长公主问过去。

蒋静瑜微微一怔，忙道："我只是胡乱想想，我哪里有婉宁的本事，祖父到京中，家里又没什么……我外祖母家在祁州认识靠得住的商贾，我也是突发奇想，若是能从祁州进了上等的药材开个药材铺子，岂不是……两全了，不过想一想，什么租铺子，请掌柜，找伙计，做账房，我是一窍不通。"

简简单单几句话，蒋静瑜虽说的是她自己一窍不通，却将姚婉宁捧上了天。

张氏胸口一团火"忽"地烧起来。

姚婉宁恰恰是靠着沈家有了铺子，掌柜、账房也是顺手拈来，人人都夸赞姚婉宁，甚至有人说她眼红想要贪了姚婉宁手里的钱财。

姚婉宁算什么东西。

她一个堂堂的励贵家的女儿，怎么会贪那些钱财。

外面那些人眼睛都瞎了不成。

如今蒋静瑜也张口闭口说自己不如姚婉宁。

京里的小姐，还真的都不如姚婉宁？

嘉宁长公主已经问过去："为什么说两全？"

蒋静瑜不好意思地低头："一来能赚些银钱，二来我是真的喜欢药材，若是能将药铺开起来，隔三差五的也能做做善事，施药出去。"

嘉宁长公主笑道："这倒是难得了。"

张氏想了想道："既然是做好事，我有个铺子正好空着，就将铺子借给你。"

蒋静瑜惊讶地看着张氏，半响才拒绝："那怎么行……我是乱说的，三太太别放在心上。"

"我算是用铺子出些本钱，不赚钱就算了，若是能赚到钱，就给我些租金……"

蒋静瑜眼睛一亮，可立即却又道："听说婉宁卖茶还缺铺面……三太太的铺面……定然是留给婉宁的。"

她偏不留给姚婉宁。

张氏笑道："婉宁看不上，她要的都是京里最繁华的地段。"

嘉宁长公主想了想："铺面是有了，我倒可以帮你找个掌柜，至于伙计和账房，那都并非难事。"

蒋静瑜一下子站起身，仿佛还没有意识到，自己随随便便的一句话，却已经成了现实。

张氏笑道："现在是长公主帮你……你可不能一口回绝了，到了进药买药，还是要靠你自己……"

说了会儿话，张氏觉得有些累，不由得咳嗽几声。

蒋静瑜向嘉宁长公主和张氏行礼。

嘉宁长公主笑道："不过就是帮帮小忙，"说着顿了顿，"你祖父的身子怎么样？家里可都安顿好了？"

蒋静瑜领首："都好了，祖父和四伯已经去了工部。"

蒋家是有名的修河道世家，只要皇上起用蒋家，蒋家必定会重新繁荣。

"先生呢？"婉宁低声问书童。

书童道："在屋子里说话。"

等了两日，杨敬先生还是没有让昆哥过来读书，她不能光靠打听消息来猜测，决定要见见杨敬先生。

杨敬先生素有贤名，她又还没及笄，从泰兴回京时也算跟着杨敬先生学了几天，硬要算起来，杨敬先生也算是她的老师，她也不用非去按照礼数避讳，就看杨敬先生肯不肯见她。

站在雪地里等了半个多时辰，书童过来道："先生请七小姐过去。"

婉宁松了口气。

杨敬先生不是那种一丝不苟，半点不加通融的酸儒。

将氅衣脱下来，婉宁带着童妈妈进屋。

屋子里飘荡着淡淡的墨香，长案上放着几张写好的字帖，墨迹还没有完全干透，屋子里静悄悄的，只有棋子落下的清脆声。

丫鬟提着水壶正要进去，婉宁伸手接过来，自然而然地进屋去给杨敬先生沏茶。

撩开帘子走进去，屋子里坐着两个人。

一个是穿着青色袍子的杨敬，另一个穿着深蓝色的暗纹直裰，手肘支在小桌上，乌黑的眉毛轻挑着，抬起清亮的眼睛向她看过来。

婉宁向棋盘上看了一眼，崔奕廷执的白子仿佛是略胜一筹。

观棋不语，婉宁在一旁的矮桌上沏茶。

屋子里没有地龙，烧了两个炭盆，就放在杨敬和崔奕廷脚下。

旁边的书案上放着两套笔墨纸砚，平日里杨敬先生就在这里教昆哥。

茶送上，婉宁自己也握着一杯茶站在旁边，大约是在外面站得久沾了凉气，觉得身上有些冷，婉宁轻轻地抿了口茶吸了些热气。

吃了茶，婉宁抬起头来，正好瞧见崔奕廷不动声色地将脚下的炭盆拨过来，旁边的杨敬先生全神贯注地看棋盘上的白子，并没有发觉。

炭盆一点点地向前走着，就像一个缓步而行的青年，慢慢地到了她脚边。

崔奕廷依旧侧着脸，像一个认认真真受教的学生，眨着眼睛，整个人仿佛是一幅风景秀丽的水墨画。

表面上看不出端倪，私底下却做着这样的小动作。

婉宁忽然觉得眼前的崔奕廷很好笑。

他倒是一心一意地对她好，就像他在她的马车前说的那样。

热腾腾的热气扑面而来，屋子小又安静，她站在那里无处可躲，倒是坦坦荡荡受了他的好处。

杨敬先生落下一子："听说朝廷明年要修漕运水路。"

崔奕廷直起身子，恢复了些让人敬畏的模样。

杨敬先生和崔奕廷在说政事，却没有让她离开，是想要间接让她知晓一些消息。

崔奕廷道："将先皇时受了冤屈的蒋经召回京，一同治理河道的还有蒋经的儿子蒋裕。"

杨敬叹了口气："蒋家倒是疏通河道的世家，只是这时候治理运河，做好了倒是有利于漕运，若是有人故意贪墨，后果不堪设想，蒋家又是由夏大学士举荐……"说到这里杨敬一哼，夏大学士的祖父和他的祖父是异姓兄弟，他们两家算得上是三世通家，他和夏大学士少时又在一起读书，这么多年过去了，朝中可能很少人知道他和夏大学士的关系。

杨敬接着道："不只是漕运，如今的内阁，陈阁老软弱无能，夏大学士貌似有几分名望，遇到大事却就用怀柔之策，多少年前我就已经看透了这些，才借着丁忧去职，没想到朝廷会又让我复职国子监。"

婉宁听到这里看向杨敬先生。

杨敬先生要重新入仕，所以才不教昆哥了，婉宁眼前浮起昆哥失望的神情。

恐怕杨敬先生不只是要回去国子监，否则杨敬先生不会提起夏大学士，只要做了官，很多事就身不由己，杨敬先生是自由自在，不受人拘束，直言不讳的人，回到了朝中定然不会和那些人同流合污。

婉宁没有说话，静静地听着。

杨敬半晌才转头看婉宁："姚七小姐怎么不说话。"

婉宁上前给杨敬先生换了一杯茶："观棋不语，我在一旁就听先生和崔大人说话。"

杨敬连连点头："昆哥和你性子很像，你们两个倒像是亲姐弟。"

婉宁感觉到崔奕廷正看着自己。

她也没有刻意隐瞒，而是垂下了眼睛。

那双清澈的眼睛微垂下来，目光中虽然没有特别的神情，崔奕廷却豁然看了明白，婉宁和昆哥就是亲姐弟。

这样一想，沈氏是怀了孩子之后才被休出姚家。

昆哥没有认祖归宗而是在沈家留下来，成为了沈敬元的儿子。

崔奕廷微微笑着。

那笑容中有许多婉宁看不懂的情绪，有些熟悉又让她觉得茫然。

和煦的，带着淡淡的哀愁，暖暖的又有些酸气，她明明不该认识，却又有似曾相识的感觉。

崔奕廷转过脸去："先生就算去了国子监，昆哥也能等先生回家之后，留下来跟先生学一个时辰。"

"一个时辰，"杨敬道，"太短了，若是朝廷有旨意下来，沈家还是在京里另请西席，"说着将手里的信函递给婉宁，"回去跟沈四老爷说，这是我的举荐信，京城的许嵩林也是有名的先生，想方设法请他来教昆哥。"

这封信婉宁接在手里沉甸甸的，昆哥还在等她的消息。

婉宁道："先生去了国子监没时间再教昆哥，能不能让昆哥没事的时候来跟先生说说话。"

她没有沿用他方才的话，而是换了个法子问先生，听起来好像是没什么，不过想一想，只要来到这里，先生怎么能忍得住不问昆哥的课业。

"让他多学课业，少出来走动，"杨敬挥了挥袖子，看着棋盘，"这盘棋我输了。"

杨敬没有了心思再下棋，婉宁就趁着这个机会起身告辞。

婉宁在马车上坐下，童妈妈拿了热好的毯子过来盖在婉宁膝盖上："小姐，我看到崔大人的马了，要不要等崔大人先走。"

婉宁点点头，等了一会儿却不见崔奕廷，外面传来陈宝的声音："七小姐，我们二爷说，请你们的马车先走。"

马车开始慢慢向前行，婉宁坐在车厢里好像能听到后面跟上来的马蹄声响。

裴家，裴明慧躺在床上，丫鬟随柳进了屋，附在裴明慧耳边低声道："二小姐，姚七小姐请来的人到了，那些物件要不要搬进来？"

裴明慧顿时从床上坐起来，眉眼扬起："快拿进来，"说着顿了顿，"母亲怎么说？"

"太夫人说，就照姚七小姐的意思，用这些皮影儿逗二小姐开心。"

这么说母亲相信婉宁拿皮影戏是来让她高兴的。

裴明慧点点头，没想到婉宁真的会帮她。

到了这个时候，就算是知道邓俊堂不能嫁，大家不过是用惋惜的目光看着她，不会有人真心实意地帮忙。

多一事不如少一事，人人自危，谁都害怕被牵连。

只有婉宁不只是握着她的手，而且是真的在帮她想办法。

想要她好好地活下来。

她一定会好好地活下去。

"邓俊堂呢？"

下人低声道："还在前面喝酒。"

裴明慧道："让他喝去，给我时间慢慢准备。"

邓俊堂等了好几天终于坐在了裴家的宴席上。

裴家请了不少亲友来相陪，他这顿酒喝下去肚子里说不出的舒服，在这样的冬日里，难得的妥帖，当着裴明诏的面，邓俊堂差点就喊出，大舅哥几个字。

不管怎么样裴明慧还是要嫁给他。

"七爷，"邓俊堂正要接着喝酒，下人过来道，"已经打听清楚了，裴二小姐真的病了。"

是真的病。

"我拿来的夜明珠送过去没有？"邓俊堂低声问。

"送去了，裴二小姐说什么也不肯收，小的就再三说是七爷的心意，这才……收了起来。"

邓俊堂眼前一亮。

他已经不是第一次送礼物给裴明慧了。

裴明慧一直都不肯收，可是这一次却不同，邓俊堂微微一笑："二小姐有什么话？"

下人点点头："二小姐身边的丫鬟说，二小姐病得厉害，太医院的御医都说要足足养一年才能去病根，二小姐想要一直留在裴家养病。"

邓俊堂抬起眼，这是在跟他商量，想要将婚期延后。

她也有今天，也有求他的一天。

想起裴明慧扯着嗓子大喊，让他丢尽脸面的情形，邓俊堂就觉得解气。

这女人总算明白了，生是他邓俊堂的人，死是他邓俊堂的鬼，他是不会放过她。

邓俊堂一杯酒喝下，笑着看旁边的裴明诏："侯爷，明儿您去福建，到我家里……我也为侯爷接风洗尘。"

永安侯的爵位虽说是在开国时太祖封授的，可是裴家一直留在福建抗倭，裴家提拔的下属，如今也是在福建任职，所以老永安侯才会一边将女儿许配给邓家，一边求娶广东按察使的女儿。

永安侯的担忧不是没有道理。

去了北方边疆之后，永安侯果然死在了那里，没有自己的部属，就相当于将军折剑，老虎断牙。

　　裴家说什么也不会毁了老永安侯苦心安排的婚事，裴明诏表面上和京里的勋贵关系还算不错，又管着五城兵马司，但是他心里一定还在想着对裴家忠心耿耿的下属。

　　眼看着裴明诏去敬余下宾客，邓俊堂借着更衣退席，走到花园里，邓俊堂的酒气被风吹散了一半，一手招来身边的丫鬟："你去跟裴二小姐说，有什么事可以当面跟我说。"

　　酒足饭饱之后，缺的就是美人在怀。

　　青衣丫鬟点了点头快步进了园子，过了一会儿丫鬟才过来道："裴二小姐说，请七爷去西福苑里。"

　　邓俊堂脸上浮起笑容。

　　西福苑离这边很远，虽说有些偏却很安静。

　　邓俊堂带着人一路过去，翠竹夹道上已经站了个婆子，婆子上前给邓俊堂行礼："七爷，您要带着人过去，我们小姐隔着屏风和您说话。"

　　这样神神秘秘生怕被人知晓，倒是裴明慧的性子。

　　邓俊堂上了正屋的台阶，正要去推门，忽然想起一件事，笑着道："二小姐在吗？"

　　别一趟走了空，没有见到正主倒惹了一身臊。

　　屋子里咳嗽了一声。

　　邓俊堂看向丫鬟，丫鬟上前推开门。

　　屋子里的幔帐低垂，屏风立在中间，又是咳嗽声传来："七爷，我正病着，我们就这样说话吧！"

　　邓俊堂哪里肯，笑嘻嘻地道："这里风大，妹妹让我进去说话。"

　　他已经在院子里吃了那么长时间的风，正等得心浮气躁，怎么可能再这样等下去，出来的时候仗着酒热，现在也冻得浑身冰凉。

　　"七爷先别进来。"屋子里的声音好像有些慌张，没想到邓俊堂就这样闯进来。

　　丫鬟忙上前来阻拦。

　　邓俊堂顿时来了怒气："不过说句话，你们这样左挡右拦的是什么意思。"满嘴的酒气一下子喷出来。

　　丫鬟忙禀告："还没到时候，七爷再等等。"说着慌张地向外面看去。

　　什么时候？

　　再等等又是什么意思？

　　"裴二妹妹，你不是想要跟我商量婚期，不当面说清楚怎么行，从前那些事我都可以不计较。"

　　邓俊堂说着话向内室里看去，屏风后面没人，好像有脚步声向里面走去。

　　邓俊堂顺着脚步声跟过去。

　　隐隐约约看到一个人影。

　　穿着青缎妆花氅衣藏在幔帐后的椅子上，粉色的绣鞋一半露在帐子外。

　　他见过裴明慧穿那样的氅衣。

　　邓俊堂微微一笑。

　　裴家虽然是勋贵，可是勋贵显赫的时候早就过去了，大周朝建国已经这么多年，谁还会整天将开国功勋做的那点事记得清清楚楚。

"裴二妹妹不是一直想要去福建吗？我父亲在福建任了副总兵，手底下有不少老侯爷从前的部属，现在不要说福建，就算是浙江，也没有几个武将是我父亲不识得的。"

"我这次拿来的夜明珠，是我父亲做寿的时候，浙江总兵送来的，裴二妹妹觉得好不好看？"

幔帐后面的人不说话，只是小心翼翼地将脚缩了回去。

邓俊堂挺直了身子："你想要将病养好了再去福建也并非难事，我只要和我父亲好好说说，就能将婚期推到明年秋天，否则……我父亲就要请保山上门……你虽然病着，说不得定了婚期冲一冲也就好了。"

邓俊堂说着话悄悄地上前，故意蹲下身来，幔帐后面的人还是没有动，邓俊堂整个身子忽然向前一扑顿时将幔帐和后面的裴二小姐抱在怀里。

刺耳的惊呼声顿时传过来。

邓俊堂微微一笑，他是不怕，惊动了前面的宾客，没脸的人是裴明慧而不是他邓俊堂。

裴家还装什么装，一个过了气的勋贵，哪里能及得上父亲如今的权势。

他肯要裴明慧，裴明慧就该感恩戴德，好好谢谢他才是，这样过些年他才不会将她休弃回家。

裴家到现在还没弄明白，如今已经跟老侯爷在世不一样了。

邓俊堂笑着道："喊吧，喊来了人，你可就没有了闺名。"

裴太夫人和裴明诏刚走到院子里，裴太夫人转头看向儿子："一会儿你好好跟他说，俊堂也不是个不懂事的孩子。"

裴明诏没有说话。

裴太夫人接着道："这个家里如今就靠你了，可你毕竟还年轻，二十几岁的勋贵就算再被重用又能如何，万一朝廷让你去了西北或是宣化府、辽东这样的地方可怎么得了，你父亲没了之后，我是夜夜做噩梦，就梦见他满身是血地站在我面前质问我。"

裴太夫人说着脸上一片黯然。

"俊堂是我从小看到大的，小时候你们俩还为了一只鸟蛋打起来，俊堂脸上的伤就是这样留下的，当时邓老太太心疼得不得了，你父亲还盘算着怎么上门赔礼，否则邓、裴两家日后不知要怎么见面，这边才想着，俊堂就又来找你玩，你们两个一起去骑马，邓老太太想想笑起来，就说了一句话。"

"小孩子都不在意的事，我们这些老的一个个将眉毛皱在一起愁个什么。"

听着母亲说这些陈年旧事，裴明诏道："今日不比从前，父亲去世了，邓嗣昌任了福建副总兵，邓俊堂已经不是那个上树掏鸟蛋的小孩子。"

裴明诏话音刚落，就听前面的院子里传来刺耳的尖叫声。

裴太夫人脸色登时变了，转头看向裴明诏，裴明诏扶着裴太夫人大步向西福苑走去。

转眼之间，裴明诏已经推开了门。

屋子里传来窸窸窣窣的扭打声。

幔帐豁然被揪到一旁，邓俊堂笑着向怀里看过去。

怀里的人不是皮肤雪白，眉如远黛，容姿俏丽的裴二小姐，而是一个鹤发鸡皮的老妇。

邓俊堂如同被雷打了般，登时愣在那里。

方才还觉得温香暖玉，如今却说不出的恶心，方才吃下肚的东西，争先恐后地向着喉咙涌上来。

恶心。

邓俊堂整个身体哆嗦着。

那老妇穿着少女的衣服，头上戴着珊瑚发簪，看起来说不出的诡异。

"徐妈妈……"

老妇喊出声。

吓得邓俊堂浑身一抖，这是裴明慧的声音，裴明慧……

是他看花了眼，还是……真的。

裴明慧得了什么怪病，会成这个样子。

裴明诏进屋，看到了抱着老妇人惊呆的邓俊堂。

半晌邓俊堂才回过神来，指着那老妇，脸色难看，面容扭曲："你怎么变成这个模样……"怎么会变成这个模样。

"她……她……她怎么成那样？"

"裴明慧……怎么……"

邓俊堂瞪着眼睛，手舞足蹈想要说清楚自己的意思。

看着慌慌张张的邓俊堂，眼前的一切再清楚不过，邓俊堂是将那妇人当做了妹妹，裴明诏一把将邓俊堂扯住，目光冷峻，声音低沉："你进内室里做什么？"

"我……我……我就是看外面没人，才进来看看……"邓俊堂茫然地看着裴明诏，胡乱地解释，手仍旧指着那老妇的方向。

仿佛要将这恐惧的事讲给所有人听，让所有人都吓一跳。

吓死了，吓死人了，他满身热血地去抱那个小美人，却没想到怀里的是……

"这是怎么回事？"

裴太夫人让人扶着进了门。

邓俊堂显然是受了惊吓，看也不敢看那老妇一眼。

"这是在做什么，"裴太夫人皱起眉头，"俊堂，你怎么会到了这里，明诏你这是做什么。"

邓俊堂张大了嘴："这……不怪我……"

那老妇却跪下来："太夫人、侯爷，是这位老爷一把将老妇抱住，老妇吓了一跳才惊慌大喊。"

屋子里几口大箱子打开，还有几张皮影散落在地上。

邓俊堂半晌才明白过来，那老妇不是裴明慧，根本就不是裴明慧。

老妇道："老妇的手艺就是能耍皮影，能学人声音，正在屋子里练府上二小姐的声音，想要逗二小姐高兴，谁知道这位爷就闯进来，老妇急忙躲在幔帐后，可这位爷糊里糊涂地说了一大段的话，然后突然就将老妇抱住。"

邓俊堂的脸顿时涨成猪肝色，忙向裴太夫人行礼："太夫人不要听信这老妇的话。"

"邓七爷都说了些什么？"裴明诏板着脸问过去。

"这位爷，这位爷说……"老妇粗着嗓子去学邓俊堂，"裴二妹妹不是一直想要去福建吗？我父亲在福建任了副总兵，手底下有不少老侯爷从前的部属，现在不要说福建，就算是浙江，也没有几个武将是我父亲不识得的。"

老妇一句句地说下去，声音和邓俊堂还有几分的相像，那种不屑一顾又洋洋得意的神情，轻佻又高高在上的模样，让邓俊堂脸色又由红转白，裴太夫人难堪地用帕子去捂住口鼻。

邓俊堂的意思已经再清楚不过。

将话说得又是那么的露骨。

福建，武将，总兵官，明明白白地告诉裴明慧，若是没有这门亲事，裴家就会一败涂地。

邓家是看得起裴家才成全这门亲事，裴家应该感恩戴德。

否则别说福建，就算是浙江也没有裴家立足之地。

这样的羞辱。

久经世故的裴太夫人只觉得字字如针，一根根地扎在她心头。

"太夫人，这话可不是侄儿说的，"邓俊堂道，"侄儿也不知道这老妇为何这样说。"

"太夫人……是奴婢自作主张……"裴明慧身边的徐妈妈从外面走进来跪在裴太夫人脚下，"是邓七爷……一而再再而三地让人来向二小姐传话，二小姐不肯听，邓家的下人就站在院子里不肯走，来看二小姐的几个女眷都起了疑心，奴婢就让人去请了侯爷和太夫人，那边跟邓七爷说，就在西福苑里等着。"

"西福苑里，正好收拾出来让人练皮影戏，这里又清静，奴婢想着邓七爷在这里也免得被人看到起了误会，等到太夫人和侯爷来了，也就能劝劝邓七爷……谁知道邓七爷二话不说要往屋子里闯，奴婢才让婆子装作二小姐的声音来劝说，没想到会弄巧成拙，邓七爷沿着声音找进来。"

邓俊堂睁大了眼睛。

如同被人当头灌下一盆冰水，浑身上下又湿又冷。

原来是在骗他。

什么裴明慧。

裴明慧根本就没在这里，裴家的下人，连同卖艺的婆子都在看他的笑话，邓俊堂仿佛能听到头皮炸开的声音，瞪大眼睛。

他是谁，凭什么让裴家看了他的笑话，邓俊堂挺着脖子："太夫人，侄儿说的也没错……"

话既然说了，没有再收回去的道理。

裴家只要还想和孙家结亲，就不能得罪邓家。

"我父亲在福建立下赫赫战功，侄儿心里一时高兴，就将这些说给裴二妹妹听。"这有什么不对。

裴家若是看不上福建大可以不要这门亲事。

就学着其他勋贵那样娶个什么书香门第的小姐，或是武将家的女儿，别求什么显贵，别攀什么亲。

"母亲，依我看来，裴家和邓家的婚事还是不要再议了。"

邓俊堂愣在那里。

裴明诏冷冷地道："父亲向来尊重礼数，不会要个品行不端的姑爷登堂入室，邓伯父那里我去说。"

"闹出这样的事来，我若是还睁只眼闭只眼，裴家的脸面何存，"裴明诏道，"如今我承了爵，这个家我来做主。"

姚七小姐这个外人都能想方设法来帮明慧，他这个做哥哥的难道还能眼看着妹妹嫁给邓俊堂这样下作的小人。

邓俊堂浑身的血液仿佛一下子被抽走，他顿时打了个冷战。

裴家真的要悔婚。

裴家竟然敢悔婚。

父亲决不会善罢甘休，定然要想尽方法挣回脸面，唯一的法子就是动用孙家。

裴明诏疯了，连孙家小姐都不准备迎娶了？

裴明诏道："来人，送邓七爷出府，邓七爷送来的礼物全都退还回去。"

邓俊堂张着嘴。

裴家要这样将他撵出府去。

看着下人将邓俊堂请走。

裴太夫人捂着胸口，半响才让心跳平稳下来，下人端了两杯茶上来，然后轻手轻脚地退出去，剩下裴太夫人和裴明诏母子俩说话。

裴太夫人看着椅子上的儿子："你怎么能当着邓七的面，就这样毁了这门亲事。"

裴明诏抬起头："母亲没有听邓俊堂怎么说话？母亲为了能回福建，为了收回父亲从前的老部属，定然要将明慧嫁去福建，最终不过是两个结果，明慧被邓家折磨死，裴家从此被人看不起。"

"难不成母亲真的要以邓嗣昌马首是瞻？"

裴太夫人被说得哑口无言，半响才道："那是你父亲定下的，我毕竟是个寡母……"

"父亲定下亲事时，邓嗣昌不是福建副总兵官，裴家从来没有想要高攀邓家，更别提将明慧卖过去，孙家那边我也打听过了，说什么书香门第，一直就和邓嗣昌来往密切，母亲何必要带着裴家蹚这趟浑水。"

"今日不同往昔，这件事我会处置好。"

"你怎么处置，"裴太夫人沉着脸看儿子，"一连退掉两门亲事，以后谁还敢跟裴家结亲，裴家长辈那里怎么去解释。"

"我去说，"裴明诏立即站起身，"经过了今天的事，母亲还想要明慧嫁过去不成？"

不想了，就算是明诏不说，她也不会将明慧嫁给邓俊堂那样的人，她身上掉下来的肉，她哪里会这样狠心。

更何况明诏是这样的坚决，眉眼扬起露出几分的威势。

既不想让明慧嫁去邓家，又想保住孙家这门亲，如今看来……没有那么容易。

裴明诏说完话站起身："我去看看妹妹。"

从屋子里走出来，裴明诏忽然觉得寒冬的风吹在脸上也没么刺骨，反而让他有种心旷神怡的感觉。

那么的清爽，天地之间仿佛一下子开阔起来。

"真没想到邓俊堂会这样。"裴太夫人坐在椅子上，半响回不过神来。

"太夫人，"吴妈妈道，"奴婢觉得反而是好事了，之前太夫人还说让人去打听打听邓七爷，若是真的不堪，就算是愧对老侯爷，也不能将小姐嫁过去。"

裴太夫人点点头。

"两家定了亲，按照礼数，就算是男方没有到成亲就没了，女方也要照样嫁过去守寡，这就是规矩，孙家祖上就有个女儿做了望门寡，从前给家里两个孩子定婚约的时候她就劝过老侯爷，老侯爷不肯听。"

"老侯爷就是个拗脾气，明诏又是随了老侯爷，"裴太夫人道，"我不是非要结这门亲事，现在婚期也没有定下来，我是想要慢慢找个机会再看看，老侯爷去世了，明诏才承爵，身上没有多少的军功，我们家是一步也错不得，我想保全一双儿女又想要光耀这个家，你瞧瞧忠义侯一家如今成什么模样，落魄的勋贵是越来越多，我也知道世上的事没有长盛不衰的道理，可到底我们还是有爵位的，族里人人觊觎这爵位，裴家上下谁没有为这爵位舍过命，说起道理来，裴家长辈都有一大堆的人理伦常。"

"明诏说话、做事有个不小心就会被人诟病，我看着明诏小小年纪里里外外的辛苦，怎么能不替他盘算，明慧为了婚事病成这个样子，难道我心里不难受？谁又懂我这个当娘的心思，若是能将我这条命舍给他们，换他们一生平平安安，我不会有半点的犹豫，我真是害怕，没有替明诏管好这个家。"

"您别急了，"吴妈妈将茶端给裴太夫人，"今天是邓七爷不对，侯爷当机立断要毁了这门亲也合情合理，邓七爷这样的品行，孙家若是先挑我们，我们就将事情说明白，孙家挑得也没有道理。"

如果亲事这样简单就好了。

哪一门亲事不是牵扯着利益，就说孙家，三代为官，官场上从来没有失利过，孙家教女有方，女儿小时候为了照顾病了的弟弟差点跟着染了天花，老侯爷就是看中了这一点，才去求这门亲，有这样的人来主持中馈，她也就安心了。

谁知道真是好事多磨，先是老侯爷去世，然后孙家老太爷服丧，现在又因为邓家在其中搅和，裴家和孙家隔了那么远不能互通消息，其中难免会有误解。

吴妈妈道："孙家只有这一个女儿，难免宝贵些。"

"人算不如天算，"裴太夫人道，"听说邓俊堂来京里，我真怕明诏和明慧两个会做出什么事来，我们若是不占理怎么都完了，好在……邓俊堂自己德行有失，被明诏抓了个现行，当场又承认说了那些话。"

"怎么说我们也占了先机。"

裴太夫人皱起的眉头松开了些。

丢了脸面的是邓家和邓俊堂。

说起这个，裴太夫人真觉得出了口气："上次他在园子里吓了明慧，我就憋着一肚子气没处放，方才我虽然觉得明诏的话太直接了些，却也没有张嘴打断，就是为了要邓俊堂知道，我们裴家也不是好欺负的。"

邓俊堂说那么多话，定然觉得裴家不敢和邓家退亲。

现在突然被撑了出去，可想而知会多难受。

裴太夫人叹口气道："也怪不得明诏，泥人还有三分土性……"

吴妈妈突然笑起来："太夫人还说侯爷像老侯爷，您还不是这样，心里也知道不该这样退了亲，可一样管不住自己的脾气。"

吴妈妈话音刚落，只听坠儿道："太夫人，二小姐过来了。"

明慧过来了。

裴太夫人有些惊讶。

明慧已经卧床不起，怎么能到这里来。

裴太夫人看向吴妈妈，吴妈妈忙上前去打帘，穿着银红色氅衣的裴明慧走进来。

银红色的氅衣，是裴太夫人让人做给裴明慧过年时穿的衣裳，当时邓家来信说婚期大约定在明年，裴太夫人就想，定要热热闹闹过个年。

看到女儿有些消瘦的脸颊，裴太夫人心里不由得酸涩起来。

"明慧，你身子怎么样了？"裴太夫人站起身要去拉女儿。

裴明慧却弯腰跪在地上："母亲，女儿不孝，女儿……没有病得那么重……女儿是想要母亲将邓家的婚事退了才装成那个模样，这些日子女儿躺在床上想了许多，若邓家嫌弃我们家失了礼数，母亲就让女儿去家庵，女儿愿意青灯古佛一辈子，母亲就跟邓家说，女儿悟了佛，定然要出家，出家之后就是方外之人，请裴家长辈和邓家对一个出家人，宽容一些，女儿已经在枕头底下藏了剪子，一下就能断了自己的头发，等到邓俊堂来我们家里宴席，我就跑到宴席上，当着宾客的面起誓发愿。"

"你说的是什么话，"裴太夫人两额浮起了青筋，"你怎么敢这样。"

"母亲听女儿说，"裴明慧眼睛里泛起了泪光，"上次母亲请了姚七小姐过来，姚七小姐看到了女儿枕头底下的剪子，不知怎么的姚七小姐就猜到了女儿的算计，让女儿趁早断了这念想。"

"姚七小姐说女儿是在逼母亲，和母亲置气，用伤害自己的法子来伤害母亲，不是通达事理的选择，女儿这样做，不只是害了自己一辈子，也会让母亲余下的日子里寝食难安，哥哥也不会再娶孙家小姐，以后裴家提起这几件事就会一片愁云惨淡，女儿才放下了这个念头。"

当时她笑着吃点心，不知道什么时候姚七小姐将她枕头下的剪子拿了出来。

姚七小姐劝说了她几句，然后帮她想办法。

否则她真的会一气之下做了姑子。

裴明慧膝行几步到了裴太夫人脚下，将头依靠在裴太夫人的膝间："母亲，女儿再也不会这样想了，命只有一条，要好好的，不能随便作践，女儿会有一门好亲事，凭着哥哥将来也能有个好前程，我们兄妹两个一起孝敬母亲。"

裴太夫人眼泪一下子掉下来。

她的一双儿女都长大了，裴太夫人将手放在裴明慧的头上。

屋子里的下人都退下去。

裴明慧低声道："母亲，女儿现在才知道，姚七小姐为什么会从泰兴来到京里，为什么在京中闹出那么大的动静，一个闺阁中的小姐为什么又要去做什么紫砂壶，买什么田地，女儿不过在家中做做女红读读书都会觉得累，姚七小姐怎么会有这样的精神。"

裴太夫人低声问过去："为什么？"

"因为她想要过好日子，她的好日子就是不被人关在绣楼里，不被冠上不敬不孝的名声，而是站直了身子，抬着头好好地活着。"

"母亲，父亲都已经走远了，我们要好好地活着。"

裴太夫人提起帕子来擦眼泪，强忍着冲上鼻子的酸楚，却还是没有忍住，肩膀浮沉哽咽出声，泪眼蒙眬中她看到站在门口的儿子。

不再是小小的模样，已经顶天立地，那么的高大。

"明诏、明慧，你们两个没错，是母亲错了。"

裴明诏没想到妹妹是这样打算的。

在所有宾客面前剪了自己的头发，如果不是姚七小姐他一定不会察觉妹妹存了这样的心思，他也不会在这时候推掉和邓家的婚事。

"侯爷，"幕僚低声道，"您在外面毕竟有几分声望，这样武断不免要引起邓家的报复……这件事真的应该好好安排，才能有个两全其美的法子。"

幕僚的意思是他今天太过武断。

裴明诏抬起头来，想起姚七小姐不急不躁的神情，前些日子姚七小姐到裴家来，他在园子里远远地看了姚七小姐一眼。

姚七小姐没有流露出半点的异样，那时候姚七小姐就已经知道明慧准备出家。

十三岁的小姑娘，却能不声不响地解决了裴家的危机。

如果姚七小姐没有插手会怎么样？

一个念头闪过，裴明诏皱起眉头，妹妹会断发，京城里尽人皆知，母亲急怒攻心大约要一病不起，他要面对的就不是如今的风平浪静。

在泰兴遇到姚七小姐的时候，他就知道姚七小姐是一个管家的好手，有着旁人所不具备的聪慧，做事又干净利落。

"侯爷，孙家那边您不可大意，万一亲事真的做不成……"

"那就跟邓家一样，将婚事退了吧。"

幕僚不禁一怔，没想到裴明诏会这样说。

"侯爷不是想要去福建任金事……早晚要和邓家抬头不见低头见，福建的事光靠老侯爷的几个部属不能成事，福建去不成，造船抗倭更是无从谈起啊。"

"太夫人担忧的也不无道理，老侯爷善水战，留下来的书籍和造船的草图都要在沿海才能用得上。"

"不急在这一时半刻，邓嗣昌这样为所欲为，到底不能长久。"裴明诏挥挥袖子让幕僚退下去。

书房里安静下来，裴明诏穿上了斗篷走到裴明慧院子里。

屋子里传来裴明慧久违的笑声。

"哥哥。"

将裴明迎进屋，裴明诏望着满炕零零碎碎的东西："你这是在做什么？"

"哥哥来得正是时候，"裴明慧笑着道，"快帮我看看，要拿什么东西谢婉宁才好。"

炕上摆着的都是女孩子的东西，小荷包，小香囊，还有胭脂水粉一大堆，裴明诏从来不在意这些东西，看着就皱起眉头来。

旁边的妈妈忙上前笑着道："我的好小姐，您就别为难侯爷了，侯爷哪里懂女孩子家家的东西。"

婉宁不太喜欢戴配饰，身上总是有一只荷包，里面好像装了零食，她原本想要送荷包，却又觉得自己家的没有婉宁那个精致。

想来想去，望着自己平日里喜欢的东西，却没了主意。

裴明慧笑着道："明天我去姚家，当面跟婉宁说，别的我不会，针线倒是会一些，我去帮着婉宁做点过年送出去的小东西。"

"还是先别去姚家，"裴明诏道，"我们家刚和邓家退了亲，外面人都知道你病了，你突然过去，外面人就会将我们家的事想到姚七小姐身上。"

这时候要避嫌。

哥哥倒是想得周到，她一时高兴忘了这一节。

裴明慧点点头："那我就过阵子再去。"

话音刚落，外面的管事传话进来："侯爷，去广东的人回来了。"

听到广东两个字，裴明慧立即想起了孙家，眼看着哥哥要走，裴明慧抬起头："哥哥让人去广东了？什么时候？"

裴明诏道："还是秋天的事。"

春天的时候邓七来过京里，那就是邓七才走哥哥就让人去了广东。

裴明诏道："我让人去打听邓七，再去广东看看孙家。"

裴明慧心里一颤，不由得低下头："都是我连累了哥哥，本来孙姐姐今年就应该嫁过来。"

裴明诏道："孙家和邓家走得太近，邓七声名狼藉，我们裴家的女儿怎么能嫁给那样的人，若是孙家不通事理，可见也是徒有名声，婚事也没必要谈下去。"何况他去泰兴的时候遇到了要杀忠义侯的死士，查来查去也和福建有关，不管孙家和邓家在谋划些什么，他都不想蹚这趟浑水。

一直都关注外面的事，没有在意内宅，没想到妹妹会自己想办法，他也问过厨娘，妹妹表面上是不吃不喝，其实身边的丫鬟一直递点心过去，没想到妹妹会想到要出家为尼。

裴明诏道："以后不要再胡闹，有什么事要跟我和母亲商量。"

裴明慧点点头。

从妹妹房里出来，裴明诏径直去了书房，下属已经等在那里："孙家要退亲。"

裴明诏点点头，吩咐下人："将消息送去太夫人那里。"

从前父亲定下这两门亲事是误打误撞，现在孙家和邓家是彻底连在了一起。

裴太夫人脸色难看："孙家真的这样说？"

裴明诏道："趁着这个时候，就让人上门，正式将婚事退了，以后各自嫁娶。"

裴太夫人愕然，这样彻底就断了回福建的路，一下子面对两桩退婚，她还不知道如何应付裴家的长辈。

裴明诏道："现在所有的勋贵都等着外放谋军功，将来在朝中也好说话，从前在外打仗是搏命，现在的勋贵却借着贪墨谋利，邓家这些年就靠着倭寇和海盗谋利。皇上这次惩办崔实荣，又借着李成茂的案子严办了赵璠……虽然皇上没有明说，我看也差不多了。"

裴太夫人道："你的意思是，皇上要惩办勋贵？"

裴明诏道："皇上素来不喜欢勋贵结交重臣，邓家在福建有权势又和广东按察使走动甚密……何况我们家早就安家京城，父亲又早就调离了福建，眼下京里和西北、北方重镇都缺人手，我们再挤去福建，是想要和邓家沆瀣一气，还是揭发邓家，万一闹出了事，母亲到底顾不顾着这门亲？"

没想到儿子想了这么多。

裴太夫人道："照这样说，就借着这次机会，将两门亲事利落地退了？"

"明慧年纪还小，母亲可以再慢慢挑选，邓七闹出的事母亲也不要让下人出去乱说。"

越是不散出消息，别人越觉得这件事是真的。

邓家脸上无光，裴家退亲光明正大。

这件事总是要感谢姚七小姐。

裴太夫人点点头："看来也只有这样。"只是退了孙家的婚事，要去哪里给明诏谋一门好亲。

等到裴明诏出去，裴太夫人让徐妈妈扶着去内室里歇着。

"明日你跟我去族里一趟，我要将邓七的事说一说，再提提孙家，我们一步步慢慢来，要让族里的长辈知道，我们也是顾着裴家的脸面，逼不得已才这样做。"

徐妈妈点点头。

靠在引枕上，裴太夫人不由得长叹一口气。

徐妈妈上前道："太夫人还愁什么？"

裴太夫人道："也不知道什么时候能给这个家里娶个主母回来，也能帮衬帮衬我。"家里上上下下都是她应付，她年纪大了，许多事难免顾不过来，这次就没看出来明慧的心思。

徐妈妈想了想低声道："您看看姚七小姐怎么样？这次家里还是姚七小姐帮忙。"

姚七小姐？

裴太夫人心里一动，从前明诏有了婚约，她也没想过，可是姚七小姐的性子可跟寻常人家的大小姐不同。

在皇后娘娘那里她已经看到了姚七小姐的伶俐。

聪明、办事又利落这是姚七小姐的优点，可同时也是她的缺点。

只要娶进门，就定然要掌管整个内宅，没有别人说话的份，她在外那些买卖让人看着眼红，富贵背后也是祸患。

要想求稳当，就要找个像孙家小姐那样本本分分的大家闺秀，可这样的人遇到有些事又不一定能帮上忙。

看裴太夫人没有说话，徐妈妈道："奴婢也是多嘴，只是看侯爷好像很喜欢姚七小姐……"

每次提起姚七小姐，裴太夫人总是能从儿子眼睛里看到夸赞的目光。

将孙家的婚事处理好，她也要探探儿子的口风，她也想知道儿子对姚七小姐是不是有这个心思。

"裴家那边闹的动静不小，听说要退了和邓家的婚事。"

太阳将要落山，将天空映得有些发黄，崔奕廷站在窗前手里拿着公文，整个人透着一股宁静。

在陈家见到裴明诏，他就知道裴明诏是个心思缜密，做事沉稳的人。

果然裴家和邓家退了亲，彻底和福建脱开了干系。

不管邓家那边出了什么事都和裴家无关，所以无论谁沉浮，裴家最终都不会被牵连。

"二爷，"幕僚低声道，"姚家那边交了茶课，领了正式的茶引，明年就可以正式进山购茶。"

只要有了茶引，就算能正式的卖茶，姚七小姐这条路走通了。

这要多谢张家、赵瑶和所有要抢姚家制茶师傅的商贾，有这些人争抢造势，姚家的新茶才会这么快声名远扬。

崔奕廷眼前浮起了姚婉宁的笑容。

"前面热热闹闹的。"

张氏院子外丫鬟们窃窃私语。

"大老爷来了，族里一下子来了不少的人，平日里看不出来，这七小姐还有这个能耐。"

"拿到了茶引，族里又有不少人买了茶园，以后不愁销路，都卖给七小姐就是了。"

不知道老太爷要怎么生气。

如妈妈咳嗽一声，丫鬟忙低下头各自去做事。

张氏正等如妈妈的消息，看到如妈妈进门就撑起了身子："怎么样？打听到了没有？"

如妈妈点点头："打听到了，裴二小姐的病没有加重，裴家也没有再四处寻医，只有太医院的御医还上门诊脉。"

太医院的御医，那不过都是做做样子，京里的达官显贵谁家不认识太医院的人。

"父亲怎么说？"

"爵爷说，邓家这门亲看来是做不成了，邓家七爷气得不得了，出了裴家的门就去和爵爷商量对策。"

以邓家的身份，想要什么样的婚事没有，邓嗣昌看上的大约是裴家在福建还有几分人脉，只要这些关系握在手里，以后在福建、广东，邓家就再无对手。

更何况永安侯如今还握着五城兵马司。

邓家丢了脸面，不会善罢甘休，现在正好可以利用。

张氏道："有没有跟我父亲说，裴家请过七小姐去给裴二小姐看病？"

如妈妈道："说了，奴婢当着邓家七爷的面说的，还提了永安侯救忠义侯的事，那时候也是七小姐帮忙。"

祸水东引。

陈文实的事本来就和姚婉宁脱不开干系，如今再沾上裴家的婚事，不怕邓家七爷不将姚婉宁和沈家连带算计进去。

"做得好。"

张氏舒口气："跟父亲说，裴家的事我会帮忙打听着。"姚婉宁就算防得再严实，也会有风声透出来。

张氏话音刚落，紫鹃进来道："太太，七小姐过来了。"

姚婉宁这时候过来做什么？

是故意来耀武扬威？

张氏冷笑一声，她还怕了姚婉宁不成："让七小姐进来。"她的病已经好得差不多了，只要姚宜闻没有休了她，她还是要掌家。

张氏让人服侍着换了衣服，淡粉色的小袄显得她脸色稍稍好一些。

刚刚坐稳了，外面就传来一阵说话声。

张氏不由得皱起眉头，来的不止是婉宁一个人。

丫鬟上前去打帘，就有妇人迈进屋子，关切地看向张氏："三弟妹怎么样了？身子可好些了？"

张氏只觉得那妇人脸熟，忽然想起去泰兴时见到的那些姚家旁支的族人，当时是热热闹闹一大堆人，姚宜闻是姚氏一族最有出息的子弟，前来宴席的族人不知凡几，她只能找了重要的亲戚来记。

"三弟妹不记得我了吧？我是东四老爷家的，您叫过我荣嫂子。"

荣嫂子，张氏仔仔细细在脑子里回想着，什么时候跟这个荣嫂子说过话，这个人又是姚氏哪个旁支上的。

"三弟妹不记得荣嫂子定然也不记得我了。"

说话间一个穿着青缎氅衣的妇人走过来，圆圆的脸，看着也很亲切。

"我是阁五老爷家的。"

说着话又有人凑过来，屋子里顿时热闹起来，丫鬟不停地忙碌着去搬锦杌，大家七嘴八舌地说话。

张氏恍然成了刚进姚家门的小媳妇，要在这么多姚家人面前认亲，不但要笑着说话，还要记住这些人的名字和辈分。

刚刚觉得精神好一些，这样说起话来张氏顿时觉得有些乏累，张氏不动声色地看了一眼如妈妈。

如妈妈刚要上前说话。

荣嫂子笑着上前拉起张氏的手，十分的热络："三弟妹的脸色仿佛好多了。"

族里的嫂子比往常更加的亲切，一副说什么也不会转身就走的模样。

张氏咳嗽了几声，整个人向引枕上靠去。

几个嫂子却仿佛没有看出张氏送客的意思，反而亲热地坐得更近了些，热热闹闹的声音仿佛要将内室的房顶冲开了。

荣嫂子道："都是婉宁的功劳，若我有个这样的女儿，病也早早就好了。"

"婉宁里里外外一把手，别说是三弟妹，我们也跟着沾光。"

正说着话，就听丫鬟道："点心都端过来了。"

荣嫂子立即道："都是宴席上的，婉宁还想着给三弟妹送过来。"

宴席上的饭菜，姚婉宁这是故意摆到她面前，张氏摇了摇手："我病着，闻不得这些油腥，快都拿下去。"

"没有油腥，都是我茶铺上做的点心。"婉宁清脆的声音传过来。

青花帘子掀开，穿着大红猩猩毡斗篷，宝蓝色凤尾纹褶子，鹅黄色湘裙的少女走进来。俏丽的脸上满是笑容，一双眼睛被阳光映得透亮。

茶铺上的点心，装在红漆盒子里，看起来十分精致。

姚婉宁这样趾高气扬地端着东西来到她身边，让她觉得自己更加的虚弱无力，张氏不由得挺直了脊背。

"若是平日里不敢来打扰母亲，如今是家里有了好事，定然要让母亲知道，说不定母亲一高兴病就好了。"

荣嫂子笑着道："到底还是婉宁想得周到。"

张氏看着这些姚氏族人，一个个虽然笑得眼睛都弯起来，心里应该清楚得很，她这个继母和姚婉宁一向不合。

所有的族人都在帮着姚婉宁说话。

姚婉宁俨然是被众星捧月。

不过就是帮着族人卖茶，说到底这些人都是眼皮子浅的人，看到的不过是丁点的利益。

张氏心里顿时轻蔑，到底都是些不明事理的乡下人，没见过多少的富贵，若是到公爵府去看看，这些人恐怕都要羡慕得浑身颤抖。

这些人日后都不要求到她头上，否则别怪她不理不睬。

外面传来爆竹声响。

婉宁看向童妈妈："让人过去看着几位爷，小心别被爆竹炸了手。"

因为婉宁交了茶税，得了朝廷的盐引，整个姚家就欢天喜地起来，竟然还拿出了爆竹。

婉宁道："母亲，我们姚家将来能卖茶是件好事，还有件喜事要跟母亲说。"

还有什么事？

张氏不动声色地看着婉宁。

婉宁道："再等一等，看时辰也差不多该来了。"

婉宁话音刚落，落雨快步进来道："七小姐，太医院的葛老御医来了。"

葛老御医，张氏目光微闪，太医院的几个御医她都知晓，姚婉宁说的葛老御医莫不是专给皇后娘娘诊脉的。

"怎么会请葛老御医？"张氏尽量稳住心神，"我们家都用黄御医。"

婉宁笑容可掬，飞扬的眉眼让张氏觉得一阵心惊肉跳。

"上次进宫的时候，女儿跟皇后娘娘提起母亲生欢哥时落下病症，吃了多少年的药也不好，女儿就跟皇后娘娘求了个恩典，求太医院擅长千金科的御医来给母亲诊脉。"

姚婉宁竟然求了皇后娘娘。

张氏眼睛微眯。

从宫里出来到现在已经过了多久，姚婉宁却没有透出半点的口风。

荣嫂子几个站起身："好不容易请来了御医，快将人请过来，我们几个出去等着。"

族里的嫂子们陆陆续续出了门。

帘子还没有放下，姚宜闻已经大步走进内室。

姚宜闻吃了些酒，脸颊有些红润，一脸的喜气，笑着看婉宁："葛老御医过来了，诊脉开了方子还要赶去宫里给皇后娘娘请脉。"

给皇后娘娘诊脉的御医来了姚家，姚家上下脸上有光。

婉宁带着童妈妈去了外间。

屋子里没有旁人，张氏低声道："上次黄御医就说，妾身的病已经好多了，只要再吃几剂药就不用再吃了，怎么好在这时候再换御医来看。"

姚宜闻道："那怎么一样，没有葛老御医皇后娘娘早就卧床不起了，大周朝要说千金科谁也及不上葛老御医。"

张氏觉得手心都出了汗，为了瞒过姚宜闻，她将产后气血两虚会出现的病症倒是背得清清楚楚，可是脉象却骗不得人，不知道会不会被葛老御医看出来。

张氏吩咐如妈妈："你去拿些银子给葛老御医，皇后娘娘身边的人过来，我们不好亏待。"

如妈妈点点头。

不多时候，如妈妈却端着托盘回来，为难地向张氏摇了摇头："葛老御医不肯收。"

不肯收。

那就是不肯卖这个面子给她。

张氏眉头紧锁："去……将黄御医这些年开的药方拿来给葛老御医看一看。"

姚宜闻看着葛老御医诊脉，他已经不是第一次这样站在旁边，心里期盼着郎中能治好张氏的病，每次看到张氏尖尖的下颔，他总是觉得亏欠张氏。

不管怎么说，张氏也是拼了命为他生下了欢哥，又拖着病体掌家。

这些日子，蒋氏没少在他耳边说起张氏的好处。

只要想一想他就心软，可看到婉宁他又会埋怨张氏对婉宁太过苛刻，每次经过小书房，张氏穿着桃红色裙子，眼睛通红的模样也映入他的脑海。

他不知道该不该原谅张氏。

论出身论门第，他能娶张氏的确已经算得上是高攀，想来想去，他对张氏还是应该小惩大戒。

经过了这次，张氏也应该受到了教训。

姚宜闻正想着，葛老御医已经起身。

"怎么样？"姚宜闻忙问过去。

"三太太不见虚脉，并非气血不足之象。"

张氏脸色微变。

姚宜闻不明就里仔细地听着："那……是何病症，可能治好？"

葛老御医看了眼张氏，沉下眼睛："三老爷方才说，三太太生下公子之后，身子虚弱不能再生育才一直服药，若是这般情形，必然是生产时有伤胞宫，三太太的月事可每月照常？"

张氏忙道："时有出入。"只要她一口咬定月事不准，葛老御医也不能说她没病。

"老朽才疏学浅。"葛老御医说完吩咐弟子收拾诊箱。

"老御医您这话的意思是？"姚宜闻追问过去。

葛老御医缓缓道："从脉象上，老朽诊不出三太太因生产伤了胞宫，之前三老爷和七小姐想知道三太太到底还能不能生育，"说着顿了顿，"依老朽看，三太太和寻常妇人没什么两样。"

这话是什么意思？

姚宜闻怔愣了半晌豁然明白过来："葛老御医的意思是，内人……病已经好了？"

葛老御医将黄御医开的药方递给姚宜闻："若是伤了胞宫，吃这样的方子是不得用，但凡妇人多少都有气血不足之症，并不为奇，只因气血不足不能生产者却少之又少，更何况三太太之前已经生下一位少爷。"

所以说，张氏并不是不能有孕。

可为什么张氏这些年吃了许多助孕的药，吃药的时候还不肯留他在屋里？

姚宜闻转头看着床上的张氏。

葛老御医吩咐徒弟："将医婆叫过来和三太太说话。"

葛老御医去了外间，徒弟立即将医婆领过来。

张氏低声道："老爷，您还是出去，这里总不方便。"

"方便，方便。"医婆眉开眼笑，既然收了姚家的银子，就要看得仔细些，当着姚三老爷也要更加殷勤。

姚宜闻去了幔帐后，仔细听着里面说话。

看看左右没人，医婆低声道："三太太说不能有孕，每月月事过后，可按时同房？"

医婆接着道："药在其次，不能按时同房怎么才能有孕，同房之后切不能服药，这些医婆可与三太太说过？"

姚宜闻听着张氏的声音。

张氏道："没有。"

医婆笑着道："那就怪不得了，葛老御医说，三太太本就没有什么病症……"

没有病症。

姚宜闻眼前闪过张氏喝苦药时的神情。

不知怎么的，那个他心里的如花美眷，面容忽然扭曲起来，让他看不清楚。

这是怎么回事？

到底是怎么一回事？

(第一部　完)